当代西方学术经典译丛

《存在论——实际性的解释学》，
  [德]马丁·海德格尔著，何卫平译

《思的经验（1910—1976）》，
  [德]马丁·海德格尔著，陈春文译

《道德哲学的问题》，
  [德]T.W.阿多诺著，谢地坤、王彤译

《社会的经济》，
  [德]尼克拉斯·卢曼著，余瑞先、郑伊倩译

《社会的法律》，
  [德]尼克拉斯·卢曼著，郑伊倩译

《环境与发展——一种社会伦理学的考量》，
  [瑞士]克里斯托弗·司徒博著，邓安庆译

《文本性理论——逻辑与认识论》，
  [美]乔治·J.E.格雷西亚著，汪信砚、李志译

《知识及其限度》，
  [英]蒂摩西·威廉姆森著，刘占峰、陈丽译，陈波校

《论智者》，
  [法]吉尔伯特·罗梅耶-德尔贝著，李成季译，高宣扬校

《德国古典哲学》，
  [法]贝尔纳·布尔乔亚著，邓刚译，高宣扬校

《美感》，
  [美]乔治·桑塔耶纳著，杨向荣译

《哲学是什么？》，
  [美]C.P.拉格兰、[美]萨拉·海特编，韩东晖译

《海德格尔的道路》，
  [德]伽达默尔著，何卫平译（即出）

《论解释——评弗洛伊德》，
  [法]利科著，汪堂家、李之喆、姚满林译（即出）

《为濒危的世界写作——美国及其他地区的文学、文化和环境》，
  [美]劳伦斯·布伊尔著，岳友熙译

《文本：本体论地位、同一性、作者和读者》，
  [美]乔治·J.E.格雷西亚著，汪信砚译（即出）

《美的现实性——艺术作为游戏、象征、节庆》，
  [德]伽达默尔著，郑湧译（即出）

当代西方学术经典译丛

Writing for an endangered world:
literature, culture, and environment in the U.S. and beyond

为濒危的世界写作

——美国及其他地区的文学、文化和环境

[美]劳伦斯·布伊尔 著

岳友熙 译

人民出版社

目 录

导　言

----〜〜----

故天下皆知求其所不知而莫知求其所已知者,皆知非其所不善而莫知非其所已善者,是以大乱。故上悖日月之明,下烁山川之精,中堕四时之施,惴耎之虫,肖翘之物,莫不失其性。甚矣,夫好知之乱天下也!

——《庄子·外篇·胠箧第十》

这是我的第二部关于生态想象的著作,我在写作此书时坚信:生态危机不仅仅是一种经济资源的危机、公共健康的危机,或者政治的僵局。不是通过单独减轻这些危机而使"今天美国的生态政策中正在丢失的"成分得以弥补:"一个共同生态利益的条理分明的美景足以产生持续不断的公众支持。"[1]正如社会学家乌尔里希·贝克评论关于对物种灭绝的辩论那样:"只有自然被带进了人们的日常意象,带进人们讲的那些故事,它的美丽和苦难才会被看见和重视。"所有的人类生态学者努力的成功,最终不是与"一些高度发达的技术或某种神秘的新科学"相关,而是与"精神状态"[2]相关:态度、情感、意象、叙事。

尽管美国公司的广告预算超过了所有美国高等教育机构

2

的联合预算是一种粗糙的计算,但它表明:相信想象力的力量不是文学学者的特有癖好。当然,它也表明想象并非总是一种"善的力量"。因此,从某种程度上来说,这种想象渴望将艺术与事务世界隔离开来。"诗不使任何事情发生"坚持认为 W.H.奥登的 1939 年的挽歌与诗人 W.B.叶芝相匹敌,但却反对奥登以助长法西斯主义的方式对想象力的滥用。雪莱壮阔地断言:"诗人是不被承认的世界的立法者",使奥登颤抖"对我来说听起来更像是秘密警察"。[3]虽然他厌恶启蒙主义的征服艺术是可以理解的,但它仍然是生态想象行为,无论有谁从反面想到了什么,潜在地留下印象,并强化至少四种世界契约。他们可以用代理的方式将读者与别人的经验、苦难、痛苦连接在一起:那是人类和非人类的。他们可以重新将读者与他们到过的地方连接起来,并把他们送到他们的肉体将永远不会去的地方。他们可以将思想引向不寻常的未来。并且他们可以影响一个人对物理世界的关心:让它或多或少地感到珍贵或濒危或者可以任意处理。这一切可以使适度细心的读者阅读一个珍贵的、被滥用的或濒危的地方。

本书以范围广泛的文本表达了这些信念。其主人公主要是从 18 世纪后期到今天的美国作家。然而,我用"有创造力的作家"这个范畴来囊括那些雄辩滔滔的观察家,他们都没有将他们自己视为艺术家。所以我的戏剧主人公不仅包括沃尔特·怀特曼、赫尔曼·梅尔维尔、玛丽·奥斯汀、西奥多·德莱塞、理查德·莱特、威廉·福克纳、威廉·卡洛斯·威廉姆斯、格温多林·布鲁克斯、温德尔·贝瑞、特里·坦皮斯特·威廉姆斯、约翰·埃德加·怀德曼和琳达·霍根盖尔,而且也包括本杰明·富兰克林、弗雷德里克·劳·奥姆斯特德、简·亚当斯、奥尔多·利奥波德、雷切尔·卡森和其他那些纵横驰骋于"文学"与"非文学"的传统划界之间的人。

大部分章节在某种程度上是沿着历史线路而不是作为连续的叙事进行组织的,是作为始于产业化以来的生态写作历史的一个个插曲。

显然,尽管环境这个术语本身直到19世纪30年代才明显地在英语中使用,但对环境的关注并非仅仅始于两个世纪以前。在这个意义上,由于人类在生物历史上是与环境的相互作用下来构建自己的生物,而其周边环境又是人类不能居住的,因此,他们所有的史前古器物可能被期望带有那样的痕迹。"生态批评"——通过这个综合性的术语,那些崭新的文学作品和环境研究运动就渐渐被贴上了标签,尤其在美国——应该从那些现存的最古老的文本到当下的作品进行展开是有道理的。[4]这是被这样一些著作的问世所证明了的,如罗伯特·波格·哈里森的《森林:文明的阴影》和路易丝·威斯林的《新世界的绿色乳房》,这两部作品都是从读苏美尔人的史诗《吉尔伽美什》开始的,而这个史诗是聚落文化战胜狩猎文化、城镇战胜森林的寓言。[5]经典文本和类型肯定地继续产生影响。但随着技术社会的加速变化而来的是已经大大加剧的对"环境"的焦虑",而随着环境焦虑而来的是传统话语的改变和大量的新话语的出现。

我用"环境(的)"指的是"自然的"和"人造的"可感知世界的两个方面。虽然我也坚持区别,但有的人还会因诉诸更综合性的术语而使其模糊不清。人类物理性质的变化使两个领域越来越难以区分。[6]也许只有过去的半个世纪才目睹了比尔·麦克基本以预示大灾变的方式所称谓的"大自然的终结"是什么:一个变化程度如此深刻,我们将永远不会再遇到一个原始状态的自然环境。但卡尔·马克思正确地断言:到

19世纪中叶,第二自然(被人类劳动再加工的自然)在全世界事实上已经在第一自然中拥有最重要的位置。[7]正如理查德·怀特所称道的煞费苦心地精心设计的、电脑监控的今天的哥伦比亚河那样,[8]我们随意称谓的"自然"早已变成了"有组织的机器"。事实上,自然文化特质本身是一个人为的产品,它源于在亚洲西南部一千年以前开始的从游牧生活到定居生活变迁的第一个实例。

即使那些比较明白事理的人,也会陷入对远郊景观的自然外观的自由的谈论。[9]没有哪位诗人比罗伯特·佛洛斯特更加意识到乡村这一历史文物的;但有的人也可以在他心理驾驭措手不及的时刻抓到他,沉思"爆炸的矿物滴剂/开吨车/被限制在道路上"和"几乎无事可做/有绝对的光明与安宁/宇宙的蓝色/和局部的绿色建议"。[10]佛洛斯特在这里似乎忘记了汽车的影响,除非有人"几乎"给出一个对那件事情怀疑的巨大好处。他不应该因为不在乎而被过于严惩。毫无疑问,这是一条乡村道路;即使它已经成为今天的I-89(州际高速公路),它蜿蜒穿越数英里可爱的佛蒙特州和新罕布什尔州的乡村,土木工程已尽其最大努力来保护在分离的不同空间和平共处的自然和机器的假象。你必须努力注意被弄脏了的路旁的树木,并关注鸟和动物是如何避开主要公路的生态研究,以便来评判对它们的影响。[11]虽然早期的汽车时代的更加谨慎的想象之物用一些阻止的方式反对二元化的天真,但即使他们也不会看得那么遥远。[12]

> 他乘车越过康涅狄格州
>
> 在一个玻璃客车上。
>
> 一次,恐惧穿心,
>
> 他看错了

他装备的影子

因为乌鸦。

（华莱士·史蒂文斯:《看乌鸦的十三种方式》）

我向上攀升

穿过

树叶的华盖

并在同一时间

我下降

因为我没有做

不寻常的事情

我坐在我的车上

我考虑

史前的洞穴

在比利牛斯山脉——

（威廉·卡洛斯·威廉姆斯:《白杨林荫道》）

　　两首诗通过戳穿户内户外的假象产生了怪异的效果,通过与外界隔绝的旅行的习惯产生了自然与文明的对分。

　　他们这样做是通过由马克思的简约向相反的方面改变:仔细想着那些被压抑的暗示,即人类工程空间对第一自然的持续入侵(史蒂文斯),想着留存下来的那些原始外壳形式,像那些变成现代性的树木和洞穴(威廉姆斯)。[13]这反过来表明,人类环境改变的历史不应被视为一个全面的、不可逆转的由“自然”到人工制品的变革。史蒂文斯和威廉姆斯写了这些段落后的3/4世纪,美国远远没有结束铺设。这正如地理学家内尔·史密斯所警告的那样:“自然生产不应该与控制自然相混淆。"[14]第二自然对第一自然的不能遏制性,不仅仅是在龙卷风和飓风期间才被揭示出来。菜农们都也明白今天日报上这个朴实的真理。[15]

那么,城乡差别也不能作为幻觉被注销,因为它是一个已经产生的结果。它无论多么草率,也是记录了实际的对比:在一些地区,地方的、州的和联邦的土地政策,在现代已经着重表现来了。马萨诸塞州的康科德,比梭罗时代的人口更稠密,可耕土地更少。美国的一些地区比一个世纪前人烟更稀少,例如:达科他西部地区和绿山国家森林。[16]

所以自然—文化差别,既是一个变形镜头,也是一个必要的镜头,通过这个镜头,既可以查看现代化进程,也可以查看后现代主义的断言:我们生活在一个人工的假体环境中,我们对这种环境的感知,不是灵敏地直接反应环境,而是间接地感知影像。一方面,世界物理环境正在被日益改变,其手段是资本、技术和地缘政治以及那些所谓的自然消耗或复制,如草坪、花园、主题公园、栖息动物园地、保护区等;另一方面,这一进程已经使某些地区的大片的(相对)非伪造的自然在价值概念和术语方面更加突出,一般来说,更重要:作为一种被污染、气候等变化大大改变的事物的表达方式;作为一种对激烈过度技术变化进行戏剧性渲染的方式;作为一种强调改变非人类世界来维持生命的重要性的方式。[17]

人类在生态系统上可能会受到限制,也可能会不受其限制,虽然以这种说法来下断言已经过时,但也不乏肯定。难以预料的是,地球人是否永远将在相处时完全没有他们的自然生物学,也没有他们高度依赖的有限控制的环境条件。即使人们变得如计算机科幻小说中的仿生人物那样有人性,他们也很可能会对以下事物的影响依然保持身体上的表现和可渗透性,如水循环、光合作用、大气候、地震学、细菌对药物的抵抗力以及区域栖息地的优势和劣势。[18]此外,环境心理学家已经积累了大量的强有力的证据,这些证据表明了人们对被感觉起来包含着重要"自然"元素的环境文化的爱好:证据表明,这些看上去不仅美观,还有益于健康地促进疾病康复的速度比人工环境更快。[19]

那么,一个关于自然—文化区别的版本将可能仍然是不可或缺的,这已经得到了经验事实和人类欲望的认可。一元论、二元论和技术文化建构的理论或神话,可能会被证明不如相互建构理论神话那么有说服力:物理环境(自然的和人工的)在某种程度上塑造文化,而这些文化在某种程度上又继续重塑了物理环境。[20]

我以前的《生态想象》一书,重点试图确定文学想象的"生态中心"形式,尤其是以梭罗传统的自然写作进行举例。[21]我继续相信,人类关怀和价值根据一种更强大的关心非人类环境的伦理来调整,会使世界成为人类和非人类的一个更美好的地方。[22]然而,压制那个论点意味着低估了这样一些人类中心说关注的力量,像作为生态想象和承诺的激发因素的公众健康和生态公平。对那些生活在濒危社区的人来说,第一生态优先权将会是可以理解的健康、安全和营养以及作为担保人的这些公民的政治和经济解放优先。[23]这将不赞成"(生态)法西斯主义"的指责,有时针对生态中心主义对与人权和需求及其与纳粹主义的关联相关的生态系统的初步评估,等等。这些说法过于将实际的生态中心地位的多样性简单化,夸大了他们的权威,提供了一个作为绿色植物的纳粹的卡通版。[24]生态中心主义者不会不赞成变成"生态运动的清教徒"。[25]与清教主义和清教徒中持不同政见者帮助带来的民主革命一样,任何种类的环保主义甚至不会希望实现温和的改革,除非有人采取极端立场倡导真正的路径选择:拒绝消费社会、共产主义社会成员的反现代主义、动物解放。正如生态批评家乔纳森·贝特断言:"虽然深层生态学的梦想在地球上将永远无法实现,但是我们作为一个物种生存可以依赖我们对它进行梦想的想象力。"[26]

然而,情况仍然是人类单独靠生态中心主义活着是不可预期的,大多数"清教徒"在现实生活中也并非仅仅与他们的清教徒主义完全一致。[27]彻底的生态中心主义可能会攻击世界上的"生态人"[28],正如18世纪后期的神学家塞缪尔·霍普金斯的极端"新光明"加尔文主义攻击与其情况最相同的新英格兰人一样。霍普金斯测试是否有人得到了神的恩赐就愿意为上帝的荣耀而受罚。根据采取的用来唤醒了相当数量的非白人男性和对国家的环境问题没有受过高等教育的人的那些东西来判断,为家人和自己的生存而产生的恐惧会比作为内在善行的自我牺牲的关爱自然具有更强大的动力。甚至现在被作为一个绿色圣人记住的亨利·梭罗也通过创造一种理论承认了这一点,他的理论以四种基本物质需要(食品、燃料、衣服、住房)为他的《瓦尔登湖》的出发点,但不是他的终点。

因此,这本书的主要目的之一将是把"绿色"和"棕色"景观置于与他人的交谈之中,这些景观是都市周围的郊外住宅区和工业化。"为了以生态批评来获得其相关性的断言",正如一位生态批评家所观察的那样,"其批评实践必须大幅度扩展……生态危机威胁所有景观——荒野的、农村的、郊区的和城市的。波士顿南部恰如瓦尔登湖一样自然(和狂野)。他们受温室效应的影响,同样都是濒危的。而且一个地区的贫困的原因正是另一个地区发展的原因。"[29]如果我们理解的话,这"自然性(狂野性)"的意思当然不是"人和建筑物与树林和水的比例",而是"被管理(或者不被管理)"。如果城市和内地景观要变成不仅仅是短暂的时尚的东西的话,那么,文学与环境研究必须更加充分地考虑的它们之间的相互依存关系以及对它们进行想象的传统。虽然它们的范围按照原则扩展到了人的想象力与物质世界之间的任何文学事务中,但在实践中他们已经将精力(包括我自己的工作)集中到了"自然"环境,而不是其他环境,并被当做其特殊的户外类型范围,像自然写作、田园诗和荒野爱情小说,忽略了(例如)博物学家小说、揭露黑幕的新闻和城市浪荡子诗学。如果不对历史景观、景观类型和生态话语进行全方位的考虑的话,那么生态想象的治疗方法就不能说是综合性的。

事实上,在美国历史上,第一批对主要的移民地区的森林和荒野消失的保护主义情绪的措辞是在 19 世纪早期与对城市"卫生"改革的第一次强烈的系统的推动相一致的。这两次倡议作为进步时代改革的一部分,大约在半个世纪后的同一时间成熟。它们伴随着对荒野和濒危物种行动同时发生的环保主义的主动精神,又在 20 世纪 60 年代和 70 年代达到顶峰。清洁空气/水清洁运动在某种程度上都被雷切尔·卡森的《寂静的春天》所促进。然而,公共健康和福利的前卡森历史——无论如何都在文学研究之内——通常不被看做"生态"历史的一部分,并在它存在的该历史领域,公共卫生和保护主义经常不会被以同样的项目或同样的学者来对待。然而,这两部分相互交织已变得日益明显,[30]因为生态正义运动用更加大众化的信息挑战传统保护主义,因为生物区域主义者呼吁我们想象我们自己在一些像那些包括"城市"和"乡村"地区的流域一样的生态单位拥有公民权;因为自然写作的从业人员脱离用斜体字排字的传统来解决问题,像毒性作用问题,它把荒野景观和技术融为一体,构成一个似像非像的环保网络。它是以这样一种复杂的理解为基础的:什么是环境、环境保护主义和生态写作。文学和环境研究必须使它们成为物质环境不可或缺的成分,成为人类艺术和经验的塑造力量,这样的美学著作也不例外。

因此,考虑到在过去两个世纪期间美国生态转变规模的巨大和迅速,以及产生于此的文明主义和裸体主义信仰相互交织的论战和辩护的历史,以美国文化为基础的研究是特别令人感兴趣的。但一般说来,由于历史没有像现代化进程症候那么超绝,任何调查都必须像这本书中那样超越任何一个国家实例。[31]

《美丽的美国》简·亚当斯和约翰·缪尔

为看到超越"环境"与"自然的必要性和微妙而寻找的一个很好的出发点,尤其在美国,但也可以是符合道义的其他地方,就是在美国移民文化历史上的最经典的生态文学,即流行的圣歌《美丽的美国》。大多数美国公民都知道至少这样一个开篇诗节:

> 美丽而广阔的天空
> 为琥珀色的麦浪,
> 为紫金山的雄伟
> 俯视果实累累的平原!
> 美国! 美国!
> 上帝保佑你,

给你的兄弟以善良的荣誉

从大海到光亮的大海！[32]

　　我承认这首诗从来没有成为我的最爱。即使在我孩提时代，我也认为它的宏伟壮阔是浮夸的——这个偏见现在被我强化，是因为我作为一个研究美国问题的人在阅读它时是作为一个对向西扩张的愚笨赞歌的。但我因为一个偶然事件而重新思考这首诗时被其感动了：1998 春季"梭罗研究所"的题词，这个研究和教学设施坐落在距离瓦尔登湖 1/4 英里的瓦尔登森林里。

　　典礼的高潮部分是以托尼·班尼特演奏《美丽的美国》开始的，他是众多赞同这首歌的人之一，并认为军国主义的《星条旗》不应成为国歌。这个场合的典礼行为，包括歌手班尼特的缓慢的时间，使我比以往任何时候更紧密地融入歌词中——并做一些后续研究。

　　作者是诗人学者——凯瑟琳·李·贝茨，也就是后来韦尔斯利学院的英语主持，她断言说，开始的那几行，是她第一次到西方旅行期间在派克峰顶部看到的景象带来的灵感。[33]在刚刚开始思考时或许是一个浓浓地自诉的趣闻轶事。甚至由于它在某种程度上通过视觉知觉的真实（从派克峰上人们可以真实地看到紫金山的雄伟和舞动的琥珀色的麦浪）实现了诗的感情流露，这个故事表面上看来加大了诗的罪过，即将整个美国缩小为一幅美丽的风景画——忽视了征服传统，忽视了工业革命的剧痛，但新的历史主义文学研究和修正主义者、移民和劳动历史都赤裸裸地展现出来。毫无疑问，《美丽的美国》必定是登峰造极的自然泄露的写作——在反对者头脑中的生态批评的卡通形象。

　　然而,如果不是仅侧重于自然的言论,我们承认诗参与了被勾勒的美国环保主义的双链叙事,画面开始变化。碰巧贝茨通过 1893 年在芝加哥举办的美国博览会去了科罗拉多州,这也是她重新返回:在这个博览会上,弗雷德里克·杰克逊·特纳提出他的关于美国民主的开拓性论文,亨利·亚当斯提出了他的发电机想象作为 20 世纪文明的典范。正是那些访问,才是最后一节的"玉市"形象的最直接的来源("啊,漂亮的广阔的梦/生活多年以后/是玉市光芒四射的地方/经受人类的眼泪后仍然是清楚明亮的")。正如人们所称谓的露天市场一样,那几行诗暗指美国博览会的"玉市"。[34]人类的眼泪间接地暗示着超出了玉市边缘的贫民窟,这是贝茨在回来的旅程中与简·亚当斯在船体楼一起进餐时突然造访的地方。这首诗的第一个版本使这件事情比我们知道得更明确。原稿最后诗节的结尾部分强调《美丽的美国》的理想主义是将来时,而不是现在时:"直到自私的利益不再染色/自由的旗帜!""直到高贵的男人再保持健康/[丹麦]曲半岛洁白的欢乐节日!"[35]

　　贝茨也同时写了一件关于博览会的明显更加悲观的伴随性文艺作品,被称为《幻影年》,其中有一部分是这样写的:

　　　　越过她闪闪发光的圆顶圈环

　　　　刺骨的寒风掠过便变弱和萎缩,

　　　　一个哭声从遭受饥饿的家园传出,

　　　　但没有传到此处。[36]

　　如果曾经有一个诗节适合表达绝望的落空的话,那么它就是这首由五步格降至二步格的四行诗。在贝茨的诗集中,值得注目的是,她把《美丽的美国》和《幻影年》在开头按照顺序排在了一二。

　　我不想让贝茨看起来像一位活动家，因为她显然不是活动家——虽然值得注意的是，她的一个在韦尔斯利学院的更激进的同事相信她为世纪之交女子学院城市社区运动会设计优秀的方案，即使她自己不参与其中。[37]她的确在修订中选择了委婉方式。但她认识到了欺骗以及玉市的乌托邦理想，并通过山顶和贫民窟的这种相互依赖，认识到山顶的繁荣是被给予了合法地位的，而不是只有通过"兄弟关系"的它自身的事情（正如她古雅别致地称它那样）。[38]《美丽的美国》引导一个人去思考第一，然后将另一个人推向第二，当诗的最后一节需要脚注时，便从崇高的开放的空间到混乱的城市景观之间画一条线，他的乌托邦式的想象将会比它今天更会面对19世纪90年代的自由主义者听众进行自我审问。虽然诗不是为了将琥珀色的麦浪想象为遥远的芝加哥牲畜围场触须，但诗对芝加哥与西方的重叠的认定，比起初看起来像弗兰克·诺里斯的几乎同时代的小说《坑》和威廉·克罗农的芝加哥与其《自然的大都市》[39]中的腹地的关系的历史更类似。也许它应该如此。不过，诗的旨向不是对自然美和没有附加条件的农业区赏金的自以为是的肯定，而是对城市苦难得以安抚和社会正义的实现的肯定。这首诗歌创作所推动的这个故事，不是它在创作时要讲的那个完整的故事。

　　为了进一步梳理出《美丽的美国》赖以创作的环保主义者的双重视野，要仔细考虑简·亚当斯和约翰·缪尔这两个令人难以置信的双连画。亚当斯是贝茨在韦尔斯利学院的同事和波士顿婚姻伴侣凯瑟琳·科曼的朋友和熟人，也是美国世纪之交城市社区运动阶段最有魅力的人物。缪尔是雄伟的紫金山的最有魅力的庆祝者。虽然他是较年长的一代，但他们作为作家和激进分子的最高志趣是一致的：19 世纪 90 年代早期至 20 世纪 10 年代早期。缪尔在与亚当斯共同创建船体楼的大约一年内共同创建了谢拉俱乐部。

乍一看，亚当斯把礼仪带给"城市荒野"的任务（正如维多利亚时代晚期的改革者们喜欢称呼它那样）看起来缪尔的保护荒野的使命是不相容的。住所是对立的，对荒野的评价是对立的，他们个人的环境偏好也是如此（亚当斯是一个被证实的都市人，缪尔是一个旷野恐惧症者）。如果亚当斯曾经居住在加利福尼亚北部，她很可能支持筑赫奇·赫查水坝为城市民众提供水源。亚当斯声称她自己是保护运动的支持者，但她接触的保护运动的领导人是缪尔的克星吉福德·平肖。[40]

因此，亚当斯优先考虑的开放空间政策明显地不同于缪尔优先考虑的大批土地隔离，这是被弗雷德里克·劳·奥姆斯特德共享的价值，他为约塞米蒂和芝加哥的湖畔公园制订了计划，玉市就坐落在那里。对亚当斯和她的同事来说，距离的接近远比规模大小有价值。他们预见到了"可接近绿色"的现代设计原则：他们意识到人们需要去绿色的开放空间，但"距离压倒了需要"，并且需要可以用小片土地而不是大片土地来满足。[41]不幸的是，公园土地面积与芝加哥密集的 24 个病房的人的比例是其他 12 个病房的 1/20，他们将成功地推动"世界上最雄心勃勃的游乐场制度"（正如它那时被认为的）和通过邻近街坊投票批准公园。芝加哥曾一度有适当的典型的大公园/小公园发展政策。那其中第一个游乐场被建在靠近船体楼的地方，这是亚当斯激进主义的直接结果。[42]

但这正如在其他章节在美国环保主义的历史上，城市和内地改革的主动性的分裂被轻易地过度透支。虽然他们的优先权发生冲突，并且他们的路径没有交叉，但亚当斯和缪尔对生态支持的看法是互补的。今天似乎越来越不证自明的是，一个全面的公共土地政策必须专注于人力需求和生态系统的危害，并且这需要大片和小片土地以走廊连接。即使在那时，与亚当斯和缪尔一起结成联盟也是可能的。向亚当斯翻开了芝加哥的后来变成了第一个游乐场的抽签的同一个人向西迁移到了加利福尼亚的马丁县，并在适当时间捐赠给联邦政府大片土地，这片土地被他命名为缪尔森林，为的是让它免于被当地自来水公司说成是巨大威胁而没收。[43]

　　我不知道这位捐赠者对数字或他是否曾经将它们进行过比较理解到如何程度；[44]但即使不理解，他肯定会把两者视为由工业化增长的痛苦导致的患病社会的自封的医生。亚当斯和缪尔都将开放空间珍视为有益于健康的治疗方法。尽管缪尔把公园称为"穷人的避难所"，但他也将公园当做"生命之泉"推荐给了"成千上万的疲倦的勇气动摇的过度文明的人"——尤其指的是上流社会神经衰弱的人。即使亚当斯还在怀疑城市贫困者会长途跋涉去美国约塞米蒂国家公园，他也会支持这样的公园景观的。她将会仍然更加坚定地同意缪尔的主张，即"我们的身体只会在纯净的空气中苗壮成长，并且纯净的空气只有在这种场景中被发现"。[45]两者都主张具体参与不是为了观看的，而是实质性的，正如香农·杰克逊为城市游乐场而描述亚当斯的基本理论的特点那样。[46]此外，两者不仅坚持优化物理环境对人类和社会健康是至关重要的，而且坚持对此施以严格而有效的管理。缪尔支持军事保护国家公园和反对放牧、伐木和狩猎入侵的热情，不亚于亚当斯支持机警的市政法律的实施。[47]总之，两者都例示了保罗博耶在对城市改革的进步时代进行分析时将"积极的环保主义"称作什么的：即相信公共政策的积极塑造是根据人类福祉是以物理环境为条件这一原则的。[48]

在这方面尤其引人注目的是他们作为人和作为特定地点的文学人物的身份：缪尔与约塞米蒂国家公园和齿状山脊、亚当斯与芝加哥南部的工人阶级的病房。这地方的身份给了缪尔作为山脉约翰的声誉，给了亚当斯作为霍尔斯特德大街母亲特蕾莎的声誉。他们想看到的与这些地方相关的东西有着巨大差异：缪尔的山区要被访问但要等待允许，亚当斯的贫民窟要被改变。但对每一个长期称心的和行为适当的政权来说，对个人福利、环境知识和道德义务都是很重要的。两者都是自我移植的局外人，他们都寻求成为他们所选择的地方的可靠的代言人和倡导者。就像缪尔所说的谢拉山脉的野生生物那样，两者都想知道"我将被允许进入他们中间并与他们住在一起吗？"两者都意识到，他们必须获得一个善意的存在主义的植入，来"满足（正如亚当斯所说的那样）与他们的邻居肩并肩地一起静静地生活，直到他们感觉到是相互联系并有共同利益的"。[49]对这两者来说，这需要相当程度的自愿无偿的贫困和自我苦修的禁欲主义。缪尔在谈到为远足野营做准备时坚持说："面包和水以及愉快的辛劳都是我所需要的"，他甚至在因为缺乏食物而感觉虚弱而发怒时也这样说过。"好像一个人如果不维持麦田和磨坊基地就不能休几天在仁慈上帝的森林里漫步那样的日子。"[50]亚当斯坚持优雅地甚至热情地接受苦恼的必要性：拥挤的混乱不堪的房子，没有沉思冥想的时间，为市内贫民区难对付的多头问题而斗争的长期焦虑。

他们的自传体著作表达的地方经验比他们的框架语句所能包含的更加强烈和复杂。这里各有来自两者的一个事例：

一段来自《加利福尼亚山脉》（缪尔关于进入血腥的卡农的经验）；另一段来自《在船体楼的二十年》（亚当斯的变成第十九病房垃圾督察的回忆录的开端，这一段给出了她曾经拥有的公开立场）。

关于卡农岩石部分有表现力的直率的影响力因高山牧场安静的面貌而大大增强了。我们走过高山牧场才进入狭窄通道的。他们躺在森林中，这森林和山峰矗立于高山牧场之上，看上去显得安宁而静谧。我们抓住了他们的宁静的精神，屈服于舒缓的阳光的影响，梦幻般地漫步在繁花和蜜蜂之中，被一个明确思想的稀缺感动；然后我们突然发现我们自己在这阴暗的卡农中，在她的一个最狂野的据点里与大自然隐藏在一起。

第一个扑朔迷离的印象开始褪色之后，我们意识到这并不完全是可怕的；除了安慰花鸟，我们发现一个连串闪亮的小湖悬挂在每一个通道的最顶端的下面，并被一条银色的溪流联系在一起。最高的坐落在荒凉的、崎岖不平的碗状地带，周围环绕着狭窄的褐色和黄色莎草。冬季风暴吹着雪在炫目的漂流中穿过卡农，雪崩从高处飞射。然后，这些闪闪发光的小湖被填满和掩埋，不留下一丝它们的存在。在 6 月和 7 月，它们像困倦的眼睛一样开始闪烁和解冻，苔属植物向上延伸着它们的棕色短穗状花序，雏菊次第盛开，被最深深地埋葬的它们最后都温暖起来并度过夏天，好像冬天只是一个梦。[51]

我们邻近地区在 20 年前有一个显著特点，并且我们从未与其达到调和，那就是出现了巨大的木制垃圾箱被固定在临街人行道上，在这些垃圾箱里那些不被处理的废物一天天在积累。垃圾收集系统在整个城市是不够的，但它在我们这样的病房里已成为最大的威胁。在这些病房里，正常的废物量明显增加了,原因在于意大利和希腊的水果小贩丢弃的那些腐烂的水果和蔬菜,以及那些从肮脏的破布堆里遗留下来的残渣,而这些破布是从城市垃圾场掏出来并被带到捡破布者的家里为了进一步分类和洗涤的。

20 年前,我们的邻居的孩子在这些巨大的垃圾箱里及其周围玩游戏。这些垃圾箱是一个蹒跚学步的孩子学习攀爬的第一个目标;垃圾箱的巨大体积提供了路障,它们的内容在所有大男孩的战斗中提供了投射物;最后,这些垃圾箱变成了座位,那些魔法恋人被吸引到这里坐着进行交谈。我们必须记住,甚至在船体楼的居民能够理解他们自己早期的除掉这些垃圾箱和建立一个更好的垃圾收集系统的热情之前,所有的孩子都会吃他们从里面找到的一切东西,那些气味有一个奇怪的和亲密的力量将我们自己缠绕进我们最温柔的记忆里。[52]

两个段落都是关于通过危险地域探索道路的。缪尔刚刚警告说,在卡农地区出现的动物没有安然无恙的,有时甚至会死亡,并且他现在想去减轻那些他在不否认它们的基础上而激起的忧虑。亚当斯想强调的是,那些被忽略了的垃圾箱会是多么有害的和可能致命的,不让她的读者忽视临近地区。在这两个段落中,通过宣布承认与住所相结合和认识到参与一个名副其实的住所不仅是一种本能的融洽,而且也是艰难的工作,使恋地情结和特殊住所恐怖相互交替、冲突、融合。

实际上,这些地方是因为它们受到重视而被标榜,因为在第一次接触时它们是很难产生爱的。因此,缪尔尽力对这些可怕的景观保持中立而不加褒贬[53],其方法是通过仔细思考周围的草地、高峰和森林,然后,在第二段里,仔细思考上面的那些小湖和沿途的鸟儿是如何缓解友爱缺失的,至少在夏天。

（他不得不承认冬天是非常可怕的。）对于亚当斯来说，她不愿意让一个人简单地认为通过阐述对作为玩耍的地方和爱的座位的垃圾箱进行住宅式的内部透视是"多么可悲！"毫无疑问，她会意识到这听起来是多么地违反直觉的。她还通过追求一种扭曲的自我嘲讽的文体特征：共同呈现着嗅觉怀旧的迷人的普鲁斯特意象和完全没有魅力的新的定居房屋工人的形象，这些形象无意识地渗透着对原始恶臭的极度厌恶，其后他们才自觉地意识到它的影响。

　　人们一旦了解了这些极其不同的景观的相似性元素，就会更容易看到他们也分享着我所称谓的相互建构的住所的认识。一方面，两位作家塑造的景观显然是从文化的角度来构想的。他们双方都利用文雅的文学交流规范对经验现实再进行加工处理，为的是达到结合荒野和关心城市的目的。在缪尔的案例中，有田园理想；在亚当斯的案例中，有对移民和不切实际的社会改良家的温柔讽刺的描绘。特别是，不管是亚当斯还是缪尔，都拥有一种强大的后维多利亚时代的战胜荒野的干劲，将文字上或者象征性的荒野重新构建为家园。[54]此外，除了这些有共同主题的文化意象外，缪尔的谢拉美景和亚当斯的芝加哥美景都是不同类型专家的作品。缪尔对景观的整理不遵循新手的地面经验流程：特别是，下半年在第一次协商卡农时将不会被看到或安排顺序。这是一个精华的全景的图像，取决于对各种生物和地质成分如何联结的认识：可以这么说，从山顶解读景观的能力是一个视角，即缪尔喜欢通过经验假设为登山运动员、野外地质学家/植物学家，通过心灵的眼睛假设为一个自然的历史学家和冰河作用理论家。同样，亚当斯的描写依赖的是对地区社会学和经济（如捡抹布行业）的彻底把握，以及与此相反的市政府的操纵（或者不操纵）。

但在另一方面,这些段落还表明,它不会只对文化和学科建设降低壮丽的描述。这样做,是为了否定它们对物理环境的破坏力;顽固的第一印象让位给一个更加复杂的参与意识;觉察到地方知识可能是极其相似的,但没有长期的存在主义的洗礼是不能实现的;作为一个创造性的力量附着于住所。这也是文学维度的关键所在(缪尔在威胁和欢迎的感觉之间摆动,亚当斯在嗅觉周围活泼快乐),同样地,这也是生态批评的意见分歧主要地开始之处。生态连通性需要的想象行为,不仅仅在于一个阶段,而是在于三个阶段:结合、讲述、理解。虽然每个阶段的想象都能够很容易地干预、损坏、杀气腾腾地横冲直撞等都是真的,但它作为抵御"来自贪求知识的世界混乱"的防腐剂仍然是至关重要的(无论是否被这样承认),正如庄子所说的意思,我想,崇拜知识,一种专用知识。

这些以这样的方式象征着景观明显地跨越了内地城市、原始污染的分界线,这类似于对形成于与物理环境相互作用的人类经验的理解。它们证实了物理环境的向心性,这里的物理环境是作为田园欲望(在缪尔的案例中)和甚至地域毒性(在亚当斯的案例中)的烦恼中的个人和社会同一性的一个基础。

我故意放弃目前的规范性问题,即什么道德立场或政治倾向会给亚当斯的相对人类中心伦理以与其相对的缪尔的生态伦理,并且每一方又是如何可能被推举为另一方的纠正物的。诚然,这些都是在他们自己的权利之内的重要问题,尤其是因为他们需要现实公共政策权衡决定。但如果切实可行的长期解决方案必须涉及某种"两者共同"的反应而不是一个"非此即彼"的反应,那么,"约翰的伦理和与其相对的简的伦理"的难题就必须被视为与较大要点相关的二级考虑,即这两个景观属于同一历史、同样的对话、相同的叙事。

生态想象和生态无意识

正如《美丽的美国》案例所揭示的那样，一个文本产生一个物理环境可能不会那么完全像这一特定环境第一次出现时那样，但它也可以反映出对环境比人们最初考虑的更深、更复杂地参与其中。在读者这方面看来，甚至对一个物理环境的看似简单的反应也很可能是复杂的，原因在于：一些必须处理实际景观、景观模拟和读者给遭遇的工作带来的任何一种提前预期的混乱的生活经历和心理训练。这一切都意味着，写作和阅读行为将可能会同时涉及生态觉醒——由隐到显地挽回物理环境——以及扭曲、压抑、健忘、注意力不集中的过程。

我们然后开始推定必须为反对限制习惯地按照透视法缩短环境感知而斗争。"在日常基础上"，景观建筑师罗伯特·塞耶指出："我们不理解在一种深思熟虑的或有意识的生活方式中的自然、技术和景观之间的关系，而且我们经历的相互合作只不过显示了我们典型的生活方式、体验和愿望。"[55]或正如社会理论家彼埃尔·布迪厄更加富有幻想地而不乏贴切地说，"当习性遇到一种社会世界时，它就是这个世界的产品，它就像一只'水中之鱼'：它感觉不到水的重量，它约占它自身那么大的世界是理所当然的"[56]。大部分时间，大多数人，尤其是在现代化的文化中，甚至可能不想去自觉地协调他们自身去适应环境，以免产生感官的超负荷、混乱和失望。这正如当郊区房主准备出售他们的房子时，而变得惊惶不安，原因不仅在于突然醒悟到一个家的外观和地点透过别人的眼睛看上去是多么的不同，而且也意识到了它的一些最基本的物质条件:它的地质状况(高氡可能会有价值吗?)、它的水文地理学(化粪池系统将会建立吗?)、它的物质化学组成(有铅涂料吗? 饮用水中有铅吗? 石棉绝缘吗?),更不用说其他各种各样的地方代码了,这些地方代码把它和所有其他"真实"的地产带进层层看不见的无形的秘密策略中。极度厌恶感在这样的场合不但可以把人压倒,而且更是令人痛苦的,原因在于约束这些事情或者仅仅去参加而不烦恼的优先适应文化的实践。

正如人们所料,美国最早的现代性先贤之一也是最早将物质环境的现代意义作为讨厌的东西来对付的人之一。在本杰明·富兰克林的《自传》最引人入胜的段落中,有他关于城市改善的回忆,他在其中发挥了重要作用:为费城的街道铺设道路和照明,清洗伦敦的街道和为其排水。"有些人可能认为这些小事不值得注意或讲述",富兰克林在他最后从他为城市垃圾清除的一个建议中引证后承认说:"但当他们考虑,尽管在一个有风的日子灰尘吹进一个人的眼睛里或一个商店里,是不重要的,然而,在一个人口稠密的城市里的大量的实例及其频繁的重复给它以重任和重要性;也许他们不会很严厉地谴责那些把一些关注投入到看似低自然性的事务上的人。"相反,"与其说人类的幸福来自难得的好运的发生,倒不如说来自每天都有的小实惠。因此,如果你教一个贫穷的年轻男子为他自己刮胡子,并保持他的剃刀有条不紊,你对他一生的幸福可能会比给他 1000 个金币作出的贡献更多。"[57]

富兰克林解决问题的智慧在这里以对小摩擦的敏锐的敏感性被触发,但大多数人要么将其从意识中排除,要么认为其不受纪律监督。[58]这促使他想象一个新的城市生态秩序,在那里守门人拿着扫帚,命令使用它们和"清除剂"或废物移除器,他们还被提供了各种新"车,没有高高的车轮,而只有低低的滑块;带有格子框架底盘,将会把"泥"收集起来,排出"水",只剩余很少的东西被运走。

富兰克林思想极度活跃地回忆他的伙伴费拉德尔菲亚和同辈人威廉·巴特拉姆对植物的热情,他们的《在佛罗里达州旅行》是富兰克林作为共和国早期文学经典《自传》的最亲近的竞争对手。巴特拉姆也爱把沙粒变成思想的世界,尽管他使用的方式是相反的或互补的。拿他对西班牙苔藓多产性的兴奋为例:"无论它将自身固定在哪里,在一个枝干上,或树枝上,它都会展开短而错综复杂的分枝;……从这个小小的开端它开始增大,通过向下和倾斜地,向各个侧面,发射长长的垂饰的分枝,这些分枝将它们自己再反复地进行分裂和再分裂。"巴特拉姆从干燥分类学的鉴定(潮浸区扁桃腺肥大,"从北纬35度到28度不断增长"),到对苔藓增生越来越丰富的描述("它挂在较低的树枝上在风中飘动,像飘带,达到十五或二十英尺的长度,其体积和重量不止几个人在一起才能够搬运"),再到上气不接下气地对它的实际用途的详细阐述:

> 它似乎特别适合以下目的:填充床垫、椅子、鞍座、衣领和……在美国南部和西印度群岛的西班牙人,将其做成绳索,据说非常强壮耐用;但是,为了使它有用,它应该被抛进浅水池塘的水里,并被暴露在阳光下,在那里很快腐烂,其外面毛茸茸的物质被溶解。然后,它被从水中取出,并展开晒干;当它足够干净时,有点儿心跳和震惊之后,剩余的只有内部的、坚硬的、黑色的、有弹力的长丝,纠缠在一起,很像马鬃。[59]

　　像富兰克林一样,巴特拉姆谋求社会进步的结果是激活生态感知;他喜欢想象丰富的寄生虫如何可能被人类使用。然而,对他来说,观察不是功利主义的底线;好奇心和奇迹更是不受约束的:共同提高感知,不是为省去别人的麻烦而设计的专门知识的一件功绩。不像巴特拉姆从未如此引起共鸣地描述对外来植物、动物和风景的清楚检索那样,富兰克林的生态计划目的不是为了刺激与物质环境相互作用,而是为了使其变弱,使行人能够从事他们的生意而觉察不到他们周围环境,而不是更多地觉察到其周围环境。同样,正如经历了一个寒冷的冬天而没有集中供暖的人所熟知的那样,富兰克林火炉的设计,是为了减少身体不适和身体的自我意识。

　　那么,没有或压抑对生态协调的自觉意识,不一定是轻蔑之语。约翰·缪尔为"有我不了解的如此健康"而很高兴。[60]在美国本土诗人西蒙·奥尔蒂斯提醒他自己的一首诗中,正是被剥夺了这种透明度的痛苦意识驱使着发言人:

> 我只是一部分
> 在许多部分中的,
> 而不是一只奇特的鹰
> 或者一座山。我是
> 一个透明的呼吸。[61]

　　在乘飞机飞越霍皮人和纳瓦霍人的故乡期间,他试图以这种方式去调整自己,使其成为自己独立的个性。为了改述莱斯利·西尔克的关于对本国人和欧洲美国人的景观陈述的差异,生态细节的特性实际上可能预示着缺乏连通性,[62]这是一种观察,它可以对付巴特拉姆对植物和动物的个别物种的细小的雾化的具有众所周知的固定形式的描述。从某种程度上来说,超聚焦可以赖以将一种秩序的外观带给穿越一个地域的一系列飘忽不定的漫游物,这个区域的空间安排、地理边界和社会组织只能够粗略地描述。

压抑和夸张在富兰克林与巴特拉姆这里是迷人的、启发性的,这同样适用于后者,即从梭罗到雷切尔·卡森的那些更自觉的生态文学作家,这将见之于下文。这种按透视法缩小描绘对象的心理/文本实践,无论是偶然的还是有意的,都是对我将称之为"生态无意识"的负面表现,虽然这听起来好像过于神秘。从某种程度上来说,我通过这一点想表达的意思是指在引起意识上的可预见的、慢性知觉迟钝的限制条件,然后就是指所有那些要被注意和表达的事物的发音。正如意大利建筑师多纳泰拉·马佐莱尼所言:"非言语交际的、预逻辑空间的生活经验只是在某种程度上是可以翻译成语言的或可叙述的";"初级脉动的空间化……不能被包含在任何结构或故事的网页中。"[63]这里在我自己的更具包容性的概念中,在其消极方面的生态无意识是指来到任何水平上的全意识的个人或集体知觉的不可能性:观察,思考,发音,等等。我不会假装能够确定那些按照透视法缩小描绘对象的所有原因:科学的无知、注意力不集中、专业知识的好奇心、民族优越感、自我保护、语言本身的规则——清单很长。然而,生态无意识也会被视为潜能事物:作为对物理环境及其与人相互依存的完全觉醒领悟的一种残余的能力(个别人的、作者的、文本的、读者的、社区的)。事实上,尽管像富兰克林和巴特拉姆这些人物很认真,但被他们表现了出来的各种按照透视法缩小描绘对象,比对把握没有被注意到的细节的意义而实现的突破更不值得回味。在本书中,不管会有什么样的阻塞,我尤其要坚持想象对实现这些突破的力量。在我看来,认识到这些透视

的或惯性态势的生态无意识的长期存在,不应该减少而应该
加强人们对生态无意识的兴趣,当生态无意识在创作和批判
阅读工作中被激活时,它就作为一个有利的基础条件。

随后,我将提供一个更精确的定义。但首先,为了进一步
说明其范围和运作活动,我认为不会存在这样一个住所无法
被惊人地和富有成效地以某种方式去恢复,而这种方式是为
了引起它比普通的知觉所容许的更丰富的生态意识。[64]甚至
平常制造的大片土地的房屋也不是这样的住所:

> 他们拿着纸板箱,盖之
>
> 以石膏,在常青树中晾干。
>
> 想到几个世纪的崇拜
>
> 已进入那些建造的教堂……
>
> ……像一片固体的云,不会俯冲
>
> 进汹涌的蓝宝石般的大海,它们席卷着
>
> 管道进入一个大容器,运走它
>
> 靠的是马力。
>
> (弗兰克·奥哈拉:《房子》)

甚至郊区的购物中心也不是这样的住所:

> 我发现自己在一个巨大的混凝土壳里
>
> 被玻璃管点燃,伴着泵入的空气,带着
>
> 水平仪,连接着移动的楼梯。
>
> (加里·斯奈德:《贸易》)

甚至销售装饰地面外壳的奢侈品的市区商场也不是这样
的住所:

> 野蛮人的浪漫,

依附于我们需要的商业空间——

批发毛皮的贸易中心，

点缀着圆锥形貂皮帐篷，放养着狐狸，

长长的外层粗毛摆动着，两英寸超出

身体的毛皮；

地面点缀着鹿皮——白色与白色斑点

（玛丽安·穆尔：《纽约》）

甚至被隔离的曼哈顿鸟瞰简图也不是这样的住所：

两河之间，

公园北侧，

像黑暗的河流

街道是黑暗的。

黑色和白色，

金色和棕色——

巧克力色蛋羹派

镇上的。

（兰斯顿·休斯：《岛[2]》）

这些段落简洁地表达了对工程环境的扭曲。并非它们都可以说是主要"关于"他们描述的物质住所，而是它们共同拥有一种做法，即想揭露尽管受到干扰而一切正常的生态感知的怪事。

在这样做的过程中，这些诗会激活塞耶所谓的"景观过失"——"自然优于人工"[65]反省协会。然而，他们既没有简单地反对，也没有站在同一个假定的都市原始主义连续统一体的立场上。相反，它们表明，普通的观念可以从各个不同方向被动摇：例如，通过指向一个存在于文明结构体系之下或之外或尽管抑制着文明结构体系的更原始的自然，或通过暴露那些结构体系的暴虐。

这些诗通过各种方式寻求在反对和支持两个方面来表现我所谓的生态无意识。现在进一步详细说明我用这个新词语意味着什么。当然，在一定程度上，它源自弗洛伊德和文艺理论家弗雷德里克·詹姆逊试图对他的叙事文本的"政治无意识"理论中的弗洛伊德和马克思主义思想不同张力的综合。詹姆逊认为，心理无意识是由集体的社会经验和结构根据思想意识形态的框架来调解的，这样一个文学文本应该因此"被视为对一个先前历史或意识形态的言外之意的重写或重建"。[66]他可能希望承认生态感知的这一点，我也不会完全反对。然而，在我看来，空间物质环境中的根植性与思想意识相比，是个人与社会统一和文本构建方式的更强大的要素，并很可能与无意识精神活动本身一样是根本性的。[67]正如加吉尔和古哈中肯地评论对印度物理环境基础设施的依赖那样，"生态方法……，表明生产观念的模式［在马克思主义思想中］起初并非是唯物主义的。"[68]

在这样有特权的环境中，我不认为它是唯一的有意向的矩阵模型，也没有任何特定的原始形式的人类生态无意识，[69]如偏爱草原栖息地，更不会选择特定的艺术流派或主题。[70]毫无疑问，一个人可以指定生态无意识建构的某些方式，例如，身体的"内在"意识和"超越"身体（甚至当身体有些假肢时）的外在意识，即一个自觉地"注意到"的领域和一个"被忽视"的领域。但这种环境会根据个人、文化、历史时期的不同给予巨大的可塑性。

在那些最近考虑过环境想象是如何得到文化表达的人

中,我几乎不是第一位提出生态敏感性是人的精神生理组成基础的人,也不是第一位提出一个综合性的术语来表示它的人。虽然这篇关于人类与其他生命形式相联系的"热爱大自然"的论文,同样达到了这样一个顶点,但它比我更加强调第一自然的吸引力、第一自然比第二自然影响的明确性,及其(在一些版本中)在人类遗传学中的根深蒂固。情况更是如此:希欧多尔·罗扎克提出"生态无意识"作为生态心理学的基础,融合了格式塔心理学和深层生态学:"'野蛮'残留在我们体内",成为"集体无意识"最深层的绿色核心。"集体无意识"遮蔽了我们物种被压缩的生态智慧,而这种生态智慧是一种资源,从这个资源中,文化作为自觉反思大自然本身稳定出现的心有灵犀最终显现出来了。"[71]稍微接近我自己想法的是米切尔·托马斯休的"生态统一性"概念,这是一个整体性术语,表达了"人们在与地球的关系中对他们自己进行解释的所有不同方式,其中包括个性、价值观、行为和自我意识"。因为更多地集中于局部空间并且更多的与文化特性相协调,更接近的是段义孚的"恋地情结",这种理念就是指人类对某些类型的景观拥有文化介导的亲和力。更接近的是另一个人文地理学家罗伯特·萨克的"人文地理学",他将人类境遇想象为是由社会结构、区域物质性和感知现象学的相互作用而产生的。[72]

　　在我看来,"生态无意识"理念的一些优点是:第一,在没有指定特定种类环境的情况下,它的将境遇标识为性格的延展性;第二,它价值中立,将对某种导向的需要视为优先于具体的生态优先;[73]第三,其两面性作为一种导向,既将个人与群体相联系,也将个人与群体相区别;第四,它承认甚至被训练的感知也不可能充分了解它是如何落座的;第五,相反,尽管如此,这种性格仍然为努力将无意识提高到自觉意识和语言表达提供基础和鼓励;第六,它的含义是,与其说理论推动性格和感情,倒不如说性格和感情推动理论;[74]因此,第七,它肯定想象领域(无论被明确表达与否)具有说服力,否则的话,权威也不会被形式推理搞得精疲力竭。

生态无意识工作,正如我了解的它在文学和其他艺术作品中的运作那样,必须处理当地实际物理环境和情感/心理取向与表达的过程,这种表达可以发生在从散漫的前意识暗示到正式成像的连续过程中的任何地方。外部和内部景观永远不是完全同步的或连续的,[75]不仅因为感知和说话能力的渐近限制,而且因为重塑我们所见世界的倾向和我们使用的语言和结构工具。一个文学形象明确地指一个特定的住所从来没有被认为是理所当然的。斯奈德市的购物中心和欧哈拉的房子可以在任何地方。摩尔和休斯的壮丽图像也是相当通用的,尽管他们都清楚地表明曼哈顿。但是,这些图像的通用品质并不意味着他们缺乏他们不能提出具体环境的"当地"。在每一个案例中,诗人的方法都是采用一种可以容易辨认的空间化经验的形式,如此可以辨认是为了使其被认为是理所当然的,并通过暴露长期没有认识到而实现一定的认识。因此,这些诗举例证明了生态无意识是基本条件、温床和创造性机遇。

此外,"一定的认识"并不意味着表明了完全控制了结果。有创造力的作家像那些学者一样,从习惯、思想和词汇的人文上细致入微的常备剧目发挥作用。那些"被完成"的工作说明了他们没有掌握像论文论述得那么多,对这些论文控制得并不完美。这些锻炼着他们自己的一种力量,有时甚至违背了作者的意图——一种对凯瑟琳·李·贝茨对"美丽的

美国”的平淡无奇的校订本的阅读方法,进一步软化了其对
美国必胜信念的温和的批判。或者他们可能冲突,好像在
简·亚当斯的文章段落中的多情类活报剧与保健寓言故事的
冲突那样。或者他们可以抑制并发症,像缪尔在他甚至承认
他的景观恐怖之前敏捷地提供田园的安慰。但要指出的是,
生态无意识的接合,像它在日常水平上运作那样,来自于复杂
的私人和集体与环境的交互作用,这个环境没有人对它完全
控制,但无法否认想象的个人行为的创造力。

　　然而,这种生态无意识思想不是书的中心论点或主题,而
是一个初步的想法,意在暗示那是怎样的想象行为,这本书的
主题可以同时是梦幻般的和模仿的、自我参考的和借鉴的、片
面的、迟钝的、预言性的。

本书的大纲

　　接下来的八章可以分别作为单独的独立的研究,但它们
还是形成了一个序列。

　　第一章,“有毒的话语”涉及了一个关于想象危害的修辞
学和伦理学的重要实例,我将其视为当今生态反思的最独特
的基本条件。在这里,我将在过去 1/4 世纪的环境保护主义
的范围扩大的人口统计基础的语境下,讨论文学话语。本章
通过仔细审视雷切尔·卡森的《寂静的春天》所涉及的从 18
世纪末到现在的范围广泛的其他文本,展现了有毒的话语的
前提、前因、影响、文化意义。

　　在这最初强调对特定社区的毒性作用感受到威胁之后,
第二章,“住所的住所”侧重于论述作为衔接生态无意识的资
源的住所依附。它概述了一种为适合一个世界而设计的住所

感知和住所连通性的理论,这个世界似乎越来越没有固定位置,本章要尽力给予住所性的不同方面以应有的尊重,而这些不同方面有时是相互对立的:住所可以作为物理环境,作为社会构想,作为现象学的人工制品。最后一部分,研究了非裔美国小说家约翰·埃德加·怀德曼对一个滥用和未被好好照管的住所的恢复,预期了第三章研究"重新入住这座城市"。在这里,我重新评价了一个看似熟悉的城市写作和城市漫游者的主题,审查了其作为"重新栖居"美景的手段的可能性,而展现这种"重新栖居"美景的作品的作家有沃尔特·怀特曼、威廉·卡洛斯、威廉姆斯、杰姆斯·乔伊斯、弗吉尼亚·伍尔夫,以及从新古典主义到后现代的其他不同作家。我仿效了一系列的文学实验设计,在这些实验中这个图形变成一种感知那些作为生态文化栖息地的大都市的手段,变成一种针对城市大众社会强化的自我保护自主权的冲动去想象人格的相关形式的手段。

注意第一章至第三章传达了人们和社区应被视为通过住所被建造的程度的混合信号,第四章"决定论话语",综述了19世纪和20世纪作家对生活是由住所决定的进行想象的主要方式,也许他们的想象是强制性的或自愿的。本章从城市现实主义小说(从狄更斯到理查德·赖特)到其他景观流派,再到对温德尔·贝里和格温多林·布鲁克斯的职业和作品两者的讨论,这两位作家就是自愿服从住所约束和社区负责想象的限制和可能性的事例。然而,简·亚当斯却是强辩到底的。

第五章,"现代化与自然界的诉求:福克纳和利奥波德"将住所连通性主题扩展到了人类社会与非人类之间的关系。在区域生态环境历史的衰败主义观点的背景下,福克纳,特别是在《去吧，摩西》中，和利奥波德，特别是在《沙乡年鉴》中，两者并行发展了土地管理伦理学和财产批评，特别强调了对作为追求生态理解和生态连通性的狩猎的重新想象。他们利用动物将生态环境危害典型化的做法，在第六章"想象海洋和鲸鱼"中受到更尖锐的抨击。本章思考了20世纪末思维的突然转变，即从把海洋视为取之不尽的资源和浪漫的神秘领域，到把海洋视为濒危的全球公地，并在其中发现了一个全球性环保文化开端的突出事例。我特别注意到了一个海洋重新想象的具体实例：重估鲸目动物——从作为海中庞大的对手到需要保护的可爱的亲属。然而，仔细审查麦尔维尔的《白鲸》，即使当时他们的鲸鱼生物学已变得更加明智和他们的生态环境伦理已变得更加人性化了，但也暴露出了在当代文本中生态环境想象的一些长期的不足。

最后两章给出了对超越人类中心说与非人类中心说二分法的生态环境保护主义劝导的挑战的补充思考，没有否认其历史的、伦理的、美学的基础。第七章，"兽类与人类的苦难"，把这种二分法作为早期道德讲师思想中内部矛盾的一种遗产进行了历史化，它是通过文学和一些带有不寻常的决心和创造力的决定性的劳动分工而得到的结晶。它首先审查了关于这种划分的文学实例，然后审查了那些相关著作，从英国浪漫主义的到现在的，并特别强调了美国原住居民作家琳达·霍根的小说。第八章，"流域美学"，对那些已成为当代生物区域主义最重要的图标的意象给出了一个关键的历史性的解释，它可以给出一个超越人类中心主义与非人类中心主义划分的卓有成效的思维方式。本章从现代早期（即近代）关于河流的诗歌和散文作品开始，追溯了自标志转折点的想象的近代以来的文学创造和再创造，注意到了20世纪自玛丽·奥斯汀以来的环境意识作家,越来越使标志转折点的传统主题帝制化。

通过这些章节,我希望读者会分享到我对作为创造性想象作品中的塑造力量的生态环境影响力的感觉和对那些作品的力量的感觉,它与令我们备受折磨的狭窄视野正好相反,阐明了什么是"环境"和"环境"可能是什么。

第一章　有毒的话语

这是一个真实的并将面临灭亡的世界，我们最好要思考这个世界。

——玛丽莲·罗宾逊:《祖国》

文明产生的威胁造就了一个新的"阴影王国"，类似于上古时代有众多天神和恶魔的王国，它藏于可观世界之后，并且威胁着人类的生活。人们不再和那些居住于万物中的神灵相通，但是却发现自己暴露于"辐射"之中，摄入"有毒物质"，在"核大屠杀"的恐慌中被迫追求自己所谓的理想……在看似无害的外表下隐藏着危险并有害健康的物质，所以必须再三检查所有的东西。只有通过这样的检查才能准确无误地作出判断。第二世界仅存在于个人的想法之中和隐藏于世界之中，在尊重第二世界的前提下，需要对可观世界进行调查、用相对论分析和评估。

——乌尔里希·贝克:《风险社会》

现代人在历史上第一次自身意识到需要把自己的举

动视为在世界范围内的垄断活动……而这世界本来是全部生物的世界。像发动汽车,向草坪上喷洒毒药,空调释放含氯氟烃……或者砍伐树木,种种行为的积累将影响人们在地球上的生存环境。

————安德鲁·J.魏格特:《自我、相互作用和自然环境》

因世界充满有毒物质所引起的恐惧正日益加剧,这个问题正处于热烈讨论之中,并反复重申着。政治、科学、历史、社会学、经济学以及伦理学是主要因素。然而,毒性这个词很少在演讲中提及:作为一系列相互关联的话题,动力部分来源于后工业文明时期产生的恐慌,部分来源于根深蒂固的思想和表达习惯。

“有毒的话语”的细微复杂性需要用一整章来解释,然而,现在可以被定义为由于环境被污染引起的恐惧,而这种危险是由于人类不断使用化学物质导致的。现在,这是绝无仅有的,但是,直到 20 世纪晚期,这种现象才很明显、普遍,并且证据充足。

环境污染的话题没有从化学、医药学、社会和法律层面来处理的原因至少有两个:第一个相对忽视的原因是由于实用主义是促成公共讨论话题的重要因素。当健康和财产同时受到威胁时,这种话题就显得无足轻重了,甚至包括智力,这也迎合了爱默生的格言:对于中和判断,最抽象的真理是最实用的。在整治环境问题方面,甚至是思想、价值观、感官、表达和信念这些基本体系也比技术和政治手段更加有效。

第二个相对忽视的原因是这种集体因素,正因为如此,环境问题受到了潜在因素的限制。在文学和修辞研究领域,环境问题的涉及源于生态批判运动,尤其致力于自然界的再恢复能力,尽管最近它涉及一系列的文本和职位,认为环境问题是地缘政治学、资本主义、科技或者其他因素的产物。在演讲和文学研究中出现的环境问题被认为是以物理环境为指向的,尽管最近一些文学理论更加突出环境问题在他们课题研究中的地位。正如我在"序言"部分提及的那样,或是 N.凯瑟琳·海尔斯提出的压迫建构派那样,在话题和物质世界"共同构建"的基础上,可能会找到更好的方法。环境污染的话题是一个极好的检测:一是由于个人和社会恐慌;二是体现环境问题的证据充足。因此,本章和下一章也会更加确切把演讲的功能作用定义为实际环境中文化建构的一部分,或者是凭经验,或者是间接获得的。

有毒的标准

虽然对于有毒的关注可以追溯到古代晚期,但它在近些年来有所加剧和扩展。拉夫运河事件、三哩岛事件、博帕尔事件、切尔诺贝利事件、埃克森·瓦尔迪兹号事件:这种现代咒语,既指实际事件,也指后工业时代想象历史中的事件,这些事件确保被广岛和长崎激活的生态启示论会比冷战更长久。甚至世界上享有特权的地区也暴露出了社会理论家乌尔里希·贝克所谓的"风险社会"的症候———一个日益增长的全球的"贫困"状态,其特点是由于无能为力而使"焦虑产生团结",甚至在科学的帮助下,计算人们被暴露在日常生活的生态危害中可能产生的后果。同时,这样的焦虑也在那些没有特权的人群中增加了,很少从事绿色实践主义。在美国,自从20 世纪 70 年代末拉夫运河事件辩论唤醒的大规模运动全面启动以来,抗毒运动改变了生态倡导的面貌,从相对较少的本地组织扩大到包括数千社会群体的国家网络。

然而,由主流生态环保组织所倡导生态保护主义者的会议议程受到了财政支持,并且他们的组织由受过良好教育的中产阶级白人(以男性为特色)配备了工作人员,今天越来越被人们称道的生态正义运动(在生态正义运动中,反对有毒倾倒的活动已经成为催化剂,成为中心)越来越多地被非精英人士领导,往往不是女人,包括一个强大的少数民族的存在——这是可以理解的,如果"所有的美国人[是]不……,同样被毒死。这些非传统的活动分子也不想与主流环保主义者保持紧密一致,而是喜欢不把他们贬低为鸟类的亲吻者和树木的拥抱者。""在他们以前的生活中",记录了早期领导人的一个解释:"这些人中的每一个人都压倒性地领导了充满了私人的、迫在眉睫的担忧的私人生活。他们没有因为那些'政治'琐事而烦扰自己……他们没有人渴望被卷入其中。最多有人听到他们说不愿做那件事,出于一种责任感,因为有人不得不这样做。然后,他们每个人都因自己的经历而感到幻灭和愤怒,都走向社会、企业和政府的激烈批评。"[13]

20世纪90年代是一个容易被记住的时期,生态正义的激进主义与传统环保主义搭建了桥梁。在华盛顿召开的第一届全国颜色生态领袖峰会发出的1991年宣言的十七项观点中的最初两点是:"(1)生态正义声明了地球母亲、生态团结和所有物种相互依存的神圣,以及免受生态破坏的权利;(2)生态正义要求公共政策建立在各国人民相互尊重和公正的基础上,不受任何形式的歧视或偏见。"[14]这些声明似乎在为这样一些事情的折中混合而努力:古代美国民主的民间宗教、60年代公民权利的保障、美洲土著人的精神性和环境保护主义者的伦理。但是,关于当代生态平民主义看起来最独特的是一些非精英分子的强调社区的激进主义,以及强调环保主义作为社会正义的工具的"人类中心主义",反对"生态中心主义"强调关爱自然本身。[15]

即使生态正义理论证明得到了大部分议员的认可,生态中毒的担忧,就像核恐惧一样,它可能至少是一个引人注目的好机会,尤其是考虑到未来高度曝光的对公共卫生有潜在严重后果的突发事件的确定性。在美国,通过媒介折射出的有毒的话语的图示象征力量,对加快推进固定法律法规的"剪刀效应"是至关重要的,而这些法律法规是关于倾销和本地阻止新的废物站点在工业区"自动"移动,以减少废物的产生。[16]当然,那些自动的移动之一是将工业移动到海上——美国—墨西哥边境的加工出口工厂、在拉丁美洲和东南亚的血汗工厂、去非洲的垃圾舰队[17]——加剧了全球生态不平等,似乎把世界推得比以往任何时候都更接近亨利·列斐伏尔所预言的现代化的最后时期:整个地球被"资本主义的'三位一体'"(土地—资本—劳动力)变成了一个主权分散的、分层次的空间。[18]但是,转移证实了有毒的话语自身的效力(这是列斐伏尔对逃亡现代性进行辛辣分析所期望的),一种被其奢侈浪费所证实的效力,这已经尝试了它自己的超出"事实"的一种生活。[19]有毒的话语总是无节制的,也总是被令人不安的事件强化了的。因此,它对国家领导人和公民的谈话,如果不是日常行为的话,具有渗透作用,例如,克林顿总统 1996 年 8 月接受提名演讲,宣布了一个不言而喻的可耻的真相:美国 1000 万 12 岁以下的儿童生活距离有毒废物堆三英里的地方。最近火爆的民意调查,像 1995 年肯普顿、博尔斯特和哈特利对西海岸人五个不同小组的横向调查(主张地球优先的人、塞拉俱乐部会员、干洗店员、下岗锯木厂工人和随机抽样调查的加利福尼亚州人），对"健康环境对一个健康的经济是必要的"这样的命题，表现出强烈的一致性。[20]在这个向一个更高的程度发展着的世界中，对人的生命和福祉迫在眉睫的威胁感，为全球在环境优先上的一致性，提供了一个比传统的环境保护主义[21]更加令人信服的基础。虽然有毒的话语在召唤"穷人的环保主义"反对富人时可能会加剧社会分裂，并成为南部和北部国家之间、团体利益和个人利益之间争论的一个的焦点，但它也可以成为这样一个共同点：一个共同的词汇、一个共同的关注。正如文学评论家菲利普·费希尔在另一个语境中所评论的那样，虽然恐惧可以成为一种"道路，通过它互惠被折断"，但它可以产生一个"更深刻的互惠……，通过共同的恐惧、相互的恐惧"。[22]

在 19 世纪末，在一个迷人的散文"微生物作为一个社会校平机"，赛勒斯·埃德森，一个富有社会主义同情心的内科医生，提出了类似的想法："疾病作为一个牢不可破的链把人类捆绑在一起"；牢不可破的传染病链将"富有的人与贫穷的人捆绑在一起"，这传染病是隔离也不能长久阻止的。[23]埃德森从中吸取了人类必须相互合作和相互尊重教训。当细菌学解释疾病的起源还是一个新发现以及生态作为疾病的起因受到很大重视时[24]，这在现代医学之前是有意义的。但是，埃德森没有足够严肃重视富人的自我绝缘倾向以及种族主义者将移民视为替罪羊，将其他社会边缘的人们视为疾病的携带者，[25]更不会重视制药革命，这种制药革命已经给那些可以购买到使用权的人带来了一种新级别的安全。同样，在 21 世纪之交，我们感知到的生态危机无疑会促使许多富裕的个人、社区和社会寻求安全的避难所，在这里他们可以批判（或丢弃）那些受害者。[26]但是，寻找避难所的前景问题，在这时可能更是不可避免的,因为避难所在任何地方都变得更加模糊不清。在任何情况下,如果像普遍的生态话语之类要产生的话,有毒的话语一定会成为其关键要素之一。但是,更具体地说,什么是"有毒的话语"呢?

对有毒话语的剖析

实际上,有毒的话语是从雷切尔·卡森的《寂静的春天》(1962)开始的。第一章介绍了有毒话语的几个界定的话题之一:觉醒的感知的休克。卡森讲了一个"美国核心地带的城镇"的"明天的寓言",让人们意识到了一个无鸟、无花的春天。卡森总结说,"这个城镇实际上并不存在";"但在美国或世界其他地方很可能会有一千个极相似的城镇",它们表明"一个冷酷的幽灵已经不知不觉地向我们袭来,这种想象的悲剧可能很容易会成为一个我们都将知道的朴实的现实"。[27]然后,她开始控告滴滴涕和化学杀虫剂。

拉夫运河事件的媒体报道,是美国"有毒社区"后卡森时代的第一个被广泛宣传的案例,利用了社区毁坏的类似图片,展示了"似乎表示'常态'的图形,但[暴露]相反,通过旁白叙述……一个男孩沿着一条安静的郊区街道骑自行车,而解说员旁白则说,'在诸多家庭中已经有出生缺陷和流产的实例。'……贯穿这些新闻故事的最惯常、最持久的图像",这个分析继续说道:"社区土地(校园、郊区的田地、庭院)应该是绿色的,有充满活力的郊区/家养的植物,而只显示着稀疏的、半死不活的植物覆盖,不时地看到装满了看上去非自然的化学汤的洞;房子的院子和地下室被化学软泥入侵;扰乱了社区生活。"[28]

这些图像呼应了居民的生活叙事。洛伊斯·吉布斯,成为了社区最杰出的积极分子,她坚持认为她在 1972 年到达那个地方的时候,她"甚至不知道拉夫运河也在那里。它附近是一个可爱的安静的住宅区,有很多树木,很多孩子在外面玩耍。它好像是我们的家的唯一所在。她觉醒缓慢,她背叛的感觉也相应地变慢了。从房主协会会议回来的一个晚上,当一个伙伴说'你可以闭上你的眼睛,沿着街道走,仅仅从味道来辨别每一个单独的暴雨下水道口'时,她惊得目瞪口呆。这是事实的;即使我身处其中,我依然不能相信污染已经到了我的房子。"[29]

其他的"污染社区"的研究报道了相似的画面:面对惊恐意识觉醒到,那里没有保护环境的措施,让人感到很委屈和不公平。之后,随之而来的就是一些可能的反映:愤怒、默许、无力、不相信、绝望。[30]

这些文档提出了那些不能解决的关于鸡和蛋什么生什么的问题。拉夫运河事件的媒体报道在多大程度上影响了吉布斯的自传呢?还是居民的证词影响了媒体报道呢?两者在多大程度上都被《寂静的春天》及其余波影响了呢?无论人们的是什么,卡森、吉布斯和其他人的证词都清晰地显示了旧的思维方式。例如,在纳撒尼尔·霍桑的 19 世纪中期的故事《拉伯西尼医生的女儿》中,主人公爱上了一个年轻漂亮的女人,女人照料着一个奇怪的植物园,而植物园结果被她的疯狂的科学家父亲变成了一个创造有毒植物的"反伊甸园"。的确,比阿特丽斯自己是有毒的,而乔瓦尼为保护她必须付出的代价是接受他自己变为一种呼吸就可以杀死普通的苍蝇和蜘蛛的生物。书中的设定是中世纪,但是剧情却基于同一种技术反乌托邦的思维,这是霍桑在《天国铁路》中重写《天路历程》时展示出来的。[31]当代维多利亚时代的"公共卫生学家"
暴露了像凯瑟琳·比彻的《挨饿和中毒的美国人民》明确赞
同的霍桑所表明的观点:我们舒适温暖的资产阶级家庭生活
的堡垒弥漫着有毒致命的气体。[32]

之后,卡森和她的民粹主义继任者,复活了一种背叛伊甸
园的长期存在的神话艺术,其中美国人的命运被学者们进行
了广泛的讨论,最有力的是利奥·马克思在他的《花园中的
机器》中的讨论。[33]对马克思来说,传统的主流美国文化显示
着一种天真的思想矛盾,它可以减轻早期关于技术经济发展
的焦虑。面对技术经济进步,国家政策总是在支持那些认为
自然美景是取之不尽的、不切实际的幻想。这种天真的想法
受到了少数有独立思想的富有创造力的思想家像梭罗和梅尔
维尔的批判,他们认识到了积极拥护技术和美国田园风景文
化习俗中的柯里尔与艾维斯身份认同之间的固有矛盾。卓越
的思想家马克思称为"简单的田园",而觉醒的知识分子的逆
向视觉称之为"复杂的田园"。因此,发现当代有毒话语复述
从"简单的田园"到"复杂的田园"猛然觉醒的叙事并不意外
和突然。正如建筑学和城市规划的历史学家所表明的那样,
美国郊区居民的文化建筑和甚至城市社区的文化建筑,已经
深深地留下了田园画面和价值观念:安全、干净、充足的居住
和公共场所的愿景想象社区(包括在独栋家庭房屋周围草坪
的郊区绿洲和城市的祖母绿项链、花园公园和公寓窗台上的
花盆箱)。[35]田园破坏的创伤以一种常见的趋势不断加剧,因
为人们"对他们熟悉的领域有一种强烈的但不正当的主观免
疫意识":因此在家里或花园里喷洒药物时不能阅读产品标
签或采取基本的预防措施。[36]

通过田园乌托邦纯真的玫瑰色透镜,洛伊斯·吉布斯回

忆了拉夫运河非常适度的居住地区。同样,莱格勒的被垃圾填埋困扰的泽西岛社区北部,当地居民定居在那里(因此肯定了主要案例的研究),成为从城市逃向农村田园生活的一部分。[37]同样,阿拉巴马州的萨姆特郡县,是一个穷困的地方,70%的非洲裔美国人的社区就在这里,因为它有一个全国最大的废品处理设施,所以被美国环境保护署列为保护的重要目标,被当地激进主义分子宣传为"一个美丽的农业地区"。[38]这些图片事件的准确性不如它们在心理上虚夸的言辞更有说服力。

将生态平民主义抗议和田园价值观相联系,人们可能就会使分类模糊不清,因为田园情绪的最明显的生态环保主义者的遗产——在梭罗·缪尔传统中的环境保护主义——已经成为了精英生态环保组织的经营理念,与此相竞争的又是生态正义的激进主义。不仅后者有不同的人口结构,还在核心价值观方面也有所不同,因为它是更明确地以人类为中心的,[39]更注重于人口密集地区而不是开放的空间,更注重于社区改善而不是身处大自然的经历。然而这两个派别共同坚信,生态环境应该比现在更原始和淳朴,应该是一个健康的、养育灵魂的栖息地。因此有毒话语寻求精神支持就有意义了。它对田园理想重新聚焦并使其民主化:一个有清洁的空气、干净的水和愉快的整洁的环境的培养空间,它应该是一个人的权利。

从绿洲的幻觉中的觉醒伴随着或沉淀着无躲避有毒渗透的避难所的世界的叠加图像。这是小说《寂静的春天》所传播的第二个惯用语句。卡森坚持认为,这是世界历史上的第一次,现在每一个人从在胎儿时期直到死亡都在遭受与化学品接触的危害。[40]社区、人群和最后被神秘的有毒网络所污染的整个地球的景象反复被生态正义激进主义分子所调用。它进一步努力去创造一个被剥夺了权力的群体（"自石油被从阿拉斯加的地下取出来的那个时侯，到在北里士满［加利福尼亚］的提炼加工，再到石油最终在穿越西奥克兰的高速公路上被燃烧，穷人和有色人种付出了代价"）。它通过强调"在她们自己生活中的特定健康问题与引起这些健康问题的国家政策和权力的更大世界有联系"，来帮助动员组织先前不关心政治的女性群体。它被少数的被危险废弃设施遗址所威胁的社区所调用，来说服住在邻近地区的白人居民。在这些地区中，"没有一个社区的哪一部分本身是一个孤岛，当它们当中任何一部分受益或者受损害时，全体居民都受影响"[41]。抗毒抵抗运动国家组织的出版使《每个人的后院》经受住了考验。

正如田园诗的背叛的言辞一样，有毒的传播的言辞不是起源于卡森，也没有局限于生态正义运动。它遍布在流行文化中，例如，像菲利普·迪克的《机器人梦见电子羊吗？》、约翰·布鲁纳的《羊抬头》、斯科特·桑德斯的《玻璃容器》以及保罗·泰鲁的 *O-Zone* 之类的生态灾难小说。[42]正如卡森的诊断那样，这些作品的动力来自于冷战时期的核恐惧。就在《寂静的春天》发表前，支持卡森发起限制使用化学杀虫剂运动的约翰·F.肯尼迪总统警告美国民众，"这个星球上的每一位居民都必须考虑到有那么一天，这个星球可能不再适合居住"。[43]卡森明确地表达了对杀虫剂产业品牌化的焦虑，称其为"二战的儿童"，并把杀虫剂的后果比喻为大屠杀：武器、杀戮、大量的受害者、灭绝、尸体、大屠杀、征服。[44]

但在冷战时期和核时代为全球有毒言辞的起源定位的理论，并不能解释它的长期存在和复杂性。马尔萨斯担心全世

界的资源因被过度开采而毁灭不是"新的范例"。这在自然
资源保护论者的思想中已经被称为是一个长期的传统。[46]在
20世纪30年代和40年代，艺术家、自然资源保护论者J.N.
(丁)达林，在多家报刊同时发表的卡通图画中推广了一个资
源已经耗尽的世界，将地球描绘成一个有巨大坑洞的球体，而
那个坑洞是美国曾经所在的地方(讽刺企业贪婪)，或者描绘
成一个接近空了的小水壶，由一个身材极小的自然妈妈照料
着，而被一个巨大的饥饿的巨人("世界人口")夺去了光彩，
这个巨人不耐烦地拿着一只巨大的乞讨碗。[47]事实上，被毁坏
了的世界图景可以追溯到现代第一位保育人士的著作，乔
治·珀金斯·马什的《人与自然》(1864)。该著作回应了
17—18世纪欧洲的前哨公务员们提出的关于生态脆弱岛像
圣海伦娜和毛里求斯的警告。[48]

当理查德·哈彻，第一个非洲裔美国人，印第安纳州加里
市市长，一位熟练的拥有敏锐的社会正义感的政治家，在为了
更好的大气质量而举行的一次运动之后，设法团结了城市黑
人、郊区中产阶级居民和白人工人阶级，他们可能没有受到卡
森的影响，更没有受到先前的有毒话语传统的影响。但是加里
生态联盟的成功——直到20世纪70年代衰竭地区的不景气
严重地打击了这个城市以致于失业问题大大超出了其他的市
民问题——有赖于作为社会统一者的污染的力量："能够为敌
对各派之间的分裂架起桥梁的几个议题之一。"[49]正如乌尔里
希·贝克所写的那样，"贫穷是分层的，烟雾是民主的"。[50]

与哈彻联盟建设的成功同样重要的是他提出的统一公共
敌意的战略，即通过把生态改革和社会正义联合起来反对
"共同贪婪这一共同的敌人"[51]。这是有毒话语的第三大主
要组成部分：道德热情铸就了一个戴维对抗哥利亚巨人的情

节。这个主题在美国生态思想中有双重起源。规范的起点是约翰·缪尔和吉福德·平肖之间展开的斗争,原因是为了一个问题的西奥多·罗斯福精神,这个问题是是否保留赫奇峡谷作为约塞米特蒂国家公园的一部分,或者是否允许山谷筑坝来为旧金山市区供水。缪尔指责"每个级别的恶作剧制造者和强盗""努力让一切变得金钱万能"是没有用的——尽管他的确设法临时使罗斯福心神不宁。[52]在历史上,与缪尔的运动同时,但在美国环境保护论的历史上却很少提到厄普顿·辛克莱的《丛林》(1906),这本具有里程碑意义的小说谴责了肉类加工业对工人的迫害。这是另一个起源:不是揭露丑闻的叙事,而是代表城市和工作场所改革的首创精神的聚集体,这些精神在19世纪末聚集力量,包括拉斯金激励房产运动、加强劳动风潮、工业毒物学的诞生。这两个遗产很快相联系并表明,不是简单的根据等级的社会划分,而是空间的划分(职场相对于家和休息空间,城镇相对于农村)。哈彻通过宣布所有的加里社区是共同的受害者来编织了这些问题。

卡森在全球层面也是如此。在一篇纪念性的散文中,生态正义激进主义分子维克多·路易斯称赞她暴露了"公司权力与化学昆虫控制的疯狂爱情"和她"谴责父权制暴行的"典型的女权主义。[54]这就是说,承认卡森控告军事和政府机构以及为了追求不起作用的根除项目和为了不计后果或不顾已知风险的警告而散布毒物的化工企业。然而,卡森本人的愤怒不是针对特定的组织和官员,而是针对根深蒂固的不听话:针对"化学事件的接二连三……,愤怒地针对投掷生活织物"——"像穴居人类的俱乐部一样的粗鲁的武器";针对"倾向于那些狂热者和信徒们,他们违反常情地要求他们的食物远离昆虫毒物"。[55]

通过面对一个单一的对手而不限制自己来使恶言谩骂获得力量。它因为我们像化学制品消费者那样静默和复杂而没有赦免我们，而是认真地保存了一个将我们与他们二分的方式——甚至像《寂静的春天》表明：普通市民是军事、企业和政府傲慢的受害者（反对派总是带有雄性特征）。在指责言论中的这种普遍化转向几乎与控告本身一样重要。即使路易斯，他希望卡森已经敦促"社会与生态正义之间，以及公民与生态权利之间的联系"，他指的是"我们猖獗地滥用农药"。[56]毕竟，生态正义活动家在觉醒以后，他们不再是漫不经心或无知，不再看上去有一种外在的邪恶。值得注意的是，路易斯对卡森的赞颂先于关于《反对杀虫剂的行为准则》的强有力的引导文章，其最后警告是"不要雇佣专业人员，睡觉去吧"。[57]此外，在许多情况下，将"生态种族主义"称为是罪魁祸首而不是一个特定的代理，不仅更准确，还更有效。

在这两种情况下，霸权的压迫的威胁是有毒的话语的关键。作为回应，生态正义运动促进了对当地自我认同、受害者和基层抵抗的一种自觉的、见多识广的感觉，这些都在"社区"或"居民区"图像中概述出来了，在全国范围内打击了"有害工业入侵和外部渗透"。[58]这些条款意味着那些人口群体，对被有毒威胁破坏了的地方认同和社会认同有一种共同的认同感。然而，整体定居图像是相当灵活的。它可以扩展，不仅包括在历史上自我认同的实体，像阿尔森岛、路易斯安那州["一个农村社区，是黑人地主，其目前状况是一个稳定的工人阶级的郊区（98.9%是黑人）土地"]，而且包括那些统计区，像在洛杉矶中南部的邮政编码90058["这个社区（把我的社区用斜体）是一个非住宅活动的天堂]。有超过18家工业企业在1989年在这个地方排放了超过3300万磅的废弃化学制品。[59]然而,这个地方弹性政治一点也不符合这个地方本身的社会环境。正如社会地理学家约翰·阿格纽所说,"住所是指社会结构化的一个进程",这个进程"如果不参考帮助定义那些住所的'外部力量'是不能够被理解的"。[60]当然,在有毒的话语中,这些力量就是入侵者,它多余的注意力将这个住所、生态正义的积极促进者和读者作为目标,读者的注意力被吸引到这个显著的地域。"住所"是什么的争议是可以预料到的。

由于有毒的话语关注特定的情况,所以它容易剪辑拼贴为哥特式。当卡森去超市的时候,她的注意力会集中到这样的奇观上,如"那些远远超过医疗毒品有更大致人死命力量的物质,对于这些药的用药,可能需要在隔壁药店签署一份'毒药注册登记单'……在孩子想寻拿东西的手容易够得到的地方"是盛着引起痉挛的化学药品的脆弱易碎的玻璃容器。"这些危险当然是跟着购买者进入其家中",被放在摆着这样一些物品的架子上,如厨房架子上的纸"被杀虫剂浸渍,这不是仅仅对一方,而是双方相互浸渍的"。[61]今天,怎样解毒的指南充满了类似的警世故事,像"个体经营的郊区工程师"尤金·比曼,他"加强了他的房子,让它更节能",结果死于一氧化碳中毒,或者像达纳·谢瑞尔,将她反复出现的"心悸和关节痛"追查到在她的床垫中的"农药残留"。[62]

正如尤金·比曼和达纳·谢瑞尔那样,当受害者至少在理论上从来没有选择的时候,哥特化就变得很耸人听闻了。考虑一下五岁的阿肯色·萨格斯(Anttwon Suggs),他的故事在《洛杉矶时报》上以文章的形式公开发表,反映的是全世界的孩子们中的哮喘病,特别是市中心的非洲裔美国人。阿肯色·萨格斯在学校里上学时疾病突然发作,他喘气呼吸并请求他的老师帮助，"但她责备他行为不端"。他被送到学校护士的办公室时已经太迟了，"恐慌开始了"。当阿肯色·萨格斯"竭力地从他阻塞了的空气通道里吸取氧气时，他的眼睛鼓鼓地带着恐怖"。他的母亲被慌忙地召唤了来，"她抑制住自己的歇斯底里"，努力地"去让她的儿子镇定下来，但这时她唯一的儿子吸了最后一口气就死了"，[63] 被困在学校地牢的内廷里。该报告发现尤为令人震惊的是，这一事件表明了青少年受害者这一类人的困境。他们的人生故事没有在社区、居住区和工作场所的无尽悲剧中反复滚动。

正如我们之前的传统主题一样，前驱形式在这里也可以追溯到早期工业化。在美国文学历史上，公共卫生问题的哥特式始于第一位重要的小说家查尔斯·布罗克登·布朗，他在《阿瑟·默文》（1799—1800）、《奥蒙德》（1799）和其他著作中大肆渲染地描绘黄热病在费城和纽约流行。在19世纪早期的欧美，哥特式化了的生态的肮脏加剧，归因于农村和城市贫困，也许最著名的弗里德里希·恩格斯在《英国工厂工人阶级状况》（1845）和查尔斯·狄更斯的小说《艰难时世》（1854）对曼彻斯特和其他英国工业城镇的描述，也设置在了英国工业的中部地区。

考察19世纪中叶暴露的纽约市的深处，埃里克·伯格记录了他们对"维吉尔模式"的依赖："导游下层社会"贫民窟，以比喻的方式（即寓言化）用圣经的经典术语将它们解释为"迷失的灵魂的故乡"，目的是给那些不知情的读者灌输震惊和同情。[64] 赫尔曼·麦尔维尔把维吉尔的模式搬到了新英格兰的工业城（"你作为但丁的崇拜者站在通向'少女的地狱'的峡谷的门槛上"）；丽贝卡·哈丁·戴维斯将它搬到腹地的工业城市（"没有留意到你的干净的衣服，和我一起来——在这里,进入最浓的雾、泥浆和污秽的臭气中")[65]它仍然是曝光的一个主要新闻,像雅各布·里斯的《另一半人怎样生活》(1890)和杰克·伦敦的《深渊中的人们》(1903),[66]两者都与辛克莱的小说《丛林》和甚至调查研究者的著作是等价的,如简·亚当斯的宠儿爱丽丝·汉密尔顿,美国工业毒物学的创始人。汉密尔顿在她的自传中回忆了在阴冷的1月对密苏里州乔普林市冶炼金属铅的一次访问,这是"我曾经见过的最沉闷、最绝望的社区……,村里没有树,只有……,来自选矿厂的垃圾,它形成了一座座巨大的金字塔,其构成是地面岩石和一大片辽阔的细沙。这是我的眼睛能够看到的。当我看时,脑海里浮现出《旧约》经文:'在你头顶上的天堂将是黄铜,在你脚下的地球将是铁。'"[67]

这里我们也看到了维吉尔模式的潜在的双重含义:倡导社会重建,其方式是重新将被解救的和该死的进行两极分化;引导者比那些倒霉者如此聪明得多,如此地更像"我们",因此那些受害者几乎不是人类。有时,谦虚是要深思熟虑的。在具有大男子气概的冒险家伦敦和摄影师里斯那里,怜悯可能会突然被人蔑视。狄更斯的人道主义使他没有这样;但是狄更斯和辛克莱俩人都将不会放弃全知式叙事,而汉密尔顿将会怀疑诊断和治疗工作场所的生态问题的最好的方法是专家和管理人员之间的合作。穆里尔·鲁凯赛面对着《匙河集》中阿巴拉契亚矽肺病受害者的独白,打开了她长长的劳动积极分子诗歌《死亡之书》,但被包裹在沉重的社论说教里。[68]

当代的有毒话语继承了这一模糊不清的遗产。卡森动不动就依赖于科学的权威。但是在《寂静的春天》里,表达作者和读者与描述的场景之间的关系的术语发生了改变。如果没有实际的有毒地狱的公民的话,双方目前都是可能的。此外,在当代有毒的话语中,受害者被允许颠倒角色和索赔权力。生态正义期刊包含大量的草根宣誓书,它们来自社区代表,伴有积极分子调查人员和学者顾问的确凿的证据。业内人士的宣誓书使维吉尔哥特式中的那些时刻成为中心,那时——在地狱本身的精神中——受害者通过变成向导的指南而简略地实现了代理。

　　总共这四个相互关联的结构部分,在它们的文化根植性和当代转换中,尽管承认种族、性别和阶级这样一些社会差异标志决定着什么团体会受到什么程度的风险,但促进了毒性文化的统一。卡森被生态正义运动作为先驱、先知和鼻祖而采用是一个范本,其中《寂静的春天》里,用的是一种自律的分析—讽刺的语气,在纪录片里,被一个相同背景的人慎重地标记为直接受过良好教育的、中产阶级的、城郊/城市公民(最初它被《纽约客》连载)。但它也是这样一本书:热情关注所有受害者的威胁,它的作者是一个确定的和成功的对工业所带来的攻击的殉道者(卡森因癌症死亡加剧了悲伤),她经受的出版的严酷考验重新证明了它是一部具有"通用"范围的著作,其中所讲的内容来自有毒的受害者,面向有毒的受害者,为了有毒的受害者,而这些有毒的受害者来自每个住所和社会生态。[69]

毒性、风险和文学想象

　　这么多的类型分析。现在,为了理解这部创造性的和批判性的生态描述的著作,让我们考虑一些关于维吉尔旅游的更广泛的含义。显然,一种含义是有毒的话语需要一种想象物理环境的方式,这种方式将社会建构主义与生态修复的观点融合在一起。想象行为有能力将我们与"生态整体主义"(重新)联系起来。[70]迄今为止,与"生态整体主义"的生态批评通常宠爱的模型相反,有毒的话语相信,通过这样的方式,整体论的可用性是荒唐的和会造成不和的。然而,它同时承认修辞的感染力和对净化的物理环境的理想中的人类和行星福利的益处,这种净化的物理环境是其最终目的,因此,承认物理环境对意识形态工艺制品或社会经济对等物是没有还原能力的。它的动力不但可以加强去浪漫化,而且强烈要求阐述"自然"这一有效范畴。

　　一方面,客观自然界的文化重要性,真实自然本身的本质,不再是仅仅定位于所承诺的过去、现在或将来的避难所,而是作为与人类相互依存者,来应对人类遇到的现在逃避不掉的自然的事实/意识——如果自然在某种意义上事实上并非总是如它所呈现的一样——不是原生的而是受影响的"第二"(即被改良了的)自然或者(用德里克·贾曼的短语)"现代自然"。[71]然而,人们的希望可能在于其他方面,可能希望有毒的话语所承认的作为人类居住的物质环境的性质,不是一种整体精神或者生物经济,而是一种网络或一些网络,在网络中,人类是被各种有关生命叠加覆盖的(像或不像);同时,原始自然在很大程度上被现代科学技术所改造(像或不像)。如果这种观点承认人类力量的影响和人类需求的合法性,那么这种观点既不是"自然环境保护主义者",也不是"自然资源保护论者",因为资源管理并不像与物质环境可行共生那样是它的目标。

　　另一方面,"自然"和"生态"话语的边界现在变得比以前设想的更有弹性得多。正如亚历山大·威尔逊已经观察到的那样,那种流行的北美定居文化,"城市和乡村的意识形态,作为分立的和独有的土地形式,已经是毁灭性的",因为已经意识到两个领域的生态状态和潜力的枯竭。这些陈规约束着人们把乡村视为一个生产场所和城市需要更大的生态自给自足。尽管威尔逊持有一个好的论点太久远了,但基本观点是合理的;[72]并且对在"生态"意识的文学研究中与内地流派的传统上的结合有相同的观点,这些流派像旷野浪漫和"自然写作",但不是与城市文学的结合。有毒的话语解构了二元思维,为有住所生态意识的作家理查德·赖特和查尔斯·狄更斯,以及同样热衷于田园化的同行像卓拉·尼尔·赫斯顿或者托马斯·哈迪的考虑,开启了一种思维方式。

标准流派区别的这种模糊没有什么地方比在当代自然写作的著作中更加显著的了,这种自然写作的著作产生于有毒焦虑的压力之下,如特里·坦皮斯特·威廉姆斯的《避难所》(1991)。[73]《避难所》展现了双重情节:一是在大盐湖由于地势上升美国犹他州野生动植物保护区已经濒危;二是威廉姆斯的家庭妇女致残的癌症可能是由于顺风的放射性尘埃,来源是十年在内华达丝兰平原的地上核试验。这本书的高潮是叙述者领悟到她的家庭可能被不知不觉地置于危险之中,原因是意外地过于靠近在20世纪50年代早期的一个特别肮脏的爆炸。[74]读完这本书以后,它使我们立刻明白了其至绿色活动家的上一代就有人已经在写这个地区了,像爱德华·阿比的《沙漠独居者》(1968)和《故意破坏帮》(1975),都遭到了忽视或镇压。[75]

威廉姆斯的愿景的两个领域——野生动植物和家庭疾病——赞同和反对相互交替。荒野既是疾病的解毒剂,也可以逃避面对疾病;母亲和祖母的去世既是自然的过程,但也是那么的不自然；并且叙述者将注意力分散到这些焦点上的方式，是对治疗和症状的断断续续的把握，这是她和她的文化所含有的，也是她们的身心与将她们包含其中的生态之间的关系所含有的。正如我们所看到的那样，这使得威廉姆斯承认和抵抗将自然从社会中隔离出来的欲望——自然环境保护主义者传统观念的一个危险，也是一种纯真状态，从这个纯真状态，生态民粹主义领导人像路易斯·吉布斯必须醒来才明白是什么东西已经袭击了他们的社区。《避难所》变成了田园主义如意转向的衍生评语。威廉姆斯像她之前的卡森一样，认识到当相互依赖开始使实际污染社区的受害者震惊觉醒，影响对那些最烦恼的事情开始觉醒的阅读听众时，人类社会和物质环境都一定获利，而对这些受害者来说，"环境对他们理解生活比以前变得更重要得多"，反过来，这又会"破坏［他们］相信［人类］统治地球，这是西方文明观的特点"。[76]

　　《避难所》的住所重点在有大都市的腹地叠加出现，这不仅避开了传统自然写作的划界，而且考虑到了传统，采用的方式是指向一个以前没有被完全承认的相互依赖。实际上，这些著作中最权威的作品，梭罗的《瓦尔登湖》（1854），自始至终坦率地承认作者不仅曾经是，而且现在也是"一个文明生活中的过客"；[77]在这本书中，正是从那种混合的视角读到了生态中心的转向，包括梭罗的政治理论（非暴力反抗的），这种理论随着这本书（提到了他的监禁）的进行而演进。《避难所》与其说证明了家庭疾病的原因，倒不如说摆平了指控和避免了索赔。这产生的特定的转折性指向由像威廉姆斯的这样的著作提出的又一组关键的问题。

　　我们更早地注意到了道德情节剧对有毒的话语的重要性，以及那些累加的言辞，用这些言辞提出生态中毒的索赔。

正如玛莎·努斯鲍姆对狄更斯的《艰难岁月》所写的那样,阅读它,就会感觉到"是由作为一种特定法官的小说构成的"。努斯鲍姆欣然接受了这个适当的角色,相信像狄更斯一样作为小说家感情投入地想象社会边缘人的生活能力一定是一项精巧地制作清晰敏锐的法律依据的重要的资产。但是,关于证据问题是怎样的呢?尽管"文学法官"可能确实是更倾向于想读一个"在其完整的历史和社会背景下的"案例,但他或她也必须应对像在《艰难岁月》这类小说中的叙述偏见现象,更不用说是矛盾修饰法的多风格的"非小说"。有毒的话语引发了这个不同寻常的尖锐问题。

虽然它依赖于生态中毒的忧虑,因为它经常有强有力的证据,但是它是一个指控或者暗讽的话语,而不是有证据的话语。它的道德主义和强度反映了它的认识,即情况尚未被证实,但至少达到了必要部门的满意度。在 20 年的生态民粹主义期间,"几乎每一个风险存在的断言,几乎每一个有原因的属性,都一直在积极抗辩"。[79]受现有的研究基地的限制,要实证疾病的生态原因是出了名的难的,更不用说可能的因果关系多种多样了。结论性的数据和相应的监管码的生成是一个漫长而偶然的过程;[80]正如风险评估理论高级发言人所承认的,在任何情况下,"科学无法证明安全,只有现有的伤害程度。因此新技术在使用之前不能证明是安全的"。[81]甚至达到近似确定的问题被混淆了,原因是所谓责任方的可预见的不愿承认错误和错误被法律确定的麻烦过程。在拉夫运河上,"官员们[从不]认为,存在着健康问题",而不是对孕妇和儿童的可能的危害。[82]在马萨诸塞州的沃本的一个白血病集群的家族,反对 W.R.格雷斯的化学倾销,他们在 1986 年以 800 万美元在庭外和解。法官下令案件需要重审,理由是陪审团不了解水文地质证据,而这个陪审团之前已经对其进行了投票定罪。[83]

这种科学和法律的复杂性气候甚至在说话之前就对有毒话语进行质疑,然而也承认它的存在,并认为它是社会和伦理的进口输入。科学和法律程序的这种深思熟虑的速度和方法论上的理性主义与有毒的话语的紧迫感直接相反,让那些环境疾病的自我认同的受害者在无情的愤怒和苦不堪言的不确定性之间动荡不休。例如,威廉姆斯承认"我不能证明我的母亲……或者我的祖母……连同我的姑姑们因犹他州的核辐射患了癌症。但是我也不能证明他们没有。"[84]这种沮丧的不确定感,促使她走向犹豫而持久的影射暗示。托德·海恩斯的1995年的电影《安全》同样也是如此,是关于一个高消费阶层的圣费尔南多谷的女人和一系列新鲜事:她相信环境诱发过敏症状可以追溯到儿童哮喘。她的父权制家庭医生发现她没有什么不妥,并配了一个同样父权制的精神病医生。她最终撤退到一个密封的圆顶建筑般的"安全藏身之所",它在阿尔伯克基城上面的山上的一个独家整体健康农场里。这是由未确诊的生理缺陷或精神功能失调导致的吗?这部电影通过使其成为表面看来的催化剂影射暗示了以前的可能性,但通过提出另一种可能性来说些模棱两可的话。

正是科学和法律的可能性气候,让威廉姆斯谨慎,使《安全》的结尾含糊其辞。人们也希望这种气候在其他地方能产生出明确断言的言辞与之抗衡:一种带有它自己的道德力量的言辞。正如洛伊丝·吉布斯所宣布的那样,"我不明白,当人们的生活和健康都处于危险之中时,你们为什么需要科学的确定性。"[85]迄今为止,对生态民粹主义最彻底的研究为这种反应的合法性做了辩护,就是断然拒绝接受生态风险的不

确定度的合理性,这至少是在危险废物沉积的情况下,因为
"声称适当处置或处理的风险是众所周知的是有赖于这样一
种假想,即被允许的设施像广告标榜的那样运营。根据环保
局的执法记录,这个说法是不可靠的。鉴于目前的知识状况
和监管执法的状态,没有办法来证实风险被称为是次要的或
者是可忍受的说法。"相反,"专家们已经表明,即使那些设计
最好的垃圾填埋场,也是注定要失败的。"此外,决策分析家
保罗·斯洛维克警告说,"无论谁控制了风险的定义,谁就掌
握了合理解决手头问题的方法";风险评估社区承认,"公众
对任何风险的接受,更依赖于公众对风险管理的信心,而不是
依赖于对风险后果、概率、量级的定量估计"[87];危言耸听,开
始看起来似乎不但能够站得住脚,而且是不可或缺的。当技
术问题可以被预期到会产生组织社会学家查尔斯·佩罗所谓
的"正常事故"时,这尤为如此。那就是说,当系统的"互动的
复杂性"和测序过程的"紧密结合"是这样时,事故必定被认
为是理所当然的。[88]如果"没有系统可以通过与其环境的确切
关系来维持它自身,即能够召集足够的'必要的多样性'与环
境相匹配,那么情况更加令人担忧"。[89]

从这个角度来看,那些在某种程度上好像对抗毒宣传的
偏执,似乎成为必要的追索权,通过这种专业知识文化,学院
成为其中一部分,知识分子对其进行传播。维系导致不确定
性的重复后果的严格程序的文化,被指控逃避了一些做除了
对问题的重要审讯之外的其他事情的义务。一个专制主义者
的对抗话语,从这个角度来看,好像是为正式风险分析所包含
的焦虑准备的一个必要的出口。这可能同样适用于那些像
《避难所》和《安全》等含糊其辞的著作,带着他们对焦虑是否
可能会成为偏执狂的自相矛盾的惊奇。在这里,知识本身的

水平的不确定性,锻炼了一种想象的决心:因为没法知道,因此将有毒的焦虑作为一种心理现实和在良好的地区的外来移民的原因而安顿下来。[90]

　　然而,这些作品从而也表明了将话语变成其自己的避难所的责任。活动家们有时担心这一点。带着 20 年致力于社会工作的后见之明,简·亚当斯严责自己"在我对伦敦东部的恐怖的第一个观点中,我应当记起德昆西的文学描述",那是在《英国邮车》中,一个沉浸在文学深思的案例,提出人物角色不能阻止现实生活中的事故。虽然对这种麻痹症的文学回忆似乎恰恰使亚当斯从足不出户的心神不安而感到震惊,但是她把它当做了一个孤立的颓废的标志。在从选集的顶部鄙视真正的贫困时,她的思想甚至飞快地被互文性给俘虏了。[91]虽然她的后清教徒的小心翼翼可能是过分的吹毛求疵,但她担心这种陷阱形式是没有错的。有毒的话语根据其他话语的阻力可以压制、无法实现或者背离它自己,但它与其他话语可以起到异化传粉的作用。

　　例如,在堂·德里罗的小说《白噪声》(1985)的强大的中间部分,主人公杰克·格拉德尼的生活被改变了,那是他在一个"空气有毒事件"期间接触他所害怕的一个致命的剂量时。地方政府委婉地称之为:一个危害社区的惊人的事故。这一事件毁坏了他最初撇开爆炸不管的那种自满情绪,使他的家人相信"这些事情发生在那些居住在无掩蔽地区的穷人身上。社会建立的方式是,正是那些穷人和没有受过教育的人才遭受自然和人为的灾害的主要影响"。[92]这部小说似乎一度具体固定在这个令人觉醒的场景的周围。但生态灾难的前景似乎让人们主要想起被降低到了作为展开这位从事"希特勒研究"教授的文化空虚的症状的催化剂的地位。结局转向关注他和他妻子的慢性病、自恋、长期死亡困扰,这似乎只是与诱发事件有关。例如,除非有人将事件本身和人物角色的后续狼狈看做是一个故意安排的而未发生的事情,它诱发了一个糟糕的风险管理的场景,其意义只不过在于"其模拟的总体性"[93],否则的话,不得出如下结论是很难的:一个非常不同种类的"事件"可能会起同样的作用:一个犯罪惊吓、一个被外星人绑架的谣言,诸如此类的事情。否则,有毒的焦虑及其看上去损耗的事件,似乎主要是支持轻视大屠杀记忆的隐喻,那些记忆存在于格拉德尼的学术的建筑模仿(德国专家在德语上缺乏能力)和这部书的其他(非)事件,如他引人注目的希特勒会议。[94]《白噪声》的这种有毒事件的设计,主要是作为一种后现代的不真实的象征,提出了一个问题,这也是苏珊·桑塔格曾经在另一种环境下提出的问题:有将苦难转化为隐喻的本质的问题吗?[95]我的比喻没有考虑其他人的痛苦,也使其他人的痛苦不真实。由于几个原因,我想不应该走得那么远。

第一,小说坚持用引号来引用这个"事件",并认为格拉德尼对它的回应很肤浅,对我们的质疑有他们自己的针对性。困惑的超然、无聊、不负责任、关于这件事情的不现实的感觉——这些都是对热烈地、明确地参与我们读过的大多数文本的不可预测的反应。例如,一个环保积极分子把它们看做是无论多么的令人厌倦。他们明白这个事件会有多么辛苦,除非有人提前将他自己或者他的社区作为中毒受害者的主要候补者。相对有特权的人会持久地、聚精会神地掌握它的可能性——无论这里的关键问题是格拉德尼的注意力的持续时间,还是小说的注意力的持续时间,还是两者都是。有一种文化逻辑的"本能的"反应,即它不会在这里发生,并且也有一种文化逻辑,把有毒的话语作为偏执狂或者陈腐进行讽刺性模仿地规避。第二,对隐喻附属地位的贬谪是值得重视的事情。"事件"一旦被进行了想象,它就不能被完全收缩回去了,就会作为一种(文学)记录的"重要事情"而存在。有重要理由相信,即使"死亡的"隐喻(例如,"一种书本印刷的情况")也会改变或者至少加强文化价值观。[96]第三,在这个实例中的隐喻化,可以被更好地理解为是来自生态无意识的部分出现的代表,而不是压制战略。在20世纪80年代中期,毒性才开始作为一个展示神话般的普通美国人的个人现实来维护它自己。拉夫运河和超级基金只有几年的时间。一个中产阶级小说家将不得不应对,在有毒事件的头条新闻与看起来似乎可以预测的美国中产阶级城镇和郊区的资产阶级生活的稳定性和安全性之间的嵌入式的距离感。

废物的隐喻化是一个建设性的并行的事例。对华莱士·史蒂文斯来说,一个垃圾场是一个纯粹的象征性的住所,它仅仅是一个精疲力竭的意象的存储库。一代人之后,托马斯·品钦将废物作为了另一种象征物:颠覆特里斯特罗的象征物。[97]德里罗,在他庞大的虚构的冷战时代的回忆录《黑夜传说》中,将更多的物质上的废物视为文字垃圾和当做跨国产业,但在写实主义和将现代文明作为碎屑的垃圾意象之间徘徊。[98]即使对一个有明确的环保信念的创造性的作家来说,也仍然大力推动着回收废物的隐喻,就像在A.R.安蒙斯的1993年全国图书获奖诗歌《垃圾》中那样。"垃圾已经成为我们这个时代的诗",发言人坚称:但是为什么呢? 因为"垃圾就是圣歌",一个时代的象征物:有多种意义的象征,将史蒂文斯的陈腐创意的老旧隐喻隐含在其他事情中。标题意象仍然对审美剧本尽可能地保持着一种与社会环境的所指对象一样的刺激。

然而,安蒙斯意识到了垃圾的重要性,意识到了地球的损伤,意识到了在重要性的极端状态下的人体:身体即将成为垃圾。在这个过程中,这首诗表情冷漠地讽刺了它自己的围观者状态(我对垃圾堆的事情不了解多少:我的意思是,我从来没有攀爬垃圾堆);它通过坚持垃圾的重新利用将史蒂文斯的比喻修辞"生态化"了(诗歌"到了死人坑/和对冷却油的陈腐认识和言语以及/提到了费力地到达它陈述的黏稠的烂泥/带着光和带有闪亮音节的字符串")。这庄严又诙谐的变形现象与环境的伤心故事相互交替("没有目的的诗歌!所有这些垃圾!所有这些话:我们可以代替我们的大山用/垃圾:过滤可能是我们的小溪流出/从腐化的底部")。[99]这首诗从作为可回收的垃圾意象与可耻废物的垃圾之间茫然愤怒的不断摆动中积聚了它的能量,积聚了通过承认人类不可挽回的生物状态而引发和表明的放肆的言行。[100]

与此同时,证据积累的是关于作为广泛共享的文化自我认同范例的毒性的出现,和关于作为日益普遍的刺激物的有毒话语:也是这样的证据,即关于普通市民担忧生态恶化的证言的修辞可以影响公共政策,尤其是当媒体关注的时候。[101]与立法和监管机构在经济上和程序上的保守主义以及他们对通过既得利益游说的敏感性相反,更多的个人和社区开发了一些生态人类学家所称的"灾难亚文化"(凭借的是社会风气和社会礼仪通过回忆和/或预期生态灾难而形成)。[102]它会越来越可能成为第二自然,即每个人对人类与环境关系的生态想象。这每个人不是作为孤独的逃亡者,而是作为一些集体,他们除了承认他们不管喜欢还是不喜欢必须相互依存之外,别无选择。

在人类的集体感觉可以通过第一人称沉思的方式呈现出来的情况下，像《避难所》和《垃圾》这样的著作也想象到了"灾难亚文化"的存在——威廉姆斯的女权主义生存主义者《单排扣妇女家族》与安蒙斯的文化几瞥，都一致承认垃圾危机：

> 有毒的垃圾，有毒的空气，海滩黏性物，损坏了的
>
> 道路把各个民族相连，而宽宏大量的
>
> 陈词滥调和甜美的外观使各民族
>
> 得到安慰或绝望：全球危机
>
> 促使国际主义者走到了一起，
>
> 问题处理有了最好的程序

这种前景没有对他激发起很多希望和满足，仅仅是生态癌症受害者妇女联谊会的前景彻底安慰了威廉姆斯。这首诗，我认为是这样，在它的公式化的对立面这里挑拨性地讽刺，意识到由于它也是"我们的/罪恶这么多，在这里堆积，没有被给予/虚假的事情"。[103]正如安蒙斯在这里冷漠地指出的那样，尽管有毒化可以为社区提供一个文化标准，甚至为全球，但对它进行想象的行为，虽然无论它会激发关于回收和社会互惠等什么一厢情愿的想法，都将主要会加强废除它的渴望。我们现在就转向那可能怎样做的想象。

第二章　住所的住所

一个没有住所的世界，就像一个没有躯体的自己一样是不可想象的。

——爱德华·凯西:《住所的命运》

为了保护我们的住所，为了在住所中就像在家里一样，用想象来将他们填满是很有必要的。

——温德尔·贝里:《诗与住所》

从来没有一个地方是超然物外的。当人类和其他生命形式的身体位于某个地方，在特定的位置时，发生在他们身上的好事和坏事，不言而喻都会出现。环境对我们来说，不是"其他的"，而是"我们人类的一部分"。[1]这不仅适用于"自然"人，还适用于那些生物技术混合的现代人类日益变成的"电子人"。[2]像这种可以重新设计的身体那样，尽管生态毒化可以按照扩散到地球大气层的工业发展宏力产生的化合物的百分比而抽象地构思出来，但是给出定义、力量、说服、体现有毒问题的是那些发生在特定时代特定场所特定的人身上的特定事件。

　　这是在理查德·鲍尔斯的小说《获得》（1998）的双重情节背后的洞悉：一条线索是关于一个假设的肥皂公司的虚假历史的阐述；另一条线索是一个特殊妇女在中西部城镇对抗癌症的必败之仗的故事，这个城镇的命运依赖于那里的工业。在第一个层面上，这部小说借用凯瑟琳·海尔斯通过信息科学对殖民意识的描述，将压倒性存在模式的影响进行了戏剧化。[3]在小说《获得》当中，殖民力量是一种越来越脱离语境的和跨国性的资本主义，它是在美国佬企业文化的寓言编年史中被提出来的，它存在于事实和卡通之中：是索斯·帕索斯的美国三部曲的一种后现代更新。第二个层次，集中于劳拉·博迪的国内戏剧，成为体现住所特异性的舞台。在此，劳拉·博迪集中描述了她怀疑可能是靠近克莱尔肥皂的农产品部门和化学公司环境引起了癌症。正如在具有复杂的有毒文学话语的其他著作中那样，"真相"留给读者去从令人沮丧的数据、争论和推测的困境中推断。与我们的目的有密切关系的是，当美国中产阶级幻想（劳拉带着雷切尔·卡森或者洛伊斯·吉布斯的所有创伤从这些幻想中觉醒）同时肯定了住所依赖和体现的必要性时，《获得》解构了稳定主体和确定住所的传统观念。而对住所的依赖和体现不仅是作为必要的操作模式，而且作为一种对解构者进行解构的手段。这部小说表明，企业的主导地位，也许包括（尽管不是最终可被证明的）它的中毒实践，会变得很明显，其手段只能是通过它对特定的身体、家庭、住所——情感的和物质的——影响；而且只有通过考虑其影响，模式的霸权地位即使没有被控制，也会受到质疑。[4]体现的力量可能不会获胜，但他们是唯一可获得的反抗力量。[5]

　　住所是本章将要论述的生态想象的特定资源。一个地点越是感觉像一个住所,它就越会被热切地珍视,它被侵害或者甚至侵害的可能性的潜在问题就越大。文学想象的传统特色之一是唤起并创造一种住所感。这是为什么住所应当拥有书中描述的那样的场所的更加正当的理由。因为《获得》和我们迄今为止已经评论的大多数虚构的和基于历史事实的案例表明,对物理地点和属于某种基于住所的社区的觉醒感,与激活生态问题有很大的关系。就此而言,如果没有仔细看看住所连通性的想象是如何起作用的,那么对生态危害和生态健康的想象就都不能够被正确理解。它具有多维性、多重文化意义,以及作为一种间接的力量轮流交替服务的能力。

在 20 世纪最后 1/4 的时间里,"住所"一词在作为分析范畴失宠之后,又重新回到人文和社会理论中来。[6]以前对平台性持怀疑态度的主要原因之一是假想到现代化通过《高科技舞曲》的胜利压制了它。"现代性的出现",正如安东尼·吉登斯所言,"通过培育'缺席'的其他人之间的关系而日益将空间从住所那里夺走,而且在位置上距离任何既定的面对面互动的情况越来越远",结果是"住所变得越来越变幻不定:也就是说,这些场所按照距离它们相当遥远的社会影响而完全被渗透和改变"。[7]事实上,我们仍然每天都能听到这样的声明。另外,正如很多当地有根基的生态抵抗运动展现的那样,住所作为一个理论范畴,显然已经是劫后余生。正如一位历史学家所言,"区域主义和地方主义在当今世界到处都有,它像草燃起的火,显然已经熄灭,但在草的根部还有活力。"[8]

当一个人在思考一个经历着快速大规模转型的住所的历史行动时,这可能是一个很难领会的信条。从这个角度来看,所有那些固体的东西确实看起来似乎融入了空气,住所变成了空间。洛杉矶好像特别会引起这样一种心态,无论有人是像迈克·戴维斯在《水晶城》和《恐惧的生态学》中那样，不以为然地看待其暴力的、混乱的、自欺欺人的扩张，还是像爱德华·索加在《后现代地理》中那样，带着后现代主义的傲慢看待它对住所的无情示意图的复制：

> 洛杉矶已经变得比以往任何时候更像是一个巨大的迪斯尼世界主题公园。这是一个内容丰富的巨大王国，分为地球村文化和模拟美国风景的展示、包罗万象的购物中心和灵巧的主要街道、公司赞助的魔术王国、基于高科技的未来的实验模范社区、精美包装的供休闲和娱乐的住所，都巧妙地隐藏了嗡嗡响的工作站和劳动过程，这有助于将其融为一体。就像那原始的"地球上最快乐的地方"，尽管表面看来是奇妙的选择自由，但封闭的空间被无形的监工巧妙而严格地控制了。[9]

这是一眼就能认出来的列斐伏尔和鲍德里亚的空间转换主义理论的城市，也是艾莉森·卢里和托马斯·品钦的城市。但正如多洛雷斯·海登在批评索加和戴维斯过度泛化的一段文章中所观察的那样，它不是有不同种族的生活体验的城市，也不是有历史的城市，也不是一个用来"给男人、女人和孩子在市中心的历史工作景观中定位"的框架。[10]上面这段文章不经意地与那些匿名公司的供应商不谋而合了，这些供应商将来自文章对洛杉矶印象的"包裹"压制为"劳动过程，这些过程有助于将其合为一体。毫无疑问，夸张是战略性的。在索加对关于城市大趋势的声明中，有人发现了一个顽皮的对尼采哲学研究家盛大讽刺的版本，它改变了福柯的话语结构。上面这段文章充满了对总体未来主义技术幻想的蔑视，这比看起来更与海登的通过在洛杉矶各个种族社区的历史工作加强当地特有身份的项目相一致。具有讽刺意味的是,即使他看到这采取的典型形式是社区犯罪联防网络,但戴维斯也似乎渴望在社区层面重新振作公民意识。[11]

因此,住所可能会变成一种"反抗的政治"的一部分,"(寻求)再注册一个以住所为基础的区域身份,反对资本主义现代性的空间殖民"[12]——或者社会主义现代性,就此而言:例如,想到了前苏联解体成了一些离散的种族地域实体。这并不奇怪,这应该是这样的。没有什么全新的肯定住所反对侵蚀住所的历史力量的愿望。在工业时代的早期,乡村生活的浪漫理想化在城市开始是有意义的。在美国文学历史上,地区性感觉最强的四个脉动可能与某种团结并有关:在19世纪初,国家统一后;在内战结束时,《重新统一》后;在第一次世界大战之后,在工业化促进了非裔美国人向北迁移并开始了南方农村现代化,从而影响了所谓的哈莱姆区和南方文艺复兴后;并且在20世纪后期,由于大都市郊区化的大大扩展,虽然或多或少存在着对区域差异的抗拒,但已成为国家最常见的住宅选择。

然而,并非在住所这个名字里的所有的抗拒都发出同一种声音。有些是个人主义的和完美主义的,有些是地方自治主义的。有些具有强烈的地方性,其他的在(和/或相反)国家甚至跨国网络具有归属的自我意识。有些在世界经济中寻求赋权;有些是新生的传统主义者,像契卡索人诗人—小说家琳达·霍根的呼吁"新的故事、与对土地的爱相关的新的条款和条件",关于人们第一个对人类和非人类相统一的非二元化理解的范例。[13]而且,这些替代选择品是连续的,而不是相反。的确,世界上可能没有场所被通常认为是一个"住所",它或者是一个密封的与外界隔绝的单元,或者完全是在其外面的力量的产物。[14]

住所的飘忽不定

　　然后，第一个任务就是详细说明，当我们提到"住所"时，我们认为它的意思是什么。"住所"是比它的同胞"时间"更难以捉摸的东西。"在英语里最为棘手的词语之一"，正如海登称它那样："一个完全装满的永远扣不上盖子的手提箱。"[15]这种不确定性主要来源于"住所"在定义上有一个客观方面和一个主观方面，分别向外指向有形的实在的世界和向内指向人赋予它的观念。作为与"空间"相反的"住所"，意味着（在其他隐含意义中）"空间归功于与其意义相对"，并被赋予特殊性和价值。[16]相比之下，"时间"似乎延展性较小，至少是因为全球标准时区在 20 世纪早期就被采用。没错，我们说不同的人的"内部时钟"；非裔美国人有时拿"c. p. 时间"（有色人种的时间）开玩笑；而在印度尼西亚语中，有一个歪曲的公式短语"果酱脱字符号"，当人们为了某事迟到而用它来道歉时是礼貌的，其字面直译是"橡胶时间"。但在所有这些情况下，仍一直感到以一个客观的标准来衡量，而谁会想到测量一个人的相对于纬度和经度网格的住所的感觉的效度呢？[17]甚至一个印度尼西亚的民族主义者，如果不渴望区别对不同住所的区域感，比如巴厘岛、爪哇岛、亚齐省，他也会承认其不可避免性。

　　同样，尽管这样的处所性可能是普遍的，但是这些可以算做"住所"的地点的范围是无穷大的。一个"住所"可以如同沙发那么小——或者甚至是你的狗躺在沙发上的特定点——或大如星球：由宇航员从月球上热切地看到的地球，或者在一本古老的《全球概览》杂志的封面上,被感觉是一种美丽的蓝绿色的全面培植的存在——我们的家、我们的栖息地、盖亚大地女神。从历史上看,人类(和非人类)的不同群体认为是一个有意义的"住所"的东西,可能在无数方面有分歧和交错。对我来说感觉就像一个住所的地方,对你来说感觉可能并非如此,对整体文化同样也是如此。尽管从欧美的角度来看,房子有直角是不证自明的,但另一个文化的角度来看(例如,纳瓦霍人或蒙古人),圆形可能感觉更正确。在梭罗的瓦尔登湖或在英国的湖泊地区,人们对住所的感觉可能会截然不同,因为无论他或她是否是一个文学学者、一个恢复生态学家、一个被带来乘船的小孩、一名警察、一名来自国外的游客、或者一个长期的居民,其隐私由于夏天的涌入感觉受到了侵犯。

那么,"住所"是一个结构,具有高度灵活的主观的、社会的和物质的几个方面,这些都是不可简化的。在政治地理学家约翰·阿格纽的定义中,"住所"可以被想象成为一种(社会的)"场所"、(地理的)"地点"和"地方感"。[19]它"将这样一些元素结合在一起,如自然(元素力量)、社会关系(阶级、性别等)和意义(思想、观念、符号)"。[20]尽管地点不能单独构成住所,但场所性意味着物理地点。这也意味着情感,"在一个人的生活世界和日常实践中建立起来的浓浓的个人现象",[21]虽然对有意义的住所的心理感知的形成必然在一定程度上由集体标准及物理地形和个人倾向:住所都坐落"在与种族、政治、经济、信息、文化和宗教形态相联系的复合地理中"。[22]但它们那些结构本身,反过来,在生态上受到物理环境的调节,而它们也调节这些物理环境。[23]

阿格纽的三合一的假设本身不是很有争议的,但已经有尖锐的分歧,越过这些分歧,住所的组成部分应该放在头等重要的位置。震中是在仍然占优势的社会宪法解释者的观点（理解住所的意义的唯一办法是把它作为是由社会产生出来的）与日益自信的回答之间的争论点，这种日益自信的回答赞同自然地理学的重要性和/或住所的现象学经验。[24] 从这样的争论中涌现出来的唯有的肯定性的观点，也许就是它们更普遍地揭示了地理和住所理论的跨学科性；反过来，这又表明，未来没有住所理论能够有很大的持久力，除非它在某种程度上包含了所有三个方面，并在这个过程中认识到这个概念的可塑性和争议性。

"住所"都是如此的难以概念化，因为它在生活经验中是如此经常地被认为是理所当然的。爱德华·凯西注意到，"正如我们在我们自己的周围感觉到的那样，住所不会在很大程度上是视觉或思想或回忆的直接对象"：[25] 社会宪法解释者表明了一种对意识形态立场的影响带有相等的、针对性的看法。社会和社会群体通过阶级、性别和种族这样一些调节器，适应了文化习俗并拥有了这种意识形态立场。当人们更加彻底地努力明确地表达住所感的时候，他们经常用粗糙的词汇。这些词汇没有把握感觉和价值承诺的复杂网络，此网络将人们与他们关心的场所联系在一起。当然，尽管不能保证艺术本身将完全动摇凯西所描述的住所健忘的基本条件，这毕竟只不过是生态无意识的消极方面，但这却是为什么艺术家自己主动地专心考虑关于住所的事情，并可以成为其影响力的有教育意义的见证者的一个主要原因。

土生土长的美国小说家莱斯利·西尔科的《典礼》（1977），漂亮地表达了在早期场景的一个问题的精巧，那时部落的巫医奥尔德·矩乌斯努力地与主人公塔约沟通，传达了拉古纳的生态文化世界的"脆弱性"的想法。"他选择的表达'脆弱的'这个词汇",叙述者说,"充满了一个持续过程的错综复杂……花了很长时间来解释脆弱性和复杂性,因为没有词单独存在,而且选择每一个词的原因必须用一个故事来解释,而这个故事是关于为什么它必须用这种特定的方式来说。那是人类的责任。"[26]这段表现出的天才在于煞费苦心地表明了"脆弱性"的大意,但没有完全揭示出它的全部含义是什么,而专注的是对曲折路径的解释:每一个词是如何必须通过某个故事被解析的。不仅这些词源没有被揭示出来,而且这个本土的关键词本身也没有讲道:"脆弱的"只是实际的拉古纳词的英语翻译,是这位医学人使用的词。我认为,西尔科用这种间接的方式不是腼腆,而是为了忠实于关系和感情网络的错综复杂性,它包含着住所的深刻意义。此时,塔约距离他理解这些事情的最终状态,还有一条很长的路要走,尽管他对它们有一个直觉的把握;而且事实证明,矩乌斯自己太过于局限在他的文化视野之内去治愈塔约的独特的病理。将这里的住所感当做一个暗示立刻提出来,精确地说,是正确的。

　　人对住所飘忽不定的感觉的增长,实际上是与他的亲和力和专业知识成比例的。一个住所,直到你开始注意到一些东西时,可能看起来都很简单。梭罗说,"在半径为十英里的圆圈或者在步行一个下午的圈限中的景观的功能",将永远不会"对你来说变得非常熟悉",即使你度过了"人生的十年、六十年"。[27]的确如此。将生态无意识弄清楚并非是一辈子能完成的事情。我过去常常在周末以小组的形式进行自然散步,由一位90多岁的退休植物学家带领,他已经绕着同样的50平方英里的地区(根据他十分认真地保留着的人生航志)走了约5000次了,但他坚称他只注意到了所有可观察到的现象的一小部分。他的强大的自然历史知识使他对我们这些新手有些不耐烦和武断,他会用突然考问的方式迅速让我们困窘;但也正是以这种方式使他永远开放。他感觉到了诗人 A. R.安蒙斯在他的诗《卡森的入口》的结尾处所说的关于住所的事情,那是他每天散步的地方:

> 我看到了精密的秩序,有限制的紧密性,但将
>
> 不会那么容易地取得胜利:
>
> 仍然是更宽松的、更广阔的体力劳动:
>
> 我将努力
>
> 去控制住秩序,它扩大着对混乱无序的掌控,扩展着
> 范围,但享受着自由
>
> 是范围挣脱了我的掌控的自由,是没有愿景结尾的
> 自由,
>
> 我完全感觉不到任何东西,
>
> 明天一个新的散步将是一个新的散步。[28]

这里尤为重要的是,安蒙斯坚持"我"可以"享受范围挣脱了我的掌控的自由":愿意默许不管多么努力都无法知道。通常是,这种条件不管你喜欢不喜欢,追求住所智慧的、严肃的探求者就会减少,尤其如果他是一个无取胜希望的人时。人类学家基思·巴索的《智慧坐在住所里》在这一点上是特别精明的,表情冷漠地描述了一个受到真诚欢迎的英国人在西部的阿帕切族中面临的挑战,因为他努力地去理解这样的电报式的住所演讲:[29]

路易丝:我的弟弟……

洛　拉:它发生在《白色岩石的延伸线》,就在这个地方!

艾米莉:是的。它发生在《洁白向外扩展下降到水

面》,就在这个地方!

　　洛　拉:它发生在《小径延伸穿越带有赤杨树的红色山脊》,在这个地方!

　　路易丝:[温柔的大笑]

　　罗伯特:愉快和美好即将来临。

　　洛　拉:愉快和美好即将来临。

　　路易丝:我弟弟是愚蠢的,难道他不是狗吗?

　　蒙眬的住所引喻(那里发生的事情的密码)令人高兴、警醒,让人得到指引。巴索知道他将学会的永远只不过是它们中的一部分,无论他在这种语言上是多么的熟练,无论他在那里花费多长时间,无论他的主人解释得是多么的耐心。而且他的任务(映射和理解西部阿帕切族住所名称的)只是他可能已经承担的一系列任务之一,而且是一个相对简单的任务,比如说,与区分个人的情绪反应或者对物理景观进行人为的细微修改的任务相比。至于他的那些提供信息的被调查者,虽然他们都不断地责备他,并且作为一个民族,正如他自己将永远不会与住所相联系那样,都与住所相联系着,但是他们也知道维护住所的连通性是一个持续的专业要求高的辛苦的工作和义务,在此他们必须不断地相互指导和加强。

住所连通性的五个方面

　　即使住所不能完全被感知或被明确地理论化,但是我们可以仍然希望得出一个可行的概念,这将有助于解释住所感对文学和文化想象的重要性,也有助于解释对住所敏感的富有想象力的行为可以完成的文化著作。

想象住所连通性的最熟悉的方式也许就是根据亲密关系减少的同心区域,区域的亲密关系从中心点呈扇形散开。这就是那个在异想天开的列表背后的想法。列表是年轻的斯蒂芬·迪达勒斯在他的地理教科书中乱写的,靠近詹姆斯·乔伊斯的小说《一个青年艺术家的画像》的开头:"斯蒂芬·迪达勒斯/要素的种类/科隆钩伍德学院/萨林斯/基尔代尔郡/爱尔兰/欧洲/世界/宇宙"[30]生态心理学家发现,"孩子们确实'附属'于一个接一个的扩展的当地的住所,其中心是他们的家"。[31]沃尔特·惠特曼的诗《有一个孩子向前走去》更加全面地呈现了一个孩子日益增长的意识的现象。他自发地从父母和家庭的基地出来,基地是在越来越远的社会圈子里:过去的粗俗的农场池塘、果园、社区、学校和村庄,到达了海岸和地平线——结果到这首诗的末尾为止,像一种完全是我们城镇特有的农业/海上区域的东西被描绘了出来,回忆起了诗人的早期童年时代的长岛。

> ……鱼儿将它们自己稀奇古怪地悬浮在下面
>
> 那里,和美丽的稀奇古怪的液体,
>
> 以及那些水生植物,它们带着优雅的扁平的脑袋,
>
> 这些都变成了他的一部分。

然而,这幅图画是故意不像创造一个孩子形象的范例那样专心致志于自画像(尽管它对美丽的对象的移情预言了一位未来的艺术家)。形象范例中的"孩子过去每天都出去,并且现在每天都出去,将来每天也总是出去"。[32]段义孚的《恋地情结》支持着这样一种基本说法。段义孚收集了一系列同心地图,其中嵌入了所有各种文明的心态,如中国传统的世界观(其字面意思是"中央王国"),段义孚根据从"帝国中心"

辐射出的五个区域对她进行了图解:"皇家领域"、"附属领主的领域"、"绥靖区"、"同盟蛮夷区"和(最后)"无文明的野蛮人区"。[33]

这个同心地域模型带给我们的只有这么多。只要我们相信人们是在地理上确定了界限区域的家庭基地和社会中运作经营的,这个模型就有意义。但是,当这些的情况不是如此时,时间却曾经是,而且时间现在还是如此。对于农业和城市开端以前的古代游牧民族来说,同心地域模型将会有更少的意义,或者至少是有不同的意义;而且确实,它不能很好地满足后现代跨国主义、流动性和大流散移民的要求——正如后殖民理论家霍米巴巴一语双关地称它那样,是"散播"的时代[34]——与满足惠特曼描述的 19 世纪初期以当地为中心的海上村庄相比。同心模式完全过时了。很多世界人口仍然在精神上和物质上都过着一种以某平台为中心的存在生活,即使当地的局部世界在经济上显然在别人的轨道上旋转时。即使那些彻底的世界主义的人操作经营的可以比他们从同心地图的现代等同物中料想到的更多,也比从以欧洲为中心的世界的现代等同物中料想到的更多,以欧洲为中心的世界的"北方"是文明中心,它的面积通常在大多数西方地图上夸大,并伴有有限数量的"全球"城市,像纽约、伦敦和东京等,都是作为金融和/或文明的中心。[35]因此以欧洲为中心的全球主义的后殖民批评,事实上是地方主义,正如在印度环保主义者范达娜·席娃的控告中那样,指责"主导系统""仅仅是一个很地方性的和狭隘的传统的全球化版本",它恰好将世界的其他地方开拓为殖民地了。[36]相反,尽管社会理论比较熟悉,但是属于一个地理上有限的社区等的人的分类的一个似是而非的具体原则,一直就是作为一个人种学的错误观念或人口统计学的人工制品；[37]并且，像"德克萨斯州人"或"新英格兰人"这些种类，容易引起比事实保证的更统一得多的格式塔。更加正当的理由是，虽然承认他们安排生活的持续力，但认识到以平台为中心的同心模型的不足。

因此，住所连通性的第二个模型，将是一个场所的散点图或群岛区域，有些也许彼此隔得很遥远。有的可能始于，像地理学家罗伯特·萨克，普通中产阶级生活的形象，它如特定的复杂情况的混杂物，形成了一个人的主要的日常生活规范："我的家、我的工作、我的闲暇、我的亲戚、我的崇拜"——"都在地理上分开，并且常常相距甚远"。[38]一个不精美但可以用的决定包括什么的规范，可能是所有的坐落的位置，是那么的熟悉和习惯，以致于即使当你已经离开它们6个月或更长时间时，你还将细节记得足够清晰，足以告诉一个陌生人如何导航，这样他或她不会迷路。此外，原则上在这个目录中的每一项都可以作为一种平台的混合物被打开：我购物的市场与委内瑞拉和新西兰相联系；我工作的大楼聚集了来自六大洲的数十个国籍；那些珍珠菜在河岸上排成行，那是我乘独木舟的地方，珍珠菜是一个外来殖民者，它将本地的红衣主教花驱赶了出去；构成我的房子的材料和家具，正如萨克说他的房子那样，是"一个有意建造和维护的相互依存网络的一部分，它可以扩展到遍及全球"。[39]

因此，要充分理解居住在住所里意味着什么，不仅要记住人的主要住所之间的（非）连通性，而且也要记住来自每个住所的辐射。我所描述的案例比许多其他案例都简单……例如，它假定是一个家，而不是墨西哥农场工人的跨国游历，这些墨西哥工人在我的市场捡了一些蔬菜，或者是我的外籍同事的跨国游历，他维护着他的在巴黎的家，拥有在美国本土长期居住和终身任命的职位。

"那些只了解一个国家的人,就是不了解国家",西摩·马丁·利普塞特在国防比较研究中说。[40]对于住所来说,也是如此。在关于住所的文学中,在对当地中心主义的虔诚尊敬与更加明确地意识到住所连通性之间,很重要的是一种同时居住在不同住所的感觉。这样做最常见的方式是,通过在细心的见证人和真诚的居民之间的一个固定格式的对比,正如在巴索的人种学叙述中那样,或者如在环保型作家的游记中那样,像巴里·洛佩兹、威廉·穆恩和布鲁斯·查特文。但是比较的当地中心主义者可以做同样的事情。梭罗同时是瓦尔登湖的隐士、文明生活的寄居者,也是一位替代的去国外旅行者,那里是他反复与康科德镇相比较的地方。加里·斯奈德的加州北部是现代田园风光、亚洲古典学习、旅行怀旧、原生神话艺术和民间传说的重写本。在特里·坦皮斯特·威廉姆斯的《避难所》的决定性的这一章里,当她母亲的癌症被诊断出来时,文本上出现了一系列的小插曲,从野生动物保护区,到叙述者的家,到百货商店,到医院,到父母的家,又回到了避难,等等。这些对她来说是重要的住所,也都是熟悉的由于开放远远超出了他们自己(的思想,如北美迁徙模式、家庭历史、在其他城市购物、在美国医院的候诊室等)而使得更加不祥的住所。其结果既打碎了对住所的关注和忠诚,也积累了一系列塑造住所的相辅相成的实例,住所塑造强化和深化了生活体验的感觉。他们的迥然不同和他们创造《冲突》不一致的忠诚的事实有助于这种强化。这些住所是相互作为避难所的,它们使精神和身体存在能够区分开来,这种区分给了叙述者她需要的喘息空间,目的是为了在危机情况下行使职责;然而,出于同样的原因,个人身份认同网络包含着松散的安装或全部由它们做成的镶嵌。

例如,由于现代住所依赖或多或少地有被传播开来的趋向,因此,相反,它引出第三个考虑,住所本身是不稳定的、独立的实体,但被来自内部和外部的力量不断地塑造和重塑着。住所都是有历史的;住所不仅仅是一个名词,而且也是一个动词,一个动作动词;并且这个动作总是发生在我们周围,因为我们,只是因为我们。正如凯西所说,"住所不是暂时试验性的——因为基础必须是——而是事件思维,即处于过程中的事情,也就是不能限定于一件事情上的事情。"[41] 地理学家艾伦·普里德以相同的精神,将住所定义为"什么在不断发生,什么就有助于凭借对一个物理环境的创建和利用的特定背景下的历史"。[42]

因此,"对那些已经养成住所感的人",正如生态批评家肯特·赖登所观察到的,"一个看不见的包括使用、记忆和意义的层次——一个看不见的无形的景观,如果你要观察的话——是富有想象力的路标的使用、记忆和意义",好像是"被叠加在地理表面和二维地图上"。[43] 有时,历史和变化的标志是一览无遗的,但我们仍然会忽略它们:忽视土地形式、定居标记,甚至活生生的人——这种是浪漫的风景画家关注乡村的方式,它排斥着乡下人。一个由古时的发现者和探索者以及今天的游客犯下的基本的,有时是致命的错误,是幻想一个第一次看到时看上去原始的景观事实上是这样的——好像在他们看到它之前,这个景观长久以来是没有改变的,当然是来自自然的原因,也可能是人为的原因:从先前住所的一代又一代人。即使我将这一点作为一个历史事实"掌握"了,但由于殖民历史的修正主义正在越来越努力地教西方人如何做,因此不能保证我将能够看穿在我面前的新英格兰森林,

"看到"从前的牧场,或者想象在其之前的森林,也不能保证看到并入现在的东京或洛杉矶的一次性的村庄和城镇的混合物。但是"一旦你知道了为什么和什么,根据时间和[特定的]景观,历史是包含其中的",正如生态学家杰夫·帕克指出的,在一个新西兰湖的周围历史性地自觉环绕的过程中,"你永远不能再读到相同农村的这段延展区域了。"44

住所写作的一个分支就是建立在这个过程之上,方法是通过在记忆中向后滚动(例如,奥尔多·利奥波德的《沙乡年鉴》(1949)中的《好橡树》,在《沙乡年鉴》这部著作中,当在锯断一棵树时,作者把威斯康星州的历史以相反顺序编入年鉴,而那棵树在这个周建立以前就开始发芽了)或者从定居之初向前滚动(例如,温德尔·贝里在《清算》(1977)中的诗《历史》)或者甚至从根原基,正如约翰·米切尔的《仪式的时间》(1984),展现一个特定的美国佬社区从地质时代到现在的住所历史的传奇。正如米切尔展现的,也正如社会地理学家多琳·梅西以更学术的方式认为,要参照当代英国城镇不断变化的组成,今天甚至是昨天,如果不总是这样的话,住所"与其说是有界限的区域,倒不如说是开放的和可以渗透的社会关系网络"。无论更好还是更糟,"任何住所的主要形象将是一个争论的问题,也会随着时间改变"。45你出生的住所不再是同样的住所了。你的老家可能已经被夷为平地了,你的街坊邻居也发生了变化。在极端的情况下,它可能位于不同的国家了,俄罗斯而不再是波兰,塔吉克斯坦而不再是苏联,以色列而不再是巴勒斯坦或约旦。或者像大块的毛里塔尼亚和撒哈拉沙漠以南的非洲的其他地区,或者像科德角的东南端,自然可以为了完全不同的用途改变你的家。

你的家可能为了好或者坏已经改变了。所谓的城市更新可以产生非常糟糕的结果,像斯大林式工程,但好的结果也可能产生——以致于有个场所越来越感觉更像一个"真"的住所。在多伦多、克利夫兰和孟菲斯的大河地区的生态和建筑的修复是恰当的案例。事实上,对恢复生态学可以达到什么目标设置一个限制是不可能的,尽管它是严重的资金不足,并且作为一门学科仍然处于演变的早期阶段。[46]如果没有可预见的未来,一个"逃出时间"的视角,正如社会理论家芭芭拉·亚当称它那样——一个视角,给景观的思考带来了第四个维度,方式是通过暴露工业和自然短暂性的充满争议的思维渗透的设计的未来和历史——似乎必然会产生,在大多数情况下,记起的退化和预期风险的叙述故事,正如亚当对英国疯牛病焦虑的研究和欧洲切尔诺贝利事故的影响一样。[47]"生态教育的处罚之一",利奥波德说,"就是一个人独自生活在一个充满创伤的世界。"[48]

即使住所保持稳定,即使一个社区可以被限制性地划分区域,不再有其他东西被建造,使人留在原地或当别人离开时阻止人们迁入可能仍然是不可能的。这就引入了住所感的第四个维度:作为所有住所的一种积累或组合,这些住所对一个人或一个民族都是重要的,随着时间的推移:像一个珊瑚礁或一组树木年轮。"我是所有我遇到过的一切中的一部分",坦尼森的《尤利西斯》断言,将暂时性增加到拜伦的蔡尔德·哈罗德的"我生活在并非我自己之中,但我成为我周围环境的一部分"。[49]他并非单独自己一人。最低限度地,人们可能会保证,一个人住过的,她或者他有时仍然梦想到的所有的住所,除了自觉地意识到的,都被深深地留在脑中,并负责塑造现在的身份。

有些人相信,同很多其他事物一样,童年就是那个住所模板形成的时候。[50]文学支持这个观点,至少在有些程度上。梭罗证实,他被父亲带到瓦尔登湖是他最早的记忆之一,并在《瓦尔登湖》中表达了一种喜悦,即"这最终有助于我将我未成年的初期的梦想赋予了那绝妙的风景"。[51]那初期的景观也不一定就是一个因为有意义深远的长期的影响的快乐的景观——恰恰相反。查尔斯·狄更斯的早期的记忆之一就是他父亲在他的债务人的伦敦马歇尔希监狱里被监禁的恐惧和屈辱,这常常在他的小说中回忆出来,我们在第四章将看到这一点。威廉·华兹华斯似乎也确信,我们最大的情感能量来自于在遥远的过去的与住所相关的片刻,而那些片刻与记忆中的迷茫和恐惧的经历相关。他将它们叫做"时间点"[52],尽管"住所的片刻"将有如公寓。

同时,我们能找到反例支持相反的说法,童年的住所模板是具有充分地延展性的,它可以及时地被改变,或者几乎如此。罗伯特·弗罗斯特将他自己重塑为一个新英格兰人,将T.S.艾略特、亨利·詹姆斯和约瑟夫·康拉德重塑为英国人,将拉夫卡迪奥·希姆重塑为一个日本人。他们的工作将他们的生活实验以移植的形式改编为剧本:艾略特把他的《前奏曲》(1917)从波士顿移植到伦敦,康拉德创造了害羞的英国人马洛,詹姆斯在《欧洲人》(1878)中创造了被灭绝的美国人,那些美国人通过具有欧洲风格的眼睛看到了新英格兰。然而,最丰富的现代实例是变迁的,它们的建立是以不完全的整体性的地方身份之间徘徊的经验为基础的。在德里克·沃尔科特的史诗《奥梅罗斯》(1990)中,马霍尔·普伦基特的陆军中尉对英国人自负(以及经济的慎重)的不满,显现出了他在圣·卢西亚的重新定居,在那里(正如他熟悉的那样),他在后殖民社会将永远不会被完全接受,但他将那里看做是家园,尽管不是没有对古老的国家和他对北非战斗经历的怀旧的/讽刺的回眸。因此,普伦基特被认为是诗人,是他以前的学生,他偶尔从他的在美国的集结地重访家园,但永远无法想象永久地回来或完全被加勒比化。

无论遇到得早或者晚,塑造身份的处所不但是个人,而且还是文物。圣歌赞颂希伯来人,他们坐在巴比伦水域并哭泣,因为他们想起了锡安山(耶路撒冷)表示的是一个民族,而不仅仅是一孤独的先知,并且也同样想起了离乡背井、流放、今天流放国外的那些经历:一个人的经历是由群体的经历决定的。这种情况甚至对极为特殊的经历至少在某种程度上也是这样的,像梭罗被带到瓦尔登湖的记忆。虽然它是独特的事件,但他还按照文化原型记得它:传统的田园诗的《安乐》之所。

出于同样的原因,过去居住着一个人或者一个民族的住所作为身份的一个聚居地,在吸收过程中得到了重塑。这些记忆是指实际的住所,我们实际上依附于这些住所,尽管这些事实是至关重要的,但这个变革的过程同样重要,这使它们以程式化和主观化的方式与我们在一起,成为身份的标记。

此外,这种再创造行为,总是以个人与集体之间的某种连续统一体为基础的。在集体这方面,是犹太人写的"纪念性著作",为了纪念纳粹摧毁的社区(一个术语后来也应用于其他流散的社区);[53]在个人方面,是艾萨克·巴什维斯·辛格在《莫斯卡特家族》(1950)中对大屠杀以前的华沙的再创造。[54]在当代英语文学流派中,这种类型的第一个伟大事例也许就是拉哈·拉奥的《坎撒普拉》(1938),这部小说是关于甘地主义的农民反抗印度南部社区的统治,拉奥将其称为现代《印度史诗》(或传奇的群落历史),叙述用的是一位来自以前的社区的老妇人的语态,现在这个社区的成员已经死亡或分散了。这个集体叙事的个性化版本,对应的是这种政治历史时刻的自传式的共鸣,其立足点是最近被流放移民到国外的作者的强烈但衰减的后殖民的信条。同样,借助于某些表面上看似自身的讽刺以及对起催化作用的品性的温和的讽刺,这部小说对公共事件的虚构的纪事,叙述了激进主义分子穆尔蒂强烈而又短暂的参与,他使这个社区的妇女们变得激进,但然后让他们自己去进行反抗工作。[55]

住所感的彻底改造渐渐变为第五个也就是最后一个方面,即与虚构或虚拟住所的连通性。它们对住所的实际经历产生影响是必要的吗?在它们被认为对你很重要之前,你一定去过那里吗?如果圣歌中的一些以色列人是那些连他们自己都从未见过他们"本国"土地的俘虏的孩子,那么它会有多要紧呢?毫无疑问,它确实有点儿要紧的关系:除非这些社区是在最初形成的,否则在这个案例的想象中,这些"社区与特定的栖息地是分不开的"[56]不管圣歌对巴比伦俘虏的直接影响如何,移民创伤的集体记忆在永久保持应有的国土的梦想中有着巨大的长期的历史影响,它为犹太复国主义灌注了生气,并且最终使西方大国普遍地致力于迂回曲折的也许没有尽头的政治,这种政治致力于在中东地区的住所应该属于谁。偏远或者虚拟居住的经验显然并不总是破坏住所作为身份整形器和作为理想的力量。事实上,有时恰恰相反:没有经验可能会加强人们对住所和权利感的忠诚。

这同样也适用于该地区的今天的流亡者——巴勒斯坦人。正如难民营的一个孩子所说那样,"过去在我们中间流传的不可逆转地失去了的私人的不可侵犯的纪念品,像家谱和神庙切断了他们最初的场所……很多都被复制、扩大、变化、装饰和传递,它们是谱系网络的线绳,我们巴勒斯坦人用它将我们自己与我们的身份以及将我们相互之间联结在一起"。[57]他们也通过纪念书籍以及记忆小说和后移民返乡来使失去的社区保持着生气。在这个循环的过程中,就像在犹太人流亡和大屠杀的话语中,恢复的障碍成为记忆加强词:"零碎的记忆意味着琐细的毫米进入到强大的象征符号,因为就像考古文物,它们就是残存的那些东西。"[58]

简而言之,无论人们将其视为一件好事与否,想象的力量似乎是使个人和团体感到与住所相关的关键。[59]社会学家安东尼·史密斯甚至声称,一个"梦幻世界远比任何实际地域更重要的"[60]。他可能是对的。尤其是或许在历史上的这一点上。今天,如果不是总是这样的话,"我们对自然世界的经验",正如亚历山大·威尔逊所断言,"总是被调整的。它总是受到像摄影、工业、广告、美学修辞概念,以及受到像宗教、旅游和教育机构制度的影响和改变。"[61]实证研究证明了这一点。电视自然特别节目就是一个很平凡的日子。我们有充分的理由相信,这种熟悉的风格使得某些住所看起来更清楚和更宝贵,而这可能会对公共政策有影响。最近一项对来自大量石油泄漏的政治影响的研究发现,埃克森·瓦尔迪兹号油轮在阿拉斯加海岸失事事件感动了美国国会,在类似的法案被捆绑束缚了20年后,通过了1990年《石油污染法》,一个关键原因就是电视确实给数以百万计的美国人带来了家园,阿拉斯加最根深蒂固的想象是如何作为"一个狂野的、原始的、孤立的、景色美丽的住所……,在很大程度上未被人类改变",但被这个大灾难严重侵犯和威胁了。[62]简而言之,视觉和其他信息技术在调解它的过程中可以增强住所感;并且似乎可以肯定,"复杂的协同进化过程,连接着新的信息技术和空间,连接着住所和人类的领土权",并自从工业化以来一直在进行之中。[63]

并不只是现代仿真技术塑造和强化了看不见的住所的引人注目的图像,而且媒体已经存在了很长时间:书籍、叙事、梦想、宗教。正如刚刚指出的那样,流亡中的巴勒斯坦社区已经在某种程度上通过故事被建成了——通过口头传播和印刷文本。形象内化的过程导致了当代美国公民的多元化,他们说他们希望生活在小城镇,即使事实上他们往往不或从来没有住在小城镇过,他们可能一直经常开始讲他们读过的或者在孩提时代被告诉的那些睡前的故事。

其中有些住所,即使我们只是在心里看到它们,也深深地感动着我们,这是真实的住所。如果没有它们(无论我们的想象多么的不准确)的救济,我们的世界公民的感觉可能遭受:在波斯尼亚、索马里、卢旺达、科索沃遭受痛苦的责任感。"现代媒体",地理学家大卫·史密斯在对信息技术模拟物的普遍观点进行深思熟虑的修订时认为,"可以创建一种对遥远的生命的参与感",反过来"可以导致一种责任感的延伸。"[64]某些其他想象的住所,也深深地打动了人们,是更有远见卓识的,像传统基督教中对天国的想象,将其作为是一个乌托邦式的城市,或者是一个家,几个世纪的作家都努力地去描述它,信徒们努力地去形象化它:被约翰·班扬的《天路历程》、民间赞美诗"金色的耶路撒冷"或威廉·布莱克的《耶路撒冷》中的主角基督徒寻找的天国城市。

在看不见的实际和想象的乌托邦这两极之间,是那些诱人的但尚未熟悉的在美国中部想象的小城镇,那里的被计划的社区像迪斯尼公司的庆典,佛罗里达,企图颁布法令,[65]而且在一个更传统的叶脉,霍皮族人居住的地方土瓦纳萨维,人们被招呼着从他们漫游的地方回到这个中心住所:一个住所,其确切位置已经被多方面地认定,但在任何情况下原则上那里是一个实际的住所,那里清楚的思想给出了公共的和私人的生活结构、定义、意义,[66]即使(或尤其是?)当目前的生活世界似乎堕落到了无可救药的地步时。例如,在霍皮族诗人(兰塞姆·劳玛泰瓦玛)的诗《土瓦纳萨维》(霍皮族人居住的地方)中,标题首先似乎指向荒凉的精确性,因为演讲者注意到了他的一个收集废弃物的"垃圾桶/在他的小巷里/在我的安乐椅的下面"("两片紫色叶草/站在土瓦纳萨维/破裂的沥青/穿越四个方向")但这然后就变形了,这时诗人的情感深入到对人们可能正在寻找的"长期丢失的朋友"的想象:"在土瓦纳萨维/他们独自站着/看不见的/像遥远的恒星/其光芒/我们/不知道。"[67]

个人的经历是到达一个住所,该住所看起来似乎是一个十全十美的精神健康的地方,即使人们从未看到过它,但它被那些定居者和土著人记录下来了。保罗·鲍尔斯回忆起了他从船上看到阿尔及利亚山脉的兴奋,那是关于注定的事情的自我实现感,"好像我那时正在靠近一个自然而然的问题的解决方案"。鲍尔斯"一直是模糊地肯定,有时在我的生活当中,我应该进入一个神奇的地方,它在披露它的秘密时,会给我智慧和狂喜——也许甚至死亡"。[68]这里最后就是这样。正如阿拉斯加的土地所有权者诗人约翰·海恩斯所说的那样,他作为一个诗人,对在他的居住地磕磕碰碰的回忆更加具有刺激性,因为(根据他的解释)这以前没有任何愿望或期望。他写道,"从我第一天踏上"阿拉斯加的理查森山开始,"我知道我回到家了。在我内心的某些东西与那里的景观达成了一致。让我们打个比方说,我已经回到了梦想的地方。当然,并非恰好是为了那里,不是一个确切的地方(在这个梦想中,他一直隐隐约约随身携带了多年),但这里有一些东西离它如此接近,以致于我可以立刻接受它。"[69]

住所想象的重要性

像海恩斯的生命线轮回到我们的起点,带有挥之不去的问题:是否实际上可能会广泛地(如果不是普遍地)强迫人类寻求将自己与特定的定居地相联系,其中在这个加速流动性和位移的时代的失败,可能会希望产生许多相当于(比如说)失眠或季节性情绪失调的病理效应。把它称为住所不足、特应性、话题赤字、位移焦虑——这些都是你将会有的。海恩斯认为自己是一个流浪者,从来没有特别希望安顿下来,作为一个漫游的军事的父亲的孩子出发了。他的父亲带着全家游遍了整个地图。适合住所的感觉如此敏锐,以致于促使他不再被一个意想不到的但是深刻的、基础的、迫切需要的力量从后面抓住,而且这种需要是不会被否认的。

一些人会进一步坚持这个观点,并认为有的人出了很大的毛病,这个人不能感觉到住所的丢失是一种损失。正如肯塔基州地方主义者作家温德尔·贝瑞所说的那样:

> 你应该确定你如何行动,以及应该确定你行动的后果,根据你所处的地方。知道你在哪里(以及是否那是你应该在的地方)与知道你在做什么至少是同样重要的,因为在道德的(生态的)感觉中,你直到已经知道了所处的地方后才知道做什么。不知道你在哪里,你就会失去你的灵魂或者你的土壤、你的生活或者你回家的道路。[70]

对基思·巴索在西方阿帕切族中的熟人来说，住所连通性同样具有伟大的道德和治疗的效力。"如果我们从这里到很远的某个大城市"，一位被调查的人告诉他，"这里周围附近的住所持续地跟随着我们。如果你住错地方，你会听到这些名字，看见在你的头脑中的住所。它们继续跟随着你，即使你穿过海洋……它们让你记住怎样住对地方，因此你想再次取代你自己。"[71] 同样，莱斯利·西尔科断言肯定，她写《仪式》是为了重现她的家居住所，以弥补其中的缺席；而且这部小说将主人公泰约的心灵的重新整合主要地想象为对住所的重新整合。

事实上，似乎不仅是拉古纳或当地的美国人，而且是更广泛的土著的或者最初民族对地方化和本土化的神圣品德进行在全世界范围内思维的方式。现象学家大卫·艾布拉姆撰写了《感性的魅力》，这是一本充满了关于对住所感觉的洞察力的书，尽管那不是他的主要主题。他在此书中说："在口述的土著人的世界里，讲述了某些确切的故事，而没有明确地说那些事件发生在什么地方（或者，如果有人描述一个愿景或梦想，忽视了说出当承认这个愿景时他身在何处），可以单独使这种讲述是没有力量的或无效的。"[72] 传统的以住所为基础的文化，归功于一种对与特定位置的联系进行感觉的智慧和力量，而这是现代化的人不可能感觉到的，或者至少没有经常感觉到的联系。[73]

作为一个测试艾布拉姆、西尔科、巴索、贝里和海恩斯都进行过不同报道的现代性的持久性的小规模的实验，我在几个院校在生态文学的课程中，给合理的社会多样性的群体已经教了多年，我要求每个学生在起初的两三天之内给户外的一个特定的地方确定位置，并且整个学期每周都要回到那个地方去至少半个小时,不但是肉体上,而且还是具有创造性地写关于地方体验的包括十个沉思冥想的一个系列(例如,"写关于自然和建筑环境在你的地方及其周围的交叉和碰撞",或"通过一个非视觉的感官体验你的地方",或"想象你的地方是通过时间演变的")。对大多数学生来说,这些增强自我意识感的练习结果成为这个课程的一个特殊的吸引力,尽管增加了大量的工作量。这项为人们所承认的被指导的实验表明,地方连通性的吸引力在后期工业文化中可以继续发展,尽管出身于不同的地区、性别、阶级、种族和社区的人对其有各种各样的不同的评估和理解。

显然,可能把好事做得太过了。当赞成住所的重要性时,没有什么比陷入一种自以为是的威吓的启蒙主义更容易的了:用崇拜物的词汇创造一首颂歌,像《家庭价值观》这首颂歌也许就是如此,好像回家和在那里投入一个人的一生,或去一个被收养的住所,像阿拉斯加的理查森,会以某种方法解决世界的所有罪恶。你与你的土壤的联系肯定不是对你的灵魂健康的唯一衡量。相反,住所依恋可以成为病态:能够激发占有欲、种族中心主义、排外情绪。正如在科索沃问题上的斗争一样,巴勒斯坦僵局表明了这一点对塞尔维亚人的记忆是神圣的,但主要居住于最近的时期,通过阿尔巴尼亚族人煽动独立自主。以住所为中心也可以产生一个相反的脆弱性的极端:可以在某人的家的范围之外产生一种无力和不适应。自我非领土化的某种能力似乎对于复原和甚至生存是有必要的。此外,正如小说家、历史学家华莱士·斯特格纳警告说,"我们可以爱一个地方,并且对这个地方仍然也是危险的"[74],因为不明智的使用是出于占有欲和生态无知。

然而,住所连通性的滥用几乎没有使它失去价值。在这一点上我们进行五个层次的分析可以帮助我们,正是因为它是如此的杂乱。在某种程度上,有一个问题是像贝里的返土归田、不爱出门的禁令,这并不是说他们缺乏价值观,而是他们太狭隘地以我们的第一个和第三个优势观点为基础:一个强大的中央家园的基地,从同心区域消失,一个因为强大的部落连续性而受到重视的基地。[75]这些忠诚的持续效力产生了伦理的以及人类学的意义:大概一个人不想让人们变得像查尔斯·狄更斯的《荒凉山庄》(1853)中的杰里比太太,她花了所有的时间去组织外国传教工作,忽视了家庭和家务,更不用说在她附近的城市贫困人口的需要了。但是拿家庭和社区优先的范例作为对住所连通性的试金石,使住所变成了托勒密的和倒行逆施的东西。我们真的需要杰里比太太只关心她自己的住所、家庭和社区,而忘记世界的另一边吗? 同时,如果有人认为住所感其中还包含着住所旁边的许多不同的斑块,包括那些通过图像世界以及生活事务来到我们中间的东西,加上在我们当中发生的与住所相关的变化和景观意识,然后我们将得出一个概念更适合当地的、地区的和全球公民。在进入 21 世纪的转折点上,只有当"住所"和"地球"被理解为相互依赖时,"住所"才变得真正有意义。[76]

　　从分析模型到生态伦理和审美,对这种多层含义的住所概念进行改变的是下面这些更深刻的影响,所有的这些都遵循以上所说的内容。第一,那个住所通过物理环境、社会环境以及知觉现象学对幸福的影响具有明显差异。因此,一般来说,促进幸福是一件好事,如果它在其他地方没有不必要的花费的话。第二,幸福通过住所连通性和反弹性的某种组合被最大化,这种组合调节个人和集体的住所感,意识到别人的住所愿景,有时与某人自己的相竞争。第三,无论所有权的惯例如何,住所如其说是占有问题,不如说是归属问题。第四,"当地"对住所愿景来说是必不可少的,无论实际上或立即被感知到与否。第五,然而,"当地"是有弹性的:住所发展、退化、改善。第六,没有物理空间不可能是一个住所。第七,因此它是在地球、人和生命的其他形式的利益中,即使也许不可能在每个人或利益集团的利益中,因为"空间"将会被转变——或者再转变——为"住所"。

拯救不为人所爱的住所:怀德曼

将这些分析如何和在哪里运作? 在今天的西方世界,它不会因为太仓促无准备而不能回答"任何住所"。因为"一个住所讲述的故事",正如生物地方主义者弗里曼·豪斯不无道理地夸张的那样,"在我们的(即美国定居)文化中一点也不存在,正如在我们的视野范围之外。它像空气一样,是看不见的。"[77]几乎每一个社区都需要做认真的补救工作,它才能完全理解在肯特·赖登措辞中的它自己的"看不见的风景"。但是在关于富有想象力的生态恢复的所有可能的行为中,没有哪个像被忽视、滥用、担心或鄙视的爱的住所的恢复那样是如此潜在地重要。那种愿望对有毒的话语来说是基础性的:敦促被系统地滥用的住所的索赔,迄今为止没有声音和倡导者。但这样的毒性没有必要成为中心问题;它可以是任意数量的生态文化关心的问题。

这些住所也几乎可以是任何地方:在地球的尽头,在城市的中心,在郊区的间隙。正如传统上认为的那样,与住所的不可爱之处相称的是尝试的严重性。贝里对肯塔基州阿巴拉契亚山东部一生的承诺就是在第四章中的这样一个。莱斯利·

西尔科的以拉古纳普韦布洛为中心的作品是另一个例子。这是一个大胆的努力,使那些为了大多数美国读者的东西似乎看上去像一个破旧的内陆腹地,实际上远离了它应该所在的图表,地球的中心。还有另一个这样的工程,我将用它来结束这一章,就是非洲裔美国作家约翰·埃德加·怀德曼回归匹兹堡多沙的霍姆伍德地区,在那里他度过了他的童年,并且他的想象后来在某种程度上就返回那个地区,因为他知道那会看上去像是怀旧的一般轨迹的对立面。

怀德曼的早期写作属于欧洲现代主义一脉:是逃离贫民窟之地到常春藤联盟大学和获得罗兹奖学金的壮观的成功故事的一部分。当怀德曼在20世纪60年代末在宾夕法尼亚大学教学时,他开始使自己沉浸于非洲裔美国人历史之中(犹犹豫豫,根据他的解释),并且花了十年的时间去思考,家庭悲剧使他将霍姆伍德作为一个想象的住所而重新发现。但正是他在非虚构叙事作品《兄弟和管理员》(1984)中做的这件事,重点强调了他与他的弟弟罗比的关系,因持械抢劫和谋杀被判处无期徒刑,并且还在小说三部曲中,那是围绕着家族历史中的这个和其他插曲写成的相互关联的故事[《达姆巴拉》(1981)、《藏身之处》(1981)和《昨天派人去请你》(1983)]。这些后来的书如小说《鲁宾》(1987)和非虚构的作品《父亲在》(1994)标志着对家庭、种族和住所的回归。

怀德曼可能不会满意从事这项被归类为一个"回归住所"[78]的工作,因为他已经警告说,文学的霍姆伍德与其说是一个独特的"物理场所",不如说是"一种文化"或"看见和被看见的一种方式",这种描绘由生成一个"美国黑人生活"原型的相对意象的希望所支配。"城市贫民窟都是些危险的、损坏了的、经济上边缘化了的口袋,装着感染了毒药、贫穷、暴力、犯罪"和堕落的真正的财产;这些图像的循环"为奴隶制回收了典型的辩护理由",责备了受害者。与那种偏见相对,怀德曼希望"见证这样一个事实:黑人的生活,因为其所有的物质贫穷,继续繁荣兴旺,产生另类风格、挽回的策略,以及那些怀有希望和竞争的人们"。[79]因此"霍姆伍德是非常真实的","家庭历史与实际的社会历史相一致(虽然很多细节变化了)";但是霍姆伍德也是适当的家庭和种族的范式("我的主题是一个黑人家庭,一个在美国的黑人家庭,在一个特定的城市"),[80]这意味着人、社会、文化、语言、声音都比地理更显著。然而,正如这些声明表明的那样,对怀德曼可换位的愿景的改变的中心,是对这个特定地区的回忆,这透过家庭记忆和个人回忆的镜头可以看见。

怀德曼并不为霍姆伍德而伤感。他将这里展现为一个严酷的住所,并且日趋严酷。三部曲中关注的这些年,从20世纪40年代初到60年代,是一个在战争—经济为燃料推动下的短暂繁荣的时期,紧随其后的是不断恶化的发展前景,这前景作为新来者使霍姆伍德明显变得更加贫穷和黑暗(从1950年的1/4到了1960年的2/3)。其他的匹兹堡社区获得了所谓的"匹兹堡复兴"的好处,而霍姆伍德却像许多非洲裔美国人的城市社区那样,遭受了失败的和不认真的城市革新和骚乱,并清醒地认识到马丁·路德·金的遇刺摧毁了曾经一度"繁荣的商业社区",并把白人商人驱赶出去。[81]"人类他们肯定对这个住所干了丑恶的勾当",怀德曼小说中的一个人物咆哮道(第124页)。20世纪80年代中期的一本城市指南承认,"那些居民忘记了那些有能力的人"[82]怀德曼的核心家庭就是如此。但是三部曲中的大多数人物并没有这样做,尽管他们抱怨社区变得更加贫困、昏暗、不安全。霍姆伍德就是卡尔叔叔生活的地方,他本来是一位才华横溢的艺术学生,但是在没有白人的公司愿意雇佣他之后,他变成了一个酒鬼;弟弟汤米(三部曲中的人物罗比)在抢劫之后,在那里短时地躲避警察;在那里,妹夫拉沙德没有能够动摇他的毒瘾;表妹黑兹尔在她哥哥将她推下楼后,在那里度过了一段黯淡的久坐轮椅的生活,而她的哥哥回家后死于一种不知名的疾病;在那里,受过菲斯克教育的萨曼莎看见她的儿子被他的兄弟姐妹烧死,因此她崩溃了,变得很疯狂;卡尔的朋友艾伯特·威尔克斯返回到那里,被正在那里等待他的警察炸得粉碎。甚至祖父约翰·弗伦奇,他是这个社区中的一位强有力的人物,在冰冷的黎明之初必须在街上闲荡,等待着寻找小工作裱糊工的白人承包商的不足取的挑选。[83]

　　社区的物质衰变仍在继续。霍姆伍德大道"看起来像某人的带有头皮癣的坏脑袋","像某人受某位假的牙医欺骗了的嘴"——像一些店面,"用板盖上或拆除的,变得不熟悉的,看上去肮脏的商店",没有被注满的校园水池,"一个巨大的垃圾箱,你在夏天可以从几个街区远的地方闻得到",在火车站台(不再在那里停车了)下面的西屋公园里的小房子,"一个空壳,看不见了,内部毁坏了"(第125、127、148、150页)。社区的地形高地布鲁斯顿山,据说是"在匹兹堡唯一能够完整地看到社区全貌的一个地点"[84],也是三部曲的象征性地理中心点,在这一地点——由于它把现在的事件与更深的时间联系起来——家庭叙事从记忆变成了神话。家庭的女性祖先西贝尔·欧文斯(根据怀德曼家庭传奇,霍姆伍德的第一位居民)逃离奴隶制后,就是在这个地方定居,这里仍然有一个家庭住宅和花园,在这里她的孙女贝丝(相信有愿景和痊愈的魔力)仍然生活着,在这里汤米暂时躲藏了起来。但火灾之后,原始房屋只有碎片残留了下来;腐蚀的自来水必须与威士忌酒掺和在一起才能饮用;远景被烟雾给缩短了;并且传说贝丝的神秘权力是传奇的西贝尔的权力的一个模仿。她不能治愈她的快要死亡的曾侄孙女,她不能保护汤米。

总而言之,与霍姆伍德紧密相连的人必定会像汤米一样受到损害,汤米在第一次监狱服刑期间在情绪上保持自我控制,是通过生动地描述"那些经历了过去每一个细节的完美的街道":

> 即使它们满是碎玻璃和裂缝,垃圾堆放在路边,木板盖着空窗口,铁笼子盖着窗子,里面什么东西都有,黑色石头仍然散发着烟的味道,在空地上仍然散发着死酒鬼和死消防员的味道,他们在八月的一个炎热的夜晚试图烧毁这些街道。(第286页)

这一点是作为一个关于文学项目背后的更广泛的推动力的作家的声明得以立足的。其塑形影响之一是与弟弟的身份认同。他的逃走、捕获、监禁以及家庭对这件事的痛苦和内疚(特别是作者的),对《兄弟和管理员》和三部曲的前两本书都是至关重要的。[85]《达姆巴拉赫》(第一册)的序言宣布说,这是"从家里"发给哥哥罗比的"信件",罗比不害怕通过吃来自中产阶级兄弟的西瓜而"成为即时的黑鬼",中产阶级兄弟正学着去克服他的一丝不苟。这封信/书是作为一个象征性的西瓜(第3页)被提供的,这是对渴望变黑的一个迟来的承认。正如在《兄弟和管理员》中那样,《达姆巴拉赫》和霍姆伍德三部曲的其余部分都似乎想用表格把作者在某种意义上表现为一个被囚禁的人(也有自我分裂和流放),把罗比/汤米表现为一个总是更自由的一个人(通过接受种族的身份,尽管愤怒和痛苦),并在某种意义上(因此《兄弟和管理员》有这一点)越发这样被囚禁,在这里他的性格变得凝固,通过的手段是加入伊斯兰教的国家并且获得大学文凭。追溯和内化霍姆伍德的那些被毁坏的街道,无论这可能会多么的痛苦,它是重新得以认识那个真正的丰富的生活世界的唯一的方法。

　　与汤米相比,"约翰"在这些书中主要是作为一个喜剧的、相当逗的人物出现的。他不知道诱因("高个子男人……,他环顾四周,看上去真的很小心,好像可能是在一个错误的住所里,好像也许他是受到了改变,并将某人劈开,真正大声地发出嘘声"[第270页]),直到最后他开始恢复那些早日的感觉,快乐地生活着没有辜负他"毫无意义"的童年昵称"使者报"。卡尔和他的老女友露西等那些帮助他重新定位的人,像汤米或者罗比一样,都是丢失了可能性的悲伤的人物,但也像他那样能够按照生活经验恢复霍姆伍德。所有这些都符合霍姆伍德民族志学家梅尔文·威廉姆斯的判断,即"真诚的黑人"(那些人根据那些非常符合描述汤米/罗比的标准抛弃了主流价值观)是一个在文化上成功的适应策略的范例。尽管看起来像监狱的生活条件,但这些成功的适应策略让他们"感觉到了一种这个社区的归属感"。[86]怀德曼的粗俗的人物角色对那些有窥淫狂的读者提出了挑战,其方式是通过威廉姆斯的一个被调查者(一个"真诚的居民")对他谈到的:[87]

　　　　人类啊,这就是贫民窟,这就是我们如何必须使它在这里。肯尼迪和洛克菲勒想成为总统,霍华德·休斯希望独处,梅隆想要更多的钱,尼克松想成为国王,而你,你想成为上帝(懂得一切)。我只是想看着世界演进,可能感觉不到痛苦。但我然后不会做不到更好。我在梯子的最底层,向上的下一步是会离开视线的。

通过借助与卡尔和露西的友谊与他童年的身份重新连接,"约翰"努力地迈出了下一步,超越了这种坚韧不拔的道路,开始恢复和履行由被束缚在"最底层的"人发明的"另类风格、挽回策略"。三部曲巧妙地结束,没有让国民回归的主题抢出风头,也没有推动着去关闭这样一个问题,即"约翰"对他丢失多年的而现在似乎恢复的霍姆伍德的身份将做什么。霍姆伍德本身被作为一个有价值的住所而发现就足够了。

恢复字面上的霍姆伍德,需要的不仅仅是怀德曼对住所记忆的恢复。然而,没有这样的恢复,就不会有恢复。

第三章 漫游者的进步:重新 入住这座城市

我对水泥和玻璃说:你是沙子,被从沙漠放逐的颗粒,流亡到这里。

——莎伦·柏格:《在城市里我们再也见不到神》

哈莱姆、东圣路易斯、爱荷华州、堪萨斯州和世界的其他地区,那里的荒野已经被破坏了,必须受到我们足够的爱,否则荒野就劫数难逃了。

——韦斯·杰克逊:《成为这个地方的本地人》

"重新入住"是一个得到大家共鸣的术语,它自从20世纪70年代就被那些致力于住所的作家在对生物区开发主义者的劝说中使用,表达了一种共同的目标,就是在献身于生态文化理解和恢复中的恢复含义。重新入住的倡导者和实践者们,不管他们是否使用这个术语,他们都是开始于这样一个假设前提,即不但环境已经被滥用,而且有抱负的重新入住者们自己由于流离失所和生态无知已经受了伤,因此,他们必须(重新)学习懂得要成为一个地方的"本地人"意味着什么。

此外,重新定位的过程不能仅仅是一个单独的追求,而且还必须涉及,与现在同道的居民和过去的几代人一起,通过吸收历史和传说,参与社区。简而言之,重新入住是以与一个地方的人类和非人类环境长期互惠为先决条件的,并欢迎一个人的身份通过这次偶遇而被改变的前景。[2]

正如"re"前缀和变为本地人的概念暗示的那样,"禁止的"或本土的土地智慧理解的类似物,为重新入住的实践提供了一个授权的神话或模板。出于同样的原因,为法令而设想的通常的环境是城市远郊。那重新入住者是温德尔·贝里,他回到阿巴拉契亚山脉的肯塔基州,"通过我历史的侮辱/和磨坊","开始了/一个农场,旨在成为/我在这里的艺术"。那重新入住者是约翰·埃尔德,他学会了"关注土地和前几代人的故事",他们在"罗伯特·弗罗斯特乡村的绿色山村生活,弗罗斯特自己重新入住的美景追求的诗歌《指令》,成为他的一个主要指南。或者他是盖理·斯奈德,重新发现了加利福尼亚州北部,将其作为沙士达山生物区,其复杂的文化历史可以追溯到阿留申文。[3]然而,正如韦斯·杰克逊所呼吁的那样,重新入住的相似之物也可以、必须在城市里尝试。例如,为"旧金山海湾地区及其他地方"设计的《绿色城市规划》,其范围从小型建议,像重新设计某些带有"自行车道连接的死胡同"的街道,到大规模的建议,像那些"'接近政策',鼓励人们住在他们的工作场所附近"[4]。这本城市改革手册,想象了一个住所感的恢复,而这个住所的建立是围绕着对当地的和局部的生态、社会和历史的一个更坚实的感觉。

城市重新入住运动可以被视为城市乌托邦悠久传统的最新一章:基督教神秘解释的上帝之城,坎帕内拉的《太阳之城》,本杰明·理查森的《健康女神:一座健康的城市》,爱德华·贝拉米的《回头看》中的社会主义天堂，勒·柯布西耶的《光芒四射的城市》。我们已经进入现代绿色城市思考的第一阶段，其形式是 19 世纪中期的城市景观和公共卫生改革运动，弗雷德里克·劳·奥姆斯特德是最著名的美国榜样。第二阶段是在 20 世纪初，是由设计师和文化评论家想象出来的愿景，就是城市、城镇和农村应该根据大都市的扩张综合起来，这些大都市的扩张不但威胁了它们的完整性，而且似乎在更加开明的基础上建立环境规划。[5] 现代生物区开发主义运动的建立，是以这第二个时代的理论家和规划者的核心洞察力为基础的——埃比尼泽·霍华德、帕特里克·戈德斯、刘易斯·芒福德、本顿·麦凯——"每个城市都是一个地区的一部分，……并取决于周围的乡村，因为它有许多的资源和市场，并且每个城市是建立在自然的基础上"。[6] 遗留下来的东西更是特别地影响了城市设计的生态重构，这城市设计源自于对一个地点的与人类的定居历史相关的特定景观特性的跨学科研究。[7]

如果事实上确实"城市——无论是好是坏——是我们的未来"[8]，城市重新入住，对那些具有创造性的艺术家和知识分子以及设计和规划的专业人士来说，变得更重要，因为"重新入住住所的真正考验是我们打开和挖掘内心表情、经历和感觉的个人的和共有的能力，它们共同构成了我们对空间的认知地图"。[9] 这个过程必须包括同时重新想象物理环境的自然景观及其持久性，这作为一种基本影响，也是对城市—工业的转型。

第一种类型的一对匹配的事例，包括弗兰克·诺里斯的世纪之交的关于小麦产业的虚构的史诗和生态历史学家威廉·克罗侬的学术史诗性质的《大都市》，它记载了芝加哥在

19世纪令人难以置信的发展,那里作为一个交通、贸易和金融中心,有激进的资本化,其地理位置通往一个巨大的拥有供应商和市场的内陆地区。两部著作都将芝加哥描绘成国家的和跨国的商品和资本流动系统的中心,使这个城市成为对这个土地上的所有偏远角落的一个控制力量。当诺里斯的《坑》(1903)的主人公冒着其财富风险购买进小麦期货时,"整个中西部"都受到了影响:抵押贷款"被付清,新的和改进的农业工具……,买到了,新区域播了种,新的实时股票收购了进来",相反,希望生产小麦者在生产的重压下崩溃了,引起了投机性价格操纵。[10]

第二种类型的一个例子是罗伯特·弗罗斯特的诗《城中的小溪》,一次罕见的突围进入了大都市,沉思着以前的乡村的溪流,现在变成了地下的槽沟,消失在人们的视线中。"除了古代的地图没有人会知道/这样一条小溪流水",诗人沉思道,但是

> 我想知道
> 如果它不是被永久保存地下
> 这些思想可能就不会产生,因此就会使
> 这座新建的城市远离工作和睡眠。[11]

弗罗斯特的假设是,如果只在潜意识层面,小溪必定以某种方式继续产生影响。这个假设是这些绿色城市设计项目的前提,这是对西费城的磨坊小溪的深入研究和局部的恢复,它多年来似乎主要是作为一条不适当的下水道和间歇发生的公害存在着(导致低洼的地方洪水泛滥和建筑物下陷),但据景观设计师安妮·斯派恩看来,它已成为一个"社区发展、生态教育和水管理"[12]的示范之地。多伦多建筑师迈克尔·霍夫

进一步提出了佛罗斯特式的愿景："两个景观在城市里一起并存。首先是培育的'优良品种的'修剪的草坪的景观、花圃、树木、喷泉和有规划的住所，到处一直是城市设计的重点……其次是偶然的景观，有驯化的城市植物和雨后留下的被水淹了的住所。"然而，这是"正式的城市景观，强加了一种原始的自然多样性"，这是"一个需要重新入住的住所"。霍夫继续详述各种城市系统的问题，特别是有关供水和废物处理，这是由于规划者忽视了生态条件造成的。[13]

正如这些例子表明的那样，环保意识的城市写作在两种观念之间摇摆不定：一是不言而喻的城市必胜信念，不管它是生气勃勃还是令人震惊；二是城市生活对物质环境的必要的依赖，这经常也是不明确的。

城市被建造是不言而喻的，而不是"自然的"，而且现代城市不超过几个世纪的历史，可以理解的是，工业时代的城市文学与乡村文学相比应该有些醒悟了，即使它是在被证实了的城市居民的手中。我们的生活仍然伴随着情感的失衡，这已经被第一组主要关于城市和农村日常事务的英语诗歌所证实，它们几乎是同时出现的：约翰·盖伊的《花絮：或者，伦敦的街头行走的艺术》（1716）和詹姆斯·汤姆森的《四季歌》（1726—1740）。《四季歌》是一个对季节现象十分细心的田园诗纪事，包括城市一瞥，但主要是以乡村为目标的。盖伊的诗是田园诗的仿制品，在某种程度上也是按季节计划安排的，讽刺步行者生活的危害：泥浆飞溅、扒手、椅子和马车事故。它活泼快乐，生气勃勃，诙谐机智；它不劝你待在室内，或者为了清爽的田园风光逃离讨厌的城镇，像其他被忽视的奥古斯都时代的二流的生态经典著作，约翰·阿姆斯特朗的《保护健康的艺术》。《花絮》是一个被确认的城市居民的著作，毫无疑问。但是所称赞的住所是一个苛求的、分析性的、忽略的解脱：

> 漫步者，没有注意到他的步伐，
>
> 会经常凝视少女的脸庞，
>
> 从一边到另一边，把肘部伸出去突然抬起，
>
> 将用杆子打击他隆起的乳房；
>
> 或者水，从可疑的摊位猛冲，将污染
>
> 他的倒霉的外套，用喷出的积垢的雨水。
>
> 但是如果他不留神偶然碰巧迷了路，
>
> 在那里快速旋转十字转门截断这条路，
>
> 阻挠的旅客应强迫他们环行，
>
> 并将这个可怜虫打得半停止呼吸而倒地。[14]

不要让你的注意力分散！走路时小心谨慎！注意步伐！虽然这首诗显示了一种内在的感觉，即好像是在城市的街道上出没，但事实上是狂欢，它仍然不能使其本身来想象一个漫步者正在因为免受惩罚而高兴。它所提供的这种喜悦是在聪明的命名方面而高兴，避免风险，而且娱乐是以较少的机敏灵活为代价的。盖伊也不试图将"伦敦"想象为一个实体形象。这个城市展现了"一系列延伸的无数细节"。[15]

在这里我们看到了 20 世纪早期社会学理论中城市经验的预期的经典构想："一系列纤弱的节段性关系叠加在一个地域基础之上，这里有一个明确的中心，但没有一个明确的边缘，它还叠加在劳动分工基础之上，这分工远远超越了眼前的地域，而在范围上是全球性的。"[16] 有人已经强调指出了快速移动的一系列不连续的混乱，不连贯地遭遇到了一连串的刺激，它们被设想为一个半病理学的情况：与其说是对乡村发展

不畅的一次改善，倒不如说是一个个人迷失或者公民退化问题。并且在盖伊那里已经出现了代表这种事态的规范形式：对（通常是男性）有代表性的观察意识的印象，正如它在这个城市里到处移动一样，在它的建筑和人群中，记录着场景和遭遇的经验。盖伊的城市旅行者是 19 世纪漫游者的先驱，[17]而且他遇到的人类的横截面是从坡和波德莱尔以后城市小说和诗歌中的人群的前身。[18]

反过来，这些作家影响了 20 世纪早期的城市理论。特别是，格奥尔格·齐美尔和沃尔特·本雅明将城市景观中迷人的异化的体验确定为大都市精神存在的范式，至少是对于那些一定水平、阶级和地位的人来说。[19]根据阐述，漫游者似乎透露出了，与其说是关于城市如何或是否可以被作为宜居栖息地进行体验，倒不如说是关于如何在城市生活的空间、速度和不露身份中保持控制。但在漫游者熟悉的曲目之内或者与其相反，人们还发现了一种企图，即通过重塑遭遇的术语试图脱离或打破异化遭遇的比喻。在本章里，我将特别强调几种方法，某些作家用这些方法赋予他们的漫游者像一个环境保护论者意识的东西，目的是开始想象城市重新入住的可能性：想象个人身份的边界，使意识将其自身从永远守护的避难所延伸至一种脆弱的状态，可渗透的超越个人的与人们和住所的互惠；在生态系统条款中的城市环境观念；以及承认大都市是栖息地，尽管有疏远的擦伤和挫折。

这些著作中的大多数处理的都是下面这些特色场景或情节，如在头脑想象中的城市步行、骑车或者漫步。人们可以很容易地想象出一个比这个更全面的研究，在这个研究中，来自自然写作传统或者自然诗歌传统的漫游者——梭罗的《日记》、玛丽·奥斯汀的《少雨的土地》、安蒙斯的《科森的入口》——将与城市写作完全交织在一起并保持平衡,本章的重点就在于此,而不是局限于低矮配角的外貌。流动观察者策略没有环境限制。[20]但是如果熟悉自然写作策略,我在这里将重点放在了这个图画的更加违反直觉的一面:城市生态批评。

浪漫的都市生活:惠特曼、奥姆斯特德等

虽然新古典主义作家像盖伊、蒲伯和斯威夫特比下面一代代的浪漫主义者更加面向城镇和城市,浪漫主义对内在性的承诺,有时把它推向更深层次的城市经验,正如当布莱克强调城市极端搭配的相互依存时(士兵的呻吟沿着宫殿墙壁流出,年轻妓女的诅咒威胁着"婚姻的枢车"),和当华兹华斯受"那些泛滥的街道中"的群众的驱使,去思考匿名的秘密,因此在他前面的盲人乞丐的脖子周围的传记招牌突然似乎转变成"一个恰当的类型/……我们能够知道的最大限度/我们自己的和宇宙的"。[21]同样,德昆西,记着他第一次在相同的时期进入伦敦,强调"你不再被注意到:没有人看到你;没人听到你;没有人注意你;你甚至没有注意到你自己"。[22]

然而,在19世纪中期之前,也许只有在布莱克的《耶路撒冷》,一部以英语为母语的文学著作涉及了城市生活的细节,并且然后只在有时候,伴有某些东西,像一种在观察者和被观察者、人与景观之间的互联性的"生态"感觉。让布莱克取得了这样的成果的东西是一份比模拟更有远见的礼物。在《耶路撒冷》中,有一个基督教寓言的关于破坏剪辑的神圣城市与凡人城市的双连画,带有作为国家缩影的伦敦的世俗寓言及其从凯尔特原始时期到现代工业的历史安排,并且这在细

微剪辑中带有一个更加个性化的浪漫主义者的神话，是关于艺人洛斯抗拒他自己的堕落去完成对乌托邦城市的建设的。[23]乍读《耶路撒冷》似乎太深奥而作为对"现代城市体验"的描述是不胜任的。然而，这首诗展示了一个内部人士的感觉，即如何感觉起来像居住在一个国家的大都市，它富丽堂皇而又孤寂，正如当洛斯，在他的寓言中最终在伦敦找了阿尔比恩的胸部，找到"特殊的每一分钟，阿尔比恩的珠宝，奔跑沿着/街道上的犬舍，好像它们被深恶痛绝"；"所有灵魂的柔情像污秽和泥沼般地出来了"；"绝望的兽穴"建造"在面包房里"。程式化言论的基础是比华兹华斯在他的十四行诗《威斯敏斯特大桥》里对睡眠城市的描述更加亲密的认同，他的十四行诗像一颗"坚强的心……，静静地躺着"。洛斯此时此刻正在探讨研究那颗心：其详细的人类和环境的细节，那是退化，那也许是美，也许可能是。[24]

布莱克和华兹华斯对城市宏观世界的人格化，既是古体陈旧的也是可以预期未来的。城市和区域规划的现代话语已经不能没有这种整体的隐喻化了，无论是机械的（"城市生态系统"）还是有机的（"城市新陈代谢"）。[25]它的倾向是想要思考和表达它自己用这样的隐喻即使当它意识到他们最多是启发式的而最坏是误导性的。[26]控制论、生态学和社区理论以及艺术想象都共同交织在一起，将大都市具体化了。

第一批重要的以英语为母语的创造性作家，是查尔斯·狄更斯（1807—1870）和沃尔特·惠特曼（1819—1892），他们使城市成为系统研究和文学描写的对象。他们两个人都通过新闻传播达到了文学。狄更斯对生态想象的主要突破将在第四章讨论，它将报告文学的天赋转化为空前完整的、多种多样的、城市居民和机构的编年史；惠特曼对生态想象的主要突破在于,编辑舆论转化为一个空前敏感的在城市条件下自我转换的晴雨表。

惠特曼的最伟大的创新之一就是与以往任何企图相比,更加从根本上动摇了浪漫的人物角色的自主性。惠特曼的演讲人交替变得原子化和无所不知,而观察者和参与者,统一和分裂为一个社会支离破碎的拼贴画,与他人可以相互交换。使这一战略具有启发性是平等和友爱的一个"民主的"理想典范,也是每个人的内在的神性的"先验论者"的理想。虽然两者都不是以一种简单的一对一的方式源自大都市的经验,但很难想象,惠特曼对他的人物角色的突破进行再创造对城市环境是没有好处的。

可以肯定的是,惠特曼没有将他自己一直固定在那里。在二十四个前言"铭文"中,无疑没有调用大都市环境的,而这些铭文开启了《草叶集》的最后(1891—1892)版本。大多数人只是漫游("少住片刻和路过")或居住在抽象的王国里。惠特曼最新奇之处借鉴了狄更斯,他是狄更斯的一个早期的和热心的崇拜者,其最新奇之处不是来自伦敦的场景,而是来自布赖顿的海滨。在《从这永不停息地摇摆着的摇篮里》的高潮部分,男孩诗人讲话者对暴躁的"母亲"的劝告,说出了一个词,那是他可以"征服"的,重复小保罗·董贝,他努力了解海洋的几乎但不是很能够理解的语言,他已经渐渐相信的语言是他母亲死后在阴间叫他的声音。在狄更斯那里是暗示的,而在惠特曼这里是明确的,这个词就是"死亡"。[27]在第二章中讨论的惠特曼的《有一个孩子在长大》中的男孩原型的村庄的出处,表明对惠特曼来说,都市生活是一种后来习得的品位。

但是,这种品位可以被年轻男子迅速获得,因此,所以在

《草叶集》（1855）第一版，惠特曼塑造了一个人物"儿子曼哈顿"。事实上，惠特曼抓住了"董贝"一段大做文章，而首先创造他的是狄更斯，与其说是残余的浪漫对自然现象的崇拜，倒不如说是对各种人格和环境互惠性的共同认识。[28] 这两位作家最独特的影响之处是将那些奇怪陌生的事物戏剧化，而人与事物和与城市环境中其他不认识的人相互依赖是有必要的。就像在这个惠特曼的磨刀轮小插图中那样：

> 这景象以及这里所有的一切，它们如何吸引并感动我，
>
> 可悲的老人穿着破烂的衣服，肩上挎着宽阔的
> 皮带，
>
> 我自己感情横溢，一个幻象奇怪的是浮动着，现在在
> 这里
> 被吸引和阻止，
>
> 这个群体，（一个没有思想的观点被置于一个巨大
> 的环境中）
>
> 细心的、安静的孩子们，街道的自豪的、躁动不安的
> 基础，
>
> 旋转着的石头的低沉嘶哑的咕噜声，轻压的叶片，
>
> 扩散、下降，向侧面猛冲，在微小的黄金淋浴中，
>
> 从车轮上闪闪发光。（第 390 页，ii. 8—16）

这样一个路边顿悟将会震撼华兹华斯，但惠特曼对城市住所的舒适感让人对它深感满足：被胡乱的街景的最微小的细节所吸引，以致于人们感觉一个人的身份已经脱离他的身体——感觉它溶化了，在"群体"的"没有思想的观点"中结晶，然后再消散到咕噜声、淋浴、闪闪发光中，因为它充斥着工

人的地方戏法,它本身是一个偶然的象征,象征着这首诗想对读者做什么。

惠特曼有堆积的与想象相同的"目录"修辞和他的流动性,"我"认为这种流动性是以一种密集而宽松的社会组合为先决条件的,例如只有那些主要城市能够提供:有的是如此庞大和多样化,以至于人际交流是可以想象的,其前提是只有邻近的地面条件而不是亲密程度,合作而不是连续性,顷刻而不是根深蒂固。

> 屠夫男孩扔掉他的杀戮的衣服,或磨快他的刀在
> 市场的货摊,
> 我游荡着享受着他的巧妙的应答和他的混乱和
> 崩溃。
> ……
> 我是被击碎的消防员,胸部骨骼被打碎,
> 跌倒的墙将我埋在碎片中,
> 我吸入热量和烟雾,我听到了叫喊声,那是我的
> 同志们,
> 我听到了远处凿子和铁铲的咔哒声,
> 他们已经把横梁清除掉了,他们温和地把我向前
> 举起。

> (《我自己的歌》第 39、67 页, ii. 217—218, 847—851)

在一个肤浅的水平上,惠特曼的诗歌玩的是一些"身份游戏",是陌生人的典型的城市世界:擦肩而过、交互式角色扮演、讨价还价、拼命挣钱。[29] 在更加事务性的水平上,他的人物角色承担着随意监视的责任,正如简·雅各布斯所说,需要

由"没有密切的亲属关系或亲密友谊或对你的正式责任的其他人"来行使，为了用"眼睛"创建街道的感觉，需要保护一种公共文明和社区的感觉："对城市街道的信任的形成是随着时间的推移，从许多小的公共人行道上的联系方式。"[30]然而，在更深的层次上，他的人物角色塑造了一个善解人意的公民承诺，他是如此热心以致于在费用上暴露了他自己，具有讽刺意味的是，暴露的方式是通过更挑剔的不足够重视现代城市的学者偷窥狂：使他自己对清洁的、热心拥护的城市生活版本满意。

　　这个费用确实是基础。截至 19 世纪 50 年代，纽约已发展成为"一个具有非凡财富和势力的城市，也同样是一个非凡污秽的城市，是一颗镶嵌在垃圾堆中的闪闪发光的宝石。"[31]在惠特曼写纽约（从 19 世纪 20—60 年代）的那些年期间，美国没有其他的大都市比纽约面临着更糟糕的灰尘、污染、疾病、不能控制的发展和拥挤问题。城市贫困，正如狄更斯在奥利弗的《雾都孤儿》和《我们共同的朋友》中的伦敦遇到的那样，正如在《皮埃尔》的曼哈顿章节和在《录事巴托比》中的梅尔维尔丽那样，正如在她的一些《纽约的来信》中的孩子莉迪娅·玛利亚那样，惠特曼的诗进行了粗略的探讨。尽管事实上惠特曼比其他现在的美国作家更了解城市问题的范围和严重程度，但这已经被认为是"主修科目"。他成年后的头 20 年，作为在布鲁克林和曼哈顿的一个新闻记者，他多次呼吁要关注对生态的疏忽和不公正的情况，听起来像一个世俗的富兰克林。惠特曼参加了修缮街道、更好的清除垃圾、改善街道照明、提高供水和污水处理系统的活动。他倡导每天游泳运动（在东部和北部的河流），免费公众洗澡，以及更好的个人卫生习惯。他从事改革运动，反对在公共场所随地吐痰,反对不安全和不健康的工作环境,反对由乳牛场销售的受污染的"泔水"牛奶,这些乳牛场是用废物垃圾喂养奶牛的。[32]

当惠特曼回忆他在 19 世纪 50 年代末的上一个编辑职位时,这也是他最多产的富有诗意的时期,他宣称他最自豪的成就是他参加了为布鲁克林市改善新的供水和污水系统。事实上,在这个问题上他的报纸社论富有诗意:

> 在我们宏伟的自来水厂附近,一个庞大而完善的排水系统自然而然地出现了,
>
> 我们的确依赖于它们,那个庞大而完善的排水系统是
>
> 布鲁克林市的。为了拥有穿越每条街道和小巷的室内排水沟,带走
>
> 所有的杂质——保证所有的房子和庭院摆脱讨厌的东西——的确保持
>
> 整个城市芳香而清洁——在远景中真正有一些愉快的事情
>
> 这样对我们伟大的城市开放。[33]

然而,当我们仔细考虑惠特曼的诗歌时,我们几乎没有发现对作为供水和废物处置等平凡的基础结构设施问题进行明显的重视的。惠特曼的弟弟乔治和汤姆都在市政供水部门工作,他也对他们的职业生涯有很大的兴趣。托马斯·杰斐逊·惠特曼,他在 19 世纪 50 年代的布鲁克林报告文学的主要新闻来源,就是继续变成了圣·路易斯市第一个现代供水系统的首席设计师和监督人。[34]

毫无疑问,惠特曼的新闻和他的诗歌之间的差异,从某种

程度上来说,是风格问题;后浪漫主义诗歌在对社会模仿程式
化的坚持上,并不比威廉·戈德温、查尔斯·布罗克登·布朗
和埃德加·爱伦·坡所喜爱的哥特式逊色多少。直到 19 世
纪 60 年代,也就是在狄更斯开始发表小说之后的 1/4 个世
纪,维多利亚诗歌才认真地反映现代城市。直到它们两者引
起了斯温伯恩的注意而对其进行比较时,惠特曼对布莱克一
无所知。像惠特曼这样的浪漫主义诗人,会有充分的理由将
"诗意"主要与抒情沉思相联系。一个世纪前,他当初也许就
会以不同的方式写作:作为当代的斯威夫特、约翰逊、蒲伯和
盖伊。但不是在坦尼森时代,对惠特曼来说,坦尼森不是维多
利亚时代诗歌的高水平标志。在这个程度上,在他的头脑中
的惠特曼作诗的地方不同于他进行城市生态改革的地方。

　　但是,当我们仔细观察惠特曼最伟大的关于一个代表城
市主题的诗《穿越布鲁克林渡口》(1856)时,一个更加复杂的
图画展示了出来。惠特曼在这里明显地运用了一种浪漫特征
的风格,这是迄今为止以乡下田园为编码的。[36]《穿越布鲁克
林渡口》可能实际上是在所有世界文学中对公共交通经验第
一个伟大的文学描写。[37]盖伊、布莱克和华兹华斯都将他们自
己描述为在那些被 19 世纪大都市最终淘汰了的有限规模的
"行走城市"传统中的孤独的步行者。然而,惠特曼乘坐交通
工具,而且他是同其他人一起乘坐交通工具。事实上,在惠特
曼写这首诗时,每年超过 2500 万名乘客在布鲁克林和曼哈顿
之间穿越。[38]这个体验被田园诗化了。《穿越布鲁克林渡口》
展现的是对叙述者沉思冥想的一个可爱的描述,此时,叙述者
品味的是在一次表面上看上去似乎悠闲的回家归途中的风
景、河流和天空。(《日落诗》是原始标题)当叙述者唤起这个
场面的时候,他将他自己想象为一个与现在和未来的读者和

其他乘客在一起的人。渡口成为宇宙的象征，象征着个人生活的过境，象征着"被来自在解决方案中永远所把握的漂浮物的袭击的"身体。

这首诗的高潮在一系列欢乐的断言中，这些断言赞美了与所有人联合的感觉，这所有的人或者直接地或者间接地分享着这种体验。

考虑，仔细研读我的你，无论是否我不可以用一些未知的方式看待你；

轨道穿越河流，要坚定地支持那些无所事事地依靠着而又与匆忙的河流一起匆忙的人；

继续飞翔，海鸟！向侧面飞，或者在空中高高地大圈地盘旋；

接纳夏季的天空，你用水浇灌它并忠实地保存它，直到所有俯视的眼睛有时间从你那里把它带走！

光的细辐条，从我的头的形状这里散开，或者任何一个人的头，在阳光照射的水中！

加油，从较低海湾驶来的轮船！来来往往，白帆的双桅帆船、单桅帆船、打火机！

随风飘扬，所有国家的旗帜！在日落时被按时降低！

高高地点起你们的火，竖起铸造的烟囱！夜幕降临时投下黑色的影子！把红色和黄色的光投过房子的顶部！

不管现在或今后，外貌表明了你是干什么的，

你这必要的电影，继续包裹着灵魂，

对我来说至于我的身体，以及对你来说你的身体，悬挂着我们的最神圣的芳香，

繁荣兴旺，很多城市——带来你的货运，带来你的表

演,丰富而充足的河流,

　　发展,因为也许没有别的城市比它更有精神,

　　经营你的住所、目标,没有其他哪一个它们更持久。

　　(第 164—165 页,ii. 112—125)

　　总而言之,是对城市体验的、愉快的、响当当的颂词和与住所、民众和读者相统一的观念。虽然这段文章的叙述从一种特定的这一个(第一人称单数的观察者,实实在在的"铁路过河")观念转移到了排列的多变性("飞向一侧,或者"来来回回"地盘旋),但在以不断重复循环为基础的环境中:引导着眼睛首先俯视水,然后到达轮船,然后注视到旗帜上,然后延伸到外面全景中的烟囱上,这全景的提供,是综合而权威的,并微妙地承认,这种对我、你和住所的神化是主观印象的共同作用("外貌"和"芳香"):一个"必要的电影",带着虚拟的"也许"中的感知的器官,这器官没有太多的危害惊奇感,而是使其更具吸引力。因此,这首诗选择了一个嵌入式的自我而不是卓越的自我,并暗示了特定时刻的超越,正如它所宣称的那样,是对被定位、被限制、被包围的事物的一个共享的体验。这段文章敏锐地感知到生态无意识如何不可避免地带来了承认和不承认,并且似乎对两者都同样着迷。

　　同时,惠特曼的渡口新闻工作是画一幅不那么理想化的关于这样的经历的画。这里他也充满感情地写了关于上下班来回乘坐渡船,以及有时只是为了好玩。这里他的描述有时也是很富有抒情诗调。但是他也将更加实际的问题摆到了最引人注目的地位,即关于 19 世纪的相当于今天的地铁和公共汽车等物的公平、安全和高效的功能。惠特曼要求渡轮按照时间安排运行。他赞扬了那些快速和高效的船舶。他谴责不

顾别人的有碍健康的骑士行为,像吸烟和随地吐痰,并且他敦促这些行为成为非法的。他批评乘客在匆忙下车时推和拥挤别人,他也担心这些人的安全,这些人很快跳下车来,掉进水里并被淹死,或被压死在船和码头之间。他需要负担得起的渡船价格。他抱怨陡峭、扭曲、不安全的通向渡船着陆的路径。[39]惠特曼的新闻也表明,他不可能没有意识到《穿越布鲁克林渡口》实际上是对19世纪中叶的穿越东河的一次选择性描述,这可能是在夏季"足够令人愉快的",但在冬天却是"非常危险",而且"即使在晴天"也因为那些稠密的乘船交通而变得很危险,因此"只有那些拥有最大运动技能的领航员"才能使碰撞得以避免。[40]这首诗也没有提到对渡船价格的肮脏的口角,包括是否像惠特曼这样的新闻记者应该允许免费通过的敏感问题。[41]

然而,这首诗对交通公害和滥用的沉默不能作为逃避或遗忘而被注销。惠特曼新闻工作对改良运动的强调和惠特曼的诗对理想化的强调,是共栖共生的。两者都表达了对甜蜜和清洁城市的理想的保证。实际上《穿越布鲁克林渡口》想象了城市交通应该是怎样的。它以自己的方式,致力于像报纸社论那样将思维和行为方式戏剧化。这首诗也通过强迫听或谈的方式直接来吸引市民:"正如你站着依靠在铁路上,然而又急忙激流勇进,而我也站着且很仓促。"在这里叙述者也鼓励读者更深刻地反映他们的行为的含义,特别意识到他们怎样不仅是孤立的自私自利的人,而且与所有其他人及其周围的事物相联系。[42]诗歌的纬度需要根据听众的性格(尽管较少关注行为细节)做一个比局部新闻更根本的重新定位。

那么,我们不是假想一个满不在乎的充满喜悦的叙述者,而是应该读这首诗,将其作为对城市通勤这个再熟悉不过的烦恼的更不光明正大但也不比盖伊对防御性步行惯例缺乏敏感性的反应。"谁会在上下班的高峰时间对他的同胞产生爱心呢?不是我",乔纳森·拉班惊呼道,他在拥挤地通过伦敦地铁的人群中激怒了。"我认为,防范城市暴力最保险的事情实际上就是我们大多数人避免与陌生人接触;我们不想触碰彼此或感觉到那么的接近别人生活的臭味。"[43]惠特曼完全意识到了人们的利己贪婪的这一面(第163页,1.75),完全意识到了退缩到自我中的这种本能。事实上,他希望允许这么做,甚至在一定程度上去庆祝它——而不是放任事态在那里发展:坚持地伸出手,纠正至少是类似的触碰,最好也是触觉上的。即使惠特曼引用其他两首关于"陌生的过客"的诗,承认通常"我不想跟你说话"(第127页),无论如何他想提出这个问题:"我为什么不应该跟你说话呢?"(第14页)。他的"我仍然更加靠近你"是一种蓄意挑衅的行为,被证明是合理的,同时被以前的忏悔描述的更加令人不安,忏悔的内容是我也"会成为他,知道这将是邪恶的","有我不敢说的狡猾、愤怒、欲望、热情的希望"(第163页,ii.86、70、73)。[44]比乍看起来更像拉班,惠特曼想暴露在人群中陌生人的长期的相互猜疑,让其成为共同理解的途径。

下面将用最有力的可能的术语来陈述诗的成就这个方面的内容:即使在现代通勤仪式的一开始,惠特曼就感知到了它们对文明和社区的威胁,并试图消解它。正如拉班看到的那样,也正如T.S.艾略特在《荒原》中看到的那样,不断地体验着人群的问题,并伴随慢慢移动着穿过伦敦桥的黎明僵尸的幻景。公共交通将大批偶然地聚集在一起的人带到前所未有的"位置,不得不防守性地相互盯着,数分钟甚至几个小时,最后也没有相互交流一个字"。尤其是经常来往,会造成将城市"航行者"的空间缩小到一种心理的无人区,"在那里,人们将其他人作为'非人'来对待,依靠的是摇摇欲坠的假定,假定"最终,别的某个地方——在家里? 在度假? 在天堂? ——我们和他们两者都会回到真正的事务中去。"[45]惠特曼看到了所有这一点,以及与其相反,他想象出,丰富感与他人接触的感觉和与景观接触的感觉,可能会恢复。

惠特曼对渡轮乘客的改革冲动的方向,而不是他的新闻也批评的渡轮公司,要服从另一个浪漫抒情的习俗:对孤独的旁听者说。然而,有一种倾向是想象社会改革的关键并不在于制度变迁本身而在于通过态度的变化使公民行为的改变,这种倾向不是特有的类型,而是他这个时代的城市改革努力的明显典型。[46]此外,惠特曼很小心地将他的模型交通体验的形象置于一系列同心的社会的和生态的控制之中。《穿越布鲁克林渡口》将读者作为一个特别指定的人,他同时可能是任何人,并因此必会认识到"任何一个人的头,而不仅仅是他的头,是因为阳光照射的水的灵气而高贵的(第 165 页,i. 116)。[47]这首诗巧妙地坚持安全与效率:栅栏应该结实得足以"支持那些懒懒地依靠在上面的人",众多的船只"来来回回"没有碰撞这样的频繁灾祸(第 165,ii. 113、117)。更重要的是,这首诗坚持抵制时间和空间上的碎片化,这是盖伊和华兹华斯作为特有的都市经验而接受的。交通不会发生在一个孤立的空间或一个孤立的事件当中;它不应该被仅仅作为一个从登船地点 X 到目的地 Y 的运动。它应该被认为是整个商业和空间秩序的一部分,并且是持续发生,而不仅仅是在这个或那个时刻。这首诗的最后一部分包括在前文引用的很长的段落。对这首诗最后一部分中"存在的纯粹物理过程的信任的最后修改",包括对一些高度可疑物品的肯定,像喷射气体的铸造厂的烟囱。[48]但是,这一部分作为一个整体,并不是说这是所有的可能的世界中最好的,也不是说这种特殊现象的荟萃一直是有效的;相反,一个名副其实的城市住所不是自我孤立的和被分开的,而是在与他人的互惠意识中被贯彻执行的[认识到一个"必要的电影"将总是"继续包裹着这种灵魂"(第165页,i.121)],并与人工的和自然的环境共生。

惠特曼的关于如何应对工业加速发展的影响而想象出的重新居住的愿景,与梭罗在《瓦尔登湖》中为了故意生活在农村环境中而同时进行的描述有惊人的相似之处。回想起在《自我之歌》的开头惠特曼邀请到草地上去"休闲",梭罗赞同通过培养非线性注意力打破职业道德束缚的重要性:重新增强精神存在以便于体验每一刻的丰富性,无论一个人是正在一步一步地建造一个小屋,还是在一个小时一个小时地倾听一天的声音。[49]在想象一个人如何能够在一个特定的地点和特定时间生活得更丰富时,梭罗的反社会主义观不应该使人通过与人周围的所有事物的细心互惠而对他们抵制常规的共同愿望失去理智。然而,惠特曼关心的是将个人适当地置于人们的群体之中,这样会使他更接近于19世纪美国最著名的城市生态改革者弗雷德里克·劳·奥姆斯特德,奥姆斯特德为新兴的景观建筑领域加以命名,也比其他任何人对它的专业化更负责任。

《布鲁克林渡口》发表的后一年,奥姆斯特德成为了新中央公园负责人,这也是在他成为中央公园的首席建筑师(与卡尔弗特·沃克斯合作)后不久。虽然奥姆斯特德比惠特曼更算作是一个有教养的独裁主义者,但他在心里也是一个民主主义者,对他来说公园的理由是将不同的阶级汇集到了质朴的空间当中,以便于贫穷和富有会享受大自然的茶点,并且社区将会被提升,通过的是邻近关系和在集体享受公园的乐趣与尊重理由的环境中随意观察。[50]奥姆斯特德既把公园视为干预性社会工程的壮举("妇女和儿童的生活太穷而不能被送到乡村,现在可以被保存在成千上万的实例中,通过让他们到公园里去"),又相信救助,包括物质的和社会的,都将会自然地发生,通过的是一种自然的潜移默化,"一个明显的协调和对城市最不幸、最无法无天的阶级的精炼的影响"。[51]惠特曼的诗的修辞包含一种类似的操作,使读者想象他们自己是在一个特定种类的户外场景中,并相信产生"正确"的心理反应的替代性的自发的功效。

在惠特曼和奥姆斯特德努力想象宜居城市时,他们每一个人都诉诸田园修辞,这烦扰了以前的生活经验的痕迹。奥姆斯特德的先决条件是将他自己看做是一个农民;个人经验以及思想意识让他相信农村有益健康。我们已经看到,惠特曼在情感上依然眷恋乡村,他在那里度过了他的童年早期。然而,他们两个人都将城市化视为未来的道路,并庆祝城市会为社会生活和个人成长提供更好的可能性。[52]

他们两个人都想要一种都市生活,在这种都市生活中将保留着农村对健康有益的措施。但是,鉴于奥姆斯特德通过投入对绿色空间的公共使用将 19 世纪运动引向使城市田园化,惠特曼却更是不参与城市公园的想法,尽管他的确大力支持建立一个布鲁克林公园,将给迅速增长的人口稠密区城市一个"肺"。[53]总的来说,像清洁的饮用水和负担得起的洗澡的地方这些重要的城市服务交付的公共工程关键,要比花费巨额的钱回收相当规模的公用场地更重要。对惠特曼来说,定期洗澡比常规的森林散步更重要。从这个角度来看,克罗顿水库的史诗般的成就比它周围的中央公园的成就更重要。[54]他对《布鲁克林渡口》主题的选择和处理完全符合这一承诺:抓住一个城市生活的平凡的仪式,城市基础设施的一个熟悉的关键方面,想象一个典型的时刻,它体现着普通的日常城市生活的变形,奥姆斯特德比惠特曼在这方面更像梭罗,他可以想象除了在平凡的活动中发生外,只能发生在某个空间。惠特曼对像水和排水系统等可靠的基础设施的重要性的估计,并不如奥姆斯特德的公园项目更浪漫,但也不比19世纪环保主义者的观点缺乏重要性。[55]

　　奥姆斯特德和惠特曼都不是完全正确的,他们两人谁也没有实现他自己的方式。奥姆斯特德的宏伟设计在实施时被淡化,永远要顺从于预算竞争和政治斗争,并很容易受到批评:绿地的配置就像一个个大包裹,倾向于让那些最不需要它的那些人受益。惠特曼的被置于自然之中的城市愿景,曼哈顿染着闪闪发光的水和农村撤退的淡淡的色彩,被城市扩张和房屋的扩建玷污了。《布鲁克林渡口》犯了一个彻底的错误,就是假想"一百年后,或者几百年后"(第160页,i. 18),渡船运输仍将保持着英国传说中的愚人村的主要的通勤模式。然而,惠特曼的确掌握了更广泛的一些事实:家与工作场所分离,以及因此在陌生人中的日常交通经验,如果永远不是一个典型的城市环境,就会通过工业化后期仍将保持下来;并且他有先见之明,意识到这种经历需要重新定义自我,以便更好地想象具有孤独感的个人会怎样始终认为他们自己是一个复合的"灵魂"的一部分,这个复合灵魂不仅包括其他人,还包括"无说话能力的美丽的部长":包含生命形式和周围环境中的无生命物体的整体。这首诗对讲话者和听众之间的团结统一["我们理解,不是吗?"(第164页,i. 98)]的令人可怕的坚持,表明了已经意识到大胆和项目的高风险。如果读者被感动,那么也许他或她将会领悟到,无论读者是否有意识地自觉地意识到,这首诗的定位就是城市经验的实际情况。

诗推动着人们承认,我也胡扯,脸红,怨恨,撒谎,偷盗,妒忌,然后通过用这些作为声称亲密的基础的揭示(第162—163页,ii. 72,65),把这些"黑暗斑块"变好。这种推动表明,正如奥姆斯特德的愿景那样,惠特曼的愿景是通过潜在的意识被加快的,这种潜在意识就是那些变好的斑块就是通常的情况。因为惠特曼知道这座城市需要更多的甜蜜和清洁以及市民之间更多的相互信任,他坚称这座城市和他们在本质上是这样的。结束的祈使句融合了不安情绪:事情令人满意,而他们是焦虑的。

惠特曼作为文学的城市规划专家的局限性很容易被看到。他委婉地说,他的手册经常太整齐地代表着混乱。他的都市生活被与他同龄的全景尚视主义者所破坏;[56]控制焦虑让角色不再变得像惠特曼所希望的那样有延展性和缺少自主性。然而,这样的缺陷与他掌握的现代早期的城市住所相比是微不足道的,这种城市住所或者被当做一个不连续性的异音组合,或者作为感官超负荷,秩序的暗示飞快地从这种超负荷中出现,或者是作为一种存在状态,在这种存在状态当中意识和身份通过相互作用而不断地塑造和重塑,在这种状态当中,独居者和集体主义人格被融合成不稳定的综合体。虽然他没有追求这种突破的所有含义,但是他的浪漫形象重塑是最丰富的现代化之前的城市意识写作的最熟悉的定序主题的表现:当抒情或叙事人物从某种意义上将城市作为栖息地去构建时,他或者她就读了这座城市——法国波德莱尔风格的模仿者、狄更斯的博兹、在莉蒂亚的《纽约来信》中的莉蒂亚孩子的粗纱写信人、弗里德里希·恩格斯的《英国工人阶级状况》的社会学调查者。远足旅行者可以广泛地漫游于陈规与任意古怪之间，也可以漫游于专门揭露名人丑闻的新闻的文档汇编者与实验抒情诗的室内独白者之间。但只有惠特曼是能够想象一个人物，他可以轮流扮演所有的这些角色。

极端现代主义和现代城市理论

现代主义文学的都市生活超越了惠特曼，它将抒情诗的内在抒情性推向自我分解，它还扩展了物理环境的范围和详细内存，这个物理环境可以被重新感知并被命名为心理空间。

> 他越过汤米·摩尔的淘气的手指（平凡的盎格鲁——爱尔兰浪漫主义诗人托马斯·摩尔的手指指着的雕像）。他们正好将他放在一个小便池的正上方：各种水的汇合处。应该是为女性准备的地方。跑进蛋糕店。立即放下我的帽子。《在这茫茫人世间没有瓦利》。朱莉娅的很棒的歌。让她的声音延绵不绝。[57]

这是来自利奥波德·布鲁姆 1904 年 6 月 16 日在都柏林的漫无边际的谈话——一个简短的讽刺文章，但足以表达《尤利西斯》更主观的和重要的个性与惠特曼的"铺路多嘴的人"等有关系。这段文章是从一位著名的爱尔兰抒情诗人的纪念碑开始的，而以回忆令人难忘的都柏林表演者结束的，但这些抒情标志不如布鲁姆的幻想更重要：从上面的雕像，到下面的小便池，再到摩尔的诗《水之汇》的纪念，再到朱莉娅小姐对它的歌唱。

乔伊斯对布鲁姆做的事情预测了米歇尔·德·塞都将如何把普通城市漫步理论化，而他所处理的那些变化预测了理论的局限性。德·塞都的漫步者,像布鲁姆,提供了这样一个范例,即如何恢复在"有计划的可读的城市明文"的间隙里的特异性和神秘可怕的感觉。转向他们的流动的日常活动,方式是不能不能偏离严格的标准,他们巧妙地将"每个空间能指转化为别的东西"。[58]布鲁姆也是如此。但是,鉴于德·塞都固执地认定他的步行者是欠考虑的人物,尽管事实上是破坏性的,因为他有异想天开的、古怪的旅游活动日程和当地的迷信,等等,但布鲁姆既不是欠考虑的,也不是破坏性的。尽管他也并不"普通",但他比德·塞都的无意间破坏性的自动装置更是一个合理近似的普通人格。[59]

布鲁姆的思绪显示了特殊的不敬如何适合城市的热情。虽然有一种感觉,也许布鲁姆(乔伊斯肯定)想破坏那个评价过高的沉湎于感情的人汤姆·摩尔的纪念碑,但是有一种甚至更强烈的感觉,就是打算将城市想象为兼容共处的栖息地。如果乔伊斯不是这样,布鲁姆肯定是这样。因为妇女和男人都有公共设施,因此他们不需要跑步就可以光顾蛋糕店;然而,你可以嘲笑的那些偶像人物,对于音乐来说也是值得重视的,他们创造了音乐,即使歌词本身实际上和小便的尿流一样。布鲁姆的奇思怪想虽然提升了那些滑稽可笑的人,但是也使公民舒适地团结在一起。他记得,这首歌回忆的是关于公共场合,并且尽管歌词在名义上赞扬了乡村生活,但它庆祝的是社区,而不是像这样的田园风光:"提高了自然的最好的魅力/当我们看到它们从我们热爱的样子中反映出来时。"[60]

格奥尔格·齐美尔的《大都市与精神生活》,是在城市理论方面最重要的经典论文。几乎在格奥尔格·齐美尔发表他的《大都市与精神生活》的同时,乔伊斯让布鲁姆漫游了都柏林。这是一个令人愉快的巧合。对齐美尔的关于大城市居民的心理描绘图的许多增改,也适用于布鲁姆,尽管齐美尔不会把世纪之交的都柏林(伦敦的 1/20 大小)视为大都市:"强化情感生活",并将计算和分配时间的习惯内化,维护华美的自然保护区,以及特殊形式的个性化的频率。[61]齐美尔还强调城市居民的隔阂,然而,它几乎并不会像代表《都柏林人》和《一个青年艺术家的画像》那样代表《尤利西斯》。齐美尔坚持认为,"现代生活的最深的问题从个人对保持生存的独立性和个性的尝试中涌流出来,这种生存的独立性和个性是与社会的至高无上的权势相对的,与生活的历史遗产和外部文化及技术的重要性相对的。"[62]这作为对斯蒂芬·迪德勒斯或詹姆斯·达菲的描述是足够准确的,詹姆斯·达菲的脸"是都柏林街头的棕色色调",但他"居住在一个距离他的身体还有点远的地方,他自己的行为带有可疑的斜视"。[63]

但在布鲁姆的身上,乔伊斯创造了一种敏感性。他的与其环境相联系的欲望比保护自己不受环境侵扰的欲望更大。布鲁姆是他的首要的媒介,虽然肯定不是他唯一的媒介。这个媒介是用来实现这样一个雄心壮志的,即给出"一张都柏林的完整的图片,目的是如果有一天这个城市突然从地球上消失了,它还可以根据我的书进行重建"。[64]乔伊斯对更大的都柏林的全面重建的追求,不但扩展了剧中人,使《尤利西斯》充满了许多鲜为人知的历史人物,而且也扩展了诉诸美感的感觉和物质环境的物理事实:纪念碑、公共建筑、私人住宅(包括后院的厕所,还带有一个花园生态的附记)、这座城市的电车轨道网格(那是在埃俄罗斯的"风神"中瞥见的)、其从水库到水龙头的整个供水系统(在"伊萨卡岛"那一段进行了简明的总结)、被掘墓人的铁锹翻了个底朝天的覆盖着绿荫的地球、撒满粗粒碎石的沙滩沙坪、"煤气灯或者电灯对邻近的热带树种的影响"。[65]

齐美尔对城市中个人孤立的强调被人感觉到不真实或怀有敌意,这已经被一些城市写作的学生抓住当成了万能钥匙。[66]但针对这一点,也需要设置他的重要的补偿点:然而"小镇生活的范围,主要是封闭在小镇之内,""大都市的内部生活"被扩展成为一个像巨浪一样的运动,超越了国家或国际区域的疆界,"被扩展成为一种"巨大的功能超出了其实际的物理边界,齐美尔将其视为人格本身的一个空间对应物,来正确地理解它"。"一个人不以对他的身体的限制或伴随着他的身体活动被直接封闭的区域而告终,其实倒不如说这种身体活动包括全部的有意义的影响,它在时间和空间上都源于他。"[67]乔伊斯通过布鲁姆创造的这种城市意识,同样也是公共和私人渗透(雕像和小便器被主观的相关逻辑联系在一起,文本和公众人物被个人记忆联系在一起)进松散的悬置的一个节点,这种悬置名义上是在布鲁姆的内心,但包括建筑、社会和都柏林文化的历史以及它的人民。[68]

事实上,关于这个城市的人,正如哈娜·沃思—纳希尔说《都柏林人》那样,与齐美尔相反,攻击乔伊斯的是"机乎完全没有陌生人"。"孤立,她立刻补充道,的确在乔伊斯的身上继续强劲运行着,[69]但是好像他作出了一个深思熟虑的决定,通过给个人的命名来扩展他的想象力对他的城市的掌控,惠特曼的诗歌坚决保持着这种类型。惠特曼的人物角色理解来自远处的每个人的内心深处的本性;乔伊斯(在较小程度上对布鲁姆)认识几乎都柏林的每一个人比惠特曼认识任何人似乎更是依照情况而行。在《尤利西斯》中我们看到的人群相对很少,这与那些由被认同的个人组成的群体是相反的。

虽然《尤利西斯》包含了都柏林的数据资料,但是它仍然比弗吉尼亚·伍尔夫的等价的著作中的战后的伦敦保留了更多地在日常事件和神话景观之间的振荡的抽象空间中的资料[70],它在某种程度上是受到了乔伊斯的著作《达洛维夫人》的激发。这部小说也是建立在社会迥然不同的一代人的人物角色的一个象征性的符号之上,但是它使物质的城市景观成了比主人公或她的受到战争创伤的密友塞普蒂默斯·史密斯更加具有主导性的塑造力量。城市个性化结果进一步扩展。伍尔夫想象她的人物高度敏感对最微小的刺激作出反应,从而展示了近似于泛灵论的自我疆界的裂透性。克拉丽莎认为,即使她要死,"在伦敦的大街上,在跌宕起伏的事物中,"她会生存下去:"她是家中树木的一部分;是那里的房子的一部分,丑陋的、散漫着它的所有碎片;是她从未遇见过的人的一部分。"[71]在白天,小说发生了,所有的主要人物在某种程度上都表明了这种敏感性,并且我们对那种聚集的敏感性带来了伦敦西区的大世界:人类脉动的串联通过一个公共环境彼此相互抽插,它包括建筑、街道、散步、公园、交通,它本身似乎摆动,蒙太奇般地拼贴,渐渐消失,重新实现,并再次消散。这部小说对环境无意识凝结成意识和再消退回去的振动是特别敏感的。

　　不仅仅是惠特曼的曼哈顿或乔伊斯的都柏林,伍尔夫的伦敦也期望着亨利·列斐伏尔的"理想城市",那里的住所优越于栖息地。列斐伏尔高声喊道:"理想城市将是《短暂的城市》,居民的永久的作品他们自己为了这个'作品'或被'作品'所驱使而采取的行动。"[72]列斐伏尔在理想的情况下设想了这座城市,实际上正如伍尔夫的设想一样,来自于有一个集体过程,即交互式的庆祝活动。[73]可以肯定的是(这是一个非常大的"但是"),列斐伏尔到达他的愿景是通过意志扰乱工业资本主义对空间的极权主义划分,而伍尔夫到达她的愿景是通过她对共享空间中的人类个体意识的可塑性的感觉。他的策略是使公民能够控制;而她的策略是承认人类缺少控制,一部分是焦虑,一部分是兴高采烈。[74]在这种情况下,令人茫然困惑的是这些相反的轨迹产生了类似的像审美戏剧一样的城市生活图像。因为列斐伏尔只会感到理直气壮地不赞成在与达洛维夫人的对等人物塞普蒂默斯自杀后,而轻率地给这部小说戴上达洛维夫人同党的帽子,即使列斐伏尔已经发现了伍尔夫直指克拉丽莎的讽刺,当克拉丽莎被自己的浅薄意识所压倒时,也确实在那种情绪下指向了她自己。然而,正是因为讽刺,喜庆的时刻成为小说当中定义的伦敦场景的一个合乎逻辑的最终象征物,并也成为对列斐伏尔乌托邦的顽皮讽刺维度的一个美好的期待。

伍尔夫对物质刺激和精神生活之间的相互作用比乔伊斯更敏感。巧合的是,在自然过程(《昼夜》、《岁月》和《海浪》)之后,她没有给她的书籍中的几本加标题,并开始了她最后一部作品《幕间》的创作,它是以对一个污水坑位置的琐碎谈论开始的。[75]伍尔夫的漫无目的性对城市生态的生活经验中的自然和技术的互换性是相当敏感的。例如,叙事如何想象在一个特定的(男性)角色的意识中的一种刺激形式。首先,它只不过是一个"声音"、一个"虚弱颤抖的声音";然后一个"声音",但口齿不清楚,"没有年龄或性别",仿佛"一个古老的春天从地球上喷射出来";然后它变成"一个生锈的泵",或者更像是"一棵被风吹歪的树",直到最后它表现为一个"受虐待的女人",一个街头歌手,但正如有人加入到她的话(一种远古的爱情抒情诗)中一样,重新唤起了隔代遗传的原生主义,在那个时代里,"人行道是草,路面是沼泽",尽管有她的"对面的摄政公园地铁站"。[76]这个序列也成了城市构造景观意识的前奏，也成了生态保护妇女激进分子对彼得·沃尔什勉强压抑对克拉丽莎的渴望的批判，它的路径方向是通过一个奇幻的景观将其自身体现为原始的女人对爱情的歌唱。

越是断言的政治化，列斐伏尔马上就会看到通过对那些发同感的资产阶级乐趣和焦虑的前景化设置的阶级偏见，伍尔夫的并不比彼得的少。这是列斐伏尔将城市缩减为人工器物的优点，普通市民应该能够将其收回和玩耍。缺点是对伍尔夫很熟悉的东西而漠不关心：感觉的最基本的体验是人格如何发展得穿越人们相互之间以及人们与环境之间半偶然的聚集，每一个人又同时塑造着另一个人。伍尔夫的超越个人的住所的观点也绝不是天真的肯定，这正如妇女泵原基幻想开始暗示的那样。新惠特曼的庆祝的样子是个人混合着其他人和景观，复杂地伴随着焦虑，有时近乎恐慌，一旦自我的边界被感觉到是可以渗透过的，将如何防止狂喜产生自我泯灭或者疯狂。[77]

惠特曼现代主义：作为生物地方主义者的
威廉·卡洛斯·威廉姆斯

威廉·卡洛斯·威廉姆斯尊重惠特曼的"原始活力"，但极为苛刻和不情愿，他粗鲁地向用本地语写成的诗学发起攻击，威廉姆斯旨在做得更好。[78]他还着迷于乔伊斯，着迷于《尤利西斯》和《芬尼根守灵夜》中的都柏林景观的神秘化，它们就像由男性地球和女性河流组成的一对地貌夫妻，这影响了威廉姆斯的他自己城市的人格化身[79]，它像是由（女性）景观和（男性）城市组成的一对原始夫妻。在他的名著当中，《帕特森》(1946—1951,1958),这个二联体连同传统的"河等于生命的流动"的象征主义和人物角色(有时是个人,有时是城市的化身)中的惠特曼的流动性变成了主要的结构成分。

在他早期生涯当中,威廉姆斯就梦想着写一首现代化的惠特曼的城市诗歌。"穿越渡口/与我面前的曼哈顿的高楼在一起",讲诗人的叹息,"我将怎样成为这种现代性的一面镜子?"他直觉地感到"莫斯科的尊严"不"比帕塞伊克河的尊严"更大。但即使他脱离了声音、语言和节奏的墨守成规的,威廉姆斯仍然会在很长一段时间里——事实上,从未停止过——是一个"意象派诗人、"艺术家的小插曲":

> 叶子是灰绿
> 玻璃碎了,鲜艳的绿色
>
> ……在那里养肥了
> 一条鳗鱼
> 在水管里——
>
> ——木头和砖的前台的破碎的边缘
> 在城市上空,消失,
> 超出了踩着高跷的水箱之外
> 一个孤立的房子或者两个在这里或那里,
> 在无遮蔽的原野里。
>
> 最后的蓍草
> 在地沟里
> 成为白色是因为多沙的
> 雨水

就然后意外地
一个小房子伴着高耸的橡树
上面没有叶子

就在最后一段之后,他补充道:"应该有人来总结这些东西/所在的利益是当地的/政府的或者一只带斑点的狗如何沿着地沟走。"[80]它好像在问:"这些意象为什么目的服务,总之,除了变成这么多的珍奇遗物?"

威廉姆斯永远摆脱不掉这样一种戏弄的神情,就是关于是否他的诗学会超越那些一系列的开始,这些开始继续轮流着成为挫折的、自强的、观点顺从的、可预言的风格主义的来源。与此同时,他的城市生态的想象力正在微观地精炼自身。他学会了如何渲染突然并置在一起创造的碎片和残骸增长(第一段)的"第二自然",城市生态位的视觉透视缩短(第二段),开放远景但平凡的意想不到的兴奋(第五段)。他教他自己如何想象"自然化了的城市植物的偶然景观"(第四段)和"在城市被遗忘的地方"(第三段)的缩减规模的社区的"本地的"景观,它对今天的城市生态绿色景观设计者的重要性的强调,优先于正式专用路边和修剪整齐的公园的"'纯种'景观"。[81]他学会了使用隐喻来表达人类的、生物的和人工制造物之间的共生关系,并且也模仿:学会了如何把人们变成树或花或野兽,并把它们再变回来,把一片翻滚的纸变成一个男人,并且再变回来。最重要的是,他用数以百计的简短的努力试验来调整和重新调整他对比例、音调和关系定向运动的感觉,在城市环境中,在人类、人工建造和自然当中。让一个扩展示例代表所有的"湖的风景"[82]。

三个穿着邋遢的孩子站在高速公路旁边,"旁边是野草

纵生的/底盘/被破坏了的汽车的", "定睛远望一条"废弃的
煤渣路", 通向"铁路和/湖。"可能他们看的, 是这首诗的奇
迹。其答案仅仅是跟随着他们的目光的视线向下越过一个标
志"被布置/靠近一个狭窄的混凝土的/服务性的棚屋/(朝着
它架设着/一束电线)":

> 在这条通用的
> 煤渣路上, 建成了
> 十字交叉路
>
> 构成了前院
> 框架房屋的
> 在右边
>
> 那看上去
> 已经被剥皮了
> 在对面
>
> 留有一棵大枫树
> 长着叶子
> 心无旁骛地固定着
>
> 这三个人
> 长着直直的脊背
> 不理睬
>
> 那止步不前的交通
> 所有的眼睛

望着水面

　　无论这首诗是关于什么的,它是与城市里的自然的地方有关。这首诗并没有完全解释它自身(例如,我们不知道孩子在想什么),但它确实表明了那里的东西是重要的(对他们以及诗人),它往往被忽视:你必须远望,越过交通、高速公路、"被剥了皮的"房子、煤渣、铁路,直到岸边,越过那些孩子们的肩膀,他们正在忙于他们的第一次守夜;甚至你觉得用你的想象力了解了比景观本身提供的更多的意图。但是,有一种感觉被强化了,那就是"自然"是如何在这些黯淡的情况下迫使和维护它自身的。先是为了那些孩子们,然后——被他们感染——漫游的发言人。有杂草透过汽车长了出来。大枫树抵消了布满灰烬的院子,然后与那些"心无旁骛的固定不变的"脊背挺直的孩子混合在一起。这是一个反田园的田园。被毁了的景观成了任何人的湖湖泊乡村的映衬。"这是湖的风景吗?"——你肯定笑话。谁创造了那个"风景"——也许那些孩子的父亲们帮助的,谁知道呢? ——必须事先麻醉自己。但无论怎样踩踏,在一定条件下,景观的自然部分也有能力再重新构成。看来,至少对那些孩子们来说,确实有一处风景。也许这只是证实了他们是多么可怜——这些衣衫褴褛的人。但也许休闲的成年观察者已经错过了一些东西。尽管如此,像这样的一首诗使威廉姆斯成为一个诗人。绿色的城市规划者有点委婉地称之为"非官方的乡村"、"墓地、医院、老教堂庭院和铁路路堤"的遗迹景观,以及废弃的采石场和其他工业用地,那里的自然都覆灭了。[83]威廉姆斯不太清楚要对这些风景做什么,但他是有意为了文学回收它们,其方式将超越一厢情愿的多愁善感或下意识的反感。

然而,"湖的风景"的视觉画面与《帕特森(美国一座城市)》相比,仅仅是一个五个手指的锻炼。[84]

《帕特森》像《尤利西斯》一样用的是神话设计,但是像伍尔夫在《达洛维夫人》中那样更少地使用了叙事结构。事实上,这首诗最鲜明的特点之一是重复崩溃:演讲者用频率和坚持来打断他自己["放弃它。摆脱它。停止写作"(第108页)],承认无能["没有方向。向何处去?我/不能说"(第17页)],嘲笑他自己["你有多奇怪,你这个笨蛋!"(第29页)],是自己开放地嘲弄他人("天呀,医生,我想没关系/但到底这意味着什么?")。这样的时刻积极炫耀着诗人约束自己去做堂吉诃德主义:创作一首诗忠于这个地方,他对此承诺,但是没有激烈的百感交集的"爱",他办不到。"这样说,没有想法,但身处事情之中"(第6页):这是,威廉姆斯曾经写的最著名的诗行,说出来了目标,也有不耐烦和沮丧。"直到我在这方面取得了成功[像现在这样,数量不少了],我的罪恶才被赦免和我的/疾病才被治愈"。第三册书放纵地宣布——立即"用蜡"添加一个令人扫兴的结尾,对那个复制品轻描淡写,这首诗最多只能如此(第145页)。

为了实现那些无法实现的事情,"难以想象的诗的不受约束的力量"[85],威廉姆斯用帕特森历史档案中的残余物对他的诗页进行了点描:美国本土的原基与衰落;早期宏大的共和党计划将帕特森作为模范城市(昂方提出来的,他设计了国家议会大厦)和美国工业模型(由亚历山大·汉密尔顿提出);耸人听闻的新闻报道有关于怪胎、鬼魂、谋杀、火灾、洪水的;还有,抒情和描述性的小品文,数十个当代人物竞争的声音(主要是方言),有实际的和想象的,包括对来自威廉姆斯的许多通讯员的文章的略加编辑的片段,都揭露了他的缺点。女性诗人寻求他的建议指责他不敏感，他的朋友和对手艾兹拉·庞德资助他，他所欣赏的年轻的市民诗人艾伦·金斯堡宣布，他可以教威廉姆斯一两件关于他自己的城市的事。在这个拼贴图画当中，威廉姆斯的"自己的"声音出现了，很明显是男性的（妇女一直是与性、大地和缪斯女神有关），（异性的）性别歧视者（诗歌被想象成是求爱、成就和婚姻），并且是特权阶级的（"在/工人阶级当中，有些已经崩溃"）。但是，同样明显是诗人对这些限制的认定，并用这一点他甚至比他做那些中心的事情将更能取代自己："为什么甚至说'我'，他梦想的，那/几乎一点也没有让我感兴趣？"（第18页）。

相对于除了庞德《诗章》以外的史诗传承血脉的所有重要前辈，《帕特森》确实是更加多类和多义的。"惠特曼想成为他的世界；威廉姆斯想知道他的世界"，一位评论家总结说。"几乎一切事情都是为了用来构建威廉姆斯的肖像，他作为一个私人已经被排除了"，另一个评论家同意这种观点。[86]一个标志就是《帕特森》破除了"城市漫步者"传统，这是惠特曼、乔伊斯、伍尔夫等都赖以在个体意识中重视他们的全部图景的依据。只有在第二部分，P博士在公园漫步，这首诗在这里作得支离破碎。威廉姆斯一次又一次地把浪荡子分散地写进他的各种各样的字符中。方法之一是诗让自己被各种各样的其他声音所劫持，活着的和死去的，口头的和档案的。有些人甚至看似否定的声音，就像公园里的天真的移民传道者演说家的长篇大论，最终接管第二部分，覆盖了P博士的鄙视和厌恶，飞快地改变为瀑布的声音和诗人的无效的演讲的意象。

在《图书馆》（III.iii）出现了一个特别引人注目的实例。阅读有关帕特森的1902年的洪水沉淀于内心的洪水，"一个相似事物,阅读的"(第130页)。从这环境无意识的汹涌激流中记起了一个对峙,那是在十分可怜的抱孩子的男人与另一个人物之间,可能是 P 博士本身,原因是因为那个男人的狗,在因为咬人的另一个报道他之后,这个事情已经被放下了。[87]这人坚称"他不会伤害/任何人"(第131页)。这首诗猛烈地旋回到了哥伦布发现美洲大陆前的那一个片段的时间(巨大的酋长 Pogatticut 与他最喜欢的狗埋在一起,这狗是在这个礼仪的场合被献祭的),然后又旋回到了咬人的狗死亡的洪水般的幻觉,神话般地呈现:

> 被旋涡般纷乱的嘴追逐着,这狗
>
> 下到《地狱》。《虚无》
>
> 　阴沟
>
> 　　死狗
>
> 　　　翻滚着
>
> 在水面上:
>
> 　　来呀,嗞嗞!
>
> 　　翻滚着
>
> 就像他跑过。
>
>
> 它是一种圣歌,一种赞美,一种
>
> 和平,来自毁灭:
>
> 　　　到牙齿,
>
> 恰好到眼睛
>
> 　　(砍头)
>
> 　　　我放入箱中被夹住
>
> 数百次。他从来没有对任何人造成任何
>
> 伤害。

无助。

你给我杀了他。(第132—133页)

真的这是布莱克沙粒,它开辟了无限。起初似乎几乎是闹剧,因为顽强的爱狗人士固执地迷恋将其原始化,但转念一想,他的卡通不如T.S.艾略特的多神话引喻更像卡通,而且在某种程度上,背叛了艾略特和被咬的P博士,其方式是通过给像斯威尼或者亚奇·邦克之类的家伙最后一句话,给予他感伤("无助"),甚至给予他一定的古老的尊严(被切的领导的眼睛是石头的死的眼睛,而且是洪亮的人工制品),甚至给予坏蛋以地位作为献祭的牺牲品,不但下到了下水道,而且下到《地狱》、《虚无》。要想使闹剧、绝技、遗憾的弥补分解崩溃是不可能的。毫无疑问,很清楚的一件事是想打破在人类、诗人和狗之间的固定界限;现在、过去、永远。

这里威廉姆斯允许发生的是,混乱的理查德·桑内特提供的有益健康的生产,成为恢复公民生活的关键。桑内特谴责人们对在城市遇到的极端差异的"逃脱反应",声称"吃光了复杂的人类价值,即使在一个城市,差异是压倒性的社会事实"。桑内特呼吁制定多样的和不固定的土地使用和城市活动的空间分布政策,它将会"增加城市里对抗和冲突的复杂性,而不是两极分化。这样,"侵略,仍然还在那里,会为其自己开辟通道进入大路,允许最小的共同生存"。桑内特认为,如果(有教养的)城市居民比他们"在生活中开始体验一种位错感"[88]感到更不舒服,那将会更好。威廉姆斯也是如此。像桑内特,正是因为他意识到自己将脱离这一原因,威廉姆斯让敌意对抗置于他的人物角色的皮肤之下,并将游戏本身进行到底,公民和狗(大概在乔伊斯的"独眼巨人"一章的重新运行中?)已经站在他的全景中,没有和解的廉价的恩典。

通过这些段落,威廉姆斯创建城市的生态诗学。甚至那些讨厌城市的读者也注意到这一点。温德尔·贝瑞,今天文学生物区域主义的主要声音之一,称赞威廉姆斯,因为"他使用艺术写作作为工具,通过这个工具一个人可能抵达他的住所和维护自己"。他的诗,贝瑞补充道:"有助于让我满足生活的可能性,无论我住在哪里。"[89]刚刚引用的这一段显示了这样一个习语的精确度,"写作作为一种工具,通过它一个人可能抵达他的住所和在那里维护自己"。因为看上去似乎完全合理的是,准确地在以住所为基础的日常经历的琐事中寻找诗歌的追求和训练是一种主要方式,通过这种方式,遭遇可以从生态无意识的下层社会被挽救,可以作为穿越类和时间的障碍与人、动物、事情和住所识别和连通的暗示——一个连通性更值得注意的是偶然发生的。

威廉姆斯对实际住所地不稳定的看法和住所感觉,对重新居住的当代理解来说,本身就是基本的。正如加里·斯奈德所说,必须建立在这样一种意识之上:

> 住所将是草原、松柏类、山毛榉和榆树……并且它将
>
> 被栽培、铺设、喷洒、筑坝、分级、建造。但是每个只
>
> 有一小段时间,
>
> 并且那将仅仅是在重写本上的另一组诗行。整个地
>
> 球是一个伟大的
>
> 写字板,有部队打旋的多个重叠的新的和古代的痕
>
> 迹……一个
>
> 地球上的住所是镶嵌在大马赛克中的一片小马赛
>
> 克——土地都是小地方,所有的
>
> 精确的微小领域复制着较大的和较小的模式。[90]

斯奈德正在谈论这里的边远地区，但他可能是在描述帕特森。《我自己的歌》、《尤利西斯》、《达洛维夫人》，都以自己的方式在某一时刻及时地捕捉了他们的外部景观。帕特森想象了一个住所，那里的外部和内部风景已经运动了 200 多年了。威廉姆斯已经在很大程度上预期了生物区域的前提，然而，"与现代的外表相反，甚至城市区域也是突然出现，并经常继续依靠比我们的感知水平略低的生态状况"。[91]

在诗的结尾，正如最初想象的（IV.iii），另一个"人——狗——诗"结构突然出现了，这一次是"海里的游泳者和他的宠物"的形式，又蓄意地将面对另一个可能被水淹死的高潮的一个普通时刻的变形，这首诗似乎倾向于这个高潮。这一次这首诗变得更加宁静，作为游泳者——一个狡猾的奥德修斯的拼图，惠特曼和威廉姆斯（或称诺亚·费图·帕特森）——爬出来，晒太阳，睡觉，穿上褪了色的工作服，品尝一个海滩李子，并向内陆跋涉，朝着惠特曼的敬老院卡姆登（如威廉斯后来解释的那样），这意味着延续史诗追求，从惠特曼到威廉姆斯及其他。[92]

正如这个结尾的自我意识所表明的那样，威廉姆斯完全明白，他不是这个城市里唯一的贯彻惠特曼诗学的 20 世纪的诗人，惠特曼诗学比他的对手艾略特使用了更"民主"的成语。在《帕特森》之前，哈特·克莱恩的《桥》（1930）在某种程度上已经比《帕特森》更加忠实于惠特曼史诗，在精神上更加理想化，在技术上有更多的确认，建立在惠特曼自己的城市，并且用的签名设计是"曼哈顿—布鲁克林"：克莱恩的桥是惠特曼的渡船的后代。兰斯顿·休斯、路易斯·组科夫斯基、查尔斯·列兹尼科夫、艾伦·金斯堡、乔治·奥彭、查尔斯·奥尔森、勒鲁伊·琼斯/阿米里·巴拉卡、和弗兰克·奥哈拉，都只是一些具有城市想象力的当代年轻诗人,他们都受到了惠特曼和/或威廉姆斯本人的影响。但是威廉姆斯在城市生态诗学上的实验是一种独特的造诣。

第一,为创建一个后惠特曼的超越个人的人物角色与公民和物理环境一起交互共存,并与每一者相混合,或者被它们尖锐地反驳,这首诗的流动的执行控制被中断,并甚至被超越。

第二,为想象物理环境和人类行为的相互亲密关系——不但因为它在某一时刻流行,而且也是从历史上看,从哥伦布发现美洲大陆前的时期,到荷兰殖民,到帕特森作为一个工业村模型的指定,到它随后的作为一个资本家的贪婪和劳动风潮之地的历史,到它目前作为大纽约的抑郁的被污染的内地的现状。人们发现帕特森不断地形成并改革,还有这里的那些人,他们住在这里由住所构成,反之亦然:人类地图背后的地形,自然灾害的影响,中央水道和瀑布的地标(也主导着威廉姆斯的《自传》的最后场景)。"当你读了《帕特森》的时候,你就会知道,对你的生活的其余部分来说,一个瀑布是什么样子",兰德尔·贾雷尔写道。"威廉姆斯的植物和动物的知识",他补充说:"令人惊讶的是它的范围和强度;并且他在世界的一个真正的天气里把它们集中起来。"[93]像当代绿色设计理论,从生态系统模型开始,威廉姆斯也相信"'景观'不会在城市开始的地方结束,并想象"城市是对一个不断扩大的自然栖息地目录的一个非常独特的添加物"。[94]

第三,《帕特森》显示了一个生物区域主义者对他的城市及其附近地区的理解。威廉姆斯反映了——似乎没有被直接影响——像刘易斯·芒福德这样的新区域主义者的主要洞察力。刘易斯·芒福德的《城市的文化》(1938)出现于帕特森结晶的前夕："这个城市（本身）就是生态系统的一个组成部分"，并非不同于在旧式"乡村—城市"文章当中的腹地。[95]帕特森的地理位置在整个帕塞伊克河流域，从拉马波山丘到河流入海口。由诗人的历史学地理讲的这个故事广泛地开始了（标记着印第安人、荷兰人和英国人在更广大的地区的存在）；然后重点是早期民族的帕特森的节点，一个有力的尽管陷入困境的独立的社区进入 20 世纪早期；然后承认其衰落，从"中心的一个小的大都市"到肮脏的外围"纽瓦克和纽约，摧毁了它曾经拥有的文化自治"。[96]

这并不是说威廉姆斯着手编写一个"城市生态系统"比惠特曼写得更出色。他的首要任务是写诗；作为一位诗人，他的首要任务是设计一个独特的美国诗学成语。但接下来作为诗人的第二个任务是，写一首关于"我的城市"的诗，它将表现城市过去和现在的与众不同的特色，威廉姆斯表现出某些"生态"关系的敏感，即使这些并不是他的主要话题。例如，《帕特森》第四册的第一首长诗，沉湎于一个富有经验的纽约人的"牧歌"，她是一个牧童，试图勾引她工薪阶层帕特森的女按摩师菲利斯，由于菲利斯的注意，因此与 P 竞争失败。本序列"激情异常"，标志着"美国"的"诗学"问题"非常"的有趣（菲利斯）或因欧化高雅文化而不是别的而沮丧（P）。[97]但主要驱动选择配置的是纽约的"区域逻辑"，纽约市是吸引新泽西外围的磁铁，并且在这种情况下，菲利斯的这个住所，她怨恨牧童缺乏间接和她父亲的乡下人的恃强凌弱。不逊色于福克纳，将在第五章中讨论，威廉姆斯使《帕特森》呼应了那个时代区域主义思想家在"本土"社区文化的诱惑下和受到大都市主义的"现代无机引诱"的焦虑。这正如本顿·麦凯所称的那样，帕特森面临着了一个威胁，就是被卷入芒福德所说的"绝大无定形的具有大城市特点的荒地,这个荒地在卡姆登和泽西城之间延伸"。[98]

威廉姆斯对城市重新入住文学的第四个贡献,当然在这一点上他最自信地修正了惠特曼,就是他对帕特森的严厉的爱。威廉姆斯既对他的污秽邋遢的城市忠心耿耿,又对它永远不满。他声称,"整个帕特森的主题"是"瀑布和山脉的神秘美丽与工业的可怕之间的对比"。"但是他们还没能鞭打我们",他马上补充道:"我必须做一个在自己的职责范围内的艺术家,尽管条件很很难。"[99]结果是一首诗,读起来主要就像当代城市恢复的成功故事的"之前"的一部分。[100]《帕特森》最扩展的积极抒情诗序列,诗意地描写了伤感的 1901 年"制革匠和艾夫斯风格"的一个回忆,将"老帕特森"作为一个可爱的工业村(第 192—197 页),之后才发生了这样对怀旧的败坏,被散文段落打断,这些段落只强调更肮脏的现实。

威廉姆斯的病理诊断结论在第四册书的第二首长诗的城市病理学的复杂形象中达到高潮。这首长诗在医药和金融之间展开类比:镭治愈癌症疾病就像信誉治愈资本主义的疾病一样,这是钱(更具体地说是高利贷)。乍一看,这似乎是这首诗的一个更令人困惑的防护剂序列——尤其金融主题,利用当地社会主义大片优势(第 180 页)和庞德的谩骂(第 185 页)。然而,这首长诗更有意义的是,有人认为它是依赖于帕特森的一个生态的以历史为基础的愿景,帕特森作为一个被经济贪婪和工业枯萎病掠夺的社区:这个"世界的生锈的郡县",是艾伦·金斯堡在信中所称的,威廉姆斯在这里插入了,"它的煤气罐、废物堆积场、小巷的沼泽、研磨方式、殡仪馆、河流愿景"已经成为"编织在(我们)胡子里的白色意象"(第 172—173 页)。这个城市是一个铀原子"总是打破/变成

铅"（第177页）：地狱绑定狗主人的眼睛的颜色。允许它"本
地采购/权力地方控制"，并且它变得容光焕发；否定它，它就
会产生癌变，"贫民区扩展"（第185页）。威廉姆斯有一篇针
对这首长诗的笔记，将癌症识别为当地医院的"典型的疾
病"，这是他的医院和打开场景的地方，"原子裂变"的一个讲
座。"我父亲/死于此"，威廉姆斯补充说："我认为我们会在
未来25年里染上它。"[101]长诗的总体与其说是文字疾病，倒
不如说是社会癌症，包括医院向穷人收费的政策，外科医生的
费用，而不是"缓冲到本地"（第181页），但它保留着医学隐
喻的力量，使居里夫人成为这首诗最强大的创意天才的例子，
在默默无闻地工作。

在过去的半个世纪中，《帕特森》已经"成为帕特森历史
的一部分"，影响着磨坊区域的部分修复和后工业城市的博
物馆化。[102]威廉姆斯可能是很高兴成为改革的一个代理，被
商品化的元素震惊了，并且对城市形状的继续改变不感到奇
怪。至于布莱克，对于威廉姆斯：社区和社区本身的诗意的愿
景总是受到威胁，总是在建造中。[103]

后来的轨迹

惠特曼、乔伊斯与伍尔夫使《巴黎晃游者》中的角色复杂
化，个人转变从一个孤立的自我转变成非常生态的自我。威
廉姆斯通过将其他主体更加积极地与其竞争及强调再居住的
重要性和历史的力量：电力中断，弄乱，覆盖，片段，甚至有时
积极抹去它等进一步削弱名义组织意识的控制。除了《芬尼
根守灵夜》，威廉姆斯在更大程度上还弄乱他代表城市。目
前还不太清楚何时，何时，城市是什么。这些互补的不稳定在

更大范围上也带来可能的情绪，从绝望到闹剧。今后城市生态《晃游者》或者《晃游者》将比其他一厢情愿和特别自然的文学尝试去制定功能整体性的城市美景及如属于城市社区或地形的单一个体这样的安全关系去谈判交涉任何事情甚至更有意识，但不打算尝试尽管如此，事实上，如果没有明确的城市再居住愿景，比以前更有各种各样色装备生成临时暂住。简短的几个例子将给多样化结果的口味从弗兰克·奥哈拉（一位后威廉姆斯纽约诗人），娇艾·哈久（美国原住民位移的诗人）和加里·斯奈德（三个中最自觉的生态区域主义者）。第一首诗 庆祝在曼哈顿好玩的面无表情地散步发生的琐事：

> 奇怪的拥抱来自脚踝的
>
> 锁
>
> 在人行道上
>
> 像陵墓环绕着
>
> 但很快乐
>
> "国家对我们没有益"，发言人坚称，
>
> 没有什么
>
> 撞到
>
> 或玻璃似地破裂
>
> 没有足够的
>
> 灌浇混凝土
>
> 和黄铜般的
>
> 反射
>
> 风现在带我去
>
> 纽约湾海峡
>
> 我看到它在那里上升

纽约

大于落基山脉

(奥哈拉:《步行》)[104]

　　这首诗知道它是愚蠢的,因为它让风搅拌关于从步行者眼中煤渣小烦恼到具体落基山的小崇高。欢快的陵墓?灌浇混凝土的圣歌有点令人发指。威廉姆斯预期这首诗似乎想要读至少有两种方式:一是漫不经心的虚假意识:这真是一个美好的一天,这个人他自己无法想象其他地方甚至烦恼感觉良好,具体的崇高;二是有悖常理的城市田园景色:我知道这将推动华兹华斯的追随者们进步,但是摩天大楼比山脉更高大。然而,无论哪种方式,这是一首把城市的构成经历作为风和光线的行动过程的诗。它在诗的结尾出现是指"风"与"纽约",因为实际上目的是"纽约"——它版本——是由风产生。因此,虽然这首诗,在惠特曼的"保持你灿烂的寂静的太阳"(第313页,1.20)的传统中,因为曼哈顿而挥手拒绝内地,用一种喜剧般的奢侈包围了混凝土的曼哈顿,这种喜剧般的奢侈产生于这生机勃勃的一天的"水的清晰的风的"感觉。

　　娇艾·哈久的"安克拉治"是"行走"的互惠,在于似乎想要抹去和溶解大都市回到原始的事情中:[105]

这个城市由是石头、血液和鱼组成的。

东部有楚加奇山脉

西有鲸鱼和海豹。

它并不总是这样,因为冰川

是冰鬼创造海洋,雕刻地球

形成这个城市,借助声音。

他们及时向后游泳。

事实上,1964 年 8.5 级的大地震,正是这样做的。从印第安人的角度来看,地震波动不是异常的,而是宇宙秩序的一部分,一个骗子精神的高兴建立在文化的自满。

 ……固体的下面

 是正在烹饪的地球,

 以上,空气

 这是另一个海洋,在那里我们看不到精神

 跳舞、开玩笑,慢慢地吃饱了

 吃的烤驯鹿

第一人必须以这种方式重新定义城市,作为精神的脆弱玩物。为了生存,否则,剩下的就是无法想象的黑暗的空白:

 在公园的长椅上我们看到某人的阿塔巴斯坎语系书

 祖母,折叠起来,闻起来像 200 年

 血和尿,她闭着眼睛对一些

 无法想象的黑暗,她减弱着疼痛

 其中没有

   意义。

当他们通过废弃的城市时,演讲者和她的同伴们从短暂地同情惠特曼的时刻转变成更亲密的接触,这识别帮助他们呼吸和行走,恢复一些文化生态领域的意义,加强上面的云层和海洋附近的感觉,甚至成为海洋:

 ……说到她的家,声称她

 作为我们自己的历史,知道我们的梦想

 不在这里结束,远离海洋的两个街区

 在那里我们的心在泥泞的岸边仍然打击着。

在这个点上，这首诗好像仿佛可能"回到土地"的叙述，但它没有。相反，演讲者和同伴们没有给放弃城市选区的迹象。这首诗以监狱房子的故事结束，故事讲给一群"大多数是本地的黑人"听的，讲故事人被猎杀了，他在酒店门外躲过八次：

> 每个人都嘲笑它的不可能，
>
> 但也是事实。因为谁会相信
>
> 所有我们的生存的奇妙的和可怕的故事
>
> 那些从来没有被打算到人
>
> > 去生存吗？

朋友的逃亡是与看上去像立体的现代安克拉治的破坏的开始的记忆相对应的。如果定居文化的建筑和执法制度的效率是不间断的，谁能想到任何一个是可能的？虽然这首诗注意到了不要从这些逆转而不是冷酷地嘲笑支配力的费用中得出任何更大的结论，但是显然是致力于城市宜居的思想——并且是可以理解的——被建造的环境必须被理解为是在自然过程中的嵌入。

因此，加里·斯奈德也在《洛杉矶盆地的晚歌》中重新占有城市。[107]斯奈德重新想象了一个具有工业（高速公路交通排列在"各种各样的光线交织的路径"中）和非人类（"环绕的袖珍袋鼠的隧道"）交通的城市。正如"安克拉治"，但更平静地，都市风景开始解散：

> 伴有绿色的浇了水的花园的房子
>
> 滑到干燥的丛林的鬼魂之下，
>
> 鬼魂
>
> 把洛杉矶河奉为圣地

神社(圣地)从未在那里

就在那里。

河流从那里流注

此时此地

颤抖和聚集和给予

所以,蜥蜴在那里拍手

——只是蜥蜴

来祷告,说

"请给我们健康和长寿。"

然后,经过短暂的中断("大幅度地裁减汽车高速公
路的书法"),

进入渠道化河流的水池

女神穿着高挑的雨衣

投掷一大把肉。

  这种混合,可能是一种特别仪式(一个本地神？一个佛
教仪式？一个庄严的安吉丽娜正在喂鱼？)证实了当斯奈德
使其梦想着它的路通向读者,通过高速公路的迷宫时,被抑制
的大自然的力量,并证实了"神灵"的健忘,这个神灵多次"驾
驶着劳斯莱斯"。然而哈乔抓住第一次自然作为武器打击大
都会相异之处,斯奈德想象着重新振作,适应当地文化的多元
性,方法是对从高速公路到分水岭的风景的重定位,并完全远
离在这一过程中的他的或任何其他单一主体的地位。感知者
对被感知的东西完全放弃自我。斯奈德识别洛杉矶是根据河
流,不仅回想起威廉姆斯,还掌握了绿色城市设计的一个重要
原则,主张恢复河道和尊重地下溪流。[108]这是施耐德对弗罗
斯特的《城中的小河》的译本。事实上,"分水岭"生物区域运

动的最基本的界定意象。这一点在第8章涉及得更多。

尽管他们有分歧,奥哈拉、哈乔和斯奈德写的这些诗,都是对重新入住的努力:努力想象一座城市/自然,将其作为一个宜居的,或者至少可生存的栖息地。但不亚于后威廉姆斯时代的一部分,而且现在每一首诗歌的边缘的周围,尤其是"安克雷奇",就是一种焦虑,即这样的愿景可能是一厢情愿的。约翰·埃德加·怀德曼的准自传作家主角库迪乔在《费城火灾》中的确如此,漫游着城市并断断续续的追求着他的电影项目,他嗜酒般地从具有一览无余的高度的艺术博物馆的台阶上观看这座城市:

> 他向下瞄准一行点燃的喷泉,引导着他的眼睛到了市政厅。这就是这个城市是如何被观看的。宽阔的林荫大道上明亮的车轮辐条从发光中心辐射着。没有建筑物高于在市政厅上面的比利宾的帽子。规模和模式永远固定。各部分之间清晰、平衡,是一个完美的理解。晚上空气浓厚而糟糕,但是他正站在他应该站的位置,并且这座城市哼出了它自己的这个梦想,进入他的耳朵里,在这一瞬间他不相信,但想知道他怎样设法离开这么长的时间。

> 我属于你,这个城市说。这是我的意思。你可以把握这个模式。理解我的意义。连接这些点。我为你而建造。像星星的田野,我需要你给我生命。我的名字,我的上帝在你的舌尖上泰然自若。你所要做的就是说话,并且你揭露我,使我完整。

> ……从深夜的黑暗中的博物馆的深深的影子里的这个有利的角度望去,似乎一块铁将会把它自己强加于城市的形状本身……库迪乔一会儿调整了一种可能性,即有人,无论如何,都那样构思了这个城市。一个不可思议

的设计。一个奇迹，是可以被理解的。他可以看到一只手在画这个城市。架构师的倾斜的绘图板，测量仪器，为了登记对抗的角度、圆弧、圆。这座城市是一个淡淡的蓝色的窗饰，在新生儿的头骨里的几乎不可见的血脉。没有人使用这个城市。没有人按下一个按钮启动心跳。

他可以告诉我们思想已经进入设计。而且一个人必须站在这里，在这座山上，想象这个视角。把巨大的空虚想象成一个城市的形状。一开始它不是恰好已经发生，混乱。人们计划在这里生存和繁荣。穿着这个像长袍和皇冠一样的城市。

创始人现在已经死了。埋在自己的假发、马甲、燕尾服、丝绸长筒袜，紧贴在丰满的小腿上。一个愚蠢的老头在暴风雨中放风筝。[109]

这是解构主义都市生活的精心杰作。库迪乔在《巴黎晃游者》的艺术上经验十分丰富、自觉、受到信任。他知道这个城市的历史——原始的几何设计，破产条例禁止建筑高于佩恩的雕像——也知道了"战斗"的观点，从这个观点去观察那里的秩序。费城艺术博物馆的台阶相当于约翰·德纳姆的库珀山，莎拉·温特沃斯莫顿的笔架山——只是争取新古典主义前景篇，它的受到控制的《肯考迪娅异纹鸟蛤》会让放风筝的老人（本·富兰克林）高兴万分。但是，这个段落警告说，城市秩序的梦想就是个骗局。这不是简单的抗议非裔美国人的权利，尽管它在某种程度上是这样。库迪乔受到了必要的教育，老练，并且还有概念上的工具在美国中上层阶级为他自己创造一个住所，当然如果他想要的话。更深层次的想法是，设计一个城市的整体思想是傲慢的。当你试图实现你的设计时,你得到的是此举事件,一个将这里的库迪乔也拖拉近来的悲剧:警察用丢炸弹的方式来根除非洲中心主义的崇拜,整个街区被夷为平地。具有讽刺意味的是,这种报复是这座城市的第一位非裔美国政府规定的,目前认为城市是放肆的。库迪乔是黑色的资产阶级在重新入住的梦想("我属于你,这个城市说")和它的不可能性的感觉之间的左右为难。段落底部的一行并非很不同于在他的美国生态(和其他形式的)规划的历史之末的疲惫的巴里·卡林沃思罢工:"有些巨大的地区,那里生态问题的明确解决方案根本不存在。"[110]并不是这使得卡林沃思——或怀德曼——不再那么渴望想看到那些缓解了的顽固问题,如肮脏、分裂、官僚政治僵局和浪费。

虽然这篇文章关注建筑环境,但是腐烂的遗留下来的一个宏伟的建筑设计的遗产、城市景观的天然成分——尤其是晚上的魔法和诱人的星星——合起来产生了有魅力的幻觉。值得注意的是,高潮是城市作为不再活着的婴儿的头骨的人格化形象的想象,婴儿刚出生或(仍然,经过几个世纪)仅仅从母亲的子宫里出来。怀德曼在这里循环着那种永远不会灭绝的传统,即将城市体的比喻自然化——布莱克的伦敦像阿尔比恩的胸,华兹华斯的伦敦像坚强的心,惠特曼的纽约都市景观的"美丽的哑巴部长",帕特里克·戈德斯的伦敦的"息肉",T.S.艾略特在《J.阿尔弗雷德·普鲁弗洛克的情歌》(后来被库迪乔回忆过)中的以醚麻醉的病人。[111]怀德曼/库迪乔解构了整个意象创造的过程,凭借的是将城市以用户友好的方式拟人化,或者至少是以用户友好的方式生物化为有机体。在这一段里,设计思考和自然/身体思考似乎同样巨大、妄想、傲慢。

然而,正如怪诞的婴儿形象所暗示的那样,这一段对"自然"产生了一定的吸引力,反对的是强加的或受制约的或建造的东西。在 1984 年的一次采访中,那是他在费城住了多年(但在《费城火灾》之前)之后的在怀俄明州的居住期间,怀德曼对面试官进行了挑衅式的应对,面试官问他西方对他空间的概念的影响:

> 在一个城市,你看到的东西是人造的东西——人造建筑物、大楼、灯杆、路灯——你被这些限制着。他们是按照人的比例。甚至一个摩天大楼也只是一百层;都像同一层一样,只是一百层堆在一起,一层在另一层的上面。尽管城市有密度和人口数量,但也有临时质量。有时我可以直接看穿它——它根本不存在。我从这里得到了更多的临时感觉……你可以朝着任何方向走五分钟,而(拉勒米市)消失了——完全消失了;它不存在了。[112]

虽然来自《费城火灾》的这一段没有在城市/自然的共生紧张关系变化时显示出一些人的明显的利益,如哈乔、斯奈德和奥哈拉,但是它对乌托邦都市生活的怀疑态度在很大程度上归因于把其他地方排除在外的意识。

但是如果在其他地方不是一个选择吗？对这个小说当中的许多人物来说情况的确是这样:因为妇女库迪乔为举动幸存者的新闻而烦扰,因为想受到保护,他记起了他在学校教学的日子,因为宾夕法尼亚大学教育的、越南受损的乞丐。正如怀德曼所意识到的那样,而且我们的其他作家也意识到了,生态连通性要求超越与生活交换错位的禁锢,以及与各种形式的生态决定论交换错位的禁锢——并决定人愿意在分享当中走多远。对于这一点,接下来我们将继续讨论。

第四章　决定论话语

住所和景观是一成不变的理念，不管喜欢与否，我们必须按照它行事。

——蒂姆·克雷斯韦尔：《适得其所》

巨大而复杂的物质文明的发展，多样性和各种社会形式，精神思考的深度、微妙和复杂程度，聚集、增加和变幻无常地传播，是通过这些其他代理机构铁路、快递和邮局、电报、电话、报纸，简而言之，整个印刷和分发的艺术——这样结合，目的是产生可能被称为千变万化的灿烂发光、令人眼花缭乱的和令人困惑的展示品，比启发和加强注意力敏锐的思想更容易疲惫和撤退。它产生一种智力的疲劳，通过这种疲劳我们看到了受害者的失眠、忧郁、精神错乱。

——西奥多·德莱塞：《珍妮姑娘》

他们不希望他们在别处。或许他们知道动物的脚可能每一次踩在地球上只有几英寸，地球是地球的任何地方。

——格温多林·布鲁克斯：《牧马》

重新入住预先假定了自愿向住所承诺,但并非所有的都可以自由选择。事实上,有毒的话语声称相反:你没有想象到你会更陷入一个比你想象的更危险的地方。它也敦促了一种"拿回那个住所"的伦理,但不是基于一个前提,即住所相连的民族是这样得天独厚,但那些民族的生活,特别是那些非精英,都必然被安置就位。

生态决定论似乎违反直觉地倾向于那些生活在最低生活水平之上的人。自由民主教导我们把人作为自由的人。社会主义理论,而声称使自由力量非神秘化,教导我们相信人类集体可以改变社会。现代化无穷无尽的创造力增强了对人类控制环境的信念,尽管技术拙劣和有"自然"灾害。然而,许多持有这些观点的人也相信,生物地理学对构建人类命运的影响力量,是通过区域生物优势,通过"生态殖民化",或通过大规模的灾难像艾滋病——从这个角度看"自然"开始重新担负一种宿命——以及社会的"有利"或"不利"的环境的"第二自然"的力量,环境塑造人类超过了人类塑造环境。

虽然作为生态环境产物的人们和文化的理论可能看起来像,有时候是,一个民族中心主义、帝国主义和种族主义(通常带着作为标准优秀事例的 *Heimat* 和《生存空间》的第三帝国主义学说)的借口,它也不无引人注目地被援引为这些问题的解毒剂,反对从固有的劣势使非西方文化免罪,通过的方法是把任何"落后"都归因于气候和地理。[1]甚至有些人发现"生态决定论"的诅咒作为教义,他们可能更喜欢把它作为下面这种难题的解释,即为什么非裔美国儿童的标准化考试成绩低于他们的白人同学的成绩。

在这一章中所处理的决定性想象的形式有很大的差异的:环境意识作为运用一种悲惨的破坏力量(第一、第二部分);新浪漫主义的相对概念把这种力量作为生产性能源(第三部分);对生态的和文化的限制的默许作为一种对艺术和社区的必要的基础条件的设想(第四部分)。这个运动,然后,将会是从强制约束的决定论到服从认同压迫的纪律的决定论。

　　从希罗多德到孟德斯鸠,性格往往被认为是由位置产生的。但直到科学和社会观察的系统方法与西方的新闻和小说相融合后,才发现在19世纪纪录片中的"现实主义"使详细的想象环境对性格和行为的塑造成为可能。在19世纪的上半叶,一个关键的催化剂是公共卫生理论的系统化,多亏统计学和"保健"理论新兴领域的兴起,传染病是由于污垢和恶劣的住房引起的。这使得对社会行为作为社会环境规范的遵守的系统化考虑成为可能。[2]在19世纪后期,尤其有影响力的是对进化论的定义,作为人类历史上的一个模型,使得人类作为长期的生物地质过程和社会的产物和人类世界是由专门的生物有机体相互依存的组合组成的成为设想。[3]自然选择在多大程度上是对反对其时代的社会思想行为的受害者的反映,将一直争论到时间的尽头。达尔文的科学思想部分的与普遍的社会决定论的态度产生共鸣是肯定的,[4]虽然,在他的时代也具有典型性,它不再根植于自然神学的前期传统。[5]本世纪有创造性的作家,同样,探索和测试增加魅力的观念,即人类社会是由遗传和/或环境所决定的。[6]

　　正如我们将要看到的,工业化的文学倾向于更担心决定论而不是那些重点在农村的场景,原因在于传统的自由主义信念的力量,它相信与自然法则相对的人类机构的腐败性,原因也在于相信农村是一个精力恢复的空间。但特别突出的既不是简单的城乡对立,也不是对决定论的悲惨和默认愿景之间的简单对立。它们的共同点不是"生态决定论是不好的",而是"这些生活,确定他们可能是,计数超过统计"。

从狄更斯到莱特的都市小说

查尔斯·狄更斯是第一个探索现代都市全部"问题"的主要的创造性的英语作家。[7]他预见到半个多世纪的格奥尔格·齐美尔的洞察力,大城市产生特殊分化的程度要高于人们在传统小型社区的发现。[8]因此,佩克斯列夫、米考伯、费京、卡克、朴兹奈、韦格——这多产的奇异的人物荟萃证实了爱默生的第二经验定律:人是气质的囚犯,"音乐盒的圆周旋转必须奏出一个确定的统一的曲调"。[9]早期工业时代,没有小说家会诱发关于城市本身和城市对它的人类居民令人印象深刻的、更好的或更糟糕的、更有力的意识:它的繁荣,它的突然对比,它的错综复杂的愚弄,它的污点。

特别是在狄更斯后期的小说中,不同类型的房屋、社区、工厂以及风景都成为禁闭的场景。在《艰难时代》(1854)中,斯蒂芬·布莱克浦跌入废弃的矿井,并自己受到致命的伤害,那废弃的矿井复古般地变成了一个监狱,囚禁了他在米德兰兹工业区的整个成年生活,一系列残忍、愚蠢的阴谋已经把他挤压得只想坚持没有逃跑。在《荒凉山庄》(1853)中,情节随着戴德洛克夫人与她过世已久的爱人的贫民坟墓在伦敦一个肮脏的小巷里的重聚而展开。在个体行为的层面,这是与"确定"的行为相反的,是对角色相反的任性叛逆;但是通过解决女主人公的身份之谜(她是他们工会的孩子)和接受她曾经否认的,戴德洛克夫人的行为以程序化的方式展示——几乎像定理一样——绅士贵族和下层贫民相互依存,人与自然环境相互依存。弥漫在伦敦场景的雾不仅仅是一个社会病理学的法律困惑的象征;它也是"一个肮脏和疾病的文字经济"的一部分。19世纪50年代的伦敦大雾加重了,因为在这里,当风吹"走错了路",向西穿过更富裕的地区,而不是携带有毒气体通过更贫穷的街区和泰晤士河口。结局预示着天花的传播从附近情人的腐烂尸体经由可怜堕落的负责清扫的流浪儿,感染了仍然不被承认的女儿,他是为数不多的受人尊敬的角色,人们愿意善待他。[10]

《小杜丽》(1857)是新加的超级监狱城市。开始的续发事件将马赛缩小地比喻为它的闷热的监狱之后,狄更斯转向伦敦,在那里起决定性作用的机构是英国法庭。主人公,亚瑟·克莱南,被迎接回家是在20年不在家之后,期望"五万个巢穴[正]围绕他,人们住在这里过着破败的生活,星期六晚上大量的水会注入他们拥挤的房屋里,星期天早上会变质……房子附近接近泉水和井的几英里的地方,那里的居民喘着气,伸向远处罗盘上的每一点。穿过城镇的中心,是一个时起时落的致命的下水道,在一个有着上等的新的五镑钞票的地方。"克莱南幻想,即使是死人也可以"怜悯他们自己被监禁在老地方"。最糟糕的地方之一是他家破旧的房子,"这么昏暗所有的都是黑色",下来"一条狭窄的小巷通往河边,在那里有一个可怜的小比尔,发现时已经溺死,在潮湿的墙壁上哭泣"。在这几十年来足不出户,被一个残忍的、一成不变的制度所束缚,克莱南半瘫痪地在那居住,完全偏执的假装的母亲,她减少了他要吃面团的意愿,但是她自己的意愿已经变成了石头。[11]

剧名角色,克莱南的最终的新娘在最困扰的一个维多利亚时代的"快乐的结局"中,[12]同样是不能实现的:在父子关系中的年幼的同伴几乎与克莱南一家同样是致命的,因为事实上它是更钟情的。艾美·杜丽既是心理上的也是象征性的"马歇尔希监狱的孩子",父亲因债务问题被捕后不久她在那里出生。监狱是她所知道的一个家;她的身份是围绕照顾她的父亲,他父亲接受了他作为"马歇尔希监狱的父亲"的角色,一个模仿更大的社会不同结构的社会金字塔的族长。狄更斯有一个比这对父女的关系更引人注目的实例,J. 希利斯·米勒把它称为"马歇尔希监狱适应环境的过程,它能让一个人习惯一种其他人无法忍受的环境"。[13]

小艾美是一个好心的狱卒在周日漫步时从一个完全自我监禁的地方解救出来的。作为一名年轻的女人,她以观赏在泰晤士河之上的铁(萨瑟克区)桥的风景来让自己振作,但是这种非常充沛的适度的自我解放使她感到内疚:"看到这条河,这么多的天空,这么多的对象,这样的变化和运动。然后回去,你知道的,在同一个狭窄的地方找到他。"当克莱南劝她留下时,她坚持说"我的位置在那里。我在那里会更好的"。(第262页)[14]第二大自然使她变得如此坚决,尽管她本能地追求第一自然,即使她不忍承认这一点,尤其是当它变得略微色情化时。她必须逃回监狱以重新获取她的身份。亚瑟更了解,但不多:他没有察觉到艾美对他的压抑的情感,因为他对自己特别喜欢的田园乐趣的场景的压抑干预了——自我否定的禁忌,他带着它投资了米格莱斯(Meagles)的迷人的住所上游,那时他决心不爱上他们的女儿。

狄更斯以这种方式构建精神景观来匹配城市环境,其中"自然被无形地埋藏在道路、街道、建筑物、标志、价值观、意义的厚厚的表面的后面"。[15]

从长远来看,《小杜丽》拒绝屈服于萦绕着她决定论的幻景,就像狄更斯的小说总是这样,尽管这是一个特别有益的案例,因为它的城市景观异常凄凉,其对公共机构始终的玩世不恭,人物的意愿被他们自身之外的力量所控制。[16]角色们不承认分类的单一原则。其中他们的一些人就是他们自己,无论出于何种原因和在任何环境下都保持如此,不受语境的影响,作为本质化综合征:里戈这个卑鄙的梅菲斯特,道艾斯(Doyce)这位诚实的发明家工程师,F先生的阿姨是古怪的一致的化身——我们只能猜测——她侄子遗孀被压抑的怨恨,亚瑟两次拒绝了未婚妻。艾美的怯懦是受监狱体验的限制,包括几乎与所有的第一自然相分离,[17]但她的哥哥姐姐,范妮和蒂普,在进监狱前他们的小时候是根据自己的特点自由成长。亚瑟情感的不发达显然一切都跟他软弱的父亲和专横的女人有关——他认为是与他的母亲有关,而与他如此的城市少年时代无关,更不用说他在中国时的年轻的男子气概。克莱南太太,按照她自己的说法不管怎样,她的加尔文主义成长的神器,统计数据与18世纪晚期的伦敦相比,17世纪晚期爱丁堡更可信。

在许多方面,此外,《小杜丽》尖锐质疑决定论的地位。这本书中有一些明显的反模型是决定论者:克莱南太太,是一个幸运主义者;将军夫人,是一个家庭教师,她的执政原则是从不形成意见,这种原则成为一种管理杜丽家庭的武器;而莫多尔太太,她偶然拙劣地模仿艾美和亚瑟在桥上的场景并坚持声称她是"大自然的孩子,如果我可以,但表现出来",但是,唉,"社会压制我们并主宰我们"——她的宠物鹦鹉也嘲笑这些话语(第240页)。这些人物形成一个嘲笑合唱来反对艾美和亚瑟的被精心策划的解毒闹剧。小说还具有具体化的特征是关于坚持诚信(道艾斯、米格莱斯先生)和不可能打破束缚的行为：艾伦·韦德的忏悔，泰提科拉姆（Tattycoram）的改革，盘克斯（Pancks）抵抗卡斯贝（Casby），克莱南夫人惊人地摆脱了她的瘫痪。

然而，这些人物蜕变的发生，与地区的主导处理无关。特别是，小杜丽采用一种无情的文学最熟悉的对环境确定性的修辞表述："比较和居民建筑混为一谈"的转喻。[18]亚瑟·杜丽成为他的监狱；克莱南女士反映她衰败的家；蒂雷·巴纳考（Tire Barnacle）定居在一个更临近时尚的地区，在"可怕的小街道的死墙、马厩和粪山"中的"一座被挤压的房子"，闻起来像"一个装满强烈的马厩气味的瓶子"，感染了它的优雅而肮脏的男仆，"面色蜡黄软弱"（第109、110页）。狄更斯是一个先驱，在媒体中安东尼·维德勒称之为"建筑神秘"：即建筑的不稳定"假装提供最大限度的安全"，这样，它重新想象为脆弱的"恐怖的秘密入侵"，通过这样的手段作为"局部入侵它周围的环境。"[19]蒂雷·巴纳考的住所同时揭示了社会寄生和文字污染。奉承的巨大代价是马厩大街的住宅不能把排泄物的恶臭挡在外面。在此，我们看到了现代有毒的哥特式构造的开始。

这种住宅、居民和环境的混合是中产阶级自由主义思想的有力载体（带着他们被当做中心符号单元的家的假设）和19世纪中叶公共健康话语的关键。在其住所附近的环境卫生条件预测了居民的幸福状态。巴纳考的小插图是改革派的更高版本，揭露了住宅的"劳动穷人"，蜷缩在狭窄的街道里，"那里，因为恰好需要一个容器和下水道，污物被允许堆积，也必然不断散发着恶臭的臭气"。[20]查德威克的里程碑式的报告并不是偶然的，它激起了英国和美国的保健主义行动，通过记录"住宅的普遍状况"开始，并从那里向外转移到社区环境和工作场所。大西洋两岸的开明观点认为,公众需要更好地了解,瘴气繁殖疾病,而清洁的环境有助于确保身体和心理健康。从哪里更好地开始考察之旅,而不是从符号化的避难所,从家里吗?几年以后,艾伯特王子死于伤寒,并且詹姆斯·A.加菲尔德总统死于传染病,应该归因于一个非致命的暗杀企图,被广泛的归咎于住宅瘴气:不卫生的国内排水系统的安排。[21]狄更斯在创作《小杜丽》的时候凯瑟琳·比彻警告说,"每一对肺每小时都需要纯净的空气就像胃需要日常食物一样的想法,在一千个人中从来没有一个人在安排他的房子,他的营业地点和他的家庭时,采取行动的";[22]而亨利·梭罗,也许比他承认的更加担心结核病家族的诅咒,他在瓦尔登森林亲手建造的被吹嘘的通风好的房子,"有受气候影响而变色的粗劣的板子,有很宽的裂缝,这使空气在夜晚很凉爽"。[23]

　　然而,狄更斯和梭罗的人与房子的相互关系最后都保持了同样多的梦的象征性和物质确定性。梭罗的小屋把自己从康科德分离出来,并蜕变成"集中孤独"的形象;[24]狄更斯的住所倾向于从溶解砖块、砂浆和沼泽变成了像他寓言世界里的"丰满的"的角色的名字。狄更斯热衷于把他的住宅转变成"挤压的"半人的和怪异的隐喻性的瓶子进一步加强了这一点。[25]巴纳考的带有马厩实质的联排别墅,像《远大前程》(1861)中郝薇香小姐的公馆,是高度主观化模式的哥特式小说与后来的现实主义叙述的相当接地气的景观之间的一个中间站。终点是对城市贫民区的写实的自然主义传统。这里也围绕着象征性的符号,但它们的功能作为社会可能性的字面定义是至关重要的。

　　例如,在厄普顿·辛克莱的《丛林》(1906)中,地产被立陶宛移民家族迅速购得,乍看之下似乎是一个梦想中的房子,但很快表明它自己是一个太字面的高价偷工减料的事情,准备在一个破败的社区里建立一个在原垃圾堆上的从来没有空过的一个污水坑,弥漫着"宇宙中所有死去的东西散发着一种可怕的气味"。在这个地方,"一个从来没有见过的领域,也没有任何绿色的东西",上面的空气被工厂的烟雾熏黑和工厂下面被成群的苍蝇熏黑。房子象征着原住民的性格是毫无疑问的,也伴随着巴纳考和克莱南的这些问题。相反,它强行违背家人的意愿以重塑性格。[26]

这个公司建立的飞地,反之,由全能的工作场所来确定,工作场所就在这个"《汤姆叔叔的小屋》的工资奴隶"中,正如杰克·伦敦所称的《丛林》那样:

> 一小时接着一小时,日复一日,年复一年,注定他应该站在地板的某个正方形的脚上,从早上七点到中午,再从十二点半直到五点半,使得从不运动和从没有思考一个想法,保存设置的猪油罐。在夏季,温暖的猪油臭气会令人恶心,而在冬季,那些罐头在没有暖气的地下室里,几乎冻结他赤裸的小手指。半年的时间它将会漆黑如夜,这时他去工作,而当他出来时,又是漆黑如夜,所以他永远不知道太阳在工作日看上去像是什么样子。[27]

这是来自芝加哥牲畜饲养场的童工的一瞥。小斯坦尼斯洛瓦斯,他刚刚完成一个一小时 5 美分的工作——把空罐头瓶放在"一个美妙的新的猪油机器"上,现在将被他在空间里的位置而奇异地变形。该段落具有毒性哥特式构架的所有标志:对连续细节的无情的写实主义;对叙述全能的隆重庆祝;时间的循环像监狱同心轴的围墙(小时、天、年);以符合常规的思想的麻痹和身体的枷锁;最亲密感觉的侵袭(不仅是视线,还有嗅觉和触觉);否定环境恢复的最基本的来源(太阳和季节性)。辛克莱没有发明这些主题:我们发现它们早在恩格斯,在狄更斯,在加斯克尔,在拉斯金,在梅尔维尔的《地狱少女》与丽贝卡·哈丁·戴维斯的《生活在铁米尔斯》,以及在战前像哈丽雅特·比彻·斯托的奴隶叙事和小说化叙述奴隶,这些人的作品中早已出现类似的主题。但是在19世纪后期的劳动小说中,像埃米尔·左拉的《萌芽》和欧美贫民窟的新闻,他们承担了一个新的累加强度:相对于对城市化、工业化的恐惧,贫困已减少了人们成为走卒,工人成为工具的程度。不仅被他的上司,还被他的同伴,左拉的艾蒂安被讽刺为"被接受并视为一个真正的矿工,习惯的决定性模型每天挤压他一点,慢慢地把他变成了一个类似于机器人的人"。[28]一个完全清晰的确定的表示,如左拉和辛克莱,同时操作多架飞机:概念(明确的阐释),色调(坚持叙事的全能性),空间(约束在可控领域),时间(没有看到宽慰),感性,心理(精神殖民,使逃脱变得难以想象)。

辛克莱的文章是以被羁押者的立场写的。它的相互起作用的事物展示了一个全景式的视野,包括街坊、地区或机构,成了一个整体的监狱,摧残了所有生活在其中的人。在雅各布·里斯的《另一半怎么生活》(1890)中,公寓房屋养育了他们的"捏摩西斯"(复仇女神),暴力的无产阶级;"最差的房子进行测量水准对所有剩余的人的影响;贫民窟污染了城市的其他地方,认为"纽约的财富和商业在他们的掌握之中",他们的孩子是"成长的一代";建筑模板印在租客身上,轿车孕育了贫困,腐败了孩子,从而"逐步削弱了社会的命脉"。哈莱姆牧师抱怨说,里斯强调物质条件,而忽视了"人的精神",他给出了极有讽刺性的回复,即"你不能指望找到一个内在

的人愿意到最糟糕的住房环境里去".[29]

确定性模仿不需要像在里斯或辛克莱的作品中描述的那样逼真。没有哪部自然主义小说比理查德·莱特的《土生子》(1940)更赤裸地表达诱人犯罪的,但是尽管莱特以一种类似于辛克莱的芝加哥决定论的形式操作,[30]《土生子》的环境细节描写相比之下还是比较稀疏的,除了对比格隐藏在废弃的建筑物和空房间时的搜捕序列的描写。文章的开篇通过象征性的事件确定贫困(比格杀死了侵入他家的破败公寓的老鼠,这预示着他自己的命运既是凶手又是受害者)而不是通过大量的文献,使用简洁的描述像"一个黑人男孩站在两个铁床之间的狭小空间里","在模塑中的一个漏洞"和"有轨电车不时地叮叮当当经过铁轨"。小说的大部分篇幅是在紧张地描述封闭的空间:剧场、台球厅、道尔顿的豪宅(他拥有托马斯家的房屋),贝茜的小公寓,比格的藏身之处随着警察有条不紊地彻底搜查了南侧,地图上的"白色空间"也正在逐步缩小,以及最终比格试图逃脱的牢房和他被审判的法庭。这些附件被描绘的示意方法和它们相对的可交换性,就比格的命运而言,与他试图对他人保持的"铁储备的态度"相符合,以免他"被自己的恐惧和绝望扫地出门"。"铁储备"当然是委婉的,与其说是比格的"自我控制"——如果是这样——不如说它是恐惧、愤怒、固执和无知造成的假象。[31]

如果莱特如此选择,他就可以模仿辛克莱描述的详尽性。莱特已经让自己成为相当敏锐的城市社会学家;他在 WPA 的赞助下准备了一份关于"芝加哥的黑腰带的民族志方面"和"1936 年关于芝加哥黑人的参考文献"的报告;[32]他亲自熟悉芝加哥大学的几个社会学教授;他借鉴了他们的著作和他自己 20 世纪 30—40 年代的小说和非小说出版物,并恭敬地引用他们的材料；他把在他的时代对芝加哥的黑腰带最权威的社会学综合性论文贡献了出来。[33]他的纪录片"美国黑人的民间历史"《1200万黑人的声音》，在《土生子》出版一年后发表，（由埃德温·罗斯金提供照片）以图解的方式详细地描述了在一个定价过高的"小厨房"住宅公寓里被迫的悲惨的生活，像托马斯家大概居住的［"它有肮脏和污浊的空气，它有一个厕所供三十或更多的居民使用"（附着一张令人作呕的照片），它"杀死我们的黑人婴儿，到目前为止，在许多城市黑人婴儿的死亡率是白人婴儿的两倍"］。

　　这一时期的贫民区小说往往遵循同样的方法，像安·佩特里的《街区》（1946），向攻击性的读者开放，读者带着鲁铁·约翰逊（Lutie Johnson）的感官和情感上的悲惨，像她忍受着刺骨的夜风和住所的幽闭污秽，她要在这里居住，并忍受着居民身体的出现的威胁，因为他们有时会拥挤在她的个人空间里。在《土生子》中，城市限制的具体物理方面被进一步淡化。尽管比格把把公寓作为"老鼠出没"的"垃圾场"，没有人物因为贫民窟生活条件加重了疾病而死亡，或者甚至生病；几乎所有代表托马斯家的公寓的肮脏都集中在啮齿类动物，正如情节的冲击都集中在比格的凶杀案。事实上，公寓看起来有序、清洁是与纪录片的证据（特别是照片）有关，那是在《1200万黑人的声音》中呈现出来的。家人立即把死老鼠的血液处理干净：即使是比格，麻烦的制造者，在把死老鼠挂在他妹妹的眼前折磨她后，把它包在报纸里，然后尽职尽责地把它放"在一条小巷的角落里的垃圾桶里"。[34]格温多林·布鲁克斯在《布朗兹维尔的街道》（1945）中对相同地区的描写，莱特钦佩的，与《土生子》一样提出了同样的反问，但是更尖锐地处理了城市衰败的感官感受：[35]

梦能够通过洋葱的蒸发而发出

它的白色和紫色，与油炸土豆一起战斗

以及昨天的垃圾正在门厅里腐烂发酵，

飘动着，或者沿着这些房间引吭高唱

即便我们愿意放梦进来，

有足够的时间温暖它，使它保持得非常干净，

期望着一个信息，让梦开始吗？

在《土生子》中，这种场景以恐惧与憎恨的情绪为特性，而不是味道和质地的感觉。

莱特的方法很适合严酷的贫民窟制度，其中"在强加的条件下，黑人生活细节的结构就像一个工程师为机器的生产绘制的蓝图"，民间生活的"自然"节奏被时钟的报时声所蹂躏，其刺耳的"嘀嘀嘀"声打开了《土生子》。[36] 由时间和空间的主导文化严格控制的系统是一个索引，沃纳·索勒斯（Werner Sollors）观察说，这个索引是关于莱特的"社会学的"分析黑白对立的，它被作为反对佐拉·尼尔·赫斯顿的"人类学"的方式来接近非裔美国人民间生活的节奏和当务之急，并在某种程度上可以解释他们的相互对立：他不喜欢他所认为的她对种族主义的浪漫逃避，她不喜欢他苦涩的好斗性。[37]

比较莱特和辛克莱的出发点具有另外的教育意义。辛克莱讲述的是《丛林》怎样变成两种不同方式的故事，揭示出它是两个完全不同体验的蒙太奇故事：一个是六周的现场调查，把他淹没在难消化的数据里，直到他发现了一个特别的立陶宛家庭，其传奇故事为他的小说情节提供了基础；另一个是附近的一个个人灾难：一个不负责任的半瓦尔登式的体验节俭

的乡村生活,借此他希望为他的奋斗生涯提供资助。因此,想起来的贫困比新闻工作者的民族志更能塑造《丛林》:

> 在外部,故事讲述的是一个牲畜围栏工人的家庭,但是在内部它是我自己家庭的故事。我想知道穷人在芝加哥如何忍受冬季吗?我只回想起以前的冬天在小屋里,那时我们只有棉毛毯,不得不把地毯披在我们身上,颤抖着蜷缩在我们各自的床上……奥纳(《丛林》中的女英雄)是克里登人,说的是立陶宛语,但其他的没有改变。[38]

是什么使辛克莱如此尖锐地描写他的无产者,似乎是陷入了他自己的小资产阶级的噩梦般的记忆。[39]

莱特比辛克莱更加熟悉贫困和歧视,而且他也认同他的主人公是由他决定扮演电影版本的《土生子》中比格的角色,尽管对这一部分来说二十岁太老。[40]但是莱特衍生出比格,所以他说,概括性地看是来自具有代表性的实例,带有贝茜谋杀案的一些细节,这个谋杀案来自1938年芝加哥一个特别的案例,结尾创造了"美国生活的一个象征性的人物",体现了生活在"这个可能是地球上最富裕的地方"的任何"土生子"都会遇到的痛苦、异化、暴力的可能性,这种最富裕的地方是不让"土生子"进入的。"就像当一个人走进一家医学研究实验室,看到酒精罐里装有异常大的或扭曲的人体部分,我的感觉也恰好是这样,在这种生活条件下黑人被迫居住在美国,这种条件包括胚胎性的感动人的预想,即政体的很大一部分在压力下会作出怎样的反应。"[41]《土生子》被诊断为具有特征化的综合征,虽然并不仅限于此,这种综合征来自北部贫民窟的黑人男性的困境。辛克莱对一个孩子的身体变得机械化给了一个难忘的描述,但是正是莱特获得了对于被马克·赛尔脱兹称作"身体机器综合征"的更好的理论把握,他把对它的领悟视为"一个现实主义的典范,独特的现实主义者的实践被吸引到这方面来":即"作为统计的人的个体的生产"清楚地显示了行为规范的综合征。[42]

在某种程度上,莱特把比格设想为在特定的条件下的一个可预测的综合征,一般来说,他用小说的传统自然主义理论作为社会学的实验,提出了最著名的埃米尔·左拉的"实验小说";但更直接的原型是"生态"的方法,它以当时的芝加哥大学的社会学为标志。这涉及了生物生态学新兴分支学科的分析词汇的置换,旨在给城市社会学更加科学的依据,虽然在实践中产生了范畴上的混淆和模糊,以及关于城市结构和增长的"自然"规律的伪科学主张。

虽然根据20世纪后期绿色城市规划的准则它可能看上去似乎很奇怪,但是,早期芝加哥学派理论的一个城市的"生态组织"没有把这么多都归因于它的生物地理环境而涉及"人口和机构的空间分布以及结构和功能的时间顺序,而结构和功能都随着对选择性、分配性和竞争性的力量的操作经营而来,这些力量无论在哪里起作用,都倾向于产生典型的结果"。[43]这来自于莱特的第一个社会学导师,路易斯·沃思。这种稀有专业通常被援引来为"生态"相似辩护,而这种稀有专业背后的前提是:第一,作为空间组织的城市的理论,根据是被"自然区域"定义的社区,或者将社区定义为"自然区域"(两者指的是它们原有的地形地貌和人类建造的网状结构,像街道和铁路);第二,作为一种基本的激励力量的竞争理论。[44]虽然伦理上并不一定认可,但这种思考隐含了名义上接受住宅隔离,并将其作为人类分布的一个自然法则,也是一个生态决定论者对城市空间安排的观点。虽然莱特没有自称为

"生态学家",也没有明确地将《土生子》与芝加哥学派的分析看成是一样的,但是他希望创造一种引人入胜的小说,并使其能够经得起经验主义质询的考验,这种希望会使他倾向于强调《土生子》的社会学实验方面,强调在更大程度上超越他最敬仰的小说先驱们,像陀思妥耶夫斯基和德莱塞。

作为命运的田园生活

在工业时代早期,人类身份的生态建设观念保持不败,但对作家们来说很不同,因为根据是决定因素被认为是自然还是文化。"自然从不背叛/爱她的心",正如华兹华斯的演讲者在《丁登寺》中所肯定的那样,成为了浪漫主义者的公理。对爱默生来说,物理性质是"一个不动点",根据它人类可以测量从和谐的自我存在出发"我们离开"或滑动。[45]玛丽·雪莱使人想知道是否弗兰肯斯坦的生物会保持良性,然而孤独,如果他永远漫步在瑞士山谷而从未遇到一个人。[46]甚至城市人像狄更斯和惠特曼用农村有益健康来反对城市萎缩。"英国风格"历来是与农村相联系,[47]就像"美国性"历来与腹地、自然和荒野相联系一样,尽管和因为美国民族自豪感在于快速工业化——包括对第一自然和其本地居民的剥削对待。[48]事实上,它可能是这样的情况,正如一个文化地理学者断言,"在大多数国家,农村已成为国家的化身"[49],至少是它的传统的精髓。

然而,越来越陌生的城市远郊的风景画可以轻易改变它们自己,从田园空间变成圈套空间。华兹华斯认为,这类交替视觉是他的农村贫困人口的写照,即使在其他时候他选择在返回被珍视的乡村地区的丰富的抒情中忽略它。虽然他希望肯定严格的纪律的精神化影响,甚至和农村生活的物资匮乏(例如,欣赏水蛭采集者的坚韧,在"决心和独立"方面,像对吟诗者的情感脆弱性的责备),华兹华斯同时被迫承认农村人物看上去怎样,事实上,往往被住所束缚的贫困打击成为畸形。在以下人物中,像西蒙·李、玛格丽特,甚至《迈克尔》的崇高但命定的主角,我们看到农村角色的持久的畸形的开端,这华兹华斯的一些同龄人更坦率地承认的("自己的乡村生活,一种痛苦生活",乔治·克拉布坚持认为),[50]并且这标志着在英国和美国的乡村生活的很久以后的诗歌和散文,从艾美丽·勃朗特的《呼啸山庄》到伊迪丝·华顿的《伊桑·弗罗姆》。

正如这些近来的作品表明,哥特式小说是在偏远的地方的受生态决定论的影响的文学想象的另一个起源。安·拉德克利夫的小说的增压式景观,似乎承担了它们自己的生活,突出并塑造了那些穿越它们的心态。在蒙托尼的冷酷监督下,在从威尼斯到尤多尔佛的路上穿过阴暗的松树林,艾美丽·圣·奥伯特"看到的只是阴暗的庄严的图像,或可怕崇高,在她周围;其他图像,同样悲观和同样可怕,闪烁着她的想象力"。蒙托尼的城堡,是下文数百页生理和心理陷阱的注定的场景,"其崩塌的墙壁的灰色石头……被授予庄严的夜晚的黑暗",城堡矗立于这个景观之中,像一个恶意的典型:建造时很少用砖和砂浆,感觉好像是被恐怖的景观吓坏了的一个焦急的迷失方向的灵魂。[51]第一眼瞥见坡的忧虑的叙述者描述的厄舍的家时也是如此。从这些段落向下,不仅有呼啸山庄的监狱房产和福克纳的《押沙龙》中的萨德本的"一百",而且,在某种程度上,还有东贝和克莱南夫人的城市牢狱。

然而,在工业时代早期,作家们更有可能采纳自然的一部分反映对人类与自然之间的权力平衡变化的担忧。这就是在英语语言中第一个主要的保育人士宣言的中心问题,乔治·珀金斯·马什的《人与自然》(1864):人类破坏大自然的能力比任何人迄今为止所意识到的更大。马什的佛蒙特州童年时代,也是国家砍伐森林的引人注目的时期,给了他一种难忘的感觉,即"在两代或三代之内树林被砍光"是怎么能够产生"像那些一般归因于地质灾害一样的破坏性效果的,并且将垃圾置于地球的表面比如果它被当前火山岩或火山砂的淋浴埋葬更加令人绝望"。一个人的印象如此深刻可能希望成为大自然的卫士,而不是希望想起生态决定论的焦虑。事实上,马什并非是多愁善感的人,有时却冷酷地想象一些场景,即"因违反自然的和谐而遭到自然的报复"。[52]但他强调生态脆弱性和积极补救的必要性,并预设了一个自然图像作为人类的病房,而不是作为人类的生态产品。

然而,当自然平衡或可预测的循环的根本假设受到了作为自然生物斗争的没有特定的目的论的场景的自然图像挑战时,自然和谐本身不仅是作为事实,而且也作为价值,受到怀疑。对于马什来说,他引用了《物种起源》(1859),但没有吸收激进的观点那一部分,"自然"比达尔文所讲的有一个更加静态的外观和更规范的价值。马什承认自然法则的操作可能会产生效率低下的结果,但他把信任置于和评价根据自然平衡的思想是先于人类的破坏的。对达尔文来说,像植物嫁接和良种繁育的各种人工干预都被认为是所当然的适当的管理和跟踪马的自然选择,如果不是在像马什将人类作为地球的"最高贵的居民"[53]的意图虔诚的图像中,这实际上是一种破坏。即使第一自然看上去似乎空前脆弱,但自然选择给了生物历史上的决定论以新的通货。讽刺性的但可预测的结果是,使自然的概念作为一个构建人类的法律似乎是更不祥的。

　　对老式浪漫的自然崇拜没有消极影响,这没有什么比用最认真和长寿的原型之一约翰·巴罗斯的职业生涯来更好地进行插图说明的了。巴罗斯作为一个自然散文家开始为《大西洋》和其他杂志工作,专门从事观鸟的拼贴画小插曲,将他的文学英雄爱默生的理想化的爱好与梭罗后来的《日记》的细腻度的观察相结合。这项工作的魅力在于巴罗斯将田野日记充满了对乡村生活乐趣的成熟的满意度的能力:将亲密的场景从东北边缘地带运输到(郊区)城市的客厅。然而,在后来的生活中,为了更清醒地陷入了困境的自然哲学,他开始放弃他精致的自然草图。结果是一个不稳定的折中主义的综合,其催化剂是亨利·柏格森的《生命冲动》理论,但对巴罗斯来说,主要的有创意的刺激物和怪物越来越是严格的"自然主义",达尔文的进化论似乎需要它。尽管他发现"认为什么都是独立自存的"是"不可能的",但他承认,现代科学已经使"先验论"名誉扫地——一个将它与圣诞老人的遗失相比的幻灭——他总结道:"我们将可能被带来,迟早,要接受……灵魂的物理起源。"[54]巴罗斯试图照顾读者,像自己一样,唤醒了"宇宙的冷却":阿诺德的感觉"在宇宙中无家可归和孤立,这里没有来自于伟大空白的类似于我们自己的同情和关心的建议来光顾我们"。[55]他生命的最后 20 年,他努力协调他的意志去相信宇宙的目的性,并越来越接受被有机的和生态的约束所界定的人类生活。

　　这些后来的文章的潜在的含义是:面对现实吧,自然不能满足我们的精神需求,我们最好要去适应它。在某种意义上自然写作一直倾向于这样,并且仍然是这样——对人类中心主义的崩溃——尽管作为一种含蓄的、"嵌入式"的战略,[56]

有时的确没有完全意识到。通过专注于在空间或时间上遥远的生物或地质领域,专注于太微小的微观世界或太巨大而不能吸收的宏观模式,通过消除人类的主角和情节,或者通过把它们归入边缘,自然写作有效地将人类利益定义为自然运动的边际。"没有考虑到你躺在那里注视着",玛丽·奥斯汀写道,充满了一种"通达之感",感觉到了西南部沙漠的明显的、巨大的星体景观。[57]杰克·伦敦的故事《生火》用令人心寒的彻底写实主义戏剧化了这一点,记录了一个人在北极-70℃以下一个小时接着一个小时地被冰冻住的经历。

虽然巴罗斯对由自然过程控制的人类愿望的前景的沮丧,没有阻止他喜爱亲身实践的农业工作,在中年时重返这个工作,是作为他的农业童年的一个优雅的重奏,但是更多疏离的作家采用了一种更加刻薄的观点,认为这种人类生活将它自己紧紧地束缚在大自然中。埃德温·马卡姆,沉思着米利特的画《人与海》,用农业工人非人化的同名的荒凉的诗,创造了一个小轰动:

> 谁让他死了而狂喜和绝望,
>
> 一件事,不再悲痛也不再希望,
>
> 迟钝而惊呆,奔向公牛的哥哥吗?
>
> 谁弄松了并且放下了这野蛮的下巴?
>
> 这是谁的手向后弄斜了这额头?
>
> 谁一口气吹灭了在这个大脑中的灯?[58]

马卡姆的劳动者比辛克莱的移民更加坚定。至少他们知道,在包装镇碾碎他们之前活着是什么。这个人物不是这样的:我们只被允许看到他总是残忍的,虽然这首诗后来告诫说,这是生产出来的一个结果,"在所有土地上的贵族和统治者"的"手工制品"。

当然,马卡姆并没有发明这种人物,米利特也没有。它可以追溯到中世纪和莎士比亚文学的漫画乡巴佬,当然如果不是更早的话;而且它被这些新古典主义和浪漫主义作家复活于18世纪,如克拉布和华兹华斯,那时他们转向农村下层阶级的困境。但乡村生活的感觉并不比城市生活缺少可怖的决心,它变得越来越普遍,并坚持与达尔文思想、城市移民和国内农业的收缩相结合,而国内农业作为国民经济的一个组成部分扎根于19世纪后期。具体的肖像有很大区别。乡村傻子重新露面,例如,罗伯特·弗罗斯特的《补墙》(1913)中的农民谈话者;傻子在褊狭的哥特式文本中被塑造得很险恶,像尤金·奥尼尔的《榆树下的欲望》(1924);并且对坚定的存在的评价在同一作家的作品中可以有很大区别,例如,在《新英格兰修女》(1891)中,当玛丽·威尔金斯·弗里曼对待路易莎·埃利斯偏僻地区的冷漠时,用了相当大的同情心,因为它保护了她免遭混乱,但在《母亲的起义》(1891)中对待农民亚多尼兰的同情心却很严厉,因为它使他虐待他的妻子和家庭。

也许在这个文脉中最伟大的天才是托马斯·哈代,在他的写作中,对后浪漫幻灭的讽刺和感伤不断碰撞和渗透。

> 心跳停止而且精神跛足,
>
> 城市无损
>
> 我向着这根木头走来
>
> 正如走向巢穴;
>
> 梦见森林的和平
>
> 提供了痛心的安逸——
>
> 自然,一种柔和的释放
>
> ——来自人类的动荡。

这就是想要成为华兹华斯追随者的发言人的第一个
冲动。

> 但是，已经进去了，
> 大发展和小增长
> 把它们给同类的男人看——
> 所有的战士！
> 大枫树肩负着橡树，
> 葡萄藤，修长的树苗轭，
> 旋转的常春藤束缚着窒息
> 榆树结实而高大。

为这种自然力的挣扎所震惊，演讲者迅速撤退，意识到
"没有恩典"将"被教给我，关于树木的"。[59]尖刻的、简洁的诗
行和难懂的句法所包含的感情注入这首诗，主题与烦恼的修
辞相匹配。

自然过程的唯物主义观点，是哈代的决定论仅有的一个
方面。压倒一切的阶级力量，早期的激情和宇宙宿命论（"不
朽的总统，在埃斯库罗斯的短语中，用苔丝结束了他的运
动"）看上去好像比没有灵魂的自然更令人生畏。它嘲笑般
地回应安琪尔·克莱尔的浪漫的新异教徒，背离了他的牧师
父亲的圣保罗学校的学生的"决定论的信条"。[60]但是，一直
作为决定论者的混合物的一个重要方面的，如果不是最重要
的，也是根深蒂固的。那就是诱惑小说家去苔丝的淡水河谷
的东西，像韦塞克斯的"一片用带缠绕的人迹罕至的僻静的
地区"，"在很大程度上还不曾有过旅游者或风景画家的踩
踏"，在那里古老的习俗仍然主导着乡村民谣，即使是最敏感
的人，如果被世界性的影响打乱，也将被驱赶着去做一些致命

的行为。[61]

　　《德伯家的苔丝》(1891)破坏了作为英国人本质的国家理想化,手段是使苔丝对她的祖先的了解与诺曼土地大亨相联系,也就是她毁灭的开始,并且还通过她的最后一次飞行,采用的形式是象征着回归到史前的血腥的督伊德教的巨石阵的祭坛。小说显然并不意味着无价值的农村民俗文化,尽管苔丝使它远远不及哈代更早的这些小说像《绿林荫下》和《林地居民》更有田园诗的特点。关键的一点看上去更像是,当苔丝试图超越她的褊狭范围时,它必须走向毁灭,就像当她的天使试图进入它时而失足一样。正如吉莉安·比尔所观察到的那样,"强调系统比个人的寿命更广阔而且不是根据自己的需要"是哈代小说的中心,积极肯定地说,既是作为放大规模的方式,又是人物与失败作斗争的风险,这将超越他们;而消极地说,是作为一种方式来强调"即使那些有恢复力的能量"能够使他们崇高,"主要是服务于种族的更长的需要,并且是被设计出来以反对灭绝的一种生产能量,没有任何个人的死亡"。[62]

决定论的安慰:德莱塞和杰弗斯

　　无论生态决定论的前景对于一些作家来说是多么的发人深省,正如哈代那样开始建议在大变动的自然过程的游戏中进行观赏品味是完全有可能的;在社会斗争的戏剧中;甚至在人与野兽的基本战斗场面中,在这里强者打败弱者,实现它们的动物本性。(杰克·伦敦思想的这个方面创造出了《海狼》和《野性的呼唤》)或在市场力量的灾难性的影响中(弗兰克·诺里斯,在《章鱼》和《坑》中)。

在主要讲英语的小说家当中,西奥多·德莱塞突出使用确定性场景,观赏人类的场景,会使封闭的寓言节目随手可得。

对他的大部分的成年生活来说,虽然他是不连贯的思想家,德莱塞把"人"作为"自然的运动",并把"他的同胞"作为"伟大的自然经济"的琐屑的一部分。他欣赏恩斯特·海克尔撰写的《宇宙之谜》,此人创造了一个术语"生态学",变成了德国赫伯特·斯宾塞,证明了"在无机和有机自然中的底层团结",并且证明了人类的住所,在其住所中有一个生化过程的聚合。德莱塞将出生和死亡称为"化学和电物理过程的结果,实际上对此我们什么都不知道。"[63]最终,"群众就是一切,个人算不上什么",那些个人生活着"不是全部和单独"而是全神贯注于超个体,"它创造了我,并正在用我"引导他到一个生活过程的更加目的论的神话中,但他的主要观点的形成归因于年轻时遇到了斯宾塞的《第一原则》,它"在知性上,将我吹成碎片",似乎把人类身份减少到一个无穷小的斑点的能量……用更大的力量到处吸气或吹气,在此,他很无意识地像一个原子一样移动"。[64]理查德·赖特把德莱塞置于"美国文学的顶峰",因为他"第一次把美国生活的本质透露给我",理查德·赖特还恰当地将德莱塞描述为努力"为在生物术语中的个人的失败寻求辩护和理由"。[65]

哲学悲观主义可能会驱使德莱塞进行悲观的说教;事实上,有时候的确如此,正如在"只有那些不健康的人会失败","同情的态度是错误的,世界认为同情的态度适合对贫困","时间到了我们清除利他主义的蜘蛛网的时候了",等等。[66]但他对斯宾塞的社会达尔文主义的第一反应,是一种旺盛的从壮年人宗教犯罪中解放的感觉,并且他的更加深思熟虑的反应是能吸引观众的魅力：观察时带有同情心、热情，以及困惑人们如何，包括他自己，被他们周围的感觉的和物质的世界所迷惑。当发现真相如他曾经看到的那样时，他试图根据真相欣赏人类生活，而不是希望它离开。

像赖特，德莱塞想起芝加哥像"老鼠的城市"，而没有强调悲惨的诱捕圈套，他把他的贫民窟童年时代的记忆变成一个汤姆·索耶的关于比赛猎杀老鼠的怀旧篇。"什么特权像一个孩子一样走来，看到一个现代城市正在建造！"他惊呼道，他是穷人和失败者——与莱特相比，几乎不知道这些小伙子们的生活是多么的愚昧和微不足道，几乎不相信他们不知道他们的情况和无能为力影响城市本身的运作方式。然而，辛克莱发现了在世纪之交的芝加哥的工薪阶层区域的条件是不能忍受的，德莱塞，同样的地点和时间的写作，听起来像库尔贝对印象派画家的缭绕的火车站的审美辛辣的研究：

> 重工业的烟幕挂在城市的低空，就像即将到来的飓风；寒冷的雪或雨夹雪的风暴；在晚上小商店里的黄灯发着光，一英里接着一英里，那里的人们面对着土豆、面粉、卷心菜而熙攘忙碌——所有这些东西是歌曲、绘画、诗歌……的内容，我喜欢那些部分挤满了大黑工厂、牲畜饲养场、钢铁厂、普尔曼庭院，在那里在冥界的压力和叮当声中男性混合或伪造或加入或准备那些佳肴、快乐和完美，为了这些东西世界在买卖着它自己。生活是最好的，是最闪亮的承诺。我喜欢那些未加工的居民区，那里很小，未上漆的摇摇欲坠的棚屋设置在无草的、撒满罐头的庭院，醉酒而淫荡的妓女和争吵者被发现在他们自己的地狱里精神恍惚。相反，我喜欢那些地区，巨大豪宅设置在城市的大街，带着宽敞的草坪。

　　这一段落像一道美味,用它回忆了一个男孩的兴奋,但它并不意味着成熟的德莱塞俯瞰了产生了这样的对比的系统的残酷性。后来,在匹兹堡的另一个这样的场景激怒了那些经验更丰富的青年("男人唠叨的被称为民主与平等的这些东西是什么?")。[68]但人们永远不能预测工业枯萎病是否会引发门肯式的长篇攻击性演说来反对美国城市规划的愚蠢或者绘画庆祝它,这个景观"如此的黑和令人作呕的陈腐"然而"有趣,超出了那些计划者的任何目的"。在他的第一次世界大战之前的纽约的素描中,德莱塞凝思了租房血汗工厂的滥用,也思考了无家可归的街人的栩栩如生;思考了在曼哈顿水域频繁自杀的悲剧,以及在公寓房间里圣诞节的快乐。在他的对"某炼油厂"访问的素描中,审美印象派和愤怒失望彻底冲突,一个是促进了这种思想,即"有一个惠斯勒会创造出这样美好的黑人和白人";另一个是"怀疑是否人们可以希望得到比这里的一些可怜的会所更好的地狱给他们的敌人,这里的男人到处流浪,就像在人类设计的炼狱中的困惑不安的精神"。[69]

　　人们很容易责备德莱塞,因为他愚蠢的自相矛盾,否则达到更深层的一致之后就理解它,例如,在受欢迎的记者那里需要在暴露和娱乐之间走钢丝。然而,投机这条线必须让他的洞察力进入人类的展延性,路径是通过环境剧本一时冲动和他乐意对相同的影响公开他的叙事角色,因此,他的文本反映了敏感性,他把这种敏感性归因于他的角色,从强硬的弗兰克·柯柏乌到软弱的克莱德·格里菲斯。这是德莱塞的活力、民粹主义、冗余、粗糙和细化的来源:这样的知识"那不是我们,而是我们的证据,是现实",和创造人物结果的能力,像莱斯特·凯恩和珍妮·格哈特,乔治·赫斯特伍德和嘉莉·

米伯,他们"被创造并带有灵魂的被动性,其灵魂总是活跃世界的镜子"。[70]

嘉莉被商品文化的浪漫弄得眼花缭乱,对德莱塞学者来说,是感性的最具权威的章节了。"没有浪漫主义诗人",正如一个德莱塞的追随者评论的那样,"曾经用可怜的谬论将情感和自然的工件结合得更好,比较的对象是德莱塞用他的社会观察和实物对象的人格化体现和设计"她的感情。[71]但是因为《嘉莉妹妹》跟随主人公的意识如此接近地平面,它不如德莱塞的散文和小说的部分更接近在生态系统条件下《规划》这座城市。

在他的主要人物中,金融家柯柏乌对这个观点掌握得最好。在《泰坦》(1914)中,他几乎达到了对芝加哥交通系统的垄断;因为他不仅预见到芝加哥将会很快变得非常大、非常富裕,而且也感觉到了芝加哥生态学家所称的城市的"自然区域"之间的相互关系:空间的分布与基础设施有关。柯柏乌有一种惠特曼式的"对(市内)电车道工作的自然天资和感情":"车钟的叮当声和沉重缓慢的马蹄扑通声都在他的血液中。"使他能够扑向他的竞争对手的突破发生了,因为不满交通堵塞侵入芝加哥河上的老式的桥梁。柯柏乌注意到同行所忽视的东西:两个废弃的"浸水的并且滋生了老鼠的隧道",然后他对它们进行了探索,并通过各种阴谋诡计获得并翻新,目的是为了在北部和西部之间建立有轨电车服务,迄今为止,被不同的公司所控制。[72]

虽然利润和满足是他执政的激情,但是柯柏乌不可能成功,因为他并没有把城市景观当做系统来理解。生态想象帮助他推到了主导地位。值得注意的是,柯柏乌发现隧道的故事弥漫着对河地区的一种柔情,似乎对辛克莱是自欺欺人,而对赖特是浪费时间,但却很符合德莱塞在这样的场景中的品味。[73]这条"肮脏、难闻的"河,长期拥塞,懒洋洋的大桥服务员似乎是"可爱的、人性的、自然的、狄更斯式的——一个适合杜米埃、特纳或惠斯勒的主题"。[74]

尤其是当小说早已暗示命运将自然发展,甚至控制像柯柏乌一样的人物不会待在他会控制的力量的顶部时,这个在与明显破旧的景观完美和谐的瞬间闲逛的爱好,作为自我放纵的眼花缭乱,很可能会打动一些读者,因为这种眼花缭乱正是那种为了一致性的原因而应当被讽刺的唯物主义。我自己把它当做《爱命运》来读,其中坦荡广阔的温暖防止它被认为是这样的。另外,没有人可能会错过德莱塞年轻的当代人的宿命论,如加州诗人罗宾逊·杰弗斯(1887—1962),对他来说,宿命论已经变成了越来越引人注目的信条。

很多自然写作,正如前面提到的,遵循的是驱逐人类到边缘的惯例,原因是为了专注于非人类的景观。有时这是一个故意反人类中心论的举动,正如当文本邀请我们去从一个濒危动物的角度看生活时,或当地球被推举为某一个主角从它的人类居民中逃生时。但这样的时刻通常不能暗示人类历史只不过是在宇宙过程中的一个附带现象的旋涡。杰弗斯并非如此。一般来说,他应该归于其他早期美国现代派诗人,他们质疑,正确理解,是否大自然的符号学生产了可靠的或可怕的结果(弗罗斯特的《设计》),是否它似乎生产的东西仅仅是我们自己的建筑(史蒂文斯的《广口瓶轶事》),或推测任何此类构造性是否应该被抑制,以利于关注对象的属性(玛丽安·穆尔的《穿山甲》)。但杰弗斯被驱使着从自然过程的纯粹物质性创造了崇高的形而上学。当他写下面的这些诗句时,他真地似乎表达了崇高的形而上学的含义。

>　当整个人类
>
>　已经像被杀掉的我,他们将仍然在这里;风暴、明月
>
>　和海洋,
>
>　黎明和小鸟。并且我这样说:它们的美有更多的
>
>意义
>
>　比整个人类和鸟类。[75]

　　当人性被彻底破坏或毁灭时,定义"美"是什么或者"意义"在这里就被杰弗斯的盛大典型的同义反复给逃避了。因为"万物就是上帝",正如他在别处所说的那样,客观现实本身可以被认为是物质性的,也可以被认为是一个杂乱无章的引力场,使所有敬称的抽象物,像"美",围绕着它自身旋转。

　　杰弗斯喜欢想象自己死亡,他的骨灰扩散整个宇宙,不再仅仅是目击者,而且还是"美的一部分"。在他的丰富的叙事诗歌中,他喜欢使人顿悟的时刻,在那个时刻个性的壳裂缝,并且"白色的火从中飞出来",在那个时刻人们受原始的祈使句指挥,他们只有一半理解——当克里斯汀在《杂色牡马》中把她自己的地位降低到她害怕的马时,要杀死那个虐待她的丈夫,并且转而又被她自己杀死。[77]事实上,意识本身似乎,大体上,是"从生命的有机统一体中的一个减损,一个恶性肿瘤"寄生地存在于"世界的物质上"。如果我们一定有这样的东西,就让它成为"激烈的意识,与最终的/无私利性结合在一起",这样

>　　在石头和宁静中
>
>　　心灵溶解悄无声息,
>
>　　肉体不知不觉进入土地。[78]

石头和宁静是真的。易变的宇宙的持久性正是需要庆祝的，而在杰弗斯的后期作品中的最庄严的姿态，就是削减所有的人类历史、技术和愿望：

> ……即使是瓜德罗普和空中堡垒像马蝇一样
>
> 自然；
>
> 只有那个人，他的痛苦和肆虐，并不是像他们看上去
>
> 他的那个样子，不是伟大而令人震惊，而是真的
>
> 太小了无法产生任何干扰。这是很好的。这是
>
> 明智、仁慈。确实，那些被谋杀的
>
> 城市留下标志在地球上一段时间，像雨痕化石一样
>
> 留在页岩中，同样美丽。[79]

把轰炸机缩小成马蝇，把城市缩小成化石雨痕，把第二次世界大战（对他们双方的房子都是一场灾祸）缩小成历史磁盘上的一个点，足以惊骇甚至像波兰放逐诗人切斯瓦夫·米沃什这样的崇拜者，对他们来说，值得注意的是，杰弗斯的漫不经心比戏耍上帝的欺骗来说是不该受责备的，同时把剩余的人性缩减成岩屑。[80]如果有一种东西，像"生态法西斯美学"，这种"非人文主义"，正如杰弗斯称他的道德那样，肯定就是这种东西。[81]

杰弗斯在别处承认有一种感觉，描绘了人性的"更不美、肮脏和痛苦，我们必须加强我们的心去承受它"。"我已经加强了我的心只有一点点"，他承认。[82]这样勉强承认弱点似乎完全不同于德莱塞困惑地承认人性弱点。然而有一种半相似性在这样一种情况当中，即杰弗斯无法阻止他的诗歌表达更坚定的情绪所蕴含的东西，并且他知道那是他应该反对的，因为当绘画上给人深刻印象的一瞥看到了渔船在穿过突然的大

雾沿着它们的道路前进的时候,向他袭来了这样的反应:

> 鹈鹕的飞行
>
> 没有什么更可爱的去看的;
>
> 行星的飞行没有什么更高贵的;所有艺术失去了
>
> 美德.
>
> 反对的必要的现实
>
> 是生物的,它们到处经营着他们的生意,在同样
>
> 重要的自然元素中。[83]

　　用它自己的方式,杰弗斯的角色几乎像德莱塞的一样是自我对抗的。演讲者必须不断提醒自己一次又一次地透过诱人的表象世界看到基石,"透过美的诀窍"看到孤独的严酷作为美的标准。"不可以想象/这里的人类存在可以做任何事情/但是冲淡了孤独的自我警醒的激情",他写道,"海岸山在君主溪"[84]。为什么"自我警醒的激情"? 大概是因为非人文主义是如此困难的工作:你必须不断提醒自己咬紧牙关并强化自己。

　　然而,使两个决定论者更紧密地在一起东西,是没有为他自己真正接受一个决定了的《社区》的条件和限制。都认同有主见的反常规的灵魂,试图在他们的能力之内,作为决定论的哲学家,与决定论的普通受害者的困境保持一定距离。

　　事实上,任何说服创造性的作家完全消除一些这样的差距无疑是不可能的,即使他们想要消除;一件坏事也不一定。约翰·埃德加·怀德曼的霍姆伍德小说被写是从更安全的有利位置回顾往事,但是如果没有审美距离,霍姆伍德超出了宾夕法尼亚州的匹兹堡的周围,可能仍然几乎无人知晓。忠实的简·亚当斯在她的生活的最后 45 年的时间里自愿住在芝

加哥的贫民窟,她能被称为维持着在缅因州海岸的度假别墅并在那里能够恢复她的体能的伪君子吗？与托尔斯泰争论他试图遵守农民的生存文化节奏,她可能会做得很好,尽管她感到尴尬的是他批评她的时尚服装和她的收入像继承财产的空号地主。她问,"如果每个人做这些必要的大量的事情来满足自己想要的,那么,生活的错误可以缩减到无报酬的劳动条款和一切都会被变成正确的吗？"[85]虽然她分享了托尔斯泰的信念,即富人应该生活在穷人的旁边,他的政权似乎盲目迷恋个人纯洁,目的是限制社区改善的前景。

　　然而一些作家的确在拥抱决定的存在的方向上已经走得非常远,他们是存在主义的和富有艺术的:接受缩减规模社区的约束,对此他们宣誓终身团结的誓言,即他们知道将把它们留在记忆中,这在全世界的目光中是地方性的,但这似乎不过是艺术和公民的可能性的必要的前提条件。最突出的例子是宗教禁欲主义,事实上这个前景吸引了许多生态作家:爱德华·艾比、安妮·迪拉德、凯瑟琳·诺里斯都在其中。两个不那么引人注目的但又更加不屈不挠的和有条理的例子是,肯塔基州的阿巴拉契亚山脉的文学家温德尔·贝瑞和芝加哥诗人格温多林·布鲁克斯的职业生涯。

观察在文学和生活中的限制:
贝里和布鲁克斯

　　贝里和布鲁克斯仔细思考、献身、书写、保卫这些住所的濒危文化的诉求,在那里他们很好地借用了社区愿景,它们也把当地置于全国范围。他们两个人都寻求,如贝里所说:"来代替神话和陈腔滥调……一种关于住所的特定的生活知识,这个住所是人们现在居住的,并打算继续住在那里。"[86]在某种程度上,他们对这个"可爱的社区"有着非常相似的理解:"共同的经历和对共同点的共同的努力,人们心甘情愿地属于这些。"[87]他们感觉到它受到的危险也是如此:在贝里和布鲁克斯的大本营中,工作已经枯竭,因为缺乏当地的或可获得的选择,慢性的道德败坏威胁着家庭和文化。[88]

贝里表明了他在他的1980年收集的主要诗歌《一部分》中的位置,运用的手段是通过位于他的《诗集》("你也来")开头的调皮反相的弗罗斯特的邀请,到"你也呆在家里"。[89]当一位面试官问布鲁克斯是否她已经发现芝加哥南部太封闭时,她回答说,"我打算永远住在芝加哥"——反应的热情不亚于艾美丽·迪金森对这样一个类似问题的回答,即是否她曾经向往离开阿默斯特("我从来没想到我能有丝毫的方法达到未来的这样一个希望")。[90]贝里和布鲁克斯原则上决定参与本地重点的公民与政治运动,限制讲演旅行和教客人对社区认同感兴趣(但仍然继续大量需求),并将他们的工作转换到纽约出版机构外面较小的出版社。这样做,他们两人都要求世界文学的资源,同时宣布对民族社区的忠诚。两人都把他们社区想象为四面楚歌的社区的范例。对于贝里,它是一个新的杰弗逊式的农村社区的愿景,小农户实践着可持续发展的农业竞争,反对霸权的农业综合企业和大都市的主导地位;对于布鲁克斯,它是一个在全国范围内不无特色的城市贫民窟形象,它受害于制度化的种族主义,并被民权运动的未兑现的承诺加剧了。

这两个基地的经营已截然不同。每个作家都觉得在其他的世界里不得其所:他的是民族单一的白人的偏僻地区的飞地,她的是城市非裔美国人的飞地。在贝里的大男子主义的、家长制的、夸大沉思冥想的人物角色和布鲁克斯的剪辑了的、强烈的小插曲之间,也没有多少相似之处。它支持的是"隐蔽的叙述者",而不是一个抒情小品的"我",更多关注女性人物和女性的经验,而不是男性的。[91]布鲁克斯也不是景观诗人,而贝里往往是风景诗人;在这一章的题词中引用的这首诗对她来说是不同寻常的。"我先从人开始","我不是先从地标开始",当她被问及是否她努力"唤起在[她的]工作中的住所"[92]时,她回答说。但是两人都承诺他们自己随着时间的推移都代表着适当的人民,在与住所的对话中构建身份,尽管对贝里来说最常见的形象是男性农民在农村景观中工作或思考,[93]而对于布鲁克斯,标准形象则是在封闭空间或街景中的一个女性角色或一群一群的人。

"山上牧场,一个在树林中开放的地方,倾斜到谷"——这样的悠闲,物理环境唤起沉思是贝里的特点,[94]而布鲁克斯精心阐述户外环境主要表达陌生化,正如当时黑人角色注视芝加哥背面的"比弗利山庄",或上流社会的白人女性改良家胆小地冒险进入贫民窟。[95]她更喜欢去适合她的在按透视法缩短的、超级刺激的城市风景中的人物,城市密度使用椭圆的细节,并且这个罕见的描述性的按照固定模式创作的艺术作品(缎腿史密斯周日散步)表明了原因:

> 出去了。听起来好像是对他的诽谤,
>
> 变成一个单位。他听见和没听见
>
> 闹钟正在干涉别人的睡眠;
>
> 孩子们的被统治管理的周日的幸福;
>
> 飞机的枯燥无味的语气;一个女人的誓言;
>
> 消费的沉闷的咳痰;
>
> 一只愤怒的知更鸟的坚决的捐赠

> 箍缩轨道穿过冷漠和喧嚣；
>
> 餐馆商贩正在哭泣；并且
>
> 它的产生像一种略微可怕的思想。[96]

布鲁克斯在这里将艾略特的倦怠无聊转化为一个更复杂的内心生活的形象，开始暗示修辞学的润色本身就是对史密斯的防御性姿态的一个反映。"他听见和没听见"流露出选择性筛选，这是布朗兹维尔的居民为了应付而必须掌握的。警报、誓言、随地吐痰、鸟粪、喧闹的高架列车，总是隐然存在；他们在这里很突出不是虚假的描写主义的一种脱离常规的反常，而是因为她的主题是一个思维过程，通过此过程，敏锐而自我专注的头脑过滤掉了对"数以百计的饥饿者，并混合着他自己的饥饿"的讽刺，企图逃离现实而躲进自我保护的错觉，"独自他的行走是最有力的"。

肖像诗歌的生态诗学（在布鲁克斯早期标准中最常见的类型）就像是适应小城镇生活的压抑一样（正如在爱德温·阿林顿·罗宾逊的蒂尔伯里镇诗歌和埃德加·李·马斯特斯的《匙河诗集》），也适应大都市的场面。布鲁克斯的著作经常读起来，事实上，就像是在兰斯顿·休斯的随意印象派[《萎靡的布鲁斯》（1926），布鲁克斯说，第一次让她意识到"这写黑人生活的普通方面是很重要的"][97]和艾美丽·迪金森的大脑强烈的简洁性之间的一个交叉十字。迪金森不需要为了使她温柔可爱的淑女成为小城镇的势利小人而在乡村草坪和教堂建筑里素描，休斯也不需要超越对"冰雨"的暗示把他的"陷入困境的女人"当做一个城市北面流离失所的人。[98]布鲁克斯钦佩休斯的印象派研究是如何捕获的"街道"感——"它的多重的心脏，它的口味、气味、警报、公式、鲜花、垃圾和社会动乱"——像她自己一样应对更大的压迫。[99]

尤其把贝里和布鲁克斯联系在一起的是感觉到需要(重新)发现人们已经"知道"的住所。对他两人来说,这始于家庭历史,跨越几代人。他们的著作充满了对父母和祖父母的敬意、婚姻,关系到孩子。在这个对家庭价值观的忠诚中,他们两个人都是坚定的,几乎诺曼·洛克威尔式的,主流作家,尽管贝里的平均地权论不言而喻是美国中产者的,而不是布鲁克斯的日益增强的黑人文化恢复的泛非主义美学的。[100]布鲁克斯会一直认为,"在其本土的家里/心灵必须⋯⋯//得到死者的生命"[101],然而她可能已经感觉到了贝里爱好墓园挽歌。与家庭的圣母怜子图相关的是一种强大的内化的礼仪之感,例如,引导贝里重申传统婚姻的圣洁,存在的巨大链条,亚历山大·蒲柏相对于沃尔特·惠特曼的健康,和(后)现代主义的不健全;以及引导布鲁克斯,在她的早期作品中,赞成像十四行诗一样的束缚型和像安妮·艾伦和莫德·玛莎一样的理想主义年轻女性的半自传体形式,她们长大后渴望在逆境中过上美好的资产阶级生活,并且后来去拥抱一个理想主义(唯心论)的非洲中心主义的爱国主义。尽管有性别政治的差异,但是在贝里的团结"西伯利亚樵夫"的反冷战信息和布鲁克斯的召集"黑人女性"去"战胜世界各地的编辑"之间,有明显的相似之处。团结"西伯利亚樵夫",是从一个好的乡村父亲到另一个(你的女儿演奏手风琴,我的女儿学习"她母亲的/女人气质");而布鲁克斯召集"黑人女性"去"战胜世界各地的编辑",是因为她们控制着"南北平衡,/听秘密"和"依然创建和培养你的《花朵》(月刊)"。[102]

两位作家的两首长诗都作为对住所的重要贡献而脱颖而出:布鲁克斯的《在麦加》(1968)和贝里的《清算》(1977)。

《清算》表达的是关于贝里作为作家和人的生活中的一些关键行为的一系列叙事抒情：建设一个家乡，也是一个工作的农场，它来自一个废弃的和滥用的财产，是他和他的妻子在 20 世纪 60 年代买的，并且后来又增加了。这部著作是关于杰弗逊的再现和生态恢复的，将个人历史与土地、地区，最终甚至国家都联系在一起。《在麦加》以小珀皮塔·史密斯的可怕的谋杀为基础，也是一首关于来自单身母亲家庭的十个孩子的诗作，在一个巨大的、拥挤的、破旧的公寓大楼里，都努力维持着她的家庭，这首诗是迄今为止布鲁克斯以往出版的最长的诗；也是她从贬低黑人的诗人向颂扬黑人的诗人的一个转折点；[103] 还是一个对令人不安的自传情节的深思熟虑的再加工。这首诗也是她从人开始而不是从地标开始的创作实践的一个明显的例外。

　　最初的麦加是一座优雅的公寓大楼，是在世纪之交由丹尼尔·伯纳姆公司建立的，丹尼尔·伯纳姆是都市主义空想家，主要负责 1893 年哥伦比亚博览会白人的城市，也是空想的《芝加哥城的计划》的作者，这是所谓的城市美丽运动的核心文本，也是凯瑟琳·李·贝茨在"美丽美国"中的转弯抹角的讽刺，而简·亚当斯却给予了更加公开的讽刺，当时她组织了一群少年的假冒的准军事的环卫工人作为展览会中的赫尔馆（美国芝加哥市的社会福利机构）的一部分。[104] 最初一个陈列橱，是随着社区恶化的麦加，到理查德·怀特文学学徒的时候和布鲁克斯的童年时代为止，它已经成为一个巨大的廉价公寓住房容纳了 2000 多人（具体数量未知）：半个街区的灾区，其庭院"散落着报纸和锡罐、牛奶盒和碎玻璃"，正如一个诗的眉批所说的那样。[105] 该大楼在 1952 年被拆除，但布鲁克斯清楚地记得它是从她青少年时期的"最令人难以忘怀的和羞辱性的工作经验"开始,大专毕业后给那里的一位"精神顾问"当了一个工作助理(在诗中作为好色淫荡的江湖骗子预言家威廉姆斯而被反复塑造),他"拿梦想和挫折做交易,为住在这个房屋中的深深陷入困境的人提供'答案'"。[106]

总而言之,麦加就是这样一个地方,一个被体面地培养出来的年轻女子(像布鲁克斯的改变自我的安妮·艾伦和莫德·玛莎)会被劝避开的地方——虽然布鲁克斯的早期诗歌也承认被禁止选择的诱惑:

> 我住在前院度过一生。
>
> 我想要偷着看一看后面
>
> 在那里粗野的未受到照顾的荒凉的杂草丛生,
>
> 一个女孩厌烦玫瑰。
>
> ……
>
> 我也想成为一个坏女人,
>
> 并穿着带有夜黑色花边的华丽的长袜
>
> 趾高气扬地沿着街道走着,在我的脸上带着

油漆。[107]

在 20 世纪 60 年代,布鲁克斯确实决定要变"坏"。"文学的转折点是诗集《在麦加》(1968),传记是一个联盟,联合的是这样一些更年轻一代黑人艺术运动诗人像唐·L.李/哈基·玛德胡布提(在诗中做了一个友情客串),传记也是她的社区工作,她当了一名志愿者写作教师,成员是南边百仕通集团流浪者帮派,是在麦加出现的同一年开始的,她的文集《跳不好》(1971)就出自这里。

在 20 世纪 50 年代末,布鲁克斯开始在儿童小说中写她的麦加回忆录,讲述了一个年轻女人在一个陌生的环境中长

大成熟,然后在 60 年代将它改写成一个讽刺的社会悲剧"充满了故事和音乐和无声的呐喊"。[108]她想比她通过发行 2000 行诗的一本书(但哈珀坚决要求一本更大的诗集)更加尖锐地特写麦加的肮脏与卑劣,并通过使用一个《生活》杂志的照片做书皮,照片上是这个建筑物的像皮拉内西一样的楼梯和看上去像珀皮塔一样的孤独的流浪儿(但《生活》拒绝重新印刷)。[109]然而,眉批和开头的诗行引发了一种明显的建筑神秘的感觉:

> 坐在那里,亮光恶化了你的脸。
>
> 密斯·凡·德·罗厄优雅地退休。
>
> 而且公平的寓言来临。

第一行开始摧毁镇静:这命令我们坐在我们不能坐的地方而被视线所腐蚀,这矛盾地坚持把光当做腐败。警告:在这里探险的漫游者们将被减弱。这里没有文化。没有看相反方向的大街对面的建筑陈列橱。[110]

隐含的窥淫狂者大概包括她以前的自我。因为"麦加"拒绝在观察者和被观察者之间保持喘息的空间,这也是布鲁克斯的早期诗歌所做的,她曾经将诗歌描述为正向她走来,是一种文具职业,并被安置在她的东 63 街的公寓和尚普兰的引人注目的生态位之上:"如果你想要一首诗,你只有看窗外。那里总会有材料,散步或跑步,战斗或尖叫或唱歌。"[111]尽管如此,下面是一个奇异风格的画廊,是沿着萨莉太太疯狂地彻底搜索大楼寻找珀皮塔的线串联起来的,那是在从"硕士盛宴的最后恶化变质"(一个马拉松阿姨杰迈玛的行动的残余的生气妒忌)(第 407 页)而精疲力竭地回到她的公寓之后。她所有的同道租户都是受损的人,有些人暴力或迟钝或疯狂,有些人在道德上令人厌恶［比如自以为是的贵妇，她怨恨她自己无子女使她用一个特别血腥少年的掠夺谋杀（第421页）］的"阴险的须极度轻奏的乐段"假装安慰萨莉。他们对失去的珀皮塔是无知的和伤感的，发现她是在被推测的凶手"牙买加人爱德华"的床下奇怪地突然死去的，死在了"带有蟑螂的尘土中"（第433页）。

　　在描绘这些人时，这首诗反对布鲁克斯的早期的、简洁的、在调子上被调节的肖像诗歌的更稳定的观点。正如盖尔·琼斯写道，《在麦加》"开始于一个'独家的'言论——一套语言，似乎使其本身远离社区的声音"，然而"像那个社区引导它自己"。我们很快就发现，"任何一种语言可以占领任何空间" [112]。以前的幼儿园教师珀皮塔被允许讲诗歌用语；口齿不清被认为是诗歌的重复（"就看到呃我还见过呃我是看到呃"）；一个老妇人的关于杀蟑螂的方言独白被精心策划为无韵诗（第417、416页）。佃户的大多数怪异的合唱被抛得离被凝结固定在某个地方的变化性足够远，创造了更可怕的人物像搜集枪的奇特的摩根（在处以私刑的好友和被暴徒强暴的妹妹的记忆中，养育着复仇的梦想），正如叙述者对不固着于文科的教师阿尔弗雷德而进行的旁白那样，看上去好像"不好"但又是"一个足够像样的不好"（第409页）。所以最后阿尔弗雷德的喧噪不能仅仅因为坚持"在麦加的东西"而作为废话被注销，虽然那些东西很可恶，

> 继续喊叫！非物质的；然而像山，
>
> 也喜欢河流和海洋，并且喜欢树
>
> 伴随着风呼啸着穿过它们。及稳定的
>
> 必不可少的理智，黑色和电气，
>
> 构建成一个报告文学和救赎。

一种紧迫的失和。

一种物质的崩溃

这是建设。（第433页）

布鲁克斯用了很少几个肯定的断言而不用讽刺。这件事之后立刻就是对谋杀的披露，进而让位于温柔的回忆，进而让位于珀皮塔死亡挣扎的奇怪的性感的结尾图像（"奇怪的小小的蜿蜒蠕动／和琐碎的鸣叫奇怪地升起"）（第433页）。然而讽刺的神态之下是被扩散的印象，即虽然这些角色可能会像埋葬他们的建筑物那样是命中注定，但他们不能忽视：有一些"黑色的和电动的""理智"在这里，有些东西人们想通过把它作为一种自然的力量而使它高贵，其行动（喜欢自然过程吗？喜欢诗歌吗？）就是这样的"物质崩溃"在某种程度上等于"建设"。建筑物拆迁之前人类的堕落这一幕，像20世纪60年代的暴乱的破坏场面一样，有力地肯定了这些受损的生活的价值。那些暴乱的破坏场面，是布鲁克斯在书中后面的诗歌中所探讨的，像《男孩打破玻璃》。在那里，"野蛮的和用金属覆盖的小男人"被制造出来说／认为："我应当创造！如果不是笔记，就是一个窟窿，／如果不是一个序曲，就是一种亵渎。"[113]

贝里的社区受害感可能几乎会同样很痛苦。一般来说，不仅他的地区，而且"美国乡村的人民"，贝里写道，"正生活在一个殖民地中"，它们的生态系统和社区在围困之中不断受到袭击，因为其国民经济的繁荣"靠的是对当地的自给自足的原则的破坏"。事实上，"如果有在美国历史上一直有效的法律的话，那就是任何确定的人或群体或社区的成员迟早会变为'红皮肤人'（即北美印第安人）"——内部殖民的受害者。[114]贝里并不亚于布鲁克斯痛苦地意识到继承一个滥用的、被开发的景观："通过我的历史的轻视/和毁坏,我已经接近到/其残余物",他在《清算》一开始就写道,对破旧的住所他希望进行恢复。[115]他也意识到"愿景必定有严重性/处于其边缘",目的是为了防止"希望使欲望/变容易"(第21、22页)。他所有的先驱者、剥削者以及良好的管理者,成为他农场的历史叙事的一部分。出于同样的原因,他也有意使自己不仅处于与众不同的抒情或创业空间,而且像"按照祖先的意向运动"在其他小农户的公司中,这些农户"排着长长的队伍在各种天气中摇曳"(第28、31页)。

布鲁克斯可能希望保证贝里的座右铭是来自《易经》:"由于人类的过错被损坏的东西通过人类的工作还可以被重新弄好。"(第1页)显然这对贝里比对布鲁克斯更容易肯定。他搏斗着去补偿"毁了的"景观(第14页),树木被从这个景观中抛弃,地表土流失了,原因在于糟糕的农耕和矿业实践,但是他处置的物质资源大于布鲁克斯的《南部支持者》。他和他的妻子拥有相当大的一大片土地,这可以通过正确的辛勤工作变得丰富。贝里的写作还假定了一个家族和更广泛的和完整的社区网络。布鲁克斯,尽管有以住所为基础的家庭和社区的支持的强烈意识,但在更大程度上强调她的城市人物的相互隔离。史密斯夫人疯狂寻找珀皮塔,及其未能比短暂半醒的"麦加"的其他热衷的居民做得更多,这显示了这些人距离经历这种"家庭"和"社区"生活有多远。贝里感觉这些人的生活仍然是他家中住所里的一种生活现实。[116]

不管战斗的程度上的差异,对于每一个作家来说,社区恢复的目标导致了一个极端,即更愿意看到一个人的被消除的身份,而不愿意看见这种恢复发生。在《易经》当中,贝里不知道这种激情是否可能导致他远离书籍和写作：

> 我将会说什么
>
> 对我的同道诗人
>
> 他们的诗我不读
>
> 然而这种激情让我
>
> 开放吗？是什么
>
> 这种沉默正困扰着我？（第33页）

但这种情绪很快就过去了。现在，"梦想/是我的要求:/使这些疤痕长草。"如果这意味着写作的结束，那就让它发生吧:"我必须放弃/从书本，把过去和未来置于背后,/进入当下的存在。"这首诗就这样结束了——当然，尽管不是贝里的职业生涯（第33、50、52页）。

对布鲁克斯，那种意愿是更大的。她变得更加公开的政治化以后，发表更少了;投入更多的精力，支持年轻人才;尊重下一代更直言不讳的黑人诗人;接受了她的像桥一样的地位"［他们］通过这座桥梁跨越到新的领域"。[117]以这种方式，她来接受更多的限制去表达成比例增加的对社区的责任。在1987年的生日礼物，布鲁克斯的门徒—导师哈基·马德胡布提慷慨地但也有些劝告性地将布鲁克斯称为"一位没有她的艺术就不能活得妇女，但之前她从未把她的艺术置于她写的那些人之上或之前"。[118]贝里似乎并没有受到这样的监视，但可以自由扮演权威发言人的角色，代表的是《（农村）社区的新政治》，正如他最近所说的。[119]不过，如果他们相信停止写作和枯萎将确保各自社区的生存，相信他们俩人都会高高兴兴地停止写作和枯萎，人们也会远离阅读后来的布鲁克斯和后来的贝里。在1970年之后，布鲁克斯在精美的、点彩派画

家—讽刺的文脉里很少出版,此文脉给她带来了关键性的名
声,越来越感觉到,优雅的程式化的审美没有紧密结合着她适
当的阅读社会,贝里有理由感到他的写作总是有这种方式;或
者,也许更准确地说,从改变以下观点,即阅读社会应当如何
近似于生活社区。贝里,相比之下,似乎从未觉得被称为目
标,比如说,可持续农业的从业者是他的主要阅读听众。然而
社会思潮的诉求引导贝里多次贯穿他的工作向前滚动和想
象,并带有深刻的满足感——几乎像杰弗斯——他自己的死
亡、埋葬、变成景观和场所精神。那就是他想象的用来换取任
何形式的忠实劳动的最伟大的个人奖励。

> 如果我们将使我们的季节在这里受欢迎,
>
> 要求不要太多的地球或天堂,
>
> 然后我们死后很长一段时间
>
> 我们的生活使这些生命将适合居住
>
> 在这里,他们的房子坚定地安置
>
> 在山谷边、田野和花园里
>
> 富有窗户。(第31页)

如果没有对土地的热情的话,布鲁克斯会理解这里的谦
逊的管理工作。

布鲁克斯的社区再生的观点从贝里的新杰斐逊的支持者
的角度来看是不足的,不是如此因为在布鲁克斯后期的民族
的同一性转向——因为贝里心爱的社区比她的社区在每一个
意义都更加均匀:文化上、宗教上、经济上——因为布鲁克斯
的社区概念很少将与自然环境的交易作为前景,而自然环境
是人员与社区健康的关键。[120]人们可以想象贝里用心阅读芒
福德、麦凯和麦克哈格关于绿色区域规划,甚至当他愤怒他们

怎样包含着根本不喜欢城市扩张以及接受增长计划的必要性时。这样的工作完全不会让布鲁克斯感兴趣，如果它会让所有的人感兴趣的话。但布鲁克斯对城市非裔美国人面临的约束的表现，显然预示着他们在受损的物理环境中的位置，他们的修复是文化补习的一部分，即使她强调的是心理描绘图而不是材料的细节。

为决定而演讲：亚当斯

从这样的复调中得出什么？我们听见的这些声音对决定论给予了不同的界定，根据的是他们所看到的那些作为主要的决定性的力量——物质自然、人性或社会文化；他们以不同的方式评估其潜能；他们不同意是否它能有建设性和消极性之效果，如果是这样，为什么。然而，一个恒量常数，就是厌恶这样的决定论，即产生于另一种存在的条款的人类口述，即使有良性的意图。绝不是巧合，这也是一个关键的伦理—政治的有毒话语的承诺。

从这个角度来说，没有比简·亚当斯（美国女作家）的华丽文章《现代李尔王》更好的反思生态决定论的文学范例了，它开启了对铁路企业家乔治·普尔曼在1894年罢工期间的冷酷的讽刺，激起了唆使联盟对普尔曼汽车的抵制。

普尔曼是一个"异常慷慨的雇主"，他曾经资助过给他的员工的一个模范镇的建设，带有"完美的环境"、"卫生的房子和漂亮的公园"，甚至还有一个最先进的剧院。但他任意削减工资和拒绝谈判暴露了慈善家的乌托邦，那是一种自私的做法。普尔曼是李尔王，工人们是科迪莉亚。愤怒的巨头"花了一百万美元买了一个沼泽，让它成为他的雇员们的公共厕所(原文如此)"并且后来拒绝"与他们说话十分钟,不管他们是否正确或错误",这个巨头就是一个近代李尔王,蛮横地与他的女儿断绝父女关系,他认为他女儿"不近人情",因为没有发誓无条件的忠诚。[121]这就是这个王国的代价,难怪工人们,像科迪莉亚,愿意离开。没有哪位改革时代的改革者比亚当斯设定一个更高的价值,亚当斯将其设于健康的物理环境中,将其作为基本的人类尊严的先决条件,而且成就让她对一个案例的谴责更加引人注目,在这里环保主义被扭曲成一个独裁主义者控制的工具。

亚当斯没有给那些工人免罪;那对她的莎士比亚的类比也是很重要的:属下阶层的过度反应。在一定程度上,她对产业首领的控诉的条款强烈期望对现代科学和技术的宗法主义—控制主义要旨的生态女性主义批评,但她的寓言也有家长式作风。产业原则上是或应该像家人一样;雇主和雇员之间的互惠义务应该像父子的义务。[122]然而,亚当斯的工人形象,特别是普尔曼的工人,[123]是像成年人一样的孩子,而不是使成人幼儿化;并且在她看来,普尔曼的表面上令人钦佩的生态设计的悲剧的关键,是不能够寻求被统治者的同意。甚至适度的改革,即使承认"同意的必要性",亚当斯推断,也比那些无视这个原则的"最雄心勃勃的社会计划和实验"更有可能得到结果。[124]

亚当斯对实施的生态决定论的反感是基于一个特殊的和历史上特定的传统家庭和民主价值观的混合,以及受社会主义和工会制度影响的社会团结的愿景。她坚持认为,事实证明了另一个标志性的国家价值的危害性,即普尔曼粗糙的个人主义。("他完全没有新道德规范的东西。")[125]但是她对傲慢实施的抵抗一般由我们已经讨论过的所有作者共享,甚至杰弗斯。人们几乎不敢声称这是一个普遍持有的信念,即使在英语世界,这可以从乔治·萧伯纳的《芭芭拉少校》中看到,书中似乎有悖常理地满足于改良主义的女儿的补选,而补选是通过她的工业巨头的爸爸的宏大计划,包括一个劳动模范的村子。但主要地,以英语为母语的作家更是被吸引到"柔性决定论者"的愿景中来,这里默许公共的和/或感知的物理环境的限制,而不是被吸引到"刚性决定论者"的愿景中,那里是被强加了限制的。呼吁重新入住可能会总觉得比命令行参数更加受人欢迎,这种命令行参数就是人们已经为住所束缚(无论他们是否知道它),但呼吁重新入住比命令行参数受人欢迎的程度少得多,他们应该被发展得更多些。但是,当重新入住的言论不仅仅对唯意志论本身,而且也对那些人的条件的认同有吸引力时,其说服力,《现代李尔王》也表明,很可能会更大。而那些人的生活——相对而言——是下定决心的:正如在普尔曼的案例中那样,被那些人所决定,当他们要行动时他们有能力采取行动。亚当斯的文章最深刻的含义是对被进行的任何和所有的生态改革计划的傲慢和某些失败,进行计划时不考虑接收端上的生命会是什么感觉:在另一种力量的控制之下生活感觉怎样,在第一种情况下并且没有某种救济的希望。

第五章　现代化和自然界的诉求：
福克纳和利奥波德

在他看来,他们并不是去猎杀熊和鹿的,而是去向那头他们甚至无意射杀的大熊做一年一度的拜访的。两个星期之后他们就会回来,不带回任何战利品与兽皮。他也不指望他们会带这些东西回来。

——威廉·福克纳:《熊》

总有一天,捕猎者会了解到打猎和捕鱼并不是唯一的野生动物运动;新的生态研究和观察现在都是自由的,对于丹尼尔·布恩狩猎也是。这些新的运动取决于一个丰富的植物群和动物群的保留……有越来越多的私人保护区、私人的植物园和私人研究站,所有这一切都是集团针对非致命性的户外娱乐形式。

——奥尔多·利奥波德:《职业状态》[野生动物管理]

成为重新入住者的义务的觉醒和环境决定论意识的觉醒需要在某些时候重新构想人类与非人类,以及它们之间的伦理界线。重新入住的承诺对于非人类的世界,需要扩展道德甚至法律地位；一个决定论的心态往往会减少人类和非人类之间的区别，至少到目前为止是豁免环境约束。前者条件之一，认为动物和树木同属一类；后者的条件之一，是认为它们都在同一条船上。或者"调整中"会更准确，因为以现代的词汇来表达这些暗示时经常会借鉴工业化前的文化形象，是准确性和幻想的混合物，生活在非人世界的比我们有更紧密的共生。

没有什么活泼的心态比环境迅速变化的场景更令人沉思。许多经典的美国环境作品受到经验或作者家乡地区的环境变化的影响——詹姆斯·费尼莫尔·库珀的库珀家乡小说《先锋》和他的女儿苏珊·费尼莫尔·库珀的文学日记簿《农村小时》（从荒野到聚落，聚落到县城），梭罗的《瓦尔登湖》（从传统农业村庄到集镇郊区）；乔治·珀金斯·马许的《人与自然》（19 世纪的佛蒙特州的森林砍伐）；薇拉·凯瑟的《先锋》和《我的安东尼娅》（从原始草原到整洁农场到繁忙的铁路城镇）。另一个类似的例子是威廉·福克纳的小说。很少有作家，有那么远见的视角和深入的历史性的理解在作品中反映他们的家乡地区由内地到现代化的转变过程。

在福克纳的小说中，尤其是《去吧，摩西》，一个初期的生态伦理初具规模，在应对区域现代化的许多方面更充分地阐述他的环保近现代，与生态学家和自然作家奥尔多·利奥波德相呼应。这两个人，尽管外表相反，实际上是反现代，更不用说是原始主义。他利用工业和农业综合企业对田园风光采取的无情的剥削令每个人不安。对于每个人，从 19 世纪中叶到中间二十年土地转换的历史作为一个潜在的决定性力量是无法抗拒的，只有通过环境管理形式的文学想象来表达壮举。通过想象休闲的场景，福克纳和利奥波德重新设想文化的空间内自然的地位,并在此过程中来定义道德的"所有权"和"占有"观众他们所想象的,喜欢自己,无论是肇事者或受害者。

作为生态历史学家的福克纳

福克纳并非通常被认为是一个"环境作家",这是可以理解的。他对环境变化的兴趣只是他对南方性格和历史的兴趣的一个方面。但地区生态的特殊性材料对他所表示的地方是基本的。福克纳的第一部重要的约克纳帕塔法小说的核心,《抢掠者》(1927、1973),是关于技术创新给未来造成的冲击的意识——尤其是汽车和飞机——在这个 back-water。福克纳的成熟小说很少能精明的考虑南部的现代化,特别是其人员伤亡和失败,以这种方式把人与景观相连接。《八月之光》(1932)是一个很好的例子。这部小说的熟悉的开始阶段似乎一开始就压倒性的围绕莉娜·格罗夫的形象或多或少的在未分化的格局周围移动:一个形象由几个原型合成(地球母亲,麦当娜,南方穷白人)为发光的、令人难忘的符号图像与温馨浪漫的光芒。然而,读者也被要求想象莉娜与更实质具体的地面相联系,多恩的磨坊世界,她来的地方,她为卢卡斯·伯奇怀孕的地方,在小说的剩余部分她所追求的无用的懒人。关于多恩的磨坊,我们被告知:

> 村里的男人不是在这家厂里做工便是为它服务。这家厂采伐松木,已经在这儿开采了七年,再过七年就会把周围一带的松木砍伐殆尽。然后,一部分机器,大部分操作这些机器的人,靠它们谋生的人和为它们服务的人,就会载上货车运到别的地方去。由于新机器总可以以分期

付款的方式添置,有些机器便会留在原地:立在断砖头和杂草堆中的车轮,形容憔悴,扎眼刺目,不再转动,那副样子真叫人触目惊心;还有那些掏空内脏的锅炉,以一副倔头倔脑、茫然而又若有所思的神情支撑着生锈的不再冒烟的烟囱,俯视着到处都是树桩的、肃杀肃静而又荒凉的田野——无人耕耘,无人栽种,经过年复一年的绵绵秋雨和春分时节的狂风骤雨的冲刷侵蚀,渐渐成了一条条红色的堵塞得满满的沟壑。[1]

在小说的一个段落描述了南部深处切割和获取木材的简洁工业史:半个世纪的集中开发和慢性浪费(森林、土壤、人员和设备),从 19 世纪 80 年代开始,福克纳意识到时几乎花了这么长时间。南部森林历史学家确定早在 30 年代初,《八月之光》出版的那一刻起,在密西西比州古老森林的大宗木材的增长最终耗尽和木材生产触及 50 年来的新低作为一个点。[2]

小说的情节将森林历史与社会历史交织。最初,木材行业的崛起(在 20 世纪初在某些领域竞争并超过了南方的主要经济作物棉花)创建,就像一位历史学家所说的那样,在工厂的一个就业的机会表现为"作为社会和经济安全阀门,将棉花产业中没有其他就业选择的剩余劳动力转移"。大多数工人,然而,紧张的交易"劳务偿债的佃农和地区的家具店的劳务偿债的木材公司小卖部"。[3]"锯木厂工人的报酬过低,住在普通的房子,只能为自己获取最朴素的食物和衣服。很少有人能够在社会和经济规模上崛起。许多人没有野心,容易满足于当下的生活,很少关心自己或孩子的未来。(甚至)普通工人一直不满意他了解的生活,也很少有机会改善。"[4]

这提供给我们一个的社会框架,在这个框架内,《八月之光》中介绍给我们的很多有关角色的事情是可以理解的:莉娜的焦虑、迟钝、平庸的兄弟、弟妹和他们的大家庭,性功能失调的诱惑者卢卡斯,莉娜自己的不情愿的流动,卢卡斯和他勤奋的准同名拜伦·邦奇的对位——他超级认真负责、压抑、但热心的倒霉的人,他爱上了莉娜,放弃了他在杰斐逊磨坊的工作,以及他辛苦建立的不稳定的社会地位。这些人物之所以如此,不仅是因为他们是谁,而是因为他们适合的密西西比伐木业的历史。卢卡斯的时空扭曲,成为他的同伴乔·克里斯玛斯更极端的时空扭曲的掩护。他是他们文化中对自然资源短视的产品,而克里斯玛斯也是文化中对种族文化的短视的产品。

那种生态历史可以说明,福克纳的小说仅仅是期待一个人每年在密西西比河三角洲狩猎旅行,这种热情几乎让他错过了漫步去斯德哥尔摩领取诺贝尔文学奖。福克纳不仅尽可能地了解与任何美国现代主义作家知道的有关狩猎和耕种的知识,他也是一个非常公正的自然历史学家:"牛津最好的童子军团长。"据 20 世纪 20 年代密西西比州大学的校长所说,[5]在他的小说中,他密切观察所在区域的天气,"它的植物和动物的生命,它的树木、花草、昆虫、鸟类……——以及自然的声音和光的活动的许多变化"。[6]《八月之光》的标题是有依据的,指的是一个特定的季节性的大气影响。[7]

对于福克纳作品中仅仅是通过盘点自然景观的条目和证明它们的历史或地理的精确度,来表明自然世界的位置,我们不作全面的判断。一方面,在他的作品中自然能通过文学传统的镜片过滤:从安得烈·马维尔到 A.E.豪斯曼,他们从田园风景陈旧浪漫的想象中退出,美国男权主义荒野叙事从库柏、麦尔维尔和吐温。在福克纳早期的作品中尤其是,对自然景观的召唤是充满激情的,但也有书呆子气:大理石雕像,他的早期诗歌序列中,看风景,看到乌鸦和夜莺。[8]这样的情形得到修剪,但它仍然是福克纳小说的一个重要组成部分,成熟的美学注入真实与神话,传说和诗歌的修辞。在《八月之光》中,一个反复出现的主题是卢卡斯尤其是莱娜作为古代文学类型的通俗化的版本(不忠的诱惑者和麦当娜/地球母亲)是我一直强调的与环境现实交织在一起的。同样,早些时候援引的段落几乎始于一个摄影方法然后变形成了一个高度程式化的区域哥特式,与"憔悴,盯着"轮上升的方式"极其惊人,"和"顽固,困惑和迷茫"的"烧毁的锅炉"。

然而当福克纳像这样使之风格化时,他没有与生态的特殊性"失去联系",任何超过亨利·梭罗的可以说成是失去了联系,夸大了他在瓦尔登湖畔的隐居,他尽力去除康科德邻居眼中的极端陌生感在更精确的历史意义上是合理的。福克纳通过程式化的"夸张"传达了行业剩余物的丑陋的浪费,(不明显)环境也用自己的方式进行反击,随着机械解体成"经过年复一年的绵绵秋雨和春分时节的狂风骤雨的冲刷侵蚀,渐渐成了一条条红色的堵塞得满满的沟壑"。确实,《八月之光》有关破败景观的超现实主义的形象,从1921年密西西比州地质学家E.N.罗威的一篇报告中惊人地预见。他描述如何"切入区"在这个国家的一部分倾向于分解:"每当最轻微的犁沟集中的雨水,流沟开始形成;当这种深化从而达到沙子下面,削弱和衰退的开始和以非凡的速度发展,这样一个优美的斜坡在一个古老的领域可能会在一个非常短的时间内呈现出错综复杂的沟壑和洗,其中一些很快达到巨大的比例。我见过一个小道沿着山坡而下延伸[原文]到一个峡谷,能吞没

一个两层楼的房子。"⁹

　　无论是罗威还是福克纳对于自然复兴的想象都只是漂亮的图片。这不是杰拉德·曼利·霍普金斯,在他的十四行诗的"上帝的伟大,"放逐了世界是"昏暗无光"和"模糊"与辛劳这个令人沮丧的想法,保证自然总是会再生。而在这里,我们洞察的是经常令人不安的环境影响,福克纳在小说中经常说的:特殊强度的亚热带南方自然赋予人类居民权力,反之亦然。在这种情况下,"大自然的报复"已经设置,人类在运动中浪费的加剧了通道的忧郁的讽刺。总之,它使得福克纳丰富的描写主义中环境以及意识形态的意义应该影响了加夫列尔·加西亚·马尔克斯 的"魔幻"现实主义和其他拉丁美洲的小说家。有人也认为,其他福克纳的签名作品对 19 世纪南部森林的描述就像托马斯·萨德本在《押沙龙》(1936)中发现的,或者巴亚·萨托里斯在《不败者》(1938)中对铁路被联盟军队摧毁的印象迅速成为"几堆烧焦的绳子中绿草已经成长,少数螺纹的钢结、扭曲的树干和已经退化到活着的树皮,变成难以与丛林的生长相区分,现在已经接受了它"。¹⁰或者新手主角的幻觉体验在早期的故事《狂热》中,用来考虑把树木作为木材,但现在突然感觉森林恐吓地凝视着他,"在所有(正在)育雏一些神"把他看成"作为一个人侵者,他没有生意做"¹¹。

　　这里的原生愿景,从自然力量的束缚到坚持自己的主张,在《老人》、《如果我忘记你,耶路撒冷》序列(1939)和《去吧,摩西》(1942)中得到了最充分的说明。这些叙述,得出了相反的结论。首先是福克纳对自然的自由自在的强大表露——一个引人入胜的人对抗洪水的叙事(可能暗指 1927 年密西西比河的大洪水,福克纳认为这会消灭掉三角洲的最后一只熊）[12]《老人》中的主人公——简单地称为"高罪犯"，好像拒绝他比河流本身有更大的人格，标题的隐喻是指——尽管超人般的耐力壮举不会勉强超过应付大自然的蛮力。相比之下，《去吧，摩西》，出版短短几年后，熊见证了原始森林的消失，并以它为主角已经知道大自然的即将死亡。福克纳意识到了洪水是河流不明智的操纵和它的支流是被一长串的工程壮举操作，两部作品的重点可能会聚集。[13]

无论如何，福克纳在自然影像之间的跨界是独立的，不可抗拒的力量在《老人》与"注定的荒野"（通过艾克·麦卡斯林的眼睛）在《去吧，摩西》中提出的一些原因，福克纳从来没有一个连贯的生态伦理，尽管他作为一个对森林和野生动物的敏锐的观察者，如果不是关于河道。首先，与大多数非专业人员一样，他对环境因果关系的知识是参差不齐的。其次，更重要的是，"自然力量"的概念在某种程度上随着人类对手在他的思想中的继续运行，在这方面他同全世界绝大多数的聚落文化作家没有不同。最后，他是一个职业作家，一只眼睛务实地放在市场。他深知人对抗自然灾难的故事和荒野成长小说对于伟大的观众有几乎同样的吸引力；如果他们在相反的方向切开，到目前为止生态伦理学关注的是，专业作家是不会疲劳的去调和矛盾。

也许在福克纳的部分，这种实用主义的最佳证据是：为了他的大众市场消费，他为他死亡的荒野传奇准备了沉默的插曲：延缓《去吧，摩西》计划的完成和在星期六晚邮报销售早期部分的压缩版本的《熊》；在20世纪50年代为邮报提供"比赛在上午"；并在大树林上收集他的更多的便于狩猎的故事。然而，这并不意味着，他没有更深入地致力于在他存在的另一部分中去剥离南方历史传奇的更深层次的复杂性，包括环境反射严重和持续的工作。仔细看看《去吧，摩西》正是对此精确的说明。

《去吧，摩西》和生态无意识

《去吧，摩西》是那些书中其中一个远远超出作者的第一次有意识的意图。福克纳最初把它看做一部短篇故事收集在"黑人和白人之间的关系的通用主题［的］"，因此，像《不败者》那样获得杂志和图书出版的双重收获。他的第一个工作表的内容只包括最终的七项中的五个：《灶火与炉床》、《大黑傻子》、《古老的部族》、《三角洲之秋》、《去吧，摩西》[14]。据传记作家约瑟夫·布勒特纳说，只有尽量修改为《三角洲之秋》的中期以后（其中描绘了可能是艾克·麦卡斯林最后一次捕猎，这里作为一个准八十多岁的老人的象征）福克纳才决定写《熊》，尽管他此前曾在《狮子》的标题下发表了一篇关于狩猎系列的更短的版本（哈珀杂志，1935）。[15]他还补充道"是"临时救助艾克·麦卡斯林的准爸爸，叔叔的滑稽故事，脱离他未来妈妈比彻姆的控制，当巴克的孪生兄弟巴迪叔叔在纸牌游戏中打败了休伯特叔叔。因此，完成的小说（正如福克纳认为的：不是故事的集合，而是小说——当兰登书屋把它称为《去吧，摩西》和其他故事时，他被激怒了）来更加关注 19 世纪与 20 世纪的对比，特别是与手边的看法有关——它也涉及对环境沉思的关注重心到了一个比最初更深入的程度。

尤其是福克纳创造了年轻的艾克的形象。直到他打断他原故事序列的修订，过去的终点，以构成《熊》。对于福克纳来说，艾克·麦卡斯林看起来很难存在，除了《三角洲之秋》中脾气暴躁的老怪人和滑稽的 1935 年《猎熊》故事（事实上，

它与后来的中篇小说《熊》没有相似性)。《古老的部族》和
《狮子》最初都是昆丁·康普生的故事。然而，从《去吧，摩
西》开始，年轻的艾克就已经主导了福克纳老人的想象力。
就像他的文学祖先，詹姆斯·费尼莫尔·库珀的皮袜子系列，
艾克·麦卡斯林变得年轻而他的作者却变老了。[16]

　　福克纳最初的五组故事，附近的历史重心，除了简要回顾
通过中间的故事(《古老的部族》)回到大原始森林的年龄，初
学者男孩被山姆·法瑟斯赐予惊鸿一瞥巨大的责任。撑起这
个故事的支架，《大黑傻子》和《三角洲之秋》，记录关于黑色
和白色荒野的死亡的章节。在《大黑傻子》中，故事的主角，
一个名为赖德的巨大的约翰·亨利式的人物，在一个锯木厂
领导一伙黑色木材工人，在他妻子死了之后陷入疯狂，在骰子
游戏中鞭打他的白色工头后被处以私刑：处理好巨大的木材，
他自豪自己能通过滑道从卡车到磨坊。锯木对于树林，滑索
槽对于山坡，[17]映照了社会制度对于傲慢的黑人工人——反
之亦然。这个故事似乎噩梦般的、美妙的；但它是忠实于
历史。[18]

　　赖德的木材来自相同的柏树硬木森林、树胶、橡木，它们
的消失是老艾克·麦卡斯林在《三角洲之秋》中的哀叹。在
这里，人物的命运与森林的命运相连，在这种情况下，艾克本
人只有在逃避现实的幻想中才得到安慰，他的生活和旷野完
全是同时代的，"两个跨越同时耗尽，而不是遗忘、虚无，但进
入一个没有时间和空间的维度，在这不长树的土地再次被扭
曲和榨干，疯狂的数学排名的棉花旧世界里的人民变成炮弹
射击其他人，会为这两个名字找到足够的空间，他熟悉的老人
的脸很可爱，在高大的并且没有被砍伐的树木的阴影中和盲
目踩刹车的阴影之中一次又一次移动，在野外强大的不朽的

游戏永远在进行,前面跑着不知疲倦的[原文如此]不朽的
猎犬。"[19]

　　鉴于艾克·麦卡斯林的形象已经被几代的福克纳们分开
了,我不需要反复讨论,艾克的声音是与作者不同的声音。证
据不能仅仅停留在对艾克的高龄修辞上,而且,《熊》已经奠
定了基础,使呆板的少年艾克的诱惑下,他的道德簿记和小卖
部之间的话语形式的相似之处,他无力控制任性的布恩·豪
甘拜克、狡猾的艾克与森林产品行业协会的结果,他决定追随
一个木匠的行业(艾克是像救世主一样)。

　　事实上,福克纳没有采取步骤组成《熊》,从而从根本上
转移了《去吧,摩西》的重心,读者甚至不会在第一时间得到
艾克是本书的中心人物的印象,任何超过(说)他的表妹罗
斯·埃德蒙兹或罗斯的黑人佃农和表哥卢卡斯·比彻姆(通
过奥尔德·卡罗瑟斯)。相反,主要强调的,至少到目前为止
的生态历史题材而言,将有平行阳痿的黑色和白色两种受害
者的年龄三角洲企业的主宰之前已经曝光。在原始序列中,
不仅是荒野的浪漫启蒙叙事的《老人》将《古老的部落》和《三
角洲之秋》归为一类,这是预先中和最先的出版的讽刺小说,
《火炉和灶床》,它的中央部分包含一个模仿狩猎的叙述,当
卢卡斯·比彻姆变得着迷(正如罗斯·埃德蒙兹所说的)"在
底部闲逛…寻找"用他从孟菲斯带来的检测金属的小工具埋
藏宝藏。这似乎是一个扭曲的承认狩猎仪式和提取的财富之
间的联系的各种困境。[20]添加《熊》和"是"到原始序列能更强
调前工业化时期的浪漫和目前的破旧的对比,荒野与住区文
化的对比,和白色的纯真与顽强的智慧的中年和老年人群中
的对比,后者代表不再那么集中的暴躁的卢卡斯但山姆·法
瑟斯代表更理想化的人物。《去吧,摩西》终于出版,这本书

结束的意义与连续的章节,在傲慢的第三代比彻姆破坏黑人
(Jim Crow 是对黑人的蔑称)的自满情绪可能会更加强调白
色焦虑的黯然失色。

除了福克纳的历史是作为一种文学的企业家外,尤其是
在他结婚后并开始尝试 20 世纪 30 年代初的一种地主阶级的
生活方式,对《去吧,摩西》更浪漫化的修订是不可能的,这只
是吸引读者的怀旧策略。我们完全有理由相信,在福克纳心
中的另一面有对艾克的悲伤和对传统猎场的消亡有相当程度
的共享(对于他自己的猎场也一样),并认为这有助于促使他
唤起更充分的更纯净的对过去的回忆。[21] 更重要的是,福克纳
的怀旧不仅与自然的转换有关,也与文化的转型有关联。在
对猎人的政策的嘲讽戏谑的礼貌的版本《三角洲之秋》中,福
克纳自己后来解决的极端保守的三角洲植物委员会关于邪恶
的政府干预和个人自由和公民责任的优点以"老父亲在古
老、强大、危险的时代"。[22] 福克纳把《去吧,摩西》深情奉献给
他的奶妈是对古代社会安排的崇敬的另一个明显的标记。

然而,福克纳对这本书的补充也在一定程度上符合和抵
消了这种理想化的前现代性。他们清楚表明狩猎的空间,旷
野的空间,没有安全的避难所:它对乡镇机构是不免役的,艾
克会从经济纠葛中实现他自我解脱的梦想。[23]《熊》第四部分
的长篇的设计不仅是违背了狩猎序列(当艾克长到 21 岁时,
他和麦卡斯林在家庭小卖部店的对话,其中透露出家族族长
老卡罗瑟斯·麦卡斯林的"原罪",艾克的祖父,杂婚和与他
的女奴隶乱伦)。除了把这些狡猾的人添加到狩猎叙事中,
福克纳修改的狩猎序列本身的结局,从而让梅杰·德·斯佩
恩把木材的股权给了他的比格·博顿卖到孟菲斯测井公
司——一个细节不在《狮子》原来的故事中。

如此一来,福克纳可能会或可能不会一直重复一个真实的事件:他自己的欢乐比格·博顿的猎场的消亡,买进并持有的他朋友菲尔·斯通的父亲的房地产投资,菲尔的父亲是一个成功的林地投机者,直到赶上了"大萧条",他死于债务缠身。[24]这个不幸发生在《狮子》出版后的那一年,和福克纳及其他一群当地人试图保护杰纳勒尔·斯通持有的游戏后(同时保留为他们自己捕猎的权利)通过整合"奥卡托巴打猎和钓鱼俱乐部"[25]。即使斯通历史性的命运和虚构的西班牙的决定巴克对他所持有原始的木材的责任之间没有刻意的联系,福克纳的版本《去吧,摩西》很清楚地反映了20世纪30年代密西西比到目前为止对森林的态度和处理方面的一些主要的逆流事件。自从19世纪80年代大规模的木材的出现后,环保人士想在南部深处取得更快速的进展,多亏大片易接近的处女林地的消耗和这些新政措施的出现,像水土保持局、民间资源保护队和其他的树替代项目。[26]

回想起来,至少如果一个人的标准是一个维持大的收获面积,可以阅读美国历史上的木材在南方乃至全国普遍的闹剧,而不是悲剧:林地灭亡的担心或者威胁被资源丰富的成就转变,尽管有时是迟来的、谨慎的环保人士的措施。[27]另外,20世纪30年代的密西西比在这方面落后于南方的其他地区。在这短短的10年里它"在南部各州的木材生产中名列第一,重新造林方面排名最后":50%以上的木材被砍伐而不是被取代。此外,三角洲地区,是该州最逆行、最慢的逆转。在30年代、40年代、50年代,密西西比州的森林面积整体在增加,但三角洲却继续下降。[28]

尽管我们可能从《熊》、《去吧,摩西》的修订版本中至少得出四个福克纳对于荒野减少的处理方法的推论。首先,漫长而不规则的传奇故事把福克纳以前更早期的生态无意识的部分衔接起来,使得对造成困扰的那些传记事件序列的复杂的案例,社会历史的假设结构,文学的模板,以及现象学的框架进行研究,我们有时雄心勃勃地称之为"原型"——因为他们通过外在干扰的影响下工作,就像生产要求。

其次,作为历史反思的一种行为,在很大程度上《熊》的项目回到19世纪后期既有荒野破坏的情节又有森林保护的精神,当与南方生态历史和环保主义的记录相比较时,这看起来有点不合时宜——这更像是20世纪30年代的态度而非19世纪后期的态度。很少有19世纪末的南方人像年轻的艾克·麦卡斯林一样以生态为中心,部分原因无疑是因为南方腹地森林真正的大规模开采("岁月疯狂的收获",南方森林历史学家托马斯·克拉克称呼他们)才刚刚开始。《熊》的第五部分被设置在这个阶段密集的采伐的前夕和重建结束之后。[29]

再次,出于同样的原因《熊》是很有历史意义的,它预先反映了福克纳在以自己的方式关注环保的兴起。这是有意义的,在这一刻,在地方,区域(乃至国家)荒野死亡的历史突然出现对于福克纳来说是一个紧迫的问题。这也是有道理的,他可能会觉得它更可能会有观众与贸易保护主义的小说扭曲,甚至比十年前更甚。但是考虑到南方腹地,的环保主义仍然虚弱和处于初始状态,福克纳将选择启示录式的强化通过把《熊》中出现的19世纪末的贪婪与《大黑傻子》中更多的当下无情的剥削场景和《三角洲之秋》中生态的恶化连接在一起。

最后,部分是出于同样的原因,福克纳转向把狩猎叙述作为一种戏剧化的环保意识的媒介也是有意义的。这种媒介不仅是因为福克纳作为一名天生的老运动员,19世纪晚期环保组织在美国的诞生是一个历史性的事件,从那时起运动猎人就一直是生态环境的倡导者,而不是相反。"直到20世纪"他们"最大的组织群体工作去努力挽救野生动物"。[30]尽管称呼运动员为"保护的真正先锋"太极端,尽管他们的生态保护主义是自私的(一种保持游戏炒股人自己立法禁止商业和无牌无产阶级"锅射手"的方式),这也是一个例证,它也是通过其组织和杂志对荒野友好的狩猎和捕鱼的故事的复述已成为提高公众环保意识的一种制度化的手段。"我们必须保护我们的森林和溪流来享受狩猎的好山和内陆渔业"是开明的运动员的典型的路线。[31]相反,在1930年之前的大部分重要的男性作家代表保护和保存或在他们的早期生活中被打猎和钓鱼所吸引。[32]狩猎传统,狩猎故事,打猎和保护利益的纠结在南方运行的尤为强烈,甚至直到今天。[33]

福克纳、利奥波德和生态伦理

猎人转变为生态环保主义者的一个典型的例子是现在被称为现代生态伦理学之父的人奥尔多·利奥波德,他的时期最大的生产率是作为一个与福克纳紧密一致的作家。利奥波德最经久不衰的书,《沙乡年鉴》,在有道德心的人类利用非人类的自然基础上勾画出"土地伦理"的轮廓,在精神意识里所有的物种都有存在的权利"作为一种生物的权利"。[34]利奥波德例证的一个主要来源是如何妥善的对待自然,叙述狩猎和捕鱼的故事——在这些叙述中,像福克纳、利奥波德强调适当的过程(木工技术知识的掌握,必要的狩猎,例如)是比这更重要的产品(套袋游戏)。像福克纳,利奥波德已经从青年时就习惯于从传统运动员的遗传看狩猎"不是令人憎恶的，也不是作为一个矛盾，但积极参与人生的戏剧，以文明的方式进行"。对他们两人来说，理想的狩猎似乎越来越是一个让位于自然升值的狩猎行为。[35]利奥波德的"烟雾缭绕的黄金"名义上是关于松鸡狩猎，但是没有松鸡被射杀（尽管在文本里有羽毛伸出猎人的夹克口袋的误导插图）。当它的狗冲着一头公鹿吠叫时，作者平静地吃着他的午餐，享受周围落叶松的落针（标题图像的来源）。这背后异想天开的叙述前提是在《沙乡年鉴》的最后一部分中阐明了四个扩展教义，"保持审美"，其中利奥波德敦促读者抛弃"战利品——寻求更高的乐趣，升华精制的感知，并提醒说，"这是运输的扩展［这里是双关语：道路通行的增加和大众对奖品的盲目崇拜的相应增加，从而成为可能］没有相应的观念的增长认为威胁我们娱乐过程的定性破产"[36]。

《沙乡年鉴》最著名的部分，"像山那样思考"，是以一种程式化的形式追忆狩猎不变的叙事。看着他刚刚射杀的垂死的狼的眼睛，作者意识到他的自我放纵"触发痒"的不成熟，并开始意识到辩护的愚蠢："因为狼少意味着鹿的增多，没有狼就意味着猎人的天堂。"再往下几页是包装的教训，利奥波德和他同时代的其他户外运动爱好者花费了很多年去学习：从更广泛的生态角度来看，山上需要狼来控制鹿的数量，否则将会砍伐斜坡上的树林。但利奥波德也没有给出满意的猎鹿人：控制鹿最好的方式，他暗示，就是让狼去做。反对狩猎一个更明确的禁忌是由查尔斯·施瓦兹形象化地创造的陪伴母鹿守护她的小鹿的附带插图。[37]

从今天的角度来看，利奥波德的说教故事如何进行，或不执行，在自然界敏感的狩猎方式似乎有些天真的以男性为主和有童子军气——福克纳在一定程度上也是如此。一方面,读者更容易注意这些很久以前已经预期的举动:在梭罗的评估中,《瓦尔登湖》的"更高的法律"一章,文字狩猎作为一个男孩的追求,成熟的男人应该超过;也许特别是对寻找商业的文学抗议和/或"科学"目的通过 19 世纪末生态保护主义思想的女性作家,例如萨拉・奥恩・朱厄特的《白苍鹭》(1886),其中一名年轻女子与野生动物相似的亲属感觉使她拒绝告诉一个样品收集家鸟巢的位置,尽管她对他有好感。然后,从 21 世纪的中产阶级的角度看,整个狩猎的概念似乎比半个世纪前更返祖,特别是对于那些城市居民和郊区居民。在我的教学经验中,在不同的各种东北部和中西部的教育机构,大城市学生的往往会发现自己在这个问题上与来自农村的学生的意见相左。前者(不断增长的多数)似乎是不言自明的,狩猎,运动如果不是为了生存,应该被禁止。在一个人对年轻的不容忍和简单的天真关于日常基础上农村生活是什么样的作出必要的允许后,很显然,重新考虑都市文明日益增长的主导地位(使"荒野"更偏远、更明亮标志性的是大量的人)关于妥善处理非人类的生物以及它们作为道德主体地位已显著改变着公众的态度。即使它是不正确的,在今天的美国"狩猎已经不再是高社会地位的一个标志"。[38]在维多利亚时代的英国和美国男子气概狩猎的模仿者西奥多・罗斯福和欧内斯特・海明威的全盛期早已结束了。[39]自然观赏的游猎男女都有,以男性为主的不是游戏装袋之旅,都是以欧洲为中心的规范。从 21 世纪之交的角度看,像福克纳和利奥波德的形象看起来有明显的过渡性。

　　《熊》代表,因为它是,男性所处的阶段,以传统的阶级立场来看"荒野"是一个绅士的保存和下层阶级服从于统治阶级的娱乐和审美需求并开始反冲自身。狩猎的仪式和它们的执行依赖的层次结构得到了质疑，虽然旧的传统保留了相当的力量，即使他们已经名誉扫地——像我们看到的，老年的艾克·麦卡斯林，尽管"放弃"与生俱来的和传统的狩猎协议，他声明放弃定居者的文化方式很久以后伴随的现在年度事件的贬值。这种过渡是另一种连接时间事件序列的方式（与上流社会狩猎运动的黄金时代同时发生）当时对狩猎实践的分配控制变得更加制度化，事实上，他们在写作的时候确实如此。

利奥波德，虽然早于福克纳 10 年，后面的段落将举例说明。作为一个训练有素的环境专家（林业）在世纪之交后不久，他是第一波吉福·品彻的追随者，合法化的保护力度与自然友好环境管理的科学原理拥有日益增多的狂热的支持者，他从联邦官僚机构到学术界。只有在回顾时《沙乡年鉴》才确实是利奥波德的代表作。他自己也认为《游戏管理》（1933），是该领域领先的教科书。值得注意的是，如果利奥波德的编辑团队能在其死后出版时对书修改并整理《沙乡年鉴》的章节顺序，它将会结束断言："只有学者理解为什么原始荒野给人类企业下定义和意义。"[40]然而，作为小插曲"烟雾缭绕的黄金"和"像山那样思考"显示，利奥波德的现代读者认为，这本书的实际意图不是加强环境专业的权威，也不是加强监管机构，而是它对生态无意识的觉醒到"生态良知"的重要意义，利奥波德称之为。《沙乡年鉴》——最终的结果超过最初的设计——倾向于描绘作者，就像罗伯特·L.多尔曼精明的评论，以男人的幌子"退出政治和决策……寻求一个真实的道德生活的个人庇护所"，一幅自画像，可能在一定程度上意味着挫折或不确定性"将他的新'伦理'转化为有效的政策或政治行动"。[41]

这个诊断也需要考虑语用学的著作：利奥波德的压力来自编辑和同事多年来夸大了自传体叙事和淡化了什么是规定的政策声明，毕竟，应该是一个受欢迎的书。[42]换句话说，私有化在一定程度上以市场为导向的。然而，争论利奥波德晚年强调个人叙事和环境感知的美学在多大程度上是真正自愿的是没那么重要的——即使它可能精确地裁决这种事——相比认识到，不管出于什么组合原因，利奥波德，像福克纳一样，来拥抱文学以一种道德焦虑的风格去探索的一种人和非人的关系，这超越了他之前的理解，他自己可能也没有掌握完整的自我意识。退出辩论和专题写作形式有一定的缓解和合性，进入了更为沉思的表达，将允许他塑造典型以及谴责有多少人仍然被锁在生态无意识里，有时甚至采取苦笑的满意来展示自己只比外行人领先几步之遥而已：不知道麝鼠如何思考，或加拿大鹅为什么喜欢种植在从前大草原上的荒废玉米；羞怯地意识到"无论多么专心研究树林和草地上上演的成百的小戏剧，一个人永远不可能了解所有关于他们中的任何一个突出的事实"。从这个意义上说，他的编辑很好地扭转了最后两章的原始顺序，以便于结束学术专长上的不坚持，但与"土地伦理"的宣言相合，从进化的角度讲，特点是"社会进化的产物"，一个仍在进行中的项目。[43]

福克纳和利奥波德，然后，开始了复杂的伦理反思的过程。对于福克纳，他熟悉贵族/平民和人类/非人类的层次结构以一种受到质疑的方式交织在一起；对于利奥波德，对人的优先权的质疑变得更加全面和坚持，他开始追求智人的想法，智人是无数生物群落的成员之一"包括土壤、水、动物和植物以及人"。[44]

对于这两个作家,狩猎的场景成为最受喜爱的戏剧化的方式,从传统假设人类统治到一种新的生态伦理意识的转化,这种意识可能会取代它。当一个人认为普遍的当代(亚)都市人对狩猎的假设是天生的邪恶,但一个半世纪前在受过教育的读者中却远没有那么根深蒂固,尤其是男性读者中,几乎肯定他们是这些作者的初步设想的主要观众,然后他们试图通过修正主义的狩猎故事来逐步灌输尊重自然世界(在《古老的部族》和《熊》中),从而使实现主要人物遇到大的动物和当它被枪杀的悲剧时的顿悟,它比初看起来似乎更冒险。[45]

这种叙事不接近更彻底的生态中心主义者的发现,据说,菲力克斯·萨尔登的小说《小鹿斑比》(1924),它的迪斯尼电影版与《去吧,摩西》几乎同时发布,这在运动狩猎界掀起了一场激烈的抗议风暴。[46]写在魏玛德国对暴力的世界大战的震惊反冲显示出人类的能力,和在第二次世界大战开始后不久,为了适应迪斯尼用婉转的动画片叙事发布,小鹿斑比是动物纯真的公开厌恶人类的梦想,在这非人类的境界一个珍贵的中产阶级价值观的镜子(特别是家庭团结)和想象作为人类罪恶的脆弱的庇护所。到目前为止,作为防震伦理的艺术传播而言,这是20世纪生态伦理学突破性的最卓越的艺术作品,福克纳和利奥波德与之相比似乎是见风使舵的人。即使是相对淡化和推广电影版是前卫的道德,因为它在审美上是美观精致在(毁灭性代价)的动画。这当然是电影版本,而非小说,使得小鹿斑比的故事成为西方大众记忆中具有持久影响力的部分。

在试图把狩猎仪式从不太浪漫的中间地带转入更开明的用处,福克纳和利奥波德承认人类的主导倾向更复杂和以嵌入式的方式制造一面与动物是无辜的相反的镜子的处理,这实际上已经是一个戏剧性的陈词滥调可以追溯到 19 世纪动物保护运动和现代动物故事的产生。对于利奥波德和福克纳,人类对非人类和其他人的无情必须通过提高什么是文明的标准来加以解决;一个可能的方法是将狩猎行为升华为更有价值的表达。

在《游戏管理》的最后部分,利奥波德用这种方式表达:

> 20 世纪的"进步"带来了普通公民的投票权,一个国家的国歌,一个"福特",一个银行账户,并高度评价自己,但没有能力生活在高密度无污染和剥夺他的环境,也不相信拥有这样的能力,而这样的密度比,是他是否文明的真正考验。[47]

福克纳不会同意这样;他会发现它太狭窄。利奥波德是一个专业的护林员,对他们来说,环境管理的伦理道德,最终成为重要的承诺;对于福克纳,环境剥削是区域病理之间的一系列相互关联的形式之一,其中(只有一个其他的名字)种族主义肯定会显得更加重要。对于本章的一些读者来说这甚至可能显得有悖常理,我已经把这种重视环境问题在我的报告中把《去吧,摩西》的开始和结束更多的是作为一部有关种族的书不是作为一部有关生态的书。一方面,我认为,无论是种族还是其他任何社会问题应该被当做这个或任何其他福克纳文本的主要指涉,就其环境表述而言必须要解码——如果后者没有提出自己的一套说法。另一方面,《去吧,摩西》的历史和完成状况表明:尽管对自然世界的声明对福克纳来说不是至关重要的,他们可以在他们自己的生活和生产的原始设计中产生意想不到的变化。我们的研究也表明,福克纳的作品中写有相当多的关于南方的生态历史及其经济、社会和种族分歧的知识——即使有时这些叙事兴趣被曲解或覆盖。战后的意识和 20 世纪早期南方的历史,作为环境退化的历史,对福克纳衰退的南部历史的普遍愿景是不可或缺的。[48]但它并不仅仅是粉饰,那时,导致了南部环保主义历史学家尊他为南方环保主义先驱的荣誉。[49]

事实上,福克纳的通才观使他能更深刻地处理他与利奥波德共同分享的兴趣的某些方面,如果他以环保专家的立场写作。利奥波德首先是一位修辞学家,文献、论述一脉相承;福克纳与心理历史学的实例研究一脉相承——更适合探索分裂的忠诚、自我欺骗、讽刺和意想不到的后果的研究模式。所有这些利奥波德也意识到,但他的作品中并没有或一般文学作品的保守主义,有如此深刻的意识像是在《去吧,摩西》荒野可以成为那些真正有价值的,不用完全推理只通过影响他们的行为,密谋者与那些只作为经济作物的价值——以及有时,与艾克·麦卡斯林一样,他们可以成为这样小心谨慎的诡辩家和自我检查者。事实上,他不仅作为"伟大的小说家"的角色,而且还作为有思想的人和环境心理的爱好者,福克纳被更好的定位于个人如何区分对待自己带来的意识,对环境问题的关心通常表现在对与他人合作以削弱它的竞争的关注,以及实际的和幻想的自然世界的瞬息万变在不安和不断变化的相互依存的愿景中如何共存。[50]

在《熊》的第五部分的开头,例如,叙述者嘲笑杰纳勒尔·康普生和沃尔特·尤厄尔伪造的体制"企业本身,老年组,进入俱乐部和租赁营地和树林狩猎的特权——老将军的一项无疑有些孩子气的发明,但对于布恩·豪甘拜克自己却值得"。因为,添加文字,"连那男孩"——即使艾克,永久的天真"认识到它的托词是:当他们无法改变豹时,就改变豹的斑点",这个案例中的猎豹是德·斯佩恩把木材的股利出售给"孟菲斯木材公司"的决定,同时希望还有一线希望,他可能被说服撤销这个狩猎方法的决定。[51]福克纳在这里围绕生态的双重思维构建了一个复杂的伦理困境:被抓住的环保主义者的倾向和部落或自私的惯性阻力值之间的经验,部分原因是一个人承诺的东西总是被其他承诺混乱的干扰,分心,或纯粹的空虚。其中一种思路,文章似乎是一种自我戏仿反思:福克纳善意地嘲笑自己最近的堂吉诃德式的狂想家的奥卡托巴狩猎俱乐部的计划。[52]更明显,在名义上的叙事层面,福克纳暴露了他的傻瓜荒野爱好者:他们无法直接思考的荒野问题。德·斯佩恩表现的和康普生和尤厄尔一样清晰:他想要孟菲斯企业家的钱但是讨厌是自己卖出去的。

　　在情节更深的意识形态结构的层面,通过再现精神分裂的二分法在第1—3的荒野部分和第4部分南部历史的缩影之间。它从而确保了结局的逻辑将反映双重思想通过在精神论(奥尔德·本的死亡意味着旷野的结束)和财产自由意志主义的目的论(梅杰·德·斯佩恩的售卖意味着荒野的死亡)之间建立一个讽刺的区别而没有解决前者是后者的神秘化或者是前者产生的后者的问题。同时这两个目的论在文本上也证明是相互依存的,在同一时间哪个具有优先权的问题未能解决,确保《熊》和事实上《去吧,摩西》将作为一个整体成为生态伦理学中异常丰富的冥想。

　　对《熊》的分裂焦点反映并突出的重要纠纷是在产权伦理上,广泛适用于福克纳以及利奥波德。在福克纳的中篇小说,如《去吧,摩西》一般,建议已根植(不只是通过艾克更通过叙事者的声音)土地所有权是合法的,但形而上学的荒谬和道德上的错误(拥有权已经被剥夺),虽然,有一些不切实际的甚至相信艾克·麦卡斯林愿意相信你可以从系统中抽身而出的漫画。[53]这些难题部分回荡在《沙乡年鉴》的文章中，是利奥波德个人最喜欢的，"巨大的领地"，也是他个人选择的这本书的标题。标题指的是作者120英亩的内地隐居处，"按照县管理员的说法，120英亩是我的领地范围"。这样的评论表明，然而，我们认为该面积是以引号标注的"财产"。使财富大增的是野生"居住者"过多——尤其是对于目前的目的，作者喜欢观察但不假装能够控制鸟类。[54]这与福克纳坚持法律标题的恋物在精神上是很相似的，对所有权在深层的意义上是相反的。这两位作家都对私有财产制度的固有缺陷十分敏感：它的土地滥用的历史合法性和（福克纳的关注，更大程度上）其奴隶制合法化的弊端。[55]但同样清楚的是，福克纳和利奥波德都不准备放弃私人财产。在20世纪30—40年代，正如前面说的，福克纳兴致勃勃地重演了现代版的罗温橡树种植园的贵族角色，他在牛津郊区的地产——密西西比州。利奥波德，对他而言，有针对性地强调个人的重要性，对他自己的种植面积的合法拥有："我现在意识到"，他在《沙乡年鉴》的"前言"没有公布，直到很久以后才出版这本书本身，写道："我一直想拥有自己的土地，通过我自己的努力研究和丰富动植物群。"[56]

对于这两个作家，那么，对于理想化状态的周期性想象的景观处理，当所有权的概念被超越或尚未发明的必须不能被理解为激进的财产的批判，试图重新定义财产的一部分，作为信任举行的公共利益。[57]在《熊》中，比格·博顿土地的所有权的问题不在于它是否私有，而主要是梅杰·德·斯佩恩允许它被收获。隐含的生态伦理的推论在精神上与利奥波德的忠告是相当接近的（记住一个内地的威斯康星州的邻居），

"有关国家清除松木的最后残余有一些问题"。当一个农民拥有一个罕见的,作为托管人他应该感到一些义务,以及社会应感到有些义务帮他保管他监护的经济成本"。[58]利奥波德后来的很多写作致力于试图定义的"东西":通过统计数据赋予其价值和说服力,叙事和事例,并促进措施,提供比狭隘的经济利益更好的表演场所和激励动机,这将推动业主和公众对生物和人类社会表现出更大的兴趣,减少狭隘的功利主义。产权确实是尊重的,这是一个关键的基础,如果没有开明畜牧业的主要担保人——但野生动物,是利奥波德经常扩展到包括所有非人类生命的一个术语,被视为公众的信任,濒临灭绝时更是如此。

　　尊重他们对于狩猎修正道德的投资,利奥波德和福克纳实际上更多强调的是对财产观念的不同分歧,虽然比反对更互补。利奥波德的狩猎观点演变为一个更广泛的荒野哲学娱乐部分,依据民主访问的优先级和开明的看法。这些优先权有时会发生冲突,但他最终会使它们同步。一方面,利奥波德反对欧洲私有制度保护以营利为目的的"野生"游戏,为射击和销售,有利于一个经济实惠的许可和游戏活动的管理制度的系统,以最大限度地提高与生态系统的维护相一致。("我要求每一个农场的游戏和野生动物都是一个普通的产品,并享受每个男孩的是正常生态的一部分,无论是他住在隔壁的一个公共避难所或其他地方。")[59]另一方面,面对游戏股票的下降和自己重新考虑文字狩猎,利奥波德越来越提倡精致的"享受"的概念。低技术形式的狩猎,像"弓和箭运动和猎鹰的复兴",似乎更可取,因为更加困难;《沙乡年鉴》的时候,研究狩猎位移的主张是从前沿阶段到文化演变的标志。"促进认知"是巨大的挑战,实际上"休闲工程是唯一的真正创造性

的一部分"。在这里和其他地方,利奥波德喜欢用丹尼尔·布恩作为他的稻草人:

> 与现在的主管生态学家相比,布恩只看到表面的东西。令人难以置信的复杂的植物和动物群落——有机主义内在的美被称为美国……对丹尼尔·布恩是无形的、难以理解的,就像他们今天对巴比特先生那样。

这个教训再清楚不过了:"以狩猎获取战利品是年轻人的特权",优秀的文化仍在萌芽状态,但不是在今天的世界,在"令人不安的是……是那个永远不长大的奖杯猎人"。于是,利奥波德开始悲叹反对"机动蚁群在学习看到自己的后院之前在陆上成群的移动"。[60]

福克纳会同情利奥波德对濒危野生动物的关注和他对树林和高速公路的现代携带和使用枪支的巴比特式的人物和无耻的政客的易怒;他可能已经嘲笑布恩对他自己的拙劣的模仿。但他不再对野生动物管理或环境教育项目如此感兴趣。他对环保主义者的兴趣,就像作为作家和大概也作为人,是在构思狩猎(不管在何种意义上说)和在个人层面遇到的生态危害。因此,尽管福克纳在环境文化方面不如利奥波德,更少荒野的公共监护人,他设法影响生态无意识的激活,利奥波德的教学、讲学、游说和写作却并不能如此。由于他对我们这个时代关于土地的危害,游戏,对植物生命的危害提出及时和有说服力的警告,相比之下,利奥波德仍然是比较温和的。这不是在他的思路来试图戏剧化对最后一只熊的最后一次捕猎涉及荒野智慧的最后的守护者。利奥波德对此最接近的是"像山那样思考"回忆的挽歌,当他记得他作为一个可耻的人看着他刚刚杀了的狼的眼睛,依据后来的智慧了解到他试图保护的鹿与生态系统同样至关重要。否则,他的倾向并不是停留在独特的时刻或物体,但更强调要提高公众的生态意识,几乎是任何地方,是逆转物种衰落的关键。"当有足够的男人,"他写道,意识到有"每个丛林的戏剧",然后我们将"不需要担心对灌木丛安宁的冷漠,或鸟,或土壤,或树。我们就不再需要'环保'这个词,因为我们本身就有这件事"。[61]

在福克纳的中篇小说中,相比之下,奥尔德·本成为一个更充分地实现的、引人注目的、濒危的、有魅力的图标,是一个独特的形象,象征着注定消亡的普遍的三角洲滩地的荒野,和近代人类动物阈限的化身,在许多文化中,人类遇到熊时都弥漫着神圣的传说,无论是西方和非西方。[62]这样集中焦点,利奥波德可能回答,宇宙学比生态学更强大,其独特的、个体生物已经得到了不足的生物群落。从利奥波德的角度来看,中篇小说暗示奥尔德·本的死亡注定了洼地的灭亡,这种结果是有悖常理的:逆转生态车和马。在生态退化的正确叙述,栖息地的破坏产生了死亡游戏,第一大的掠食者,然后休息。然而,福克纳可能对此回复说,不仅他的中篇小说的想象有其象征意义,它以自己的方式对生态历史是如何工作的表述也是真实的。它使得以最有魅力的生物为依据来定义洼地的完整性有了更好的历史(文化)意义,并看到当土地消失时也就失去了价值。

正如我们所看到的,利奥波德也准备承认野生东西的稀有以提升其价值和——在 1947 年的一篇对威斯康星州旅鸽纪念碑的题词文章中——接受把公众对物种灭绝的关注作为人类文明的一种进步:"爱是什么,是阳光下的新事物,对于大多数人和所有的鸽子来说是未知的。"但利奥波德不打算浪费任何呼吸来售卖玛莎(最后一只鸽子,在辛辛那提动物园去世)的故事；相反，他小心翼翼地控制情绪，通过将故事放置在适当的生态框架下："葬礼是属于我们自己的，鸽子也很难为我们哀悼。"[63]这种带着严厉的咬伤后的抒情或挽歌的资格，是利奥波德风格的标志，似乎表达，以及其他方面的影响，有专业不愿过分重视个人的感受、个人的经验，或是个体生物的生命。

最后，利奥波德和福克纳互相补充各自的文学的偏见：强调类型理论的背景下，对上下文中叙述的实例的强调。他补充表示，除其他外，准确，有力的自然写作对于生态话语是不够的。为了激活很多读者的"生态良心"，也是利奥波德试图培养的，有些像福克纳的虚构的想象是有必要的，即使福克纳对三角洲的自然/文化历史的编剧是丰富多彩的，利奥波德会写出选择性相对更准确的编年史的记录。在下一章中，我们将看到进一步的证据如何具体化地证明人类与动物相遇后仍然是一个强大的，尽管几乎万无一失，脚本环境想象力的方式。

第六章 作为资源和图标的全球生态系统:想象海洋和鲸鱼

我们是研究火星搜寻最稀少的生命证据的一代,但不能唤醒足够的道德义愤来阻止破坏地球上的最大的生命表征。我们将像罗马人那样,他们的艺术品、建筑和工程,我们发现是令人敬畏的,但他们的奴隶角斗士和交通对我们来说是神秘的和令人作呕的。

——罗杰·佩恩:《在野生鲸鱼中间》

禁止很容易立法(虽然不一定执行);但我们如何对节欲立法?

——加勒特·哈丁:《生态系统的悲剧》

我们知道,当最有影响力的理论家将民族国家定义为集体小说时,当这一诠释潮解的壮举本身,因为僵化,因为对移民的历史、大流散和抗议人群的相互作用不够敏感,几乎立刻受到批评时,民族主义和民族国家正面临着合法性危机。[1]尽管跨国对话的挑战和对社会秩序的威胁势必会保持民族国家存在很长一段时间,当然如果不是永远的话,在当今世界同样不言而喻地至关重要的是,想象跨国运作的文化动态:例如,依据历史性的宏观文明的板块[2]或者依据以欧洲为中心的资本主义,以及美国在 20 世纪后期主导全球秩序,它的起源在于早期殖民时代,它的现在的影响在世界历史上是没有先例的。可以预见的是,我们发现了严重分歧,例如,关于是否这种秩序的承诺(稳定、法治、民主价值观的传播)大于其威胁(新殖民主义、文化标准化、跨国公司前所未有的权力),以及关于它实际上是多大的一个庞然大物。[3]

生态问题正好包括这些讨论,也以冲突的方式。至少有六个(半互连的)模型——或模型的家庭——规定的全球生态文化的重点是或者应该是什么:风险社会范式(把全球置于有毒危害的迹象之下);生态正义范式(它肯定无处不在的基层的生态上受压迫人民的抵抗);"庆祝节日"范式(它开始于将生物圈想象为一个单独的体内平衡体);生态神学范式(它将物质世界想象为一个精神统一整体);生态保护妇女激进分子反统治主义伦理关怀范式(它开始于父权意识形态和对女性想象的地球的征服之间的长期结合);以及可持续发展范式或"生态现代化"范式,它正如一些怀疑论者所称的(它提供了改革过的全球生态秩序的前景——其中经济发展会如此监管,目的是不会进一步耗尽地球的资源或进一步降低生态质量)。[4]

这些模型是完全统一的。例如,人们可以详细辩论问题,像是否庆祝节日不仅仅是一个互动生化过程的组合的隐喻,或者那些团体是生态不公的受害者。同样,这些模型经历了长期的变化和侵蚀。选取了可持续性。在一定程度上,它的历史是一个引人注目的成功故事。在 20 世纪的最后 1/4 的时间里,它已成为环保主义者偏好的范式,在国际决策圈采取了规范化立场,特别是自从 1987 年的联合国报告《我们共同

的未来》提升"可持续发展"作为最理想的全球性目标。诉求
是可以理解的:谁能反对一个不牺牲"发展"来维持"可持续
性"的路径吗? 但随着生态通用语的伦理—政治的优势,在
内涵上而产生了高风险的争执。"生态现代化",地理学家大
卫·哈维警告说,"为在(改革主义者的环保主义)和政治经
济力量的主导形式之间的一个有争议的友善关系提供了一种
离题的基础。另外,它假定某种合理性可以减少更纯粹的道
德论点的力量(哈维在这里引用了爱运河活动家路易斯·吉
布斯)和将很多生态运动暴露在政治合作的危险面前。"[5]能
源经济学家赫尔曼·戴利回忆了一个恰当的事例:世界银行
拒绝接受他组的少数建议将"可持续发展"定义为增长不超
过生态承载能力的"发展",尽管银行记录支持底层的概念,
并证明了自己比大多数成员国更加响应生态问题。[6]即使"限
制"或"承载能力"的一个模糊的规定也感到威胁银行支持经
济增长的承诺。一个更狡猾的散漫的操作,一个所有报纸读
者和电视观察家每天都遇到的,就是漂绿:进行广告活动,以
石油、化工和其他跨国公司去说服公众,他们的技术奇迹不会
扰乱环境。[7]

　　设置在起伏的牧场上或者琥珀色的麦浪中的清洁闪亮的
储蓄罐的大量循环,会让人害怕全球生态文化,如果真有这样
的事,可能是仅仅建立在一个肤浅的世界大同主义和文化特
殊性的基础上的。围绕着与大气、海洋和水权有关的协议的
反抗、讨价还价、琐碎和困惑,进一步说明跨国生态话语是多
么的脆弱。然而,利益团体政治活动计划的败坏,像后里约
"地球宪章",因为联合国大会批准,才几乎没有使其空前性
和价值无效,在原则上,它试图在全球范围内建立绿色原则和
条约。[8]尽管其结果迄今为止已经适度,但被感觉到的增长需

要一个行星地球生态政策,不把地球的资源看成是"专为男人创建的效益"的总额,正如一个国际生态管制的主要历史学家所说,这几乎是"第二次哥白尼革命"。[9]尽管有漏洞、游移不定和倒退,20世纪80年代和90年代的臭氧协议被视为具有里程碑意义,它标志着愿意考虑经济利益的妥协,目的是为了"在世界问题成为一种不可逆转的危机之前对其进行预测和管理"[10]。空气污染的力量影响遥远的地方的意识加强了将大气卫生作为一个越界问题和试图逃避责任的特定演员的直觉。但迄今为止更加古老的公认的全球生态系统是大海,它涵盖了近3/4的地球表面。

最近没有生态思想的哪个方面比20世纪后期对世界海洋退化的担忧更能突出地说明这种意义和"第二次哥白尼革命"的难度的。海洋是地球上最接近全球范围的景观。它们也是无比的、最大的生态系统;如果有一个"生态系统的悲剧"[11],这将是最大的;而且这样的事情可能发生的可能性,与土地和空气的退化相比,已经更加突然地和大幅度地引起国际关注,它一直担心两个世纪中较好的那一部分。出于同样的原因,在我们目前的研究中更重要的是,在环保主义的历史中很少有发展立刻更好地例证生态想象的文化力量,文化限制也不可避免地束缚它,并且(相反)它的能力——有时——可以说带有惊人的针对性跨越文化和时间的界限。

重新象征海洋

现代科学告诉我们,海洋实际上是我们由来的地方。然而,几千年之前,它是一个常见的原始现实的象征,正如在《创世纪》创造叙事中的"水域",或者是代表超出了已知世界之外的东西的象征。在《伊利亚特》阿喀琉斯的盾上由赫菲斯托斯神塑造的古代世界的神秘缩影中，"海洋河流"形成了"最远的边缘"的周长。[12]后来，一般来说"水"，特别是海洋，象征着无限的内心。弗洛伊德指的"'永恒'的感觉"就像"海洋的"感觉。沉思和水永远结合交织，赫尔曼·麦尔维尔的叙述者以实玛利在《白鲸》(1851)[13]中肯定地说。"在所有的元素中"，约瑟夫·康拉德补充道，"男人向着大海总是容易相信他们自己，好像是它的浩瀚拿着一个跟它自身一样大的奖品。"尽管康拉德注意到了海事企业最糟糕的贪婪和掠夺，他让他的想象瞬间弥漫了对海洋的诱惑的惊奇。[14]在自然写作传统中，最重要的关于海洋的书也是这样，如雷切尔·卡森的《我们周围的海洋》(1950)。

　　卡森今天更加出名是因为《寂静的春天》对 DDT 和其他化学杀虫剂的毒性作用的控诉。但在她的整个生活中，她对海洋更感兴趣得多。她的大学和研究生集中学习的是海洋生物学，并且在作为一个作家的性格形成其他的主要主题是河口、海滩和海洋。《我们周围的海洋》这本书，为她赢得了作为一个科学上严肃的自然作家的声誉，她因为《寂静的春天》而受到了广泛关注。

　　作为作家和人，卡森对大海的迷恋，被它传统的象征意义加快了。它作为一个神秘的领域，对抗人类的干预。在《我们周围的海洋》中，在岛上的那一章，重点在于岛屿的生物地理学的人为退化，它有一个其余部分没有的讽刺的刺痛，因为它们用一般的对生物学和商业舒缓抒情的方式反复思考，把海洋作为一个无穷无尽的知识的、精神的和经济的资源，没有认识到这些用途之间的可能的冲突。这本书以永恒的回归的意象而静静地开始和结束：它开始是用唤起"生命的伟大母亲,大海",而结束是通过肯定"最后一切都回归大海——回归俄亥阿诺斯神(海洋之神),海洋河,像时间的川流不息的长流,开始和结束"。正如卡森后来若有所思地说,"人们愉快地相信……大多数自然都永远超出了人类干预的范围","认为生活之流会不断流淌,穿越时间,在上帝指定的任何道路上。然而,到她去世 12 年之后为止,她已经开始把她自己倒转过来,开始特别担心混杂使用海洋,将其作为危险的废物垃圾场。[15]

《寂静的春天》这个项目,改变了卡森的思想,并且值得注意的是,那本书最强大的维度之一就是其水污染的主题:"向任何地方的水里添加杀虫剂而不威胁这每一个地方的水的纯度是不可能的。"[16]评论家们被卡森所打动,一是因为她坚持大规模的海洋生物的屠杀来自杀虫剂对溪流、池塘、河流、海湾"的入侵;二是她对能够致命的杀虫剂的微量的报告:每 10 亿虾中有 5 亿虾被异狄氏剂杀死了。[17]

卡森对暗藏危险的水生毒素的恐怖可能已经加剧,因为她对传统的浪漫形象的海洋作为最终的避难所来依恋。在任何情况下,在某种程度上是由于她的最著名的书,愤怒和背叛现在专注于海洋的自然写作(通常被比作《寂静的春天》的卡森)的当代著作中,是控制性动机:例如,安妮·W.西蒙的《海王星的复仇》(1984),西尔维娅·厄尔的《巨大变化》(1995)和卡尔·萨芬娜的《蓝色海洋之歌》(1998),还有一些显著问题像倾销、珊瑚礁退化、枯竭的资源,已经来自海湾战争的生态后果。所有这些都证明了,在 20 世纪后期的自然写作上,占据主导地位的大海的形象,从用之不竭到脆弱转变是多么迅速。[18]在现代生态环保主义的意识中,没有什么事件比 20 世纪后期的觉醒意识更有戏剧性的,3/4 的地球,迄今认为几乎不受人工干预,可能严重濒危。

这种态度的转变可以被认为是一个伟大的去神话化:作为世界上的某些海产品供应的减少和污染的确凿证据给留下的一个教训;通过越来越精确的跟踪物种的数量的方法,进而基于日益复杂的数学建模和数据收集方法,证据被证明得越来越权威。但正如似真的转变是一个伟大的重新神话化一样,也用危害图标的创建标记出来了。一个典型的例子是鲸鱼的升值。"超越地球本身的意象",林顿·考德威尔说,"世界上最恰当的世界环境运动的象征一直是鲸鱼。"他可能是对的。当然他是对的。今天在许多地区,"从鲸鱼观赏得到的经济回报现在大大大于一次捕鲸得到的利润"。[19]

所有大型的生物都有可能成为环境图标:熊猫、大象、狮子、老虎、白犀牛、秃鹰、鹿、美洲鹤,当然,还有熊,像西奥多·罗斯福的灰熊的幼崽(原来的泰迪熊)和福克纳的《旧本》。这可能反映了人类感知的一个流行的偏见。在美国,生物的大小和联邦的保护开支之间有相关性,并且还有进一步的相关性,根据是否这种生物被认为是"更高形式的生命"。[20]生态环保人士意识到并快速地通过这些相关性所带来的公众情绪使他们自己获利,这是显而易见的。他们依赖国内的隐喻[21]和在绿色的杂志上有吸引力的可爱的、看起来敏感的动物脸面的照片,都说明了这一点。[22]社会学家艾莉森·安德森发现,北海普通海豹的正面的照片有助于引起公众愤慨而攻击1988年病毒流行涉嫌导致的污染,尽管科学证据是不确定的。[23]这是在伊曼纽尔·勒维纳斯的某人对另一个人负责任的伦理哲学中,中心隐喻的力量的引人注目的偶然的确证。

一张脸,正如列维纳斯在典型狂想曲的散文中所写的那样,逼迫你的邻居反对我。崩溃的表情立即显示在脸上,变成一个来自世界的撕毁的"具体抽象",来自视野和情况,在意义里包以硬壳,没有一者为了另一者的背景,来自空间的空虚……这样一个订单将一粒"愚蠢的种子"抛进自我的普遍性。答案已经给了我,谁在这个人之前回答,我就对谁负责。[24]

列维纳斯自己没有兴趣把他的道德义务观念扩大到人类与非人类之间的关系。他的兴趣是专门面对人类的痕迹和一人对其他人负责任的催化剂。但是这里他的很多建议也适用于对(某些)动物责任的人类意识的激活,包括这段文章的含义,即对脸的吸引力更加引人注目的,因为是突然的和意外的,把它自己按到似乎不知从哪儿冒出来的经验者身上。

根据规模的标准和"更高的"生命形式,如果没有脸,鲸鱼有特别巨大的魅力的潜力。兰登·温纳的关于"鲸鱼和反应堆"的映衬,具有完美的直观意义。而"鲸鱼和反应堆"是在20世纪后期对亨利·亚当斯在处女和发电机之间的映衬的更新。[25]作为最大的哺乳动物,仅仅大小就使鲸鱼很容易被想象为行星的微观世界:

> 那些奇特而闪亮的鲸鱼,跃进
>
> 并发出声音并再次上升,
>
> 威胁着巧妙地变黑的深渊
>
> 流动着像呼吸的行星
>
> 在闪闪发光的螺环中
>
> 是活跃的光的——[26]

鲸鱼在竞选图标的候选人时并不仅仅单独是因为体积,而是很多方面的组合,它们的大小、它们的智力(似乎更容易让它们看上去像我们的"家族"），其迷人的相异性（作为一种完全不同的规模的生物，栖息在截然不同的媒介中："巧妙地变黑的深渊"），他们越来越稀缺，并且（对大多数，虽然不是全部，地球的今天的居民来说）他们的"不必要的"使用价值：虽然可以通过收获它们赚钱，但是它们对人类福利中必要的任何已知产品的生产显然不是不可缺少的。鲸目动物，鲸鱼和海豚，也善于交际，甚至嬉戏；它们有个性和智力，包括适应能力，模仿人类的声音，甚至一代一代地传播"集体智慧"的能力。[27]鲸类有非常复杂的和敏锐的声音和听觉能力，将一些物种交流在听觉上传达到数千英里远[28]，这个过程我们仍不完全清楚。一个进化生态学家甚至认为，"海豚语言可能在某些方面类似于书写的汉字，其中模拟图片给出数字的功能。"[29]从以人类为中心的立场来看，也许最有趣的一个是，鲸类似乎喜欢和人类在一定条件下交际：玩耍、赛跑和追船，倾听和回应长笛音乐，等等。这种种间的行为至少早在19世纪中期就被报道过，但没有点数像阿里翁和海豚那样的古老的传说。[30]

在古代，鲸鱼似乎分享了海洋的神秘的、激进的、模糊不清的差异性：象征着神圣的力量，无论是良性的或威胁的。今天的鲸鱼似乎仍然惊人，但在"事实"中也越来越看到了神秘，像尽管在规模和解剖学和栖息地上有差异，但它们如此喜欢我们。[31]

像现代灵长类动物学，鲸类研究是这样一些领域之一，在这里物种特殊性的假设和尤其是人类精神力量对非人类物种的优势，正成为最有力的挑战。如果西方文化的代表古代鲸鱼外形是约拿书中不知名的海洋生物，代表性的当代意象就类似杀人鲸，海洋世界的圈养虎鲸，或可爱的《小牛犊》（婴儿抹香鲸)的早期生活和冒险,这是维克多·B.谢弗在《鲸鱼之年》中讲述的。他在 1969 年因为这本关于自然历史写作的最好的书而赢得了年度巴勒斯勋章。"他们的确很遥远",谢弗对一岁的小牛和他的母亲写道:"但并不孤独,因为他们从来没有超出他们自己同类的潜艇声音的范围。"[32]正如这个异国情调与亲密性的典型混合所显示的那样,家庭生活已经比现代文学努力给鲸鱼和其他非人类生物"一张脸"的外貌更重要。

在古老世纪的动物故事的传统中,费里克斯·塞尔登的《小鹿斑比》和雷切尔·卡森的第一本书《海风下》更杰出的例子,《鲸鱼之年》对受人类关注的动物的权利和动物的痛苦的诉求进行了戏剧化的描述,颠倒了猎人和猎物之间的关系的标准假设。对鲸目动物重新想象的这种修正的伦理的推力受到了鲸鱼保护者的强烈敦促。正如动物权利倡导者彼得·辛格在一份声明中所说的那样,捕鲸在道德上是令人反感的,因为其暴力行为不利于"一个聪明的、社会的物种的成员,在这里群组的不同成员和享受生活的能力之间的情感联系,非常明显"。[33]这份声明影响了澳大利亚政府决定停止捕鲸和采取保护主义措施。辛格的前提是,"高阶"生物比"低位"生物对人类有更高的道德要求。这个前提受到了挑战。[34]但确信无疑的是,鲸鱼保护者准备通过促进人类和鲸鱼之间亲密的感情而加强他们的要求。

尽管想象对于鲸鱼保护和更为普遍的海洋保护的提倡者很重要,尽管对鲸鱼最近的艺术想象已经很丰富(在电影、绘画、音乐以及文学中),并且对海洋动物想象的现代作品尽管有伯勒斯奖牌等奖项,但是没有哪个现代作品似乎可能达到了这一点。但是,这却是赫尔曼·梅尔维尔的《莫比—迪克》

（又名《白鲸》）长期以来已经享有的。乍一想，这种情况似乎是讽刺。因为《白鲸》的地位上升到了文学经典，不是因为而是尽管它有冗长的、着迷的对鲸类学的全神贯注，甚至今天梅尔维尔的追随者们，除了准备纪录片设备的时候，他们长期未能认真对待此书的这一方面；并从现在的贸易保护主义的角度来看，这部小说在某些方面，至少可以说，在政治上很不正确。将约拿的书与《鲸鱼之年》相比，乍一看，《白鲸》似乎更是相当接近约拿书。然而，如果有人在思想中带着对海洋生态系统和鲸类的命运的现代的担忧回头走向梅尔维尔，那么，这些问题的复杂性和《白鲸》本身的复杂性，就会以意想不到的方式被相互说明了。当然，没有更现代的关于"鲸鱼和反应堆"的想象的壮举，与早期工业时代这惊人的具有先见之明的著作相配。

《白鲸》与民族、文化和物种等层级

《白鲸》大约写于世界即将处于全球资本主义体制下的时候。它是第一部英语文学的权威性著作，来剖析全球范围内的采掘业——一个产业，而且，在这里美国企业家已经具有领先的优势。"到1850年美国的捕鲸业的霸主地位已确立且毋庸置疑"，正如典型的美国工业历史所陈述的那样。[35]梅尔维尔充分利用这种自夸。裴廓德号扬帆通过海洋时主要由美国佬掌舵，特别是楠塔吉特岛的捕鲸者。法国和荷兰捕鲸者是可悲的；英国下议院的恩德比，开创了太平洋抹香鲸渔业，以快乐的不务正业的人为代表，新英格兰船舶上的船员反映了这一主导优势。裴廓德号——就像新英格兰那个时期其他的捕鲸船一样——是一个种族的地球村"本土的美国人慷慨的提供智力［即军官们］，在世界其他地方……，肌肉"（第108页）。这是一个舞台，那时，美国的帝国势力范围远远地超过了英国。就像以实玛利用他特有的派头说："让英国遮盖整个印度，在阳光下悬挂出他们炽热的旗帜；地球的2/3是的。"（第62—63页）

这个多神话的拼贴画被梅尔维尔用来覆盖了亚哈船长的梦幻般的追求，梅尔维尔的追随者依靠它的解码消耗的知识能量远远超过了他们的鲸类学，这个多神话的拼贴画是捕鲸产业本身的全球影响力和多种民族的组成的一个抽象的副本。难怪它需要它自己的生命，而不只是传记的原因，而是因为更广泛的文化原因：这也是比较人类学和宗教在西方诞生的时刻。为了显示一种联系，梅尔维尔预期了今天的全球文化理论更经过分析制定的那些东西：全球化的文化和政治经济规模是相互关联的。技术优势使探索成为可能，导致了贸易和文化交流的产生。在贸易中，先进的技术产生了西方（在这种情况下，美国佬）的主导地位，在文化交流中，西方文化的傲慢态度通常占了上风，虽然并非总是如此。相同的美国亚文化，在18世纪开放了与远东的贸易，在19世纪中期被强迫进入日本，导致了半个世纪后美国第一个皈依佛教。一方面，扩张主义者的冲动成为以亚哈为代表的帝国的缩影，将在某种程度上得到被以实玛利看上去更加天真的对彻底了解未知的土地、风俗、理念的渴望所响应；另一方面，有一定感受力的人，接触陌生的地域和文化产生了迷茫，有时也对价值观进行了重新定位。[37]在《白鲸》中，有两种历史倾向：一是内地的不懂世故的人以实玛利与捕鲸产业的第一次接触应该引起文化冲击（他最初遇到魁魁格），接着去教区化接踵而至；二是这部小说从长远来看，不应该知晓他们的关系。美国佬文化内的状态以及梅尔维尔在写作中反对的是，作为一个独立的思想家除了像短暂瞥见另一个世界，甚至很难想象这样的友谊。然而，那一瞥的新奇和大胆，不应该被低估。这个方法同样适用于小说的生态想象。

近代捕鲸的编年史作家和鲸鱼保护者像权威和/或证人一样对《白鲸》声称。[38] 从表面上看，第一个说法似乎更为合理，因为这本书对追捕鲸鱼和鲸鱼追逐者比对观看鲸鱼更关心，更不用说比拯救鲸鱼了。专业的梅尔维尔的追随者们被教会了假设在某种程度上这本高度华丽的、程式化的、自觉心态的书有历史材料参考，它必定参考的是新兴工业资本主义的劳动管理动态，或者参考对奴隶制和扩张主义的当代争论；并且至于《白鲸》的观鲸维度，它的约定是与作为象征符号的鲸鱼的，而不是与捕鲸等。[39]

尽管这样的观点很重要，但罗杰·佩恩理所当然地认为《白鲸》是这样一本书，即它被估计为是扰乱一个人关于人类和非人类之间的界线的假设，目的是为了确保"鲸鱼会重建自己……在想象经脉的原点，也就是在极点，并把它们自己用一种天顶结永远与人类意识联结在一起"。[40] 实际上佩恩断言，的确，梅尔维尔的鲸鱼是一种标志物，但是它是将人类和捕鲸缠绕在一起的，并且还牵连了所有其他非人类生物。支持这一观点的证据有很多。

首先，当然，第一个事实就是书中的人物角色都关注鲸鱼，尤其是白鲸，确切地说，他们焦虑不安地使它/他们承受了大量的解释结构，所有这些证明是不足的或完全错误的。不仅仅单独船长一人与最终将他抓走的怪物密切相关。以实玛利，对他所有的嬉闹来说，是不无关系的，亚哈的大副和竞争对手斯达巴克也是如此。他深谙事理，赋予了莫比·迪克以特殊的意义来反对其他鲸鱼,但与他自己的任务导向心态紧紧地联系在一起,鲸鱼等同于一桶桶利润相等的石油。情节是不自然的,以致于鲸类动物的重要性战胜了所有试图对它的解释或牵制。

其次,更重要的是,物种边界永远是模糊,读者来来回回地穿越它。尽管有数十个幽默的人格化,鲸鱼被添加了眉毛、帽子、"看上去高雅的"嘴、像手掌一样的婴儿吸虫。而从反面来看:鲸鱼没有声音、脸、嗅觉,没有一个"合适的鼻子"(第291页)。露脊鲸是斯多葛派的禁欲主义者,抹香鲸是属于柏拉图学派。露脊鲸放牧般掠过海中微生物,就像"早上的割草机"(第234页)。年轻的雄性抹香鲸就"像一群年轻的学院的学生"(第330页)。对被杀后的鲸鱼尸体的"亵渎"就是对一个适当的葬礼的拙劣模仿(第262页)。鲸鱼有家庭,女性照顾他们的年轻孩子和对彼此进行照料。我们被要求想象非双筒望远镜的视力可能感觉起来是怎样的,想象被感觉到的鲸鱼的鱼胶皮肤的质地,领会那些小耳孔并不一定意味着听力不佳。

梅尔维尔时代的捕鲸叙事,强调了大胆、风险、危险和捕鲸的兴奋,而不是鲸鱼被驱赶、致残和被杀的痛苦,而且他们也能够瞬间移情于"皇家海洋的游戏"。J.罗斯·布朗的《捕鲸巡航的蚀刻画》中的一个绘画似的一段,也是梅尔维尔的来源之一,详细叙述了奔向追逐终点的鲸鱼的"强烈痛苦"。另一个来源,弗朗西斯·奥姆斯特德的《捕鲸航行事件》,令人感动地停下来看在濒死之际的另一头鲸鱼,"疲惫和疼痛,还有血液的流失"。还有,亨利·奇弗承认,"我不是一个能够冷静地观察一个像鲸鱼这样有组织的强有力的生物的临死的极度痛苦。"伊莉莎·威廉姆斯,在几次航行中都忠诚地陪伴她的船长丈夫,并仔细地记录下了他们的成功和失败,她"不能忍心去观看"鲸鱼"在水中颤抖和翻滚,垂死",她刚才还看到它们"到处玩,在它们自己的自然环境中和开心,似乎它们都没有意识到危险"。[41]在《白鲸》中也是如此,不但在危险条件下工作的水手们大部分都有这种同情心,并且很少对这些猎物进行人道主义的旁观,而且他们也更明显。裴廓德号的第一个杀戮故事是创伤性的,而不是胜利的。以实玛利看见鲸鱼"痉挛性地扩张和收缩他的喷水孔,伴随着刺耳的、重大的、极度痛苦的呼吸",喷出贴近的紧急的"一阵阵红色淤血凝块的涌喷"(第245页)。斯达巴克责骂弗拉斯克想要刺穿一头生病的鲸鱼的溃烂的痛处,并且当弗拉斯克无论如何做时,以实玛利称之为"捕虾笼伤口"并继续详细描述生物的"最可怜的"垂死挣扎(第301页)。

然而,《大舰队》一章是这种同类生物鉴定的最深刻的例子。以实玛利的船被停在一个巨大的学校中心,在那里新生的小牛正在拥挤。是否从"奇妙的无畏和信心,或者其他的,迷人的恐慌",鲸鱼似乎突然变得驯服,让自己被抚摸和挠(第325页)。(现代鲸鱼生物学家不太可能为这社交能力而惊讶。)这个悠闲的时刻在那时就被鲸鱼打破了,是另一些船中的一条船将其致残的,猛烈地摔打这他自己,伴随着"伤口的极大痛苦",并在这个过程中弄伤了其他人(第326页)。以实玛利在从混战中逃脱之后迟钝地得出的有名无实的教训是,"鲸鱼越多,鱼越少。在所有被麻醉的鲸鱼中,只有一个被抓到了"(第328页)。他似乎完全忘记了他的迷人的喜悦,现在他已经重新追逐,这也是全体船员的实际目标。毕竟,这个插曲是偶发事件。但它也设置下一章,研究鲸类的家庭生活,以一种更加喜剧的田园的性情(《学校和教师》),这避免了辛酸但持续了鲸鱼作为同类生物的主题。

在这样的时刻，这本书让人们认为，一般地看待鲸鱼，并像斯达巴克看待鲸鱼那样，把莫比·迪克特别视为不仅仅是一个具有"很盲目的本能"行为的"无说话能力的畜生"，是不稀奇的，而是明智的（第 144 页）。虽然当叙述者告诉我们，正如莫比·迪克游向裴廓德号那样，"报复、迅速复仇、永恒的怨恨在他的整个方面"（第 468 页），我们不需要在接受意向性的归属时只看表面价值，但是那绝不是出于遵循智力，梅尔维尔（和现代动物学）以此显示了鲸鱼可以认为他可能已经将船定为攻击目标，将船当做"他的所有迫害的来源"（第 466 页）。这种语言将他的假定反应明确地表达了出来，认为亚哈的报复的副本与人类和动物之间的半等价相一致，这是这本书一直在暗示的。

梅尔维尔的鲸鱼民族志也给禁忌带来了新的意义，因此"猛烈的狩猎"（第 170 页）被包围起来。这个问题不仅仅是鲸鱼是否应该或不应该被解读为幸运的（或者邪恶撒旦的）代理，还是亚哈是或不是幸运的（或者邪恶撒旦的）复仇者。创建禁忌更重要的是通过赋予意义。当人们燃起报复念头地选择了一场与一个非人类的生物的争斗，这个非人类生物被认为是一个智能代理（或主体），并有它自己的权利时，一个限制被违反了：如此"有组织的"生物像抹香鲸。在《白鲸》中，禁忌当然是主要与那些冠军人物相关联，它有别于其他抹香鲸。但是区别没有看上去那么的强烈。第一，莫比·迪克被放置在一群著名的"鲸鱼"之中，这是捕鲸人给他们的适当的名称（第 177 页）；第二，以实玛利从捕鲸历史中提取了证据证实了莫比·迪克的后来的很多异常行为，包括船舶的沉没；第三，鲸鱼的整个系列，也是裴廓德号之前重大遭遇的，正如我们所看到的,在某种程度上被"人性化"了的。所以莫比·迪克与其他鲸类之间的差异与其说是善良上的倒不如说是程度上的,并且相反的外表基本上可以被看成是过度愤怒的亚哈和以实玛利的想象力虚构的事情。

这一切并不是说一些被隐藏的拯救鲸鱼的消息可以从《白鲸》中外科手术般地提取。如果捕鲸条件是在鱼叉枪和大型高速船只之前的话,这样的事情几乎是不能预期见到的。梅尔维尔敏锐地意识到,在现代工业早期的 19 世纪 40 年代捕鲸业的约束下,捕鲸。梅尔维尔敏锐地意识到,19 世纪 40 年代的古技术的约束下捕鲸,鲸鱼对他们的人类追赶者造成的威胁比追赶他们的人对鲸鱼造成的威胁更大。如果正如他熟悉的那样他认真地相信抹香鲸是一个濒临灭绝的物种——在他的那个时代的一个争议点,他可能会有不同的考虑。当然以实玛利渴望相信"鲸鱼在他的物种当中是不朽的,然而在他的个性中是易腐的"(第 384 页)。但这本书提出了危害的问题只是为了不再考虑其危害。[42]

同样,小说的有影响力的巨大的视觉,不可预知的海洋的广阔,正如"无情的巨大"(第 347 页)更像坦尼森的原始的达尔文主义的"自然的红牙血爪",不像华兹华斯或梭罗,尽管有"大舰队"类型的插曲。事实上,为了将抒情性和喜剧作品进行人性化的一个动机,是以实玛利用来轮流包围鲸鱼的,此动机似乎是通过"与它群居"来应对"恐怖",正如他在第一章反常地评论的那样,"因为它现在是,而将来也是与现在就住在这个住所里的所有居民友好相处"(第 16 页)。梅尔维尔的海洋是一个甚至令经验丰富的老水手都生畏的突然暴力的竞技场。然而,在这种背景下,这本书一直在区分不同种类的图腾生物的特点。梅尔维尔的鲨鱼体现了海洋的暴力、掠夺、

"同类相食"方面;鲸鱼,即使我们被告知他们吃什么,我们有时会看到他们这样做,但并不是扮演邪恶的捕食者。相反,他们更经常被分类为捕鲸者的猎物,这些捕鲸者自己被俏皮地讽刺为骗人的、灭绝人性的人。

即使乍一看,裴廓德号有一些返祖现象,就像以实玛利希望从倾斜的楠塔基特岛港而不是从繁荣的作为产业源头的新贝德福德港上船一样,也有一些陈旧的东西。["除了楠塔基特岛以外的其他地方,那些土著的捕鲸者,红种印第安人,首先出发去追赶利维坦吗?"(第17页)]恰当地说,这艘船被命名就是因为以实玛利(错误地)认为有一个部落是灭绝了的。他称之为"工艺的食人者",他是在最字面的意义上来计划这个术语的:用"被追逐的她的敌人的骨头"去装饰,用鲸鱼牙齿做紧固针,用颚骨雕刻舵柄(第67页)。

这本书似乎在这里正表演着一个可疑的和模棱两可的游戏,伴随着一种同类相食的野蛮的理念。毕竟,难道它通过纪念魁魁格的道德优越感和把以实玛利与他的不太可能的友谊理想化而没有只是竭力诋毁文明主义吗?对于一个现代读者来说,其情绪公然用老一套的方式在分解野性和重新回复之间波动可是令人不安的。后来,就像在《试着工作》中那样,当以实玛利看见"异教徒的鱼叉手的地狱的人形"正在给炉子添煤,用他们的邪恶的冒险在休息的时间盛情相互款待,用欢笑的话语讲他们的恐怖故事的时候,事情变得更糟;当他们的不文明的笑声成叉状从他们向上发出时,就像从火炉里冒出的火焰"(第353页)。但我认为,事先用更友善的方式展示魁魁格和其他人的重点在于,通过处理"食人族"来证明他们是不"自然的",而是在西方文化的方式的最坏的情况下,正如以实玛利的捕鲸方式那样。正是紧急的捕鲸产业(重新)使他们成为野蛮人。正如这段文章总结道:"猛冲的裴廓德号,运送着野蛮人,满载着火和燃烧着尸体,并冲入漆黑的黑暗,似乎是她的狂热的指挥官的灵魂的物质对应物。"(第354页)它不是"异教徒"而是船长,他发出命令刺穿"异教徒的人肉",目的是在他们的血液中浸礼他的鱼叉(第404页)。[43]

亚哈的颠倒的圣事主义,在这里和其他地方,给这次航行一个与标准的捕鲸叙事很不同的恶魔般的泰坦尼克主义。然而,梅尔维尔绝不是那个时代把捕鲸想象为邪恶的存在的唯一的作家,捕鲸使工人变得像禽兽一般。"在我完成了我的劳动份额的一半之前",处于切深和尝试过程中的布朗写道,"我由衷地希望自己在岸上最差的狗窝里";至于非工作时间,"如果曾经有一个小型的代表来表现加尔各答的黑洞,它就是冥河的艏楼"[44]。在这里也有人听见了被体面地培养起来的年轻人自我放纵的夸大之词,突然向下刺入无产阶级体内,但丝毫没有想到他将面临什么。但是也有很多来自于19世纪的真诚的地方的证词,涉及的是在残暴的船长控制下的多年捕鲸航行的压力与艰辛。[45]

一方面,《白鲸》表明,捕鲸业迫使被卷入其中的很多人参与到更残忍的生活中,而不是走向陆地(不管他们是像亚哈一样来自楠塔基特岛,还是像魁魁格一样来自其他地方)。另一方面,鲸鱼的出现没有人们想象的那么残忍。当然,这不是专业水手的典型观点,如果有也只是作为一种生存策略,它不会过于偏离斯达巴克的功利主义。就拿像以实玛利这样的一个思考的人来说,他也是一个使用精神空间局外人,在精神空间当中这些问题可以为沉思而搁置起来:捕鲸是如何减少人的,观看鲸鱼有时使鲸鱼高贵,推动人们去想象人和鲸鱼是一半可以相互交换的。

以实玛利,既是一枚透镜,透过这个透镜,人类和海洋生物被调整为一个非正式的比较民族学;又是业余鲸类学之间的一个链环。在此链环中,前现代捕鲸叙事至少经常满足于目前的和20世纪后期流行的有关鲸鱼的书籍,其中生物学和/或生态伦理学与个人叙事相混合,正如罗杰·佩恩的《在野生鲸鱼中间》或者谢弗的《鲸鱼之年》那样。

梅尔维尔的民族学在人与兽之间的交叉引用提供了一个风趣的多疑的运行的评论,评论的是关于这个年龄对比较解剖学的热情和建立在它上面的更加理论上的伪科学,如颅相学和头骨学。塞缪尔·奥特,已经对《白鲸》的这一方面进行了最深远的研究,展示了小说是如何破坏种族主义伪科学的,借用的手段很多,像《鲸类学》一章的故意过度的等级主义和滑稽的超高度重视颅骨和骨骼的测量,重视莫比·迪克的色彩学,等等。[46]讽刺的分类对待,以及人类和非人类借以混合的热情,也表达了一种更彻底的启蒙运动的理性主义的不确定性,其手段是通过对迂腐的细节和不协调的前达尔文碰损分类系统现场的一种有趣的不敬的爱好,它抨击了是否鲸类是鱼还是哺乳动物的问题,而这是在这个问题引发了激烈的争议并被"解决"以后很长时间的事情了,争议的是关于"怪物"分类,人类和非人类,包括来自欧洲殖民地的反对分类的新物种。[47]

然而,对《白鲸》来说,比种族智力和潜力的未确定的理论更核心的是,它对动物智力的兴趣,当然特别是鲸类动物。这个问题是通过神秘性的方式被引入的,借助于这种神秘感鲸鱼得到了投资,这不但是由于传统(特别是圣经解释的对利维坦的联想,被普遍认为是在鲸鱼的形式上体现的,作为神圣的仪器和/或对手),而且还由于以实玛利的强迫性的伏笔。在这个层面上,鲸鱼,特别是抹香鲸和莫比·迪克,被神秘化为"大海的可怕的精髓,这种可怕原来就属于它"(第235页)。但这本书也很重视来制造这种似是而非的"可怕",以便提前反驳那些人——如以实玛利在一个著名的但不完全被理解的断言中所说的——可能"嘲笑莫比·迪克是一个荒谬的虚构,或者更糟糕、更可恶的,一个丑恶的而又难以忍受的寓言"(第177页)。这里梅尔维尔非常反对,正如他后来在一个同样著名的对索菲娅·霍桑的评论中所同意的那样,她对小说的反应使他意识到它的"部分讽喻"在以前是从来没有过的。[48]但原来段落的上下文同样很重要:一章声称主张"白鲸的整个故事的合理性,更尤其是灾难"(第177页)。"合理性"也十分反对,并故意如此:以实玛利完全意识到纪录片中混合了荒诞不经的事情,正如在他的假装激烈的虚伪争论中,6世纪的"海怪"普罗庞提斯很可能是一头抹香鲸"(第182页)。然而在修辞狂欢中,有更谨慎的观察:"经常观察到,如果抹香鲸,一旦受到打击,而又有足够的时间恢复健康,然后他的行动,并不是经常地带有盲目的愤怒,而是故意地深思熟虑地破坏他的追捕者的设计"(第181页);"抹香鲸在某些情况下是足够强大的、狡猾的、明显的有恶意的,是想直接撞破,完全摧毁,击沉一艘大船;甚至,抹香鲸已经做到了。"(第178页)最佳当代捕鲸记录证实了这些说法:抹香鲸通常是"爱好和平的和缓慢的性格,但当它们愤怒时,其行动可以像惊异聪明的敌手"。[49]

　　强调梅尔维尔微分处理鲸鱼的所谓的恶意与其智力,而不是在这个过程中夸大其区别。这是很重要的。这部小说暗示了输入恶意可能与对象利维坦那样的海怪的传统妖魔化一样迷信。[50]像鲸鱼展览这样的"恶意"是反动的而不是最初的。在结局,白鲸对裴廓德号的第一反应是要游走,而不是攻击——正如斯塔巴克很快地向亚哈指出的那样。这是符合他的历史原型摩卡·迪克的声誉的,对他来说"这不是习惯……而心无旁骛,去背叛一个恶意的倾向"。[51]事实上,这部小说有时通过给捕鲸者输入阴险而比这走得更远:不仅把亚哈描绘得疯狂,而且把捕鲸通常描述为"一种屠宰业务"(第98页),并且《裴廓德号》的常规杀死了像"夜盗"一样的十字军,他们正要去对耶路撒冷进行神圣的攻击(第184页)。同时,《白鲸》绝不否定对像利维坦的对手的鲸鱼的印象,就像如果从现世主义者拯救鲸鱼的视角接近它,人们希望这部小说所做的那样。相反,就像那个时代的传统的捕鲸故事一样,情节构建走向高潮,即足智多谋的猎人面对着足智多谋的怪物。捕鲸人的反对派(特别是亚哈)因狩猎而变得野蛮,而鲸鱼(特别是《白鲸》)因被捕杀而变得疯狂,这在文化上是前卫的,因为它暗示着早期资本主义企业的和在一系列烦恼的压力下聪明的哺乳动物的一种比较病理学。但这部小说仍然是传统的,因为它再现了熟悉的叙事和传统象征狩猎的宇宙的情节剧。

想象种际主义:巨型动物的诱惑

简而言之,《白鲸》仍在从奥尔多·利奥波德的自然研究处方中做一些删除,他的研究是更开明的而不是文字猎奇。事实上,从利奥波德的"保护审美"和其他三个扩展出了思想篇章,这些篇章成了《沙乡年鉴》的结论篇,人们可能几乎认为利奥波德相信滥交运动狩猎已经比滥交收获粮食更成为一个社会问题。当然，利奥波德完全明白大自然的商业开发继续造成了巨大问题，对他来说这意味着目光特别短浅的农业实践，它毁林，单作，沙漠化中心大陆，并且尽管可怕的沙尘暴年的例子刚刚过去，仍然保留着东正教。[52]但是最差的土地滥用的时代——从一个角度来看有些推诿，但谨慎地从另一个角度来看——利奥波德喜欢生存的旧石器时代阶段的诊断，他的大多数读者将会倾向于归类为过去的文化记忆而不是他们现在生活的描述方式。

正如我们在第五章看到的，休闲狩猎对利奥波德来说是开拓阶段的一个踪迹，他希望将它重新塑造为通向生态启蒙的更高级的状态的一座桥梁，像福克纳的艾克·麦卡斯林也掌握了这一点。《白鲸》距离边境的心态靠得更近，在第一自然和移情作用的力量之前，虽然不是不加批判的情感需求和反对产生暴力的对抗性斗争浪漫激情，但它意识到了人类的脆弱。尽管利奥波德比福克纳禁止狩猎没有更多的欲望，但是《沙乡年鉴》的推力是试图比梅尔维尔为了自然研究的高贵路径而放下枪更加坚定地说服读者。

在梅尔维尔的时代的其他地方我们发现了其历史背景。爱默生向他的读者挑战，"不用抢去为所有的鸟命名"——抨击为了研究鸟类而杀害它们的标准鸟类学实践。[53]甚至奥杜邦，他也杂乱地这样做了，承认有些内疚。的确，到19世纪00年代中期为止，对读书的美国公众来说，动物监视在美国比无论是为了运动还是生存的动物狩猎，已经是一个更常见的活动：因此在某种程度上，活跃的文学贸易在海事叙事的书籍中，提供了另一种选择。那个世纪之交标志着大规模的活的珍奇动物展览在欧洲和美国开始不是巧合。这些最初被当地企业家作为珍品而兜售，像在萨勒姆搁浅的"真正的鲸"在开始发臭之前短暂地在波士顿展出。[54]不久以后，异国野兽的贵族收藏、动物园和动物展览业变得很普遍，对它们的爱好不但是因为对那些怪物民间传说所提到的生活奇观的兴趣，这种爱好或多或少地经常吸引人的大脑，而且更直接的原因是西方世界对其他地区的渗透步伐加快。

人类和动物奇观被合作展出甚至混合，最臭名昭著的形式是"缺少的一环"或美人鱼的假巴纳姆式拼贴画之类的东西。[55]但如果这种展览的目的是使白种人高兴，认为深色皮肤的人有些不同于灵长类动物，20世纪后期的趋势更加强调野兽的人性。这种转变绝不会比我们如何思考鲸鱼更加显著。"自从20世纪70年代中期以来，鲸鱼和海豚被卷入了一种流行的唯心论和跨物种鉴定的潮流"，这是苏珊·G.戴维斯在她的圣地亚哥海洋世界经验的民族志中所观察到的。[56]这尤其适用于虎鲸，它一直在海洋世界主题公园被半驯养着。只在半个世纪以前，罗宾逊·杰弗斯可以不自觉地依靠反省"魔鬼"协会，以"杀手"为基础，对两个掠夺性的兽人扼杀一头惊慌失措的海狮可怕之美进行"非人道主义的"深思：

> 这里有死亡，并伴随着恐怖，但它
> 看起来干净而明亮，它是美丽的。
> 为什么？因为没有人类参与，也没有
> 导致；没有谎言，没有笑容，没有恶意；
> 一切都严密而得体；人的意志无关于
> 这里。地球是一颗恒星，它的人为因素
> 是那些使它变黑的东西。[57]

然而，在不到1/4个世纪里，"这个圈养虎鲸的时代"，正如一个狂热爱好者惊呼道，"几乎一夜之间在公众舆论中已经产生了变化。今天的人们不再恐惧和憎恨这些物种；他们已经爱上了它们。"[58]

戴维斯在引人入胜的细节展开了这样的操作和处理，帮助产生了如下结果：经理和教练极端关心去完善"古老马戏团的动物人性化的方法"，"这是如何通过这些基本规则改编成表演剧本的，其原则如"鲸鱼绝不能成为被嘲笑的对象"，而且"人类是笑话的笑柄，这肯定是很重要的"[59]——在鲸鱼的一部分，笑话涉及了像"人"一样的这样一些行为，如喷洒、摇头、随地吐痰、嗳气等。这使她成了易受骗的公众，并且作出有偏见的评价，因为她被一个假的"真实"自然的体验所蒙蔽，被合作主义伪装成生物研究和教育宣传的赞助人。训练有素的虎鲸开始看起来像一个稍微具有异国情调的安海斯—布希公司的其他动物标识版本，强健的挽马，以及巴纳姆的美国博物馆海洋世界的高科技版本。

大概关于主题公园的这个争论的一个版本可以被做成有商业组织的观鲸。然而，鲸鱼生物学家罗杰·佩恩投标一个相反的关于观看鲸鱼的结论，他的另一个版本很可能也适用于主题公园。佩恩认为，重要的是，大量的游客"对鲸鱼惊奇不已"，因为"从长远来看，与许多科学家们去花他们的生活和它们在一起相比，是他们将更能决定鲸鱼的命运"。"情况就是这样，一个精心策划的生活遭遇比根本没有生活更好。"[60]但也许这些说法是互补的，而不是不可调和的。正如戴维斯声称的，海洋世界等商业企业提供包装的自然的版本是为了提高企业形象，可能是真的，然而，这种与"自然"接触的包装的经验可以加强或激活环境保护论者的承诺，也可能是真实的。否则，人们可能会补充说，环保人士为什么要费心去编写出版，这要求另一种类型的企业包装，除非你用自己的基金运行你自己的媒体。

现代捕鲸产业的监管好像喜忧参半。佩恩归结了他关于国际捕鲸委员会(IWC)的讲话的两面性,该委员会是一个来自成员国的代表的组合,负责落实第二次世界大战后被主要捕鲸国批准的捕鲸规定的国际公约。他每年去国际捕鲸委员会的旅行"是我的生命的最令人气馁的、刺激的、极其令人沮丧的活动",被按照程序操纵着,对他来说好像支持工业和像国际捕鲸委员会的监督那样的多孔性。但他相信,国际捕鲸委员会,特别意味着少数警惕的口才好的生态环境保护者,是工业的鼓吹者和俗气的政客,他们已经挽救了许多物种使其免于彻底灭绝,而像它这样的国际组织"是唯一的出路"。[61]

正是这种喜忧参半使林顿·考德威尔认为,生成一个有效的系统保护跨国海洋生态系统的关键,既不是科学的,也不是制度的,而是文化的:承诺一种更好的生态哲学。"除非与生物圈中的人类的整体概念以及一个对人类可持续未来的现实的评估相关,被断言是科学的那些事实可以很容易地用于支持那些保护地球的完整性的剥削政策。"[62]有基本常识并明白事理的考德威尔认为,中介机构必须提供任何可行的解决《方案》,但是公共生态价值将决定他们工作得好与坏。从这个角度来看,对非人类的同类生物的移情,无论多么伤感和受制于意象处理,将看上去似乎是一个更好的预兆,尤其是当这些生物有代表整个生态领域的魅力时:事实上,像那些伟大的鲸鱼,在它们的身上体现了海洋或者地球。

虽然这种微观的思维方式似乎不切实际,但是有,至少有时有,科学的以及美学的生态逻辑。例如,佛罗里达的保护生物学家已经注意到了濒危貂角海边麻雀的变迁,它成了大沼泽地生态系统的健康"晴雨表"。[63]《濒危物种法》已经成为保护生态系统的有力工具，不仅仅是个别的生物。这并不是说，当普通的公民、创造性的作家或者宣传的记者思考"鲸鱼"时，思考的是"磷虾"或"乌贼"。"很有可能，关于物种灭绝的原因是错误的世俗判断受到了这样一些事情的驱使，如一个更简单的巨大生物偏见的组合，更高的生命形式的偏见，以及看到"失去平衡"的自然的不安。然而，还有一种粗糙的智慧担心生物在食物链的顶端消失将有害于"环境"，即使是被误导认为，仅仅主导性的保护主义者对它们的努力，也将会保证生态健康，甚至确保他们自己的生存。

事实上，在感情上对鲸鱼和捕鲸的现代转变已经如此明显——尽管在日本、冰岛、挪威和其他分散的人群中有很多抵抗——用作出旧式的捕鲸想象相威胁，看上去这似乎是一种倒退，好像黑人说唱团表演的《汤姆叔叔的小屋》的混天倒地或晚期帝国儿童的经典《小黑人桑博》。杰弗斯的关于杀人鲸的诗，现在看起来比它的本意更像是返祖现象。迪斯尼的决定，对 1940 年完全合乎逻辑，它让卡洛·科洛迪的儿童经典《匹诺曹》的吞人鲨鱼变成了"怪兽鲸鱼"，这在今天将是一个更少的自动选择。[64]同样，现代捕鲸冒险和大胆行为的叙事已经几乎枯竭；[65]关于鲸鱼的自然写作采用了更明确的贸易保护主义的模式；并且《鲸鱼之年》已经导向了其他鲸鱼主角的叙事。罗伯特·西格尔的流行小说用第一人称叙述了关于赫拉莱卡那·考卢阿的生活和冒险——一个令人难以置信的无私的、敏感的年轻的鲸类动物试图从人类食肉动物那里营救鲸鱼同伴，尽管它可能会花掉他自己的生命——几乎将《白鲸》倒过来了。

在当代自然写作中，对非人类想象的转变没有比在巴里·洛佩兹的著作中更好地被看见过的了，领军人物之一致力于重新审视人与动物的关系。洛佩兹的标志性成果之一是他对选择的大型哺乳动物的有同情心的、科学智慧的沉思,同时强调意象、神话和幻想人类建造的。双重承诺是他的工作核心。这个双重承诺就是,使文学表现更科学地被了解,并且同时恢复和提倡那些他认为已经失去了的人类和非人类之间的理解。在他的文章《重新谈判合同》中,洛佩兹主张,西方文化已经被物种歧视减弱,被减少接触动物和感受动物奇迹所减弱,被未能意识到动物也有它们自己的文化所减弱,并且它们的文化甚至可能在某些方面为我们提供了榜样。洛佩兹声称,在传统上,"一般来说,在北半球的狩猎民族中,这些协议源自一种对相互义务和礼貌的感知",这可能是一个有点一厢情愿的浪漫化。[67]但这并不影响他所说的核心。他所说的是关于物种界限需要如何重新谈判以加强人与动物的共通性。

这篇文章写在洛佩兹的第一部主要著作《狼和人》(1978)之后,它的几个步骤超出了奥尔多·利奥波德的《像山一样思考》,打了移民文化"流氓"陈规将狼赶到了灭绝的边缘。洛佩兹支持利奥波德的生态论点(狼群阻止山林被那些"好"的小动物鹿弄掉叶子),借用的是置于一个更丰富的织锦当中的一组丰富的狼行为,织锦中包括把狼当做人类想象的对象的叙事和沉思。这本书从而寻求证明人类对狼的迷恋的古老,更新那种兴趣并使它改道,目的是为了加强跨物种的意识。

同样真实的是三个大型哺乳动物的章节,它们构成了洛佩兹的《北极梦想》(1985)第一个主要部分:麝牛、北极熊、独角鲸。这些生物都没有担负那些被附加到狼身上的负面的刻板印象,但所有这些都已经被不假思索地猎杀、利用,或以多种方式而想当然地认为这些章节试图用教育和复魅来代替。在每种情况下,开头一章勾勒的和后来的章节深化的北极生态系统,是围绕个别生物的集中肖像而塑造的;而且每个肖像都被注入了一种关于过去和现在的生物与人类之间的交易的感觉,不断地强调着遇到它们的奇迹与神秘,既是经验性的,又是思想性的。

种间交流,或者说缺乏种间交流,是洛佩兹的文章《鲸鱼的展示》的更集中的主题,它是关于 1979 年 41 头抹香鲸在俄勒冈州海岸搁浅的故事。[68]洛佩兹强调了善意而无知的,因此无意中残酷的努力,帮助鲸鱼生存或更快地死亡,以及这些努力的无效让人们考虑到关于鲸鱼搁浅的现象知之甚少,甚至对抹香鲸生物学更是如此。叙述的中心反复转移,从痛苦、死亡和对鲸鱼的清理到负责危机管理的不同人的道德和行为:科学家、公园官员、媒体,等等。用这些方法,《鲸鱼的展示》实例化了在《重新谈判合同》中的诊断,西方文化可怜地缺乏一种跨越物种界限思考的能力。对洛佩兹来说,双方的损失,尤其是对非人类,实在是悲哀。

洛佩兹更复杂地沿着海洋世界和迪斯尼协议公式化地遵循的路径移动:中间的理解是很重要的,动物不再被视为受害者或替罪羊。然而,不像流行文化对动物与人类的遭遇的编配那样,洛佩兹故意克制不去熟悉它们。相反,对于洛佩兹来说,动物行为的神秘("我们对土星光环的了解更多于我们对独角鲸的了解")和在反应中人类惊叹的错综复杂的困惑("我的眼睛在我的意识之前就被吸引了过去,更不用说我的声音了,能够赶上")表达了一种认真的、困惑的对人的尊重的思考。[69]这种充满了敬意的专注十分不同于由流行的鲸类产品传播的"就像我一样"的幻觉,这样的鲸类产品如三个

《人鱼的童话》电影，关于一个最初有敌意的但其实温柔、聪明、敏感的逆戟鲸的生物情节剧。邪恶雇佣兵海世界型企业家俘获了这头逆戟鲸（具有讽刺意味的是名叫《皮廊德》），直到威利的新朋友杰西联合他的聪明的印第安人的导师的援助释放他时，他几乎被摧毁了。这个导师是一位不满的教练，也是杰西的养父母。威利和杰西是玩伴并心心相印。《人鱼的童话》的第二和第三个电影，显示了青少年杰西回到岸上继续联系，当然，并且被卷入危险，逆戟鲸和男孩在不同的时间将彼此从危险中救了出来。最后关于威利最有趣的是，他是杰西的朋友，一个令人惊讶的敏感的野生宠物。[70]

我并不意味着因环保主义的干预而拒绝坚持《人鱼的童话》这些电影，尽管它们的策划陈腐、摄影平庸。它们仍然是保护主义的、动物权利友好的文本，尽管威利在字面上没有被"释放"（因为一个驯化的——或机械的！——逆戟鲸被作为一个角色而需要）[71]在主题上也没有（因为威利的问题主要在于杰西对他的感情）。因此，电影重申——如果重申需要考虑到情节设计的悠久的历史——人类个体和非人类个体之间的戏剧化的密切关系，可以成为想象生态问题的强大资源。但是，如果不能彻底避免牺牲的话，这件事情如何做会使生态素养牺牲得最少，而且不减少物种相对主义的新的道德范式，它只不过是对古老的亚当神话的一个友好修正案，即创造动物的最初目的是为了满足人类的需求吗？

洛佩兹所依赖的，正如我们所看到的，是一种错综复杂地交织在一起的抒情冥想和叙事描写主义，它相当于一种超灵敏的鲸鱼观察者的审美距离：观察者不染手此事时的一种表达智力兴趣和情感共鸣的手段，观察者的自我对生物来说在良心上是次要的。

另外，《白鲸》只要开始处理种际主义的问题，通常是遵循《否定神学》将人类关注的事物的致病的方面戏剧化。楠塔吉特岛屿对统治的渴望威胁要把它们变成全球的掠夺者。亚哈疯狂的根源是，他完全确信有个重要信息已经通过白鲸这个媒介从宇宙中传递给了他［它是"代理"或"主要的"（第144页）］。尽管以实玛利宁愿保持距离，但他在自己追求理解上几乎也是强迫性的：一种追求也被留下来悬挂在知识分子的观念中。因此《白鲸》提前责备动物和谐美学的多愁善感的一面说，实际上，"不要以为我们应该对动物表现出我们的情绪是为了它们的利益"，而且"你应该关心宇宙，但不要指望宇宙来关心你。这是可以理解的"。当你的船下沉时，"大海这块伟大的裹尸布正如它在五千年前翻滚那样（将继续翻滚）"（第469页）。

梅尔维尔可能会重新考虑他的结尾，以及他的书的其他方面，如果他预见到现代捕鲸者将获得必要的资金来消灭全球大型鲸类的种群。正如书中所说，他甚至没有办法预测近期美国捕鲸不到10年之后倒闭是因为燃油革命和美国内战，更不用说工业的20世纪的复兴是借助于高科技武器、工厂的船只、令鲸鱼迷失方向的声呐（即声波定位仪）等。但他很可能会站在他的叙事的旁边痴迷着被"鲸鱼"自己的执念打败的"鲸鱼"，并且他可能会把现代捕鲸的过剩和现代捕捞的过度作为支持的证据。

《白鲸》对过剩进行想象和洛佩兹的约束建模（特别是在《北极的梦想》中）分享了至少两个主要伦理的—美学的承诺。第一，一个痴迷人类的不可知论者渴望在动物中找到行为的配置，这种配置从证明动物认知的角度看上去似乎象征性意义重大（因为那些人对那些自然的书籍的宇宙论的阅读特别感兴趣）或在行为上有意义。第二,承诺看到的个体生物,不仅独特或作为物种,而且在某种形式的全球化视野的背景中,对梅尔维尔来说,其主要成分是帝国企业和比较神话,并且对洛佩兹来说,是极地生态和比较的民族志。这些承诺产生了一个国际化的视野,它有助于保持小说不再屈服于动物与人类和谐的平凡化,这样标志性的野兽失去了它的作为生态系统的和生态文化的提喻的身份,缩小到一个孤立的案例,将和谐的经验缩小到比私人生活的奇异事件稍微多一点。在流行的 21 世纪之交的鲸类想象中,后者看上去似乎是更经常的情况。这表明海洋的生态想象的全球化还有很长的路要走,然后才能将它的高水平线与任何频率匹配起来。事实上,《白鲸》、《鲸鱼的展示》、《人鱼的童话》和《海洋世界》经验都以差异性的方式证明,当造成生态系统滥用的混乱形式的心态被暂停或压抑时——作为商品的鲸鱼的概念成了所有企业家的公平的游戏,例如——可以代替它的东西通常不会比崇高的财产主义更好:这是我的战利品,我的玩伴,我独特的和前所未有的体验。然后它变成了文学的挑战,和更广泛的文化表达的话语,使那种洞察力成了共同的财富,用多种方式抵制拨款的诱惑。这个挑战是一个像洛佩兹一样的作家所假定的,它肯定会为新世纪的生态作家留下一个挑战。

第七章 兽类与人类的苦难：非人类中心主义伦理学与生态正义

在自然保护区内的动物或是保护区之外的被保护的物种经常以各种方式给人们带来不利的影响。因此，在普纳地区的皮马尚格尔救助站中的野猪每年都会给该保护区周边的部落村庄的大片生长中的农作物造成严重破坏。在 1987 年调查的 25 个村庄中，大约有 96000 千克的粮食被野生动物破坏……从本质上说，承受这些巨大损失的只是居住在自然保护区这个生态系统中的人，而这些都丝毫不能引起身处城市中野生动物爱护者的关注。

——马达夫·加吉尔和拉马钱德拉·古哈：《生态与公平：自然在当代印度的使用与滥用》

这里充斥着刺杀、重击和令人厌恶的直升机，人们瞄准、射击，紧接着爆发出一阵胜利的欢呼声，然而他们周围的大象在还没有被弄得伤残或在哀鸣中死去或落入陷阱之前都仓皇地出没于布满灰尘的灌木丛中。它们必须

在一个界定的小圈子内互相帮助,每当其中一员出现时,
都会引起一股新的骚动、悲伤、恐惧、害怕和怀疑。它们
的眼睛大而纯洁,抗菌肽顺着它们脸颊上的细纹流下来,
它们会重新检查一下各位成员的头部和身体,试探一下
耳朵、嘴巴、眼窝、阴户是否完好。它们徘徊在血液、粪便
和尿液周围,并等待着死亡的来临,就像遴选的草案中仁
慈地口述的那样。

——凯蒂·佩恩:《沉默的雷声:在大象面前》

　　第五章和第六章的文字描述似乎把我们带到野外,而当
我们再看第三章和第四章,在这两章中,同一个词会产生两种
意蕴,显得更加关注大城市中的场景。这些对章节的相反倾
向的描述表明在一本书中体现"人类中心主义"和"生态中心
主义"之间相互依赖的生态想象在构思方面的难度,它的前
提条件就是一个人对"自然"和"文明",殖民地和内地这些概
念的区分,还有一个人已有的在生态心理学,价值观和审美观
这些大概的构思基础。因此,在余下的章节中,第一,我想更
尖锐地反映出伦理/美学分裂的历史,和在过去的两个世纪中
文学是如何既能有助于解释其作为一种文化传统的持久性,
又能暴露出它作为一种思维方式的不足之处;第二,在第八
章,确认生态想象的特定传统,这可以帮助我们认清过去的道
德评价中存在于像自然写作和城市小说等各种流派类别中所
表现出的人类中心主义和生态中心主义的两极分化。

分　裂

　　生态伦理学所关注的是,在现代西方思想中没有哪个时

期如此重视稳定,虽然道路并不平坦,并努力将道德观念有时甚至是法律地位的影响推广到人类社会和非人类群体中。推广人的思想来源是如此纠结,以致于需要一整本书来对其进行阐明,但可以肯定的是,这成为民主价值观的演变和生物进化学兴起的催化剂。下面两段就说明了这一点。其一就是上一章中提到的杰里米·边沁的一个著名的补充说明《道德与立法原则的介绍》(1780,1789);其二是达尔文的一篇声明《人类的起源》(1871),这篇声明是承袭《物种起源》而来的姊妹篇。

　　这种状况一直在持续,我很遗憾地说在很多地方这种现象还没有消失,以英国为例,在奴隶的称谓下,很多物种在法律中仍被视为与低等生物具有一样的社会地位。剩下的生物将通过暴力的手段获得它们从未拥有过的权利这一天终将来临。法国人已经发现,黑皮肤不应该是一个人惨遭反复折磨后在没有任何补救措施下又被抛弃的原因。也许有一天人们会认识到,腿的数量、皮肤的绒毛、骶骨功能的丧失都不足以使我们放弃一个对同样的命运都敏感的生命……问题不在于,他们会推理吗?也不在于,他们能谈话吗? 而是在于,他们能忍受得了吗?[1]

　　随着人类文明的进行,人们从小部落结成大的社会群体,对于每个人来说最简单的原因是,即使有的人对他一无所知,他也应该将他的社会直觉和同情扩大到和他处在同一国家中的所有成员。这一目标一旦达成,就只剩下一道能阻止他将这种同情延伸到所有种族和国家的人工屏障……这种同情超出人类这一范围,人类对低等生物的同情似乎是道德涵盖的最新的范围之一。残暴的人显然是除了对他们的宠物之外不会有这种同情心的……这是一个人所能拥有的最高贵的品德,他似乎出现于我们偶然的同情心,渐渐地变得程度更深,范围更广,一直扩展到每一种有感知的生物。[2]

边沁的言论关乎权利,达尔文的文章关注同情,但他们一致断言衡量文明进步的标准正扩展到更多的生物范围中:首先是除我们之外的阶级和/或种族,然后是其他物种而不是我们。两者都是道德观转换中的大胆尝试的福音传道者。然而他们也期望探求一些更有价值的问题,因而会不自觉地预示出一些会有进一步发展的典型问题,非常自觉的道德扩张主义必定摔跤。

例如:道德有什么本质资格能发人深省? 像达尔文所说的,正是感知能力,似乎至少是为了暗暗地稳定了高等动物的智力? 或者是像边沁所说的可能是向外进一步拓展的能力受到影响? 或者就像劳伦斯·约翰逊和其他一些生态伦理学家认为的那样它"很有趣",在这种情况下,所有的生命形式(甚至是微生物)都被看做是有价值的。[3]

还是那句话:究竟是生命存在的扩展? 还是像边沁说的那样,关乎权利? 一种涵盖所有生命体的乌托邦式的议会? 抑或是如达尔文说的那样,这是人道主义的同情? ——这听起来更像是安置住宅和 SPCA(动物保护协会)的行为。或者考虑到这种扩展会被认为是另有所图? 随之产生对生物的宽容,同情,尊重或其他一些影响?

然后,我们所认为的道德扩展的范围主要是在生物种类方面,正如边沁和达尔文各自所关注的那样,一方面暗示作为对立的群体中的每个人需要承担一定的义务;另一方面又关乎在这复杂的群落和生态系统中建立的道德要求。[4]

　　围绕着道德扩展这件事争论的最激烈的部分都与一个更具有普遍性的问题有关,即人类中心主义或人类第一性的道德观与非人类中心主义或生态第一性的道德观之间的论争。将福利分配给濒危的人,以此来反对将福利分配给濒危的非人类和/或生物价值何在? 是大象的缩减与饱受饥荒威胁的村民? 是伐木工人与斑点猫头鹰的斗争或是雨林多样性与城市公共卫生之间的斗争? 这些普遍性的问题都与《阿凡达》中的问题冲突相类似。近年来,名副其实的家庭手工业式的裁判性话语在生态伦理学家当中如雨后春笋般涌现[5],这无疑增强了在民众中普遍存在的一种观念,即"环保精神和人类的担忧被认为是相互排斥的,甚至是矛盾的"。[6]

　　正如在第一章所说的那样,对这种观念上差距的调节是当代环境保护主义的切入点。在以西方为基础的主流组织下形成的全球性的生态建设的立场遭到环境主义运动的指责,他们说这种立场过度关注濒危物种而忽视了同样处在险境中的人类。如果我们暂时从这个情境中退出来,并更仔细思索边沁和达尔文的文章中的经典语句,也许我们可以更好地理解那个僵局的逻辑:弄明白为什么它能使生态伦理想象的扩张变得有意义,他们(既包括人类又包括非人类)的设想如此明确,以致于不可避免地导致了一个普遍的看法要么/或权衡。

　　这两段文章均对当代以人类为中心的生态正义论和非人类中心主义的伦理观中的主张作出预测。[7]这两位作者都存在着对种族和物种的部落主义的鄙视。尽管他们通过将现代西方历史假设成一个先进的道德启蒙的故事部分纠正这种部落观,并且他们自己也因此站在一个更高的文明平台上,这意味着只有高度文明的人才能够欣赏可感知的民主或应该对人类加以约束并同情其他所有的生命。但是这两段提出,更大的困难是当人们开始欣赏他们在预言生态正义论和非人类中心主义的道德观的先见之明时,他们的意见似乎会立刻从开始怀疑一个立场转向另一个方面。针对这些伦理道德上的突破,有边沁赞成的针对黑人的法国平均主义或达尔文的超越种族界线的同情,那么每一阶段(它的先后顺序是人类第一,然后是非人类)中的人类中心主义会立刻被突破。另外,如果一个人专注于跨物种的博爱思想,那么就会立刻意识到一种非欧洲人的非人类的生态法西斯正在形成,并且有暗示表明检验真正的文明不是克服种族主义而是克服物种主义——就像在人类层面上克服偏见和不平等是相对容易的。

像这样的问题在达尔文的《人类的起源》中尤为多见。以他所说的宠物和火地岛上的印第安人为例,火地岛的居民是达尔文第一个对其进行特写的样本,他们似乎是一群真正处在旧石器时代的人;他喜欢用他们作为人类最野蛮秩序的例子。相反,他喜欢强调接近人类的某些高等动物的能力,然而宠物和火地岛人受到了兔鸭式振荡,宠物似乎能反复表现出一些惊异的人性(如狗会表现出"耻辱"、"慷慨"和"其他一些道德心")并比我们听话。[8]火地岛人在某些情况下似乎具有十分惊人的动物性,而其他的有利的证据表明所有的人类竞争都属于普通物种的范畴绝不同于高级的非人类物种。[9]延展性是一种典型的倾向,它在两个相反的定位之间来回变动,这有助于解释为什么达尔文主义适用于这种相反的卡通式的缩小:他既贬低男人变成猴子,又以科学的名义将社会的等级合法化。这就是保守的激进分子的可预见的遗产,其对标准边界的质疑引发了他自己和他人内心的不安,就是关于那些边界应该如何被完全超越。

那么,达尔文的作品表明,道德扩展的阈限如何能够在同样的思想者中产生这样的不稳定性和区分,以致于,反过来,人类和其他动物被缩小和增加可以波及先进的人类:要么彼此互喻(无论是尊重还是轻视),要么被认为具有不可调和的差异性。根据强调的是将两者相连的发展路线,还是在两者之间的梯度性。一旦一个人开始重新思考道德的机构和这方面的价值,这样一来,可以预料到至少两个相反的结果。所阐述的道德范围首先超出康德所说的道德领域。根据哪种"理性"是使一个人(仅限于男性)成为道德代言人所应具有的品质和"所有动物只是作为一种方式存在着而不是作为它们自身的目的而存在,因此它们没有自我意识"。[10]但是,在一系列的应用中,理性的西方男人不同于其他人,其他种族和其他物种,这些都可以依据作者的心情或说服来起到抵消对方的作用。

考虑到这些复杂的可能性,我们现在把目光从理智的历史转到文学上来。与西方道德拓展人员思想相伴而来的,是在社会上其他人和物种的生活想象方面的写作和阅读兴趣的加强。有些是写农民生活的浪漫主义诗歌;有的是对逃脱奴隶生活的叙述;还有传记、社会学,以及底层小说;人种学的兴起;以及现代动物故事的诞生。

关于这些写作主体,他们的观点大约有以下几点。首先,在生命世界人类和非人类的文学恢复中的趋向大部分是彼此独立自主,而不像边沁和达尔文的文章中暗示的那样使两者相互衔接。在很久以前,我们可想而知野兽和人类的苦难分别造就了他们现在各自的特色的种类。因此,例如,厄普顿·辛克莱揭露的在丛林中的芝加哥肉类加工业成为所谓的"工资奴隶的汤姆叔叔的小屋",而安娜·休厄尔的《黑美人》变成了所谓的"马的汤姆叔叔的小屋"。三者的落脚点相同的,却走着不同的轨迹,下文中将特别指出其中的差异。其次,在这种差异下,人类和非人类之间的专业对话将吸引不同流派的人来评论。例如,那些学习自然小说的人与学习自然写作的人的观点并不趋同。再次,尽管如此,也许是无心插柳,(有的人发现这些不同的批评流派间也存在着相互吸引并进行对比的现象),例如他们对将叙述者的同情色调变为谦虚或需要掌控的做法很感兴趣,并希望对此进行缓和;对个别情况下的代表性问题感兴趣,这些问题就是,一个人是否和如何胆敢代表不被允许的人讲话,下属是否可以讲这个问题。最后,人们也经常看到,在每一次对话中还存在着另一个问题的阴影——但如此照本宣科,以致于使它即使不是肮脏的,也是在伦理上不可信的。一个熟悉的例子是自然主义小说中兽性的比喻:在左拉的《萌芽》和理查德·赖特的《土生子》中人类在社会的压迫下被摧残成动物,[11](贬义成分少,但也不完全是尊敬的意味)如果被压迫的人要成为真正的人类,他需要修炼动物般的适应能力,例如在斯坦贝克的《愤怒的葡萄》中作为一个弹性的幸存者的龟的开放性形象。相反,如果没有社会正义的关注的排斥,传统的自然写作往往集中在美容和淡化自然界的兴奋,约翰·缪尔对此丝毫不感兴趣。甚至轻视美国的本土文化,使他在寒拉斯遥遥领先。

从这种对文学和批评工作的划分来看,鉴于现代社会中存在的生态伦理竞争开始看起来像一个自我实现的预言这一现象。如果在思想领域没有不能协调的矛盾,那么实际中就会出现出人意料的不协调的事。

两部 20 世纪后期的小说阐明这一结果,它们是:1995 年由佳亚特里·斯皮瓦克翻译哈马斯维塔·黛维写的孟加拉语中篇小说《翼手龙、普伦·沙海和皮尔塔》和 1998 年加拿大作家芭芭拉·高迪写的小说《白骨》"翼手龙"讲述的是一个调查记者(普伦,主角和中心意识)到偏远的"部落"(即本土)人的悲惨的村子(皮尔塔)的游历。《白骨》试图从濒临灭绝的非人类部落内部来进行重新构建,例如非洲大象的部落。

"翼手龙"是生态正义有史以来最犀利和具有挑战性的小说之一。有时它显得有深奥的文化特殊性,这种表现有时看起来更像是对以前我主要探索的以美国为中心的文本的奇怪的绕道而行,但是作者本人一直坚持认为它适用于包括美国本土世界范围内的头等民族的困境。[12]

小说中虚构出来的皮尔塔写的是同一个地区内的一些小村庄,这些小村庄每在短期内会拥有充沛的降水却还是年年干旱:其故事线索是,表现通过剥削森林和砍伐加剧,加快了水土流失和蒸发,恶化土壤质量和危害农业这样一种恶性循环。普伦处在饥荒之中不是由于干旱本身引起的,而是由当地水井污染引起的——颇具讽刺性意味的是,这个灾难是由出于好意的掌管他的人和以前的同事造成的,局部区块发展主任(BDO),(他主张通过杜绝施加化肥和杀虫剂来牟取暴利),并阻止其他也有这打算的部落,"这给了我一个教训",局部区域发展主任在做报告时沉痛地说道,在干旱的季节,他的被剥夺了受贿的下属们分管辖范围遍布乡村的每一寸土地,[13]每当雨季来临,有毒的径流就会流到居民的水井中并浸染着主要粮食作物的根部,导致大范围的疾病和死亡现象的出现。

普伦也试图与村民接触,调解过程中出现的各种疯狂的复杂的层面使他的努力看起来似乎都是白费的:一个不知名

的分区区长(简称 SDO);他的朋友局部区块发展主任;村长
或是村委会的头目(部落种族也是印度教中的种姓,它能履
行当地社区集群中某些家长式作风的监督责任);一个有文
化教养的皮尔塔人;一个 NGO(非政府组织)的救济代理人。
他一方面要与其合作,一方面又对其进行反对,上述层面有政
府的批准和当地权威部门的认可。大多数人原本是出于善意
却总是被相互猜忌,根深蒂固的腐败和上级部门的漠不关心
这些现象都很令人沮丧。局部地区发展主任和分区区长怀着
渺小的希望普伦能把皮尔塔放在地图上。同时,皮尔塔人他
们自己什么都不期待;事实上,他们士气低落到愿意集体自杀
的地步。他们似乎认为是他们自己的污秽给自身带来灾难。
这些村民是马达夫·加吉尔和拉玛昌·古哈所指的"生态系
统的人"的一个典型例子:传统的以当地为中心的群体生活,
他们的自给经济形式使其依靠消耗当地资源来生存。[14]

　　敏感的普伦也认识到这一些,虽然他也遭受伤害并独自
承受:逃避他对母亲和他那没有妈妈的孩子所应承担的家庭
责任,为了自己的目的轻易对一个女性朋友许下长期的承诺,
这使她放弃选择其他婚姻。尽管如此,他唯独与不一般的见
过并画出"翼手龙"的孩子交往颇深,这是个象征着部落身份
(包括那些濒临灭绝的)的神话般的形象,传说中他离奇的出
现引起人们的注意,正因为如此才把普伦带到这里。他自己
"看到"它,并游历了外人看不到的地方。当他来到这里时小
雨了,他被认为是奇迹的创造者。然而他仍然痛苦地意识到
自己与村民之间的深深的分歧——"在我们和翼手龙之间没
有沟通点。"[15]当他离开时,无论是他还是其他人似乎都期望
无论他怎么写,都会使皮尔塔产生很大的改变。

　　如同所有的生态灾难写作,故事的启示论大概目的是驳

斥自身，为了沟通部落的痛苦以反对不可能的沟通。当然，人们提出了对强有力的图像进行传播的建议，虽然他们是局部的扭曲的，但这是达成民族道德的唯一途径。使"翼手龙"成为同类作品中一个特别突出的例子的原因是它毫无保留的自我批评的动机、智力，以及任何有效性的和制度化的革新成就。其诊断不仅令人苦恼，更使人感到犀利，因为这些生态系统的人到目前为止在供水方面，其实已经在原则上采取了一个可行的权宜之计：在漫长的干旱季节，当水需要仔细配给时自挖井以满足国内需求和小规模的灌溉用水。所以，这个特殊的末日是没必要的，但文化上是不可避免的：这种不可避免既因为"杂食动物"在生态系统中是屈从于无能的"生态人"。并且因为，作为文化的传统主义者，生态系统的人可能会自己承担瘟疫和饥荒。

芭芭拉·高迪的《白骨》是一个大胆的尝试想象大象是如何思考和感受的作品，以下是几个小家庭的不幸，它们在谈论干旱日益严重的现象，这与人类的捕食一样使它们愤怒，在集体记忆中徒劳地搜索安全的地方，随着它们的活动，在杀戮和剥夺中他们被大批杀害。因此，《白骨》在认识论上比"翼手龙"，更加做作，相比较于局外人对部落文化的观念，她小心翼翼地避免更多的权威观点。不过，小说将大象的文明化也是有明显限度的（例如，允许它们有明确的语言表达能力），像谨慎的自然经验主义作家蕾切尔·卡森永远都不会逾越一定的界限，它的严肃性没有因此而减少或是通过增加非类比的因素对它的神人同形同性论施加压力，因此只有被震惊同感的情绪才能被不断地唤起。是的，大象之间能相互沟通，但是它们的沟通手段和惯例与人类有极大的不同，它们更多地依靠嗅觉，触觉和一种第六感或超感觉力。当然，它们有情绪,情感和紧密的家庭生活,但这不是建立在西方的行为规范的基础上的,而是遵循着复杂的部落女权家长制下奇怪的礼仪纪律;它们依靠粪便作为个体的标识和沟通,亲密跟踪的手段;它们的社会空间和地点的心里映射。(这本书以谜一般的分散和模糊的标志开头好像大象早已预知这一切。)

这本书受读者欢迎程度远不如《小鹿斑比》或《巴巴》或《鲸鱼的一年》。像"翼手龙"那样,用温情脉脉的笔法表现野兽或人类的痛苦也许会使人感到沮丧,在某种程度上,其结果在是这个艰苦的构思过程中为了把各自的扩展领域做好是一个极大的挑战。大多数读者认为在《白骨》中的大象被赋予人类很多复杂的情绪和心理,但是在"他们"和我们之间没有简单的同类关系。同情与厌恶是交织在一起的。高迪书中主角在婴儿时期留下极大的创伤,妈妈的死(她分娩时被眼镜蛇咬伤)离奇的被描写尸体爆炸场面("气体爆炸,内脏翻滚着喷溅出来"),喷射出"石头大小的块状淤血",从穆德的脸上流下来渗进她的眼睛里,"直到她呕吐,并且两只较小的(秃鹰)围着地面上散落的肠子盘旋""它们不断重叠着落在池子旁边然后挣扯着穆德的躯干"。后来,因穆德的配偶穿越沙漠的审判是这样被放弃的:"苍蝇在他的肛门,他的耳朵,他的眼睛前嗡嗡叫,巨大的扁虱翻找着他皮肤中的伤口处。为了避免口渴,他吮吸着石头。"[16]

然而,在现在的上下文中我特别想强调与《白骨》相对的"翼手龙",它表现了每一者是如何忽视了其他种类的悲剧。在高迪的大象世界中,人类——"这些后腿行走者",大象这样称呼他们——是一个长相奇怪的而又恐怖的杀手。高迪不像提毗那样是一个自我认知的作者;两者的叙述情节相比《白骨》有更多的虚构心理经验,以此挑战洞悉动物的思想抛弃那些对动物的意识的偏见，像托马斯·内格尔那样（用一种点差与诗意结合的方法）说："成为一只蝙蝠是什么样的呢?"[17]然而，忠于对大象意识的模拟似乎有必要将人类妖化——至少是现代人类（大象的集体记忆能记得一个遥远的更加和平共处的时代）。有实际目的的人们与狩猎者和坏人一样根本没有想过驱使边缘的非洲人去非法狩猎是情有可原的。在这方面，这本书与迪安·弗塞的《迷雾森林十八年》同样目光短浅，甚至超过生物学家凯蒂·佩恩在《沉默的雷声》中的现场叙述；《在大象面前》这本书，就像在本章第二题词写的那样，承诺它本身对以前大象的地位的热情不减，但是在其他地方考虑的是这个承诺使她与她尊重的同事起了争执。这些同事比他更加关注大象的增殖给南非带来的威胁和他们受益于动物数量控制政策，这个政策是，当兽群远低于危险线二保持在一个合适的数量时，允许人们收割象牙。在《白骨》中加吉尔和古哈在本章第一个标题中指出的居民的痛苦根本不算数。

"翼手龙"不是这样划分的。至少它暗示村民的困境与非人类的环境的困境是相关的。这两个领域不是相对的。但总体来说它与《白骨》相对应，忽视其他非人类物种的痛苦。这部中篇小说触及的确实超出了人类的范围，也成为自然环境的一曲挽歌："一个大陆，在它未被发现之前我们已将其毁灭，就像我们正在破坏原始森林，水，生物，人类。"（第196页）但是这只不过是简单的一瞥。在大多数情况下，两篇文章坚持道德审美扩展这种专门的形式并排斥相互之间的关联。

这并不是说他们在很大程度上受谴责。对一个人来说使自己扩张至跨越道德的界限是很困难的，更别说两个人。我以此来证明这样的观点：E.M.福斯特在《印度之旅》中的有趣片段是关于代沟的,代沟所跨越的两者为"格雷斯福特老先生和年轻的索利先生,这些忠实的传教士住在屠宰场外面,总是坐火车从旁边经过却从来没有去过俱乐部"。他们两人在传教时都这样说："在我父亲的住处有好多房子……在那里的走廊上,任何人不能被仆人拒之门外,不管他是黑人还是白人,"但是他们的争论点在于"神圣的款待"在那里是否该停止。

> 我们怀着崇敬的心情考虑到猴子。这里不应该也给猴子一个宅邸吗? 格雷斯福特老先生说不应该,但是先进而又年轻的索利先生说应该;他认为猴子没有理由不该享受它们应有的天赐之福,并且他和他的北印度朋友谈起它们时满怀同情。那么豺狼呢? 在索利先生的心中豺狼好像不在此列,不过他承认,上帝的仁慈是无限的,可能涵盖所有的哺乳动物。那么黄蜂呢? 把他的界限降低到黄蜂似乎不那么容易,并且他会倾向于改变这种谈话。那么橙子、仙人掌、水晶和泥土呢? 细菌也包含在索利所指的范围内吗? 不,不,这就扯得太远了。我们必须从我们涵盖的事物中排除一些,不然我们什么也留不下。[18]

这段话表明,道德扩展是一项艰苦卓绝的工作,并且没有小的措施,因为一个人要同时兼顾两个方面,而不是一个方面。福斯特的讽刺转移了西方道德扩展学说的尴尬处境,不仅因为它在自觉地和根深蒂固的物种歧视做斗争,还因为它往往卷入自欺欺人的种族优越感之中。其根源是格雷斯福特和索利都不能很快摆脱他们早已习惯的人类中心主义,这与其他的印度文化和实践形式的人们是不相适应的,尽管他们在本土部落中已经承受了这种巨大的不便和屈辱带来的痛苦。评价好的传教士的相关原则到目前为止就是这样,他们两人都是。叙述者没有对他们怀有更多的不屑是因为他们没有更进一步的拓展。还因为他们幻想的比他们自己实际的范围更广:格雷斯福特先生没有走得更远,因为他没有完全赞同它的委托人,索利先生褒扬他的思想开放而多于那些保证。相反,叙述者没有借此尝试改革,甚至像小说中的欧洲人那样喜欢揣测印度教的生活世界与它的"真正的印度"。事实上,在小说的最后一系列事件中,印度教圣人戈德博尔在处理扩展这个问题上更灵活和有经验,因为他那上帝般的神明启示成功折服了西方人,接下来是昆虫,而创始人却是在当他努力去"尝试石头"时,黄蜂就贴在石头上面:"逻辑和意识的努力是有诱惑力的"[19]对此擅长的人尚且功亏一篑,更何况是外国人。

调　解

人们希望能够在现代文学作品中看到伦理扩展的前景在经历一系列具有讽刺意味的破坏后依然没有破灭,如果他们奋力向前,也不会将他们自己托付于自我限制的生态正义的范围内从而排除掉生态伦理,或者反之亦然？幸运的是,答案是肯定的,尽管面临艰巨的挑战,而是历史经验表明,成功是永远不会被认为是理所当然的。

最后一章提到的梅尔维尔的《白鲸》就是一部这样的作品。因为它在一定程度上涉及男人对鲸鱼的肆意剥削和屠宰;另外,它又在一定程度上要求读者想象,一个人在第一眼看见鲸鱼的眼睛时会感到如此奇怪就好比魁魁格可能是美国人的知音,虽然他们看起来很可怕,然而在另一方面再回想起鲸鱼时又觉得它们与人类有着奇怪的相似之处。梅尔维尔不是第一个成功协调推广人员轨迹的创造性的作家。他领先于一些浪漫主义的先驱。正如生态批评家奥诺·欧勒曼斯说的那样:"在没有被约翰·克莱尔的关心农村贫困人口(通常由诗人自己设想的)和关心动物的生命打动时,是不可能通读他的诗歌的,甚至连最简单的也不能。这两个都是人类的等级,他们的福利被压迫阶级所忽视,这些压迫阶级拥有并日益占据他们生活的土地。"[20]布莱克、伯恩斯和柯勒律治提供早期相关案例。例如,柯勒律治的《致一头小驴》(1794)敢于认真对待一种主题,后来被拜伦和其他人进行了拙劣的模仿,这个主题也是劳伦斯·斯特恩在《一次伤感的旅行》(1768)中滑稽地对待的,即向刻板滑稽的动物致敬,如"被压迫种族的可怜的小马驹!",然后强调人和被压迫的动物之间的关系:

> 可怜的驴子!你的主人应该已经学会了表示
> 怜悯——被悲哀的同伴完全教会!
> 很多时间我担心我自己,也是他生活着的,像你,
> 一半人在富饶的土地上被饿死。[21]

欧勒曼斯指出,像柯勒律治这样想象动物的困境是很容易的,无非是"这是一个关于英国劳动群众现状的预言"[22],或相反的情况,他或许仅仅只是打了一个比喻而不是写压迫阶级的主控权,并不是强调"在这个富饶的土地上"作为共同遭受压迫的动物和工人之间的特殊联系。

这首诗几乎没有展现出柯勒律治最优秀的一面,但是它的道德反思是前卫的,同样的道理,这种动机在他的作品中如

此明确实属罕见,由此表明这种表达的难度;另外,就像是《白鲸》的接受史——对小说的物种歧视的批判性解读这方面的落后。至关重要的是引文占据着诗的一小部分,这关乎对生物的同情。柯勒律治作为一个推广人员强烈指明一点的是,在想象人类精神和生物世界相互关系这一方面是绝对的:一个观点是 M.H.艾布拉姆斯在 1972 年的 200 年周年纪念时的一篇重要文章,题目是《宇宙生态》。[23]

在柯勒律治最伟大的诗篇《古舟子咏》中也是样的,这首诗表现肆言杀戮图腾动物的后果,使赎罪的关键在于凶手后来表现出来的甚至是对虚伪的创造物的自发的同情[24]。出乎人们意料的是,诅咒解除的时候,水手们看到美丽的水蛇——"他们泛着白光的轨道中移动,/当它们高耸起来的时候,/如小精灵的光/跌落下来化成灰白色的碎片"——并且"我们希望他们不知道"。与福克纳的《熊》末尾共同点相比这甚至是一个更惊人的转变,当艾克·麦卡斯林通过记住印第安人的仪式克服了对蛇的本能的反感后他说道:"首领,祖父。"由于在这位水手的以往的航海经验中,他没有对这突如其来的虔诚的扩张做好最充分的准备。尽管考虑到他非凡的诗歌成就,过多的抱怨是无礼的,有时也有与诗中跌宕起伏的戏剧性情节不相称的东西,与《致一头小驴》中双重牺牲意识形成对比。"结晶"对船上存在的压迫保持沉默,除了他的同船水手对船上的领导者的谴责也这样看待。相比之下,人们可以很容易想象梅尔维尔在叙述中倾注了如此多的对随意对水手们施加暴力和残害的厌倦,他的水手们同样情绪波动得厉害对他加以谴责、赞成和惩罚。

然而,鉴于比较新颖的生态主义传播范围广这个情况,长期以来它一直得到民众的高度关注,只是可以预料到,等到相当晚的时候才会开始出现构建环境主义和非人类中心主义的道德观之间的关系这样的文学作品;并且近期的写作中对此的表现也最具针对性,因为道德争论只是在过去的几十年中才变得突出,一个富有启发性的例子是契卡索作家琳达·霍根的小说。她的小说《太阳风暴》(1995)很像其他当代美国本土的写作一样犀利地描绘了殖民者对土著人和非人类的文化侵略(在加拿大也是这样)。通过本土人的视角来看,这都是资源开采这同一个病理的两个方面:大的木材和大的水利电力。种族主义者歧视原住居民,并完全无视河流改道造成的大规模环境的破坏,这些都被人麻木无情地忽视了,从根本上改变湖泊水位,鱼类和哺乳动物的灭绝。然而,霍根的最新小说《灵力》(1998),他更明确的设想了能调解殖民者和土著之间的竞争和两者在生态伦理的概念制度上足够多的矛盾。

《灵力》的主要情节是一个美国土著女人杀害濒危物种弗罗里达豹而被审判,这是通过一个家族中 16 岁的被保护的至亲的小女孩的监护人的视角来讲述这一切。阿马·伊顿实际上争取了两次审判的机会:第一次是在一个高度公开的法庭上,由于缺乏证据而以误判结束;第二次是由当地法庭最后判她从她的部落中被流放。有一点暗示是很明确的,没有一套程序能达到真实性。这种双重失误是我们批判两种生态伦理立场的一部分,这相当于两者是故意的不易结合。生态正义和非人类中心主义的道德观达成长久的一致性。但也总暴露出具有公式化的特征。各党派人士(实际上似乎是大多数人)都自称保护濒危物种是一件很好的事。然而,它的合法化显示,这只是白人为了控制印第安人和本土美国人这个绊脚石的借口,这些人敬畏自然至少在原则上更接地气,他们把美洲豹尊为自己部落的祖先,但是他们精神上的历练包括杀

害某个特定环境中的动物。从生态正义的角度来看,北方针
叶林扮演着一个在种族歧视下四面楚歌的残存部落人民典型
的受害者形象。在社会机会的最底层,他们被困在一小片残
存的土地上并被有毒物质污染分解,而且变化多端的水位使
他们难以掌控,然而从正当司法程序这个意义上说,无论是法
定的还是部落的司法程序,即使认真执行(大多数情况下它
是这么做的),也常是滥用权职而不是保障程序公正,因为当
其自身文化处于崩溃的时期,在复杂的个别案件中是无法实
现的。由于主流文化和本土文化都拘泥于各自的陈规,因此
公正是无法实现的。道德范式和文化群体都是不可捉摸的,
这个被告的女人故意杀死豹子是通过自己受损失的方式以正
确的礼仪实践来祭祀残存部落的灭亡。

　　剧情以一般的伤感回归自然结尾,当叙述者即阿马青少
年时期的监护人,永远从学校中退学并脱离家族沿着本土的
方式成为她的人民领袖后,她的导师也可能这样做过但是却
从未成功。但是这本书的整体设计理念比这种种族基本教育
说的结局有趣得多,这个结局混合了对生态正义和非人类中
心主义伦理学的价值观的不切实际的赞成,并坚决主张两种
信念,作为系统,变成了对理解一种民族精神或者授权一个实
践的负担,这个实践体现了双方中的任何一方。

　　通过《灵力》对跨越几代人的北方针叶林地区的女领导
的戏剧化,这种批判被赋予了一个强烈的生态女性主义转向;
通过将男性设计成书中最具剥削性和偏执的人物,尤其是与
女性逃学现象的控制有关;奥米希多为了逃避她继父的掠夺
性骚扰是使她抛弃传统的郊区的家庭和学校生活而喜欢阿马
的沼泽地的小屋和另类的传统生活方式的一个重要动因;而
且总的来说,当她成为环境和文化的维护者后,阿马和奥米希

多这两个角色才实现有价值的联系在一起。这两名女性可以算得上是生态正义和非人类中心主义道德观的智慧中心。在阿马的自我任命上我们能明显地看到这一点，但是却误解了（除了奥米希多所有的人）作为北方针叶林存在的管理者和对自然界的负责人这个角色。而且阿马引领奥米希多希望她成为她的继承者。女性中心主义的道德观作为法典超出了所有的道德观。"需要有人找到一种方法来更新这个世界"，奥米希多沉思着指出这一点："没有人能这样做。的确，它是违法的，但是我亲眼看到男孩们开着他们的沼泽越野车经过这个地方毁掉这片土地，而且男人不会如此阻止他们这样做，也许因此阿马才自己承担了这一切。"[25]

哲学家格伦·沃伦指出，由于对道德的关注必须更多地从影响方面而不是从对个人叙述的推理中进行，这种方法对于传达女性生态主义的承诺更合适：叙述中的关系是敏感的戏剧化的"往往缺乏传统的道德话语，"这源于生活经验，特殊的事件，这表现在其自身显现的过程中"这都被看做道德情况的一个合理的结局"。[26]沃伦在这里提到了像攀岩术一样难的独特的第一人称叙事，但是她恰好能够就像《灵力》一样很容易地撰写这样一个面向见证者的叙述，其中既有奥米希多的宏观叙事框架，又有阿马·伊顿的内在叙事。

此外，沃伦提出了很多主张，而且《灵力》也证实了这一点，在血和肉的面前它能更加明确地证实生态想象的优势凌驾于生态正义与非人类中心主义道德观之间的对抗这种两难的境地之上。通过探究一个被指控的女人拥有的秘密的"知识"，并且这个"知识"除那个与我们分享的叙述者外没有人能理解的了。小说表明，这些争议是可以通过正式的对话而不需指望生活经验来解决这种假设是愚蠢的。人们要明白的

不是认可像小说中暗示的那样觉得本土人最大的希望是去本
地,或者认为生态正义和生态伦理最忠实的管理者是女性,为
了证明这些建议,文章的叙述风格非常趋向于家庭化,这种道
德取向都被认为是个人和集体生活的世界的基础时只能被深
刻处理。论据可以证明,但叙述实际上可以戏剧性的表现奥
米希多最终和阿马一样都经历过黑豹和社会的危机并以此作
为她们自己不可或缺的命运和福祉。从这个意义上说,达尔
文和边沁是虚构想象力的无意中的预言者。他们描述的道德
拓展中认同和附属物的形式越来越多。[27]

另外,《灵力》,对其信用来说,没有给予那些无恐惧和战
栗的生态想象行为以特权,尽管它坚持一个方案可用来"解
决"(至少在引号中)问题,与此形成鲜明对比的是,比方说,
一直以来梅尔维尔坚持怀疑关于认识论和公正,甚至怀疑基
于人们相信的或认为的人类和生物群落的真相而采取果断行
动的可能性。小说最显著的特征之一就是构建了它的这样一
个框架,即控告那个女人的深不可测的行为是一种唯信仰论
者的肆无忌惮的行为,即使她自己似乎并没有完全理解。
《灵力》用这种方法表明,它知道的比它的结局所表明得更
多:知道伦理范式之间的脱节的遗留必须首先通过一些行动
来解决,而这些行动看起来有一种莫名其妙的特质,它们来自
于一些可能似乎令人费解的动机。生态无意识的力量也因此
而承认其相对的两个方面:像被封锁的理解,以及洞察力和觉
醒的基础。

这是否为审理现实生活中的争议时提供了有实用价值的
模板? 不,如果你想要的不是一幅蓝图:一套指导方针或程
序。但文学一定应该摆在首位并不重要。正如据说海明威说
过的一句话,"如果你正在寻找信息,试试西部联盟电报公

司"——并且他也是一个强有力的代码作家。《灵力》所提供的信息充满了足够多的疑问:生态伦理学批评代码,正是在这必要的一点上弥补了互不相同的伦理拓展的两个领域之间日趋变深的鸿沟。它通过戏剧化的道德实践来把生态伦理学作为代码来批评——不假装代码的实践是不存在的,也没有力量,不带有一定的情感甚至道德权威;但从长远来看,这种实践也强调了抵制虚假二分法和公式化的重要性。《灵力》作为一种叙事,试图将复述故事的人的生活的叙事(阿马·伊顿的冒险故事)的影响戏剧化,试图像她那样去理解它,《灵力》也肯定了在意象意义上的模型的重要性,而不是作为惯例的模型的重要性。下一章将检测最近最积极地提出的意象之一,以此作为有潜力的文化模型和二分法的个人仲裁,他的具有讽刺意味的事将由霍根挑衅性地揭开。

第八章　流域美学

因而我们得忽略现代的自然观念,特别是因为我们到现在还有一个普遍的观念,那就是水和水流的概念。

——马丁·海德格尔:荷尔德林赞美诗
《日耳曼人》和《莱茵河》[1]

看水,看流着的水

就知道一个秘密,看着 蜷曲的绳子

在山坡上小溪里的……

……或者是不知道

那个秘密,但是还是把它保护

——霍华德·内梅罗夫:《符文》

在圣·路易斯(山谷、科罗拉多),水经常被描述,通过

心血管系统的隐喻。圣·路易斯周边的人可以经常

听到说,"水是我们的命脉。"……当人类心脏受到影响时

因为动脉堵塞,人就生病和死亡……污染、破坏,

> 或破坏流域的水文循环,并且你危害
> 整个生态系统的平衡和健康。
>
> ——德文·G.佩纳:《一座金矿,一个果园,
> 和第十一个诫命》

　　河流是古老文化的象征,理应如此。没有水,就没有生命。没有充足的供应,没有相当规模的人居。整个文明已经由动脉河流来定义,没有它们文明就无法产生:美索不达米亚"新月"政权就靠近底格里斯河和幼发拉底河,埃及靠近尼罗河。事实上,世界各地的河流已经成为文化偶像,凭借着规模、长度、美丽、估算的神圣性、运输路线的效用:亚马逊河、莱茵河、恒河、密西西比河。河流可以成为区域和地方以及国家的标志:康涅狄格州有前现代新英格兰保守的公理会的文化,科罗拉多有美国西南部的干旱土地。当《黑暗之心》中的约瑟夫·康拉德让他的叙述者马洛打电话时,从傍晚时"可怕的"伦敦黯淡的景象,在遥远的泰晤士河口,心酸地回忆起了"这也一直是地球的黑暗的地方之一"。[2]他不需要抨击因古代英国人的残暴而迷失方向的罗马征服者与非洲的当代欧洲帝国主义者之间的类似性。当代欧洲帝国主义者为的是基本的河帝国的惯用语句是英国读者可理解的。早在伊丽莎白时代,地志写作把英格兰的河流,尤其是泰晤士河,作为国家身份和权力的提喻,也就是一个明显的可信的"自然象征"[3]。

从水到流域

　　在传统上,河的这种"自然性"往往服从于它们的以人类为中心的文明幸福的内涵。在迈克尔·德雷顿奢华的英国河

流的全景中,长诗《多福之国》(1622),泰晤士河是"群岛
(Isles emperiall)的洪水"[4],经过伦敦,为所有英国君主的纪事
提供了时机,从征服者威廉到伊丽莎白。约翰·希尔德纳姆
的《库珀山》,第一部伟大的新古典主义前景著作,不再拘泥
于物理景观描述。"泰晤士河,最年长而高贵的桑尼/阿开
的"与其说是实实在在的航路,倒不如说是全球范围内一个
富裕帝国织锦中的定义的主题:

> 作为一个明智的国王首先安排很多和平
>
> 在他自己的王国,他们的财富在增加
>
> 寻求海外战争,并且然后取得胜利
>
> 王国的掠夺和国王的皇冠
>
> 因此泰晤士河,给伦敦的最初的礼物
>
> 那些贡品,邻近国家送来的:
>
> 但他第二次看时,从东方
>
> 他带来香料,珍宝是来自西方:
>
> 找到财富所在的地方,并让它去它想去的地方
>
> 城市在沙漠里,树林在城市里种植:
>
> 因此对我们来说没有什么东西和地方是陌生的
>
> 而他的做事理念是世界的交换。[5]

　　但同时,这儿潜在地承认这里的繁荣是建立在自然优势
的基础之上的;并且到 19 世纪变得更加明显、个性化,出现了
早期的生态中心观点,正如华兹华斯在《前奏》中想象的,德
文特河如何"被爱/把他的低语与我的护士的歌混合",发出
"一个声音/随着我的梦想流淌"。

　　那的确似乎是这首诗的初始点。《两部分的前奏》
(1799)以它开始;后来,随着短"令人愉快的序言"和长的沮

丧的寻找一个主题序列前缀于第一册书(1805,1850),这些诗行立刻为世界文学中的一个伟大的修辞问题提供了一个过渡和答案:"它是为了这个……吗?/为了这个,/为了你,/德文特河!"[6]正如被河的展露所一直培育(在那个词的所有意义上来说)的记忆那样,自我谴责让位于平静的保证,产生于感受到的力量,这力量来源于与大自然交流的基本时刻。

康拉德的泰晤士河颠倒了华兹华斯的德文特河,通过的手段是其内在含义,即自然可以变形或破坏文化,也可以养育文化。但是,关于这个背离华兹华斯的前提最引人注目的是,不是像对自然影响的任何批评这样——因为在其他时刻康拉德像一个浪漫主义诗人那样狂欢,受到了夕阳的感性影响——正如问题的复杂意识,它的发生是随着第一自然,而这是被第二自然所复制的。正如齐诺瓦·阿切比和后来的后殖民批评人士所表明的,当它到达非洲时候,《黑暗之心》就堕落为一个典型的土产的他者化,那就是它所批评的是一切都与殖民秩序串通一气。[7]但康拉德的绪论参考了英国的黑暗之心,比康拉德的欧洲中心主义建议的修正主义批判在社会上和感觉上更深刻。这不是纯粹的古代历史典故。维多利亚时代早期公共卫生专家将城市想象为丛林或荒野,这在维多利亚时代晚期的调查性新闻和社会工作中被推崇,像查尔斯·布斯的城市贫困的暴露,《黑暗的英格兰》(1890)。此外,康拉德会充分意识到较低的泰晤士河从狄更斯的那一天就已经受到严重的污染,被生态改革者谴责为是对公众健康的危害和一个国家的耻辱。在某些季节,泰晤士河是对其居民是有毒的,正如刚果河对库尔茨和马洛有毒一样。[8]

然后,这两个非常不同的19世纪的作者,每个人都提供了对某些事情的观察,像由水路来规定的民族的生态文化理解。华兹华斯的后期工作准确地预测了后来的生物区域主义者的思考。"格拉斯米尔的淡水河谷",乔纳森·贝特注意到,"被想象为一个有远见的共和国;正如华兹华斯在他的《湖泊指南》(5th ed.,1835)所说的那样,这是一个"纯粹的英联邦;其成员存在于一个强大的帝国中间,像一个理想的社会或一个有组织的社区,其宪法由保护它的山脉来实施和控制"。[9]

　　鉴于这种感性的长期性,意料之中地看到"流域"在当代生物区域主义中,至少在美国,成为最受欢迎的起决定作用的格式塔(完形)。[10]这逻辑不仅仅是审美的,水路不仅仅是引人注目的、风景如画的风景定义者。同样,如果没有更根本的和长期的像供给线(后来也是电源)一样的河流经济功能也是不行的。社会定居模式就是跟随着这一点。因素的结合为帕特森和新泽西提供了动力,试图在19世纪初成为一个模范工厂城镇,并且在充沛的时间里帮助激发威廉·卡洛斯·威廉姆斯创建他的模型生物区域主义史诗《帕特森》,这在第三章讨论过。除了这些传统因素,流域作为一个社区的起决定作用的意象具有额外的优势,即成为一种快速而简单的方法来注意官方边界(国家、州、县、镇、私有财产界址线)的任意专断,一个同样明显的共同依赖自然资源的提醒,呼吁一个想象共同体,它是由"自然"而不是政府的命令来规定的,它承诺说觉得比大多数人的栖息地或场所更大,但其大小仍然是可管理的。[11]鉴于河道曲流的自然倾向,流域意象可能有一个特殊的针对性,即在美国作为愿景的矫正物,横穿美国阿巴拉契亚山脉的绝大多数的土地包裹被陈列出来,按照的是直线的杰弗逊的调查测量网格,不管地形:"世界上最广泛的不间断地籍系统。"[12]

固然,将流域作为起决定性作用的意象是存在一些问题
的。第一,是语义:"流域"是一种美国精神,因为它在英格兰
和欧洲表示排水系统之间的边界,而不是排水系统本身。这
个明显的没有超凡魅力的"流域"将在文化上翻译得更好。[13]
第二,流域边界是有争论的。对一个外行来说,这个意象看起
来比它的样子(当然也是它吸引人的地方之一)更可信。密
西西比河流域,一个巨大的领域,带有很多支流,扩展至美国
较低的 48 个州的大陆的大部分地区,似乎不是由一个单个的
生物区组成;但是如果一个人开始试图隔离附属的部分作为
文化单位,应在哪里停止? 要绝对明确规定衍生物秩序是不
可能的。高于或低于它的一个下属航道不应符合流域在文化
意义上的地位。第三,就拿起决定性作用的植物和动物物种
的范围和传播而言,流域绝不是一定更"自然的"单位,这正
如那些攀爬新罕布什尔州的华盛顿山着眼于变化的植物生活
会立即注意到的那样。河道地表和地下水模式也不完全相
关。例如,在半干旱的美国大平原,由于深井钻探技术在 20
世纪中叶的出现,它使得设想节约用水地区更有意义,根据的
是庞大但快速收缩的奥加拉拉蓄水层的轮廓而不是根据地区
的河道。[14]

然而,在这些考量中没有打算从流域的力量中折损很多
的,而流域是作为一个晶灿的、审美的、伦理的、政治的、生态
的意象。倘若有人认识它是作为一个较少经验主义的无懈可
击的范畴,除此以外,有时还需要文化的翻译。

生态历史学家相信 19 世纪后期的探险家地质学家作者
约翰·卫斯理·鲍威尔是第一个伟大的美国配方设计师,这
类似与现代流域概念,在鲍威尔的观点的基础上,西部地区应
该划分开,他们的有组织的定居,是根据他们的"水文流域"。

这鲍威尔感觉到了一个对西方水资源短缺的适当的回应。[15]
每个水文区域都成为其本身内部的一个联邦,决定着流域特
有的政策,授权"制定[其]自己的法律来划分水域,为的是保
护和利用森林,保护山上的牧场"[16]。

鲍威尔的观点被认为太过于乌托邦而不能实现,但同时
小规模的计划是在实践中,最重要的或许是纽约第一国家森
林保护区,在阿迪朗达克山脉,是为了防止哈德逊河流域的退
化的。[17]鲍威尔的愿景在 20 世纪最后 1/3 的时间里已经被重
复发明。在现身于它的复兴的创造性的作家中,没有比加
里·斯奈德更突出的。斯奈德的"进入流域"以一种包容性
和共鸣的方式界定了这个理念,明智地抵制了教科书的定义:

> 从山脊顶部的最微小的小河到接近低地的河流的主
> 干道,河是一个住所,也是一个陆地。
>
> 水循环包括我们的水泉和水井、我们的塞拉积雪、我
> 们的灌溉运河、我们的洗车洗刷和春天鲑鱼的奔跑。它
> 是池塘里的春雨蛙和在障碍物中喋喋不休的橡实啄木
> 鸟。流域超出了有序/无序的二分法,因为其形式是自由
> 的,但总是不可避免的。在其中变得兴旺的生活构成了
> 这第一种社区。[18]

斯奈德的"第一类型的社区",正如这里所勾勒出的那
样,想象出一种利奥波德式的"生物群落",在那里人类和非
人类和平共存,强调地形设计中没有空间位置,但是强调同时
的和交互的过程,强调每个活动或生命形式是如何取决于共
享的水供应。这个伪精度的策略问题和边境争端问题(例
如,到底这个生物区从哪里开始和那个生物区到哪里
结束?)。

如果没有所有的这些生态伦理思想,斯奈德也会设法编织许多:例如,"深层"生态学要求的非人类中心主义精神,人类和其他生物都属于地球,而并非反之亦然;后犹太基督教管理思维,是在人类照顾自然的责任的前提下开始的,正如生态男女平等主义者护理伦理是以其自己的方式一样;甚至基于生态政策的民粹主义原则在居民中也是公平的,并实现了一个公平的结果,生态正义理论的基本原则。伦理折中主义产生于一个实际的理解,即流域环保主义有潜在的吸引力是有很多理由的,它的吸引力的强烈程度可能会与吸引力的宽度成比例的。同样,美国护河者运动已经在全国范围内发展成为一个章节网络,它始于一个联盟对水质的担忧,其成员包括荒野倡导者、运动员、商业渔民和社区的支持者。[19]无限制的鳟鱼也是如此,它从作为运动员的利益集团的原来的基础开始多样化。[20]美国河流组织强调自然保护和修复作为其首要任务("从大坝拯救河流"是其公告中的一篇典型的文章),但也发布了卫生和管理方向的文章,像"保持动物粪便不进入我们的水中"[21]。斯奈德似乎注意到所有这些选区。

想象的关键是创造一种流域意识,其强大的力量已经被刚刚提到的生物区域主义者倡导的实例证实了。然而,吸引流域意识比给它下一个特异性定义更容易。正如另一个西方的美国作家所言:"如果我们知道一个词用来表达河底的鹅卵石之间的黑暗空间,如果我们有一个名字表达被洪水高高地沉积河边树上的干草中的鸟巢,如果有一个词分别表示在阳光和阴影中的松树的气味,我们将走不同的路线。"[22]这个失败的忏悔由于邀请的诱惑在某种程度上超越了它自身,但不足是不可否认的和长期的。华兹华斯被新古典主义发疯的描述论和和自然象征主义的抒情诗的传统进行约束和授权。

康拉德也被小说的和游记的惯例所约束和授权,《黑暗之心》的情节就是以此为基础的:一个复合的自然描述、民族志和冒险故事。年轻的亨利·梭罗的尝试也是如此,在《在康科德和梅里马克河上的一周》(1849),试图协调不同生态类型(航行的主要叙事、关于原生鱼的附记性自然散文、地区其他的自然历史的很多小品文)与其他议程的大杂烩。换句话说,来自生态无意识的生态想象的出现的障碍始于这样一些模板,依赖这些模板进行表达。

比前现代的例子更能说明问题的是像已故的英国桂冠诗人泰德·休斯这样经验丰富的当代生态自觉的作家,德里克·沃尔科特——他自己的诗歌使他对这些问题作出判断——相信休斯会"在最确切的意义上,使我们更接近自然,其完整的运作,堪比我们能作想到的任何一个英国诗人"[23]:

> 整晚的音乐
> 像一根针缝纫着身体
> 和灵魂在一起,并缝纫着灵魂
> 和天空在一起,天空和大地
> 一起并把河缝纫到大海上。[24]

这段诗节选自《河》(1983),一部抒情诗集,它不仅在审美理由上(包括这首特定的诗,《在黑暗的小提琴谷》)赢得了赞扬,而且作为"一本生态入门读本学习感知万物有灵论的能量,这是渔夫的角色在自然中体验到的。"[25]下一节将音乐作为一个"手术刀"式的"切口",它在"山谷的黑暗头骨里"和其"黑暗的腹部"。然后那山谷像整体的人一样出现,它本身是一位"全神贯注的"音乐家,"弯腰驼背附身于河上"的仪器,"专心的"夜晚的隐喻强化了这种人格的化身。

> 向山谷鞠躬，这条河
> 喊叫着坟墓里的小提琴
> 所有的死者在河里歌唱
> 河流跳动着，这河这主动脉
> 高山无意识地听着。

　　这里我想特别强调的是，隐喻是如何对这首诗的河的表达起帮助和不利作用的。小提琴的"无生命的歌唱"富有想象力地将山谷"主动脉"的声音与熟悉的河流协会随着时间的推移、死亡率，甚至还有生态的危害结合在一起；构成这个悲伤音乐的互动被敏感地渲染出来，正如在"针缝纫"隐喻的精致的决定性的对生命的生态网络的表现。在岩床上的河流小提琴的"手术刀"式的行动恰当地将那些可能感觉起来就像客观过程的老式的美化一样的东西给去情绪化了。不过，拟人法似乎失控和承担了比设计体积更多的它自己的生命的东西。人工乐器和音乐的引人注目的意象比喻，对用浪漫的陈词滥调（大自然的小提琴）代替山谷造成了威胁，留下一个聪明的幻影的回味：这种在华莱士·史蒂文斯的《罐子的轶事》中的拙劣模仿的效果。道德寓意：对生态诗人来说，隐喻既是不可或缺的工具，又是职业冒险。

　　它不仅仅是传统的类型、情节和修辞的仓库，它创造了这样的自我限制。休斯还反对在短诗和训练有素的洞察力之间设置障碍。例如：对这首诗的目的，在这方面很典型的传统自然诗，"河"等于的主要通道，而流域内的水系是树枝状的，"渠道网络就像一片叶子的纹理脉络"[26]。对那些非河流学家来说，很可能采取一种特殊的着力方式去关注和训练，将某人自己投入到那种惠特曼空想的愿景自然中，也就是作家泰德·莱文所提供的关于当地流的:"我看到小溪的水并入从其他十二条山谷中流出的河流,供给一条大河(Ompomanoosuc)的东部支流,然后供给康涅狄格州河,才奔向大海。我看到一个伟大的绿色蔓延,树枝状的流域,从峡谷到峡谷,直到地平线,一个三维地图。"[27]在这里,这种为人们了解的愿景的花费可以是一种录音的迂腐的诗——好像这种感觉还没有被完全内化为感觉经验的一部分或至少作为一个富有表现力的可能性的曲目的一部分。事实上,即使是最详尽的关于"流域"的书也一定会有大量的关于生态维度的话题,直到最近这绝不是不言而喻的。一个恰当的例子是保罗·霍根的《大河:在北美历史上的格兰德河》(1954),是一部记录在里奥格兰德山谷定居分配和冲突流行历史的不朽的作品,但领衔主角扮演的比这个剧院里人类的发现和论争还要多。

　　所以流域的文学想象力仍然是一个非常严重的处于过程中的工作,正如生物区域主义本身那样。但我们也正处于复兴有关生态意识的流域写作的过程中,其中包括,例如(除了已经引用的著作外),布鲁斯·伯杰,《有一条河》;罗伯特·H.博伊尔,《哈德逊河:一个自然和非自然历史》,威廉·迪拜斯和亚历克斯·哈里斯,《陷阱之河》;珀西瓦尔·埃弗雷特,《流域》;布莱恩·哈登,《一条失去的河流:哥伦比亚的生与死》;弗里曼·豪斯,《图腾鲑鱼》;巴里·洛佩兹,《河的笔记》;诺曼·麦克莱恩,《一条河穿过它》;格雷格·麦克纳米,《毒蜥:美国河的生与死》;约翰·麦克菲,《河》(在他的《与主要成员的对话》中);艾伦·美罗利,《乌鸦的放逐》;加里·斯奈德,《野性的实践》;大卫·雷恩斯·华莱士,《克拉马斯结》——毫无疑问,很多很多,特别是如果有人要延伸到美国作家的侧重于河流和流域的散文作品。[28]现在让我们仔细观察这个崛起的过程。

现代流域意识:从玛丽·奥斯汀到现在

虽然河流谈判对整个美洲的定居历史是至关重要的,直到 19 世纪,至少在美国,作家才开始注意到河的生态问题是人类的原因,然后转瞬即逝。在美国文学中有两个过渡的例子:一是梭罗的《一个星期》,在这里我们认识到了水坝的一些意想不到的负面后果(如对迁移的冷漠障碍,如上游洪水的原因);[29] 二是马克·吐温的《密西西比河上的生活》(1883),书中记录了令人不解的惊愕即 1882 年的大洪水,自从他是飞行员的那些年就一直没有想把它与渠道化工程的英雄业绩相联系。第一个通向像美国的一个主要的创造性作家所写的现代流域意识的途径,可能是玛丽·奥斯汀的《福特》(1917),它描写的中心是在世纪之交的加州硅谷那些小农户和企业家之间对水和土地资源的争夺。

奥斯汀取得了她的声誉,并且今天仍然作为一个作家闻名于世,她写的是关于西南部沙漠,尤其是在她的第一个部也是最著名的一部关于区域草图的书,《少雨的土地》(1903)。但是对那本书同样重要的,并对奥斯汀掌握沙漠生态至关重要的,是其感知地区的河道,包括的自然和人工建造的:它们的服务是作为山径的边界和煽动者,包括对动物和人类;稀疏降雨产生的令人震撼的视觉和植物的影响;农场主在供水之间的恶性斗殴。一个传记回忆道,"在她的日落之年",奥斯汀"是不会用一个肖松尼人的符号给她的书签名的,那个符号的组成是一个大型倾斜的 E 和一支箭上面一个圆圈包含波浪线"——一个象形文字,意为"在这个方向的三箭程是一

个甜水泉;寻找它"。这个同样的符号,奥斯汀早些时候在
《少雨的土地》中曾描述、解释并说明为美国原住民水智慧的
证明。[30]《少雨的土地》可能是创意写作的第一部作品,详细
反映了"水边界"的双重性,是自然和法律边界的定义者。[31]

接近她生命的尽头时,奥斯汀还梦想着一部没有着手写
的关于西方的水的多卷史诗。唯恐它对一个来说会太大,她
试图招募小说家辛克莱·刘易斯(从所有人当中!)作为助
手,这是她的招股说明书:

> 第一本书,几乎是我单独做的,涵盖的这个时期在白
> 人从印第安人手中夺取第一个灌溉系统时达到了戏剧性
> 的高潮。中间阶段可能会处理农场的土地和城镇之间的
> 斗争。第三阶段——这是你的天才将会胜利的地方,将
> 说明灌溉水渠母亲"妈妈沟"的不可分割的效用的转向,
> 它也带有同样的不可分割的权力的功用。

以她特有的不谦虚,奥斯汀立即向刘易斯保证

> 我知道一切需要知道:印第安人如何学会了灌溉并
> 把它教给白人;城市如何"陷害"了农民并偷了河流给房
> 地产经纪人、所有的痛苦和贪婪去使用;三个生命和命运
> 如何被牺牲给每个灌溉土地的所有权。在研究关于科罗
> 拉多的七个州会议上我被任命。我知道关于腐败的所有
> 事情,商业和政治腐败达成了交易。我的生活是靠对欧
> 文斯河的盗窃……我想我知道是什么威胁着顽石坝。[32]

奥斯汀在这里回忆了沮丧的激进主义的两个时期:在20
世纪20年代科罗拉多河的水权在西南部各州进行联邦分摊,
当时她同情亚利桑那州的声称,它提供了最大份额的水,但在

权利上是一种上当受骗的感觉;她的竞选在 20 年前,支持她丈夫的努力,防止洛杉矶汲取水欧文斯谷为市政供水——这是都市腹地纠纷的早期阶段,它一直继续持续到今天。[33]

尽管三部曲从来没有写,奥斯汀的招股说明书是提醒她在西方生活和事业与水和土地同样关系重大。事实上,《福特》可能是第二卷。设置在"高山气候带隆加"山谷的情节,集中在一个英国先锋农民的家庭,他和其他各式各样的小地主发现他们的生活越来越被模糊地理解的企业家的力量所主导。通过对旧金山的这些事情的定位,奥斯汀可能提到约翰·缪尔的败仗是为了拯救赫奇峡谷免得变成旧金山的供水管道,还提到了欧文斯谷争议。[34]在任何情况下,重要的是使用令人垂涎的资源竞争的叙事,它将有几个步骤超越《少雨的土地》,其主要的当地画家强调慵懒、闭塞、偏僻和不合群。这里的中心主题是农村聚落文化早期浪潮的殖民化。

在其一系列主要的利益群体中,《福特》回忆了弗兰克·诺里斯的《章鱼》(1901)(小麦农民和粮食商人),但奥斯汀有更少的图解和全景,她唤出的生态结构和心理并发症更微妙,她的核心问题和争议的定义更加复杂和不光明正大。这部小说开始好像是一个从童年到成熟的故事,本书的核心是意识肯尼斯·布伦特的中心的教育。布伦特是一个稠密的过滤器,他对家庭和住所的忠诚比他的判断更令人钦佩。起初父子结合似乎是中心,两人的共同特征是有责任心、不自信、战术的无辜,而且——最重要的——一个"地球的共同意识",这使得他们更致力于土地而不是致力于成功,他们是土地管理者而不是商人。[35]但是,当他们和山谷中其他无足轻重的小人物陷入获胜无望的比赛时,即试图预测他在土地、石油和水权投机方面的大游戏时,很快变得明显的是,史蒂文和肯尼斯是敏感的失败者,很容易被神秘的企业家 T.里卡特所操控。

从像这些部下的按照透视法缩短的、鲸鱼腹中的角度来看,叙事设计是为了展开它的情节。为"老人"比赛的是肯尼斯的姐姐安妮,全部土地智慧像她父亲和哥哥一样,但被赋予了敏锐的商业意识,这使得她成为一个成功的房地产经纪人和农场主。它还使她能够操纵机械手对她的有预见性的版本感兴趣,反映的是河谷社区的土地生活方式,依靠的与里卡特的子嗣结成婚姻联盟(便利地预制成肯尼斯和安妮的旧的童年玩伴)。这诱使年长的里卡特(幸运的是,他一直都羡慕她的才华)变得很宽容,尤其对看上去决定性镇压的肯尼斯的以社区为基础的农民组织的阴谋为当地农业控制峡谷里的河水一事。

因此,具有现代化悟性的流域公民胜利了,至少在这部小说的封面之间,这是对无效的生态敏感性和在生态问题上不敏感的创业精神的胜利。对于安妮,正如她在更早些时候告诉她的弟弟那样,"土地对我来说并不意味着庄稼,而对你和父亲却是;它意味着人民——那些想要土地并适合这块土地的人民,而且土地也想要——它是多么想他们啊! 我要回到帕洛米塔斯(他们曾经住在哪里,在小说的开始部分)在某种程度上是因为父亲,在某种程度上是因为它是我看到的将土地和人民联合在一起的最大的机会。"[36]

安妮和这本书的她这一代人的其他主要女性角色、维吉尼亚·伯克、一对互补的"新女性"[37],是一部分强大的修正女权主义的推动力,在这本书里(和在奥斯汀的生活里)有自己的势头,独立于生态的主题。[38]将安妮举得比劳动鼓动者表演者维吉尼亚还高的是,一种与(这本书建议的)她的与自然环境和谐相联系的更大的稳定性和洞察力。这样《福特》通过安妮的成功肯定了一种务实细致的生态女性主义伦理来应对土地管理,尽管它也表明,环境和谐不仅仅是女性,也不是局限于男性的物理环境的操纵。[39]小说展现了生态发展问题的复杂性,其背景是维护一种对区域生态的完整性的忠诚,其感情根深蒂固的和精明实际的,这使它成为一个突破性的成就。

正如人们会预料的知识开拓工作那样,《福特》大略采取一系列举措,在最近的流域写作中付诸实施。其中之一是承认文化的多样性是一种理想的和/或生物区域经验的生活的现实。奥斯汀大力关注欧美移民团体中的赢家和输家。最显著的文化差异是爱尔兰的与英国的。当然,作者完全明白,世纪之交加州人口比这更加多样化,正如我们从《少雨的土地》的同情的草图中看到的肖松尼族人与派尤特族印第安人的人物,以及最后及其乐观地看到的一个墨西哥裔美国人社区。后来在生活中,在她迁移到了圣达菲之后,奥斯汀开始相信"英语文化的下一个时代"将沿着格兰德河出现,那是西班牙人和印第安人影响的结果。[40]这是墨西哥裔美国人/和美国本土文学和艺术当代复兴的一个引人注目的预感。即使在她的文学生涯的开始,奥斯汀完全知道西方水历史的第一章,正如她后来告诉路易斯的那样,是"白人从印第安人手里对第一个灌溉系统的夺取";而且《福特》表明她也知道这一章的第二阶段是由英国人对墨西哥人的驱逐。[41]这一点被在文本边缘的种植的罗梅罗家族调查过,简洁的迹象表明了他们是如何在社会上流离失所和经济上受到剥削的,尽管有保护脆弱的新秩序,原因是由于父亲的古老的土地所有权的独特知识。但他们仍然在外围,更是刻板的人物。该地区的中国人也是如此,并达到了更大的程度。至于本土的印第安人,尽管奥斯汀都终身认可"美洲印第安人"作为一种生活文化,实际上是作为英美文化模型的表达式,[42]在《福特》中她可以听起来像薇拉·凯瑟的内布拉斯加州的前沿的小说一样无视土著居先——奥斯汀小说的叙述者登记的不过很可能是暗示讽刺当地历史的布伦特家族的狭窄视野:"他们标记着河里闪亮的废物,听到一如既往的明确调用空土地被人类使用。"[43]然而,奥斯汀的作品为更彻底的文化碰撞和在生物区多样性的呈现奠定了基础,《福特》比作者她本人更加固着在古老欧美的想象定居前的土地的习惯上,正如把定居文化作为单一的英国文化一样。从这里只有一步就想到——因为奥斯汀没有这样做,但某些近代生物区域主义者(如温德尔·贝里)这样做了——把单一文化主义作为一种公共的价值。[44]

当代流域意识经常并越来越多地包含有更明显的多元文化。加里·斯奈德设想流域是一种小型地球村。"伟大的中央谷地区(加州的)",斯奈德写道,"不会与西班牙语或日语或苗族语言比起来更喜欢英语。如果有任何偏好,它可能最喜欢听到了几千年的语言,如迈杜人或米沃克族人,仅仅是因为它的使用。神话般地讲话,它将欢迎那些选择遵守礼仪、表达感激之情、掌握工具和学习歌曲的人,需要住在那里。"[45]在这种感知中,流域和生物区更普遍的是文化差异的潜在介质。通过观察他们的"礼仪",可以实现某一社群主义;一个组合成为一个集体。

对这个乌托邦想象的讽刺补充是生态不公正的意象:流域里的不平等公民之间相互怀疑,选举权有差别的演员。在珀西瓦尔·埃弗雷特的小说《流域》中,一个非洲裔美国人的水文学者侦探发现了系统联邦有毒污染的证据,水道部分流经预订的土地。自始至终,简洁的主人公叙事者罗伯特·霍

克斯将个人/文化记忆的比特和光芒分散开来,它们关联的是
印第安人的虐待和黑人的虐待,但要避免公民和当局(两个
联邦调查局特工丧生,他们试图破解案件,两人都是非白人;
霍克斯自己就是一支"被雇佣的枪",工薪阶层)之间简单的
两极分化,以及非白人简单地合并(霍克斯和印第安人从未
克服对彼此最初的谨慎,尽管他们发展了一个特定的密切关
系)。[46]生态种族主义的污点,在最好的情况下,断断续续地在
多文化流域沟通,是这里强调的。但在斯奈德看来,正是生态
因素最后将相反背景的人聚集在一起,在某种程度上,他们可
以应对被聚集在一起。

　　有一种相关的方式,当代的河与流域文学用这种方式加
深了其生态表现并超出了人们在《福特》中所发现的,这种方
式就是从现在起向后(并且有时也向前)将更多的资料历史
化。奥斯汀早期的工作是以这种区域主义为背景的。19 世
纪后期,区域主义一般将它的住所描绘成过去的住所,带着确
定的记忆和传说,但是现在存在的住所与读者的现代化的世
界相比是相对静态的。[47]这种几乎悬停的时间感被一个相对
没有情节的描写主义强化了。这就是萨拉·奥恩·朱厄特的
《指出冷杉的国家》中的世界,是西莉亚·撒克斯特的《浅滩
的群岛之中》的世界,也是奥斯汀的《少雨的土地》中的世界。
相比之下,《福特》想象了一个快速变化的景观和一系列密集
的事件。但时间范围是限制在这个情节的 10 年左右。很少
文本成为全景;感知的视野保持在接近地面水平的人物的视
觉的东西,在一个具有讽刺意味的近视的回声中。当代流域
写作是更倾向于自由地通过时代范围,有时一直向前穿越哥
伦布发现美洲大陆前的美国到达地质时期("人类产生之前
一亿五千万年,这个地区就是今天的毒蜥排水系统……躺在

一个巨大的咸水湖下面"),[48]然后展开了一系列的时代,每个时代的人类文化素质被认为如下事情有关,即作为生态管理的他们的引导和关于与美元有关的问题的他们之间的相互(虐待)对待。

　　这样的作品有不同的分支。有一个策略被书中使用,我刚才就是从这本书中引用的,此策略包含社会自然历史叙事,使美钞成为比(据说)霍根的《大河》更好的主角,并根据他们多么敏感地与它彼此共存判断接近它的人类社区。一个重要过渡事例,在当代与霍根有关,就是马乔里·斯通曼·道格拉斯的《大沼泽地:草河》,它允许这本书在那些似乎是一个强制性的而又是独立的自然历史的客串之后,有一个很长的人类占有和驱逐的编年史。但是它进入20世纪时采用另一个外形尺寸,面对着一流的运河和排水系统的积极支持,她认为威胁着该地区的完整性。[49]然后是对液压操纵的一个比有人在鲍威尔和奥斯汀中发现的更加有偏见的评估,他们俩都接受了灌溉项目,认为是河流管理的必要。

　　《大沼泽地》是特别重要的,它是将看上去无用而又丑陋的"沼泽"作为生态上和美学上有吸引力的"湿地"的当代重新发现的先驱。这是在20世纪后期美国流行的生态价值观的最引人注目的转换之一:19世纪对来自对抗性的空间的荒野的重新评估,也许是现代最引人注目的发展。荒野要产生价值,只有在其负载力与被转换成的经济资产成比例时。[50]反功利论的,流域重新评估的生态保护主义方面,已经被生态正义的拥护者所怀疑,[51]但在流域修正主义(包括道格拉斯的)的大多数版本中,流域伦理学把地区人口之间以及与自然界之间的相互福利作为其目标。道格拉斯她自己表明了对复垦项目效果的特别关注,此项目研究的是大沼泽地的"生态系统人民",即本土的美国人。[52]在这方面,《大沼泽地》期待着琳达·霍根的《力量》。这在第七章讨论过。

重塑流域历史的另一个修正主义策略是,关于个别社区的实践的基于住所的微叙述。有一个这样的事例,就是最近的关于"灌溉水渠文化"(小规模、被公有地维护着的灌溉系统)的创造性和关键性的工作。"灌溉水渠文化"是墨西哥—美国人社区在西南边境地区开发的,在被美国吞并之前是本土的美国人地区。现在很多人仍然维持着。有当地的特异性,但在各种"沟渠故事"体中也有家庭相似性:"有些故事是关于谁得到了水和谁没有得到水的。有些故事是关于山羊、绵羊和奶牛溺水于阴沟里的。有些故事是关于最后的悲惨的干旱的,甚至有些故事是关于《小姑娘》的。"[53]通过这种方式,社区明确了它们的作为流域的历史。这些口述历史是不断发展的故事,由传统的叙事实践所发展,相当于奇卡诺人/美国原住民的基于住所的故事和传说一个传统,实际上他们有时会与它们交织在一起。

对移民文化与流域的交易的生态维度的重新估价,也影响了这类写作。传统上这类写作采用了内陆探险的自然主义的故事(描述性和说教的阐述)的形式,像达尔文的《贝格尔号航行》,阿尔弗雷德·罗素·华莱士的《马来群岛》,鲍威尔的《科罗拉多河的勘探和峡谷》。这些书往往遵循着个人经历的演变序列,灌输着描述性和纪录性的详细阐述。当风险或危险逼近时,戏剧的经验比其他的更有可能优先于其他一切,甚至在明确的环保主义者的写作中。例如,爱德华·艾比的《孤独的沙漠》中的《沿着科罗拉多河》一章,被设计为一个对现在泛滥成灾的格伦峡谷的愤怒的《悼念》,但它的形式是一次短途旅行叙事和抒情插曲,其中河与峡谷成为尽可能多的戏剧主题:一个弥漫性沉思的场合,其灵感来自自然奇观或者只是作者的杂感。

最后,这是(埃斯卡兰特的侧峡谷)《轨迹》吗? 这里有足够的教堂和庙宇和祭坛作印度教神的殿堂。每次我沿着一个隐秘的小峡谷看去,我不完全希望看到不仅有一棵杨木树在它的小水泉上方长出来——绿叶神,沙漠的液体的眼睛——而且也有一条七彩的光芒闪耀的日冕,纯粹的精神,纯粹的存在,纯粹无实体的智能,《想讲我的名字》。[54]

这段话奇妙地传达了对一个神奇的住所的兴奋,使其损失的思想更加深刻,但有强烈的自我暗示,渴望使景观《讲我的名字》,与作者可能希望从由粗鲁的冒险家留下的涂鸦铭文进行想象,没有很大的不同。

艾伦·梅洛伊的《乌鸦的流放:绿河上的一个赛季》,围绕另一组漂流旅行而写的,走遍了很多同样的河流之地,不是自我参照得少,而是用对荒野幻想的启蒙,更小心地来平衡个人对逗留在一个可爱的荒野的反应的召唤:

当你漂流到一个荒凉的(峡谷),你认为,这是多么荒凉的一条河。但是如果你住在河上足够长的时间,如果你喜欢用凶猛的热情爱它,放弃私事,带着爱的纯真和色情作品和其令人眼花缭乱的惯性,否则你将开始看到。如果你记住一棵三角叶杨并一季接一季地观看这棵树,如果你越过人们的肩膀偷看谁正在测量出色的三围,你可能会开始知道。土地立刻超出了河流——如此严酷、垂直、干燥、粗糙——相对而言,是狂野的土地。但河本身,借用一位诗人的话说,是一条被钉在地上的蛇。[55]

这种段落为荒野启蒙的新史学提供了一个及时的修正案。它想留给人们的是,在解构荒野浪漫传奇的虚假意识和马克思主义的作为"有机机器"的自然的"真理"之间,没有替代性的选择。梅洛伊声称,实际上荒野没有被一个相关名词弄丢了合法性,荒野敏感性在它自己的虚幻性和由河流工程进行的自然转换的自我自觉意识中持续和壮大是可能的,她这样做所通过的手段是拒绝允许经验只在一个时刻里生存。那带来了在"相对"稳定和——然而无疑比梅洛伊所允许的更能通过放牧来改良——那条突然被操纵的河之间的对比。"与宇宙的原始关系"的感觉,正如爱默生隆重所称谓的那样,[57]和来自系统的自然研究过程的矫正惩治纪律,在这里被打包成一个包裹。这正如梅洛伊承认"一季又一季"地观察单棵树和注意测量(河的水位)的变化如何改变"荒野"经验的质量——不怀疑它,但把它放在引号里。而梭罗的《瓦尔登湖》是摘录于一个类似的相同季节性现象的二次体验的关注,这是自然过程的恒常性的一课(尽管知道变迁,尽管知道《瓦尔登湖的森林》很大一部分最近被砍掉了,等等),但梅洛伊看到的不仅是这个,还有那些看不见的人工操纵的迹象。

在手边的这个段落里,她并没有确定原因。她在其他地方做了。她的一个大胆的举动是违背了传统的河流探险叙事,这是一个超现实主义的拉斯维加斯之旅:她坚持认为,对所有河鼠要有"强制"性。"直到我们知道这个住所,我们才知道这条河流"。它的存在完全取决于南内华达州对来自科罗拉多河及其支流的水的控制。"拉斯维加斯是20世纪对河流的最终曲解,也是21世纪水战争的一个发生地。"[58]不仅仅是在这里,而是在整个书中,梅洛伊把自然循环的内在不稳定性与人工干预的更不稳定的影响相关联,预测到了更大的不稳定即将到来。这样，当代流域作家，由于因环境恶化未完成的历史故事的妨碍，对线性描述主义者的远足叙事作出了迷失方向的摇摆。

梅洛伊坚持认为，一个人如果不思考拉斯维加斯的亚瑟王的神剑酒店和娱乐场的4032个坐便器，就不能理解科罗拉多。她坚持的这个观点进一步指向另一个特定方法，当代流域想象就是用这种方法建立在作家喜欢的事物上，那是从玛丽奥斯汀开始的。《福特》证明其伴有公开的意识的流域自给自足的基于社区的理想是合格的。这种公开意识是，这些社区不能指望是与外界隔绝的，而恰恰相反，必须能够与外部世界谈判协商和转向有利于外部世界的议程，尽管这个外部世界可能侵犯了这些社区。如果梭罗的在池塘和阿尔匹斯山的山帽之间，在他的小屋远景和鞑靼平原之间，在《瓦尔登湖》的水域和恒河之间的充满异国情调的类比，标志着一个近代预期，即在美国生态写作中的关于思考全球的而在当地行动的心态，那么，奥斯汀的在高山气候带的隆加为经济和社会力量竞争的编剧，就标志像一个更实际的分析的开始。但像梭罗一样，虽然出于不同的原因，奥斯汀希望这些力量保持着一些神秘——例如，永远不要披露老人知道事情或者他的动机是什么。梅洛伊使用的正面策略是，更加积极地使流域意识开阔眼界，手段是披露那些最初开起来似乎完全超出它的视野，但进一步的检验，证明是相互关联的。

泰德·莱文的《血溪》（1992）用另一种方式这样做的。这本书的大部分由舒适的家周围的略图构成，包括佛蒙特州植物、动物、场景、季节性：蝌蚪、海龟、啄木鸟等。然后在最后主要一章是一个惊人的飞跃，魁北克的庞大的水电项目北边数百英里，"电气流域"的控制中心，这正如莱文所称的。这一点与其说是接通自然保护主义和当地人的一个好的带修辞色彩的机会不能被通过（"魁北克电力局已经开始到北美东部的最后和最大的荒野破坏内部"，其庞大的水库淹没了"克里族的大教堂"），倒不如说是佛蒙特州对从魁北克购买电力的依赖的丑闻。[59]这使弗蒙特州成为消费者和资金代理人。不管你喜欢与否，这个电气流域正在变成流域。这一章萦绕着对莱文的家居住所地讽刺，它正不知不觉地与另一个生态殖民串通一气，而这个生态殖民也已经导致了它自己的殖民。

当莱文和梅洛伊通过魁北克电力局和拉斯维加斯娱乐产业想起生态殖民的隐患时，他们展示了焦虑的一个强调版本，带着这种焦虑，现代流域想象，更广泛地说，以及生物区域主义，一直不得不认为：区域自给自足恰好就不再可能（如果它以前确实是的话），不管是因为自然资源不足，还是因为环保的文化太弱而不能抗争资本主义和消费主义。在梅洛伊管道数据的背后，是这样的认识，即"冲厕所是迄今为止在家里最大的单一使用水"，不仅仅在酒店里，[60]室内管道确实是历史上最大的水源浪费，[61]高科技灌溉农业的目的可能是唯一的例外。[62]事实上，供水基础设施现代化导致了"最低"水需求的概念的大大增强，至少对工业化国家。[63]

然而，这样的焦虑不需要被视为流域想象的自我破坏，而是可能加强其基础。其承诺可能精确地在于提供这样一种双重意象，即包容而又有限的基于住所的人类和土地的社区。在这种提供当中，这种意象也会挫败自满的推理，即实际的现代社区遥远地接近自给自足和自主权，它是流域意象的舒适版唤起的。与第二章讨论的住所连通性的理论相一致，流域写作原则上呼吁在特定的范围内尊重生态卫生、公平和自我克制，这意味着自足性的像茧一样的梦想不能掌握文化和环境的鳞状重叠的复杂性和程度。原则上,因为"流域"应该不仅指一个小的相对有限的单位,而且指一系列将当地社区和更大的大陆连接起来的地带。克里斯托弗·迈克格雷·克里沙提到四个名字都来自他自己的家里的有利位置,他的家在佛蒙特州中北部的泰德·莱文的家偏西一点:在绿色山脉的西部斜坡上的自己的溪流系统的"小流域";"主要水系流域",分别流入尚普兰湖和门弗雷梅戈格湖,康涅狄格河与哈德逊河;"大流域"水平面,包括所有这些;而且"生态区域省水平面",在这种情况下包含着"劳伦混交林省和阿迪朗达克—新英格兰省"。用这些术语来思考"流域"是挑战狭隘,它不仅包括任何类型的管辖边界的狭隘,而且包括"自然"边界,它们未能考虑到更大的相互依赖关系,最后接触到的相互依赖关系包括整个行星地球。[64]

在大都市化增加的时代,关于流域的景观想象进一步用来提醒人们,即使在密集的城市中心(其中许多城市是建立在海湾或河流开始的地方),"人造"和"自然"元素的共处;也提醒人们把乡村与城市隔离或者把城市与乡村隔离都是不可能的。到处是指从其他地方的上游或下游(或两者)。从流域的角度来看,要忘记乡村注定要流入城市是不可能的,通过万有引力法律比历史城市化过程本身更无情;城市注定要与被半遗忘的腹地保持整体性,城市认为它已经取代了那些腹地。由于这些原因,如果没有其他原因,如果没有一个十足的偶像的话,流域就是一个强有力的生态的偶像。

并非巧合的是,在多伦多,在查塔努加,在英格兰的曼彻斯特,大都会恢复项目本身是基于之前配置的主要河流。并非巧合的是,英·玛哈,当代绿色城市设计的族长之一,特别重视作为城市身份的关键的流域,把城市流域视为生态和美学成分。（例如，"历史性的华盛顿"，他描述为"从本质上讲，是被置于半个碗之中的一个新古典主义成分，是由两条支流的河流和一个悬崖来规定的，带着低山的背景"。）[65] "如果河流、冲积平原、沼泽、陡峭的山坡和城市林地受到保护而保持着其自然条件，或在可能的情况下被恢复和回到这样的条件"，玛哈宣称，"这一策略，作为水质、数量、洪水和干旱控制的一个方面，除了对计划流域的具体利益之外，将为许多城市确保一个不可估量的对城市自然方面的改善。"[66] 不管怎样稀奇——或职业上的自私自利——这些语句可能是，他们对作为大都会角色签名的水道的强调，与从狄更斯到现在的城市生态诗学同步。他们，以及生态想象的任何行动，将会获得一个环保主义者所希望的这种听证会吗？让整个流域哭泣，正如乔伊斯创作的《都柏林的利菲河》："起来，霍斯的人们，你们睡了那么久了！"[67] 时间会告诉我们。比希望好得多，同时，比放弃机会更危险。

谢　辞

　　这本书，不仅像所有的研究著作那样，是一个合作的成就，这里用注释的方式表示出来了，而且几年来它还极大地受益于许多人和机构的帮助，但是其缺点由我个人来负责。

　　由于在这个项目的不同阶段受到了很多鼓励、支持和直率的批评，因此我感谢所有那些阅读和评论测评、草稿各部分，在某些情况下甚至整个手稿的人，和/或耐心地倾听我的反复阐述的人。这些人包括乔纳森·贝特、尼娜·贝母、比尔·布朗、弗雷德里克·比尔、庄嘉瑞、宋惠慈、理查德·福尔曼、韦恩·富兰克林、约翰·米切尔、尼古拉斯·帕里洛、H.丹尼尔·派克、丹尼尔·J.菲利蓬、利亚·普兰科特、肯特·赖登、唐纳德·史威乐、劳拉·提曼、琳赛·沃特斯、唐纳德·沃特斯，以及给哈佛大学出版社的这份手稿的匿名的第二读者。他们也包括在哈佛大学英语系的我的很多同事，我从他们那里寻求过帮助，这样的场合比我数出来得更多，以及那些一直在鼓励我和给我明智的建议的人。

　　1997年，研究生态想象的瓦萨尔学院的国家人文基金会研究所让我几个星期的时间重新考虑我这本书的计划，通过我以前对文学和环境的研究提出问题并进行讨论。为此，我特别感谢协会的主任 H.丹尼尔·派克,以及我的合作老师威廉·霍沃斯、韦恩·富兰克林、黄荷莎和巴里·洛佩兹,以及25 位大学和学院的研究所的教员。

其他机构提供了受欢迎的机会来测试早期版本的某些章节或论点,用的是讲座和会议论文的形式:文学与环境研究协会、波士顿大学、面包英语学校、加州大学戴维斯分校、加州理工学院、芝加哥大学、康涅狄格大学、康奈尔大学的人文中心、丹尼森大学、密西西比大学的福克纳会议、哈佛大学的人文中心、哈佛大学的研究生设计院、哈佛大学生态价值观研讨会、希望大学、印第安纳州立大学、日本文学与环境研究协会、日本促进科学社团、堪萨斯大学、凯尼恩学院、明德学院、俄勒冈州立大学、俄勒冈大学、罗德岛大学、南缅因大学、斯沃斯莫尔学院、弗吉尼亚大学的建筑学院、威尔士斯旺西大学(第一个英国文学与环境会议的主办者)、乔治·华盛顿大学和华盛顿大学。我很感激很多同事在那些场合提供的建议和批评,除了那些已经指出名字的,毫无疑问,还有其他很多人——让我害羞的是——我不能立即记起他们的名字:M.H.艾布拉姆斯、萨拉·布莱尔、邦妮·科斯特洛、约翰·埃尔德、弗里茨·弗莱施曼、乔纳森·弗里德曼、格雷格·加勒德、凯文·吉尔马丁、丹尼尔·凯夫利斯、迈克尔·霍尔特、刘易斯·海德、洋子·今泉、迈拉·杰伦、亚伯兰·卡普兰、唐纳德·卡尔提盖纳、伊丽莎白·克里马史密斯、多米尼克·拉卡普拉、大卫·莱文、格伦·洛夫、詹姆斯·麦肯基龙、托马斯·麦克哈尼、约翰·麦克威廉姆斯、利奥·马克思、布鲁斯·马兹利什、伊丽莎白·迈耶、萨提亚·莫汉蒂,迈克尔·奥瑞阿德、罗伯特·帕克、杰伊·帕里尼、诺埃尔·波尔克、维维安·波拉克、大卫·罗宾逊、彼得·罗杰斯、威廉·罗西、马约莉·萨宾、伊丽

莎白·舒尔茨、加里·斯奈德、约翰·塔马其、阿尔弗雷德·
陶贝尔、韦恩·托马斯、普里西拉·瓦尔德、马克·华莱士、辛
迪·温斯坦、蒂莫西·威斯科尔、路易丝·韦斯特林、布莱
恩·沃尔夫。

　　在过去六年的时间里，跟我一起快乐地工作的很多，现在
和以前的研究生和本科生，帮助我彻底想清楚了这本书的思
想，当时在向更高的努力迈进的过程中，他们跟我一起工作是
作为学生，和/或助教，和/或研究助理。除了上面那些已经提
到了名字的，我将特别感谢亚当·布拉德利、詹姆斯·道斯、
苏珊·弗格森、丽贝卡·古尔德、斯科特·赫斯、史蒂文·福
尔摩斯、斯蒂芬妮·列迈内格、纳撒尼尔·刘易斯、卢纳奥·
梅塔、西亚耐·恩盖、威廉·帕纳派克、托维斯·佩奇、朱迪
思·理查森、波琳娜·瑞卡嗯、沃登·蒂乔特、玛克拉·瓒妮。
我也感谢我的哈佛研讨班上的研究生，研究了空间、住所和文
学想象，以及在我的课程《美国文学和美国环境》上的本科生
和研究生助教。

　　对于各种其他形式的帮助，我感谢理查德·奥迪特、伊丽
莎白·德萨姆贝、威廉·汉德里、埃里克·希格斯、香农·杰
克逊、约翰·卡瓦德尼、凯瑟琳·琳德伯格、布雷特·米泽利、
伦纳德·诺伊费尔特、奥那·欧勒曼斯、金伯利·巴顿、萨
姆·巴斯·华纳和马丁·兹曼。

　　第一、二、五章的早期版本的部分内容已经发表过，分别
在《批判研究》、《边界》、《福克纳和自然界》，由唐纳德·卡
尔提盖纳和安·阿巴迪编辑的。我感谢芝加哥大学、威尔士
大学和密西西比大学出版社再版的许可。另外，我还要感谢
由拉尔夫·雷德和赫伯特·塔克编辑的《新文学史》，因为特
殊邀请我为其专刊 2000 年《生态批评》的发行写一个评论综

述,这有助于澄清我的一些想法;并且我感谢欧洲美国研究协会的海因茨·伊克斯达和沃尔特·赫尔布领邀请我在奥地利的格拉茨的 2000 年欧洲美国研究协会的会议上演讲。

我感谢古根海姆基金会、欧柏林大学和哈佛大学,它们在我研究生态想象的关键时刻给了我切实的支持。韦尔斯利学院档案室和亨廷顿图书馆的员工是最有帮助的,分别帮助我查阅了他们的凯瑟琳·李·贝茨和玛丽·奥斯汀的全集。

奉献是我个人最好的报答。我辛苦地学习研究的一切,现在仍然存在。

注　释

导　论

1.Richard N.L.Andrews, *Managing the Environment, Managing Ourselves : A History of American Environmental Policy* (New Haven : Yale University Press, 1999) , p.370.

2.Ulrich Beck, "Politics in Risk Society," *Ecological Enlightenment : Essays on the Politics of the Risk Society*, trans. Mark A. Ritter (Atlantic Highlands, N. J. : Humanities Press, 1995) , p. I4 ; Roger Payne, *Among Whales* (New York : Dell, 1995) , p.339.

3.W. H. Auden, "In Memory of W. B. Yeats," *Collected Poems*, ed. Edward Mendelson (London : Faber, 1991) , p.248 ; Percy Bysshe Shelley, "A Defence of Poetry," *Shelley's Poetry and Prose*, ed. Donald H. Reiman and Sharon B.Powers (New York : Norton, 1977) , p.508 ; Auden, "Squares and Oblongs," in Rudolf Arnheim et al., *Poets at Work : Essays Based on the Modern Poetry Collection at the Lockwood Memorial Library, University of Buffalo* (New York : Harcourt, Brace and Co. , 1948) , p.177.

4.Cheryl Glotfelty's "Introduction" to the *Ecocriticism Reader*, ed. Glotfelty and Harold Fromm (Athens : University of Georgia Press, 1996) , p. xviii , defines ecocriticism very inclusively as "the study of the relationship between literature and the physical environment." I have defined it more specifically as the "study of the relation between literature and environment conducted in a spirit of commitment to environmentalist praxis" (*The Environmental Imagination* [Cambridge : Harvard University Press, 1995] , p. 430) , but within the last half-decade literature and environment studies , as they might neutrally be called, have so burgeoned that my activist stipulation may no longer apply and Glotfelty's big-tent definition may be more satisfactory. See, for example, Robert Kern, "Ecocriticism: What Is It Good For?" ISLE, 7(2000):9-32. Ecocriticism is methodologically eclectic too: in this respect it more closely resembles (say) feminist or ethnic revisionism than (say) new historicism or colonial discourse studies, although it patently differs also from the former in that it does not have a specific "identitarian" locus within the human or social body. I comment further on the movement's achievements and limitations in "The Ecocritical Insurgency," a commentary piece for a special ecocriticism issue of *New Literary History*, 30(Summer 1999):699-712.

5. Robert Pogue Harrison, Forests: *The Shadows of Civilization* (Chicago: University of Chicago Press, 1992); Louise Westling, *The Green Breast of the New World* (Athens: University of Georgia Press, 1996).

6. Arthur Lovejoy and Raymond Williams have famously emphasized the multifarious uses of "nature," which Williams calls "perhaps the most complex word in the language." See Lovejoy, "'Nature' as Aesthetic Norm," *Essays in the History of Ideas* (Baltimore: Johns Hopkins University Press, 1948), pp.69-77; Williams, *Keywords* (New York: Oxford University Press, 1984), p.184. A fine up-to-date extended philosophical overview is Kate Soper, *What Is Nature?* (Cambridge: Blackwell, 1995); a recent historical account is Peter Coates, *Nature: Western Attitudes since Ancient Times* (Berkeley: University of California Press, 1998).

7. Bill McKibben, *The End of Nature* (New York: Random House, 1980); Karl Marx, *The German Ideology*, in *Selected Writings*, ed. David McLellan (Oxford: Oxford University Press, 1977), p.175 ("the nature that preceded human history… no longer exists anywhere [except perhaps on a few Australian coral islands of recent origin]"). In *Capital*, Marx characterizes nature as becoming "one of the organs" of man's activity, "one that he annexes to his own bodily organs, adding stature to himself in spite of the Bible" (ibid., p.456). Neil Smith, *Uneven Development: Nature, Capital and the Production of Space* (Oxford: Blackwell, 1984), pp.45-54, provides a historical sketch of the evolution of ideas of second nature from antiquity to Marx and the rise of capitalism.

8. Richard White, *The Organic Machine: The Remaking of the Columbia River* (New York: Hill & Wang, 1995). Some nature theory revisionists make a further distinction between physical reproduction of first

nature and computer simulation, identifying as a "third nature" the virtual representations wrought by the revolution in informational technology. See McKenzie Wark, "Third Nature," *Cultural Studies*, 8 (January 1994) : 115–132.

9. With this problem in mind, Soper usefully distinguishes between nature" as a realist concept" (denoting " the structures, processes and causal powers that are constantly operative within the physical world") and nature" as a ' lay ' or ' surface ' concept" (denoting popular misperception of ordinary landscape features as "natural" rather than produced). *What Is Nature?*, pp.155–156.

10. Frost, "The Middleness of the Road," *The Poetry of Robert Frost* (New York : Holt, 1969), p.388.

11. Richard T.T. Forman and Lauren E. Alexander, "Roads and Their Ecological Effects," *Annual Review of Ecological Systems*, 29 (1998) : 207–231, synthesizes recent findings about the disruptive effects of road networks on ecosystems, including bird and animal avoidance, and possible genetic as well as demographic consequences.

12. *The Collected Poems of Wallace Stevens* (New York : Knopf, 1961), p.94; *The Collected Earlier Poems of William Carlos Williams* (New York : New Directions, 1966), pp. 280 – 281. Stevens could be, of course, imagining a ride in a train rather than a car.

13. Although the avenue of poplars along the roadway was doubtless an engineered result, Williams presumably could have claimed that the engineering project itself was constructed in reminiscence of primordial forest.

14. Smith, *Uneven Development*, p.62.

15. Michael Pollan, *Second Nature : A Gardener's Education* (New York : Delta, 1991), offers amusing testimony, as in "Nature Abhors a Garden" (pp.45–64), which also recognizes the nonpristine nature of the resurgent "wilderness" with which gardeners contend.

16. David R. Foster, *Thoreau's Country : Journey Through a Transformed Landscape* (Cambridge : Harvard University Press, 1999), pp. 9 – 14 and passim; Kathleen Norris, *Dakota : A Spiritual Geography* (Boston : Houghton, 1993), pp. 36 – 37; John Elder, *Reading the Mountains of Home* (Cambridge : Harvard University Press, 1998), pp.80–81.

17. For example, William Chaloupka and R. McGreggor Cawley argue that the imminent disappearance of wilderness has made wilderness all the more important as heterotopic space. "The Great Wild Hope : Nature, Envi-

ronmentalism, and the Open Secret, "*In the Nature of Things*, ed. Chaloupka and Jane Bennett(Minneapolis: University of Minnesota Press, 1993), pp. 3–24. In" Green Disputes: Nature, Culture, American(ist) Theory," a paper delivered April 15, 2000, at the biennial European American Studies conference in Graz, Austria, to be published in *Amerikastudien*, I have argued for the importance on environmental-restorationist and ethical grounds of modernized peoples maintaining a nonessentialist dualistic conception of nonhuman nature as an" other" entitled to respect, notwithstanding the necessity of recognizing the actual inseparableness of the" natural" from the fabricated.

18. N. Katherine Hayles, *How We Became Posthuman: Virtual Bodies in Cybernetics, Literature, and Informatics* (Chicago: University of Chicago Press, 1999), thoughtfully treats " embodiment" both as a site and as a ground of limitation of informatics. Jared Diamond's *Guns, Germs, and Steel: The Fates of Human Societies* (New York: Norton, 1997) sets forth an environmental determinist theory of human history that studiously avoids essentializing race and culture (" All human societies contain inventive people. It's just that some environments provide more starting materials, and more favorable conditions for utilizing inventions" [p. 408]).

19. See, for example, Roger S. Ulrich, " Biophilia, Biophobia, and Natural Landscapes, "*The Biophilia Hypothesis*, ed. Stephen R. Kellert and Edward O. Wilson(Washington, D. C.: Island Press, 1993), pp. 73 – 137; Peter H. Kahn, Jr., *The Human Relationship with Nature: Development and Culture* (Cambridge: MIT Press, 1999), pp. 13–15 and chapters 6–10 passim.

20. Mutual constructivism is not species-specific either, insofar as even quite rudimentary organisms have powers of apprehension and seek to modify their environments as they can in the interest of survival and comfort.

21. See especially*Environmental Imagination*, pp. 143–308.

22. In humanistic environmental theory, "ethics of care" models have been articulated most influentially by ecofeminist theologians(e. g., Sallie McFague, *Models of God: Theology for an Ecological, Nuclear Age* [Philadelphia: Fortress Press, 1987]) and philosophers(e. g., Karen Warren, ed., *Ecological Feminist Philosophies* [Bloomington: Indiana University Press, 1996], and Warren, ed., *Ecofeminism: Women, Culture, Nature* [Bloomington: Indiana University Press, 1997])—although" care" ethics can rest on

other bases as well(see, e.g. , Max Oelschlaeger, *Caring for Creation : An E-cumenical Approach to the Environmental Crisis* [New Haven : Yale University Press, 1994]) .Some recent studies question both the identitarian implications of ecofeminism's "motherhood environmentalism" (e.g. , Catriona Sandilands, *The Good-Natured Feminist : Ecofeminism and the Quest for Democracy* [Minneapolis : University of Minnesota Press, 1999], pp. 3-27) and the empirical difference between contemporary men and women with respect to caring for nature(e.g. , Paul Mohai, "Gender Differences in the Perception of Most Important Problems," *Race, Gender and Class*, 5 [1997] : 153-169; and Kahn, *The Human Relationship with Nature*, pp. 184-187) .But neither critique alters the historic fact of ubiquitous male-female, culture-nature stereotyping (see Sherry B. Ortner, "Is Female to Male as Nature Is to Culture?" *Woman, Culture, Nature*, ed. Michelle Zimbalist Rosaldo and Louise Lamphere [Stanford : Stanford University Press, 1974], pp. 67-87) , nor the history of ecofeminism's leadership in advancing the ethics-of-careidea, nor the promise of an ethics of care as environmental-ethical starting point if not an all-encompassing model. Insofar as such caring begins with a frank acknowledgment of the legacy of human(especially male) domination of nature and with a model of self conceived in the first instance as relational rather than autonomous, critically sophisticated ecofeminism has the advantage—at least in principle—over most versions of "deep ecology," although critically sophisticated versions of deep ecology have the advantage of emphasizing dimensions of human commonality that might not be adequately grasped through a lens of gender difference.For a thoughtful comparison of resemblances and disputes between the two positions, see Michael E. Zimmerman, "Ecofeminism and Deep Ecology," *Contesting Earth's Future : Radical Ecology and Postmodernity*(Berkeley : University of California Press, 1994) , pp. 276-313.

23. Ramachandra Guha, "Radical American Environmentalism and Wilderness Preservation : A Third World Critique," *Environmental Ethics*, ii (1989) : 71-83; Juan Martinez-Alier and Ramachandra Guha, *Varieties of Environmentalism : Essays North and South*(London : Earthscan, 1997) , chapter 1 : "The Environmentalism of the Poor" (pp. 3-21) .Not that it is always easy to distinguish the voices of the truly disadvantaged from those of the embattled middle class.

24.Robyn Eckersley, *Environmentalism and Political Theory : Toward an Ecocentric Approach* (Albany : State University of New York Press,

1992).Chapters 2-3(pp.33-71) provide a lucid discussion of the variety of orientations(chapter 2) and a rejoinder to "common criticisms and misunderstandings" of relatively ecocentric orientations as more extreme than they are(chapter 3).Even extreme arguments about the moral claims of ecosystems over duties to individual creatures rarely advocate political coercion.Cf. J. Baird Callicott's well-known "Animal Liberation: A Triangular Affair," *Environmental Ethics*, 2 (1980): 311 - 338, which disqualifies animal liberationism from counting as environmental ethics because it fails to meet that moral test. Michael E. Zimmerman, "Ecofascism: A Threat to American Environmentalism?" *The Ecological Community* (New York: Routledge, 1997), pp.229-253, is a thoughtful analysis of the arguments that finds the charge largely groundless. As for Nazism itself, Anna Bramwell, *Blood and Soil: Richard Walther Darré and Hitler's "Green Party"* (Abbotsbrook: Kensal, 1985), finds that the link between National Socialism and green science and philosophy was historically contingent rather than inherent.

25.Leo Marx, "The Full Thoreau," *New York Review of Books*, 46, no. 12(July 15, 1999): 44, using my *Environmental Imagination* understandably, if reductively, to instantiate the ecocentric persuasion.For my reply and his rejoinder, see ibid., 46, no. 19(December 2, 1999): 63-64.

26.Jonathan Bate, *The Dream of the Earth* (Cambridge: Harvard University Press, 2000), p.38.

27. David Hall's *Worlds of Wonder, Days of Judgment: Popular Religious Belief in Early New England* (New York: Knopf, 1989) is particularly astute on this point.

28.The term used by Madhav Gadgil and Ramachandra Guha, *Ecology and Equity: The Use and Abuse of Nature in Contemporary India* (London: Routledge, 1995), p.3 and passim, to denote traditional rural communities dependent on increasingly imperiled local economies.

29. Lance Newman, "The Politics of Ecocriticism," *Review*, 20 (1998): 71.

30.Two significant historical accounts make this point in very different—but complementary—ways. Robert Gottlieb's contentious *Forcing the Spring: The Transformation of the American Environmental Movement* (Washington, D. C.: Island Press, 1993) links the rift between the insurgent environmental justice movement and mainstream preservationism to a long history of disrelation and conflict of interest between wilderness protection and urban public reform.Samuel P.Hays's cautious,exhaustively annotated scholarly monograph, *Beauty, Health, and Permanence: Environmental Politics in the United States,1955–1985* (Cambridge: Cambridge University Press, 1985) , takes a consensualist approach of defining late twentieth-century environmentalism in terms of a new emphasis within mainstream public thinking on the importance of quality of life concerns, including both nature preservation and environmental health. Whereas for Gottleib,race, class, and gender differentials are strongly emphasized, for Hays the central conflict at issue today is between various strains of environmentalism and vested(mostly corporate) antienvironmentalism.

31.The two most wide-ranging explorations of the cultural/ideological history and literary results of the naturist-urbanist dynamic in the Anglophone world illustrate the need for transnational, indeed global, range in their combination of frequent convergence of emphases and relative disinterest in each other's domain in the course of stressing national distinctiveness: Leo Marx, *The Machine in the Garden: Technology and the Pastoral Ideal in America* (New York: Oxford University Press, 1964) , and Raymond Williams, *The Country and the City* (New York: Oxford University Press, 1973).One suggestive point of fortuitous confluence is the echo between Marx's diagnosis of American pastoral as arising in the first instance from European dreams of the new world and Williams's final chapter, which extends the country-city dynamic from a domestic context in British cultural history to the relation between British imperium and its former colonies.

32. Katharine Lee Bates, *America the Beautiful and Other Poems* (New York: Crowell, 1911) , p.3.

33.According to Bates's late-life recollection, "How I Came to Write ' America the Beautiful, ' "Women's Clubs*News* (May 1929) , p.11(Bates papers, Wellesley College Library) , "I wrote out the entire song on my return that evening to Colorado Springs."

34.Of course Bates's" alabaster city, "like its Chicago prototype, drew on the imagery of Christian idealism: the holy city of Revelation in the Christian New Testament and Augustine's *City of God*.Bates had previously used the image of the white city or community as an idealized rendering of Wellesley itself in an 1886 commencement poem and, more pietistically, in her 1887 poem "The New Jerusalem," printed in the *Independent* (Bates poetry scrapbook 1876–1885, Wellesley College).

35.Katharine Lee Bates, "America, "*The Congregationalist* 80, no. 27

(July 4,1895) : 17.Dorothea Burgess, *Dream and Deed*: *The Story of Kath-arine Lee Bates* (Norman: University of Oklahoma Press, 1952), pp. 101–102, and Frank Tucker, " A Song Inspired, " *Colorado Heritage* (issue 3,1989),32–43, provide brief biographical accounts of the western jour-ney.

36.Bates, *America the Beautiful and Other Poems*, pp.4–5.

37. Vida Denton Scudder, *On Journey* (New York: Dutton, 1937), p.110.

38.Latter-day Wellesley students have protested this line by calling out" sisterhood！" when the hymn is sung at college convocations.Yet deni-gration of sisterhood would have been the farthest thing from Bates's own mind, who had committed herself to a Boston marriage (" Wellesley mar-riage" as it was called locally) to economist colleague-social activist Cath-erine Coman, a relationship she memorialized in what may be the first les-bian sonnet sequence in U. S. literary history, *Yellow Clover* (New York: Dutton, 1922), pp. 71 – 111; Which prompted a letter from Jane Addams congratulating Bates for giving voice to" a new type of friendship" among women.Burgess, *Dream and Deed*, p.209.

39.William Cronon, *Nature's Metropolis*: *Chicago and the Great West* (New York: Norton, 1991), pp.142–147.

40.In 1913 Pinchot solicited a letter from Addams to support his cam-paign to prevent return of National Forest land to the states (Pinchot to Addams, 10 January 1913, Swarthmore College), and Addams replied that " I should be very happy indeed to serve the cause of conservation in any way" (Addams to Pinchot, 13 January 1913, Pinchot papers, Library of Congress).But it is not clear that she ever wrote such a testimonial.

41.Christopher Alexander, Sara Ishikawa, Murray Silverstein et al., *A Pattern Language*: *Towns*, *Buildings*, *Construction* (New York: Oxford Uni-versity Press, 1977), p.305. These authors stipulate that when more than three minutes away, facility use drops off; see also Tony Hiss, *The Experience of Place* (New York: Random House, 1990), pp.15–16. Addams and her col-leagues here followed the general line of Anglo-American turn-of-the-century urban reform thinking. British ambassador Lord James Bryce, ad-dressing the Washington Playground Association in 1908, declared that British planners aimed" to have within a quarter of a mile from every house some spot of at least half an acre where the children may play." " The City Child, " *Charities and the Commons*, 19, no. 22 (March 7, 1908), p. 1662.

U.S. playground activist Henry S. Curtis, in *The PLay Movement and Its Significance* (*New York*: *Macmillan*, 1917), cautioned that "the maximum range of playground effectiveness is not more than one half mile" (p.302).

42. Helen Lefcowitz Horwitz, *Culture and the City*: *Cultural Philanthropy in Chicago from the* 1880s *to* 1917 (Chicago: University of Chicago Press, 1976), p.140; quotation from Charles Zueblin, *American Municipal Progress* (New York: Macmillan, 1916), pp. 273 - 274. Galen Cranz, *The Politics of Park Design*: *A History of Urban Parks in America* (Cambridge: MIT Press, 1982), pp.61 - 99, provides a useful survey of the small-scale "reform park" movement in New York, Chicago, and San Francisco between 1900-1930, making clear the difference between the neopastoral concept of the large-scale "pleasure ground" and the concept of the small-scale (sometimes only single-lot-sized) regulated recreational space of the "reform park." Not that the difference was absolute: Charles Zueblin's photo-illustrated "Municipal Playgrounds in Chicago," *American Journal of Sociology*, 4(September 1898): 145-158, begins, for example, with the assertion that "a 'return to nature' is as necessary a demand for the modern city as it was for the romanticists of the eighteenth century." John C. Farrell, *Beloved Lady*: *A History of Jane Addams' Ideas on Reform and Peace* (Baltimore: Johns Hopkins University Press, 1967), pp.104 - 119, discusses Addams's interest in playgrounds in the context of her various involvements in recreation reform.

43. Stephen Fox, *The American Conservation Movement*: *John Muir and His Legacy* (Madison: University of Wisconsin Press, 1985), pp.134-135.

44. The individual in question, California congressman William Kent, was a self-declared conservationist (Kent to Addams, 7 December 1912, Woodrow Wilson papers, Library of Congress), but he was apparently an initially reluctant donor of the Chicago lot, and he opposed Muir's campaign to protect Hetch Hetchy.

45. John Muir, *Our National Parks* (1901; rpt., Madison: University of Wisconsin Press, 1981), p.I; *John of the Mountains*: *The Unpublished Journals of John Muir*, ed. Linnie Marsh Wolfe(1938; rpt., Madison: University of Wisconsin Press, 1979), pp.352, 191.

46. Shannon Jackson, *Lines of Activity*: *Performance*, *Historiography*, *Hull-House Domesticity* (Ann Arbor: University of Michigan Press, 2000), p.120.

47. Robert Gottlieb observes that the division between mainstream

"conservationist" and radical "preservationist" traditions represented by Pinchot and Muir"has tended to obscure the crucial role of the government agencies and their resource strategies in the framing of conservationist politics" generally. *Forcing the Spring*, p. 24. My comparison of Addams and Muir is inspired by, although it partly dissents from, Gottlieb's appraisals of Muir and of Addams's protégée Alice Hamilton as examples of wilderness and urban strains of U. S. environmentalism. I discuss Hamilton in Chapter I.

48. Paul Boyer, *Urban Masses and Moral Order in America, 1820– 1920*(Cambridge: Harvard University Press, 1978), chapters 11–19.

49. Muir, *My First Summer in the Sierra* (1911; rpt. , New York: Penguin, 1987), p. 122; Jane Addams, *Twenty Years at Hull-House*, ed. James Hurt(1910; Urbana: University of Illinois Press, 1990), p.76.

50. Muir, *First Summer*, pp.78–77.

51. Muir, *The Mountains of California* (1894; rpt. , New York: Penguin, 1985), p.59.

52. Addams, *Twenty Years at Hull-House*, pp.164–165.

53. I borrow this term from Yi-fu Tuan, *Landscapes of Fear* (New York: Pantheon, 1979), for whom, interestingly, scenes of natural danger (p.137)are mentioned only in passing during a chapter on" Violence and Fear in the Country," which emphasizes fear of human violence, banditry for example. Although Muir makes no direct mention of this, he could not have failed to realize that the imagery of" shadowy cañon" and" wildest stronghold" would likely provoke" wild West" fantasies in late nineteenth-century readers.

54. Noted by Michael Smith, *Pacific Visions: California Scientists and the Environment: 1850–1915* (New Haven: Yale University Press, 1985), p.97, and developed at length by Steven Holmes, *The Young John Muir: An Environmental Biography*(Madison: University of Wisconsin Press, 1999).

55. Robert L. Thayer, Jr. , *Gray World, Green Heart: Technology, Nature, and the Sustainable Landscape*(New York: Wiley, 1994), p.xiii.

56. Pierre Bourdieu, *An Invitation to Reflexive Sociology*, by Bourdieu and Loïc J. D. Wacquant (Chicago: University of Chicago Press, 1992), p.127.

57. Benjamin Franklin, *Writings*, ed. J. A. O. Leo Lemay(New York: Library of America, 1987), pp.1428–29.

58. Ironically, the principal way in which they were" banished" in a le-

gal sense during the first century of nationhood was by defining nuisance
law so as to make it harder for an individual to win damages against an en-
terprise operating in what was considered the public interest. See Joel
Franklin Brenner, "Nuisance Law and Industrial Revolution," *Journal of
Legal Studies*, 3(1974):403-433.

59. William Bartram, *Travels and Other Writings*, ed. Thomas P.
Slaughter(New York:Library of America,1996),pp.91-92.

60.Wolfe,ed.,*John of the Mountains*,p.68.

61.Ortiz, "Spreading Wings on Wind," *Harper's Anthology of 20th
Century Native American Poetry*,ed.Duane Niatum(San Francisco:Harper-
Collins,1988),p.141.

62.Leslie Silko, "Landscape, History, and the Pueblo Imagination,"
Antaeus,87(Autumn 1986):85.

63.Donatella Mazzoleni, "The City and the Imaginary," trans. John
Koumantarakis, *Space and Place: Theories of Identity and Location*, ed.
Erica Carter, James Donald, and Judith Squires (London: Lawrence &
Wishart,1993),p.287.

64.The following passages are, respectively, from Frank O'Hara, *Col-
lected Poems*, ed.Donald Allen(Berkeley: University of California Press,
1995),p.131; Gary Snyder, *No Nature: New and Selected Poems* (New
York: Pantheon, 1992), p. 191; Marianne Moore, Collected Poems
(London: Faber, 1951), p. 60; Langston Hughes, *Collected Poems*, ed.
Arnold Rampersad and David Roessel(New York:Knopf,1994),p.429.

65.Thayer,*Gray World, Green Heart*,p.65.

66.Fredric Jameson,*The Political Unconscious:Narrative as a Socially
Symbolic Act*(Ithaca:Cornell University Press,1981),p.81.

67.For a partially related critique of Jameson, see Bill Brown, *The
Material Unconscious:American Amusement,Stephen Crane,and the Econo-
mies of Play* (Cambridge: Harvard University Press, 1996), pp. 13 - 19,
whose special interest,however,is how the history of material objects and
material culture functions in acts of literary representation to disrupt the o-
verly abstract and unidimensional cast of ideology theory.

68.Madhav Gadgil and Ramachandra Guha, *This Fissured Land:An
Ecological History of India*(Delhi:Oxford University Press,1992),p.12.

69.I deliberately refrain from writing "the environmental unconscious"
because what I am attempting to describe is not an isolatable or invariant
mental faculty but a process of response,and its tenor and range differ a-

mong individuals and cultures.Obvious examples would be the degree and manner,across cultures,of conscious versus unconscious responsiveness to the significance of minute gradations of color and physical texture.

70. Jameson's adaptation of Althusserian Marxism has produced a somewhat distracting cross-fire from his critics as to whether he is more the prisoner of ideology than he would wish to admit or less the Marxist than he would wish to represent himself as being.See,for example,Jerry Aline Flieger, "The Prison-House of Ideology:Critic as Inmate," *Diacritics*,12, no. 3(Fall 1982):47-56,and Robert Scholes, "Interpretation and Narrative:Kermode and Jameson," *Novel*,17(Spring 1984):266-278.I too have normative views about politics,literature,and environmentalism,but I have tried to avoid making them drive this particular model.

71.On biophilia,see,for example,Kellert and Wilson,eds., *The Biophilia Hypothesis*,especially the two essays by the editors,pp.31-69; and Kahn, *The Human Relationship with Nature*, pp.9-43. On the ecological unconscious,see Theodore Roszak, *The Voice of the Earth* (New York: Simon and Schuster, 1992.), pp. 301-305. passim (I quote from pp. 96, 304), and "The Greening of Psychology:Exploring the Ecological Unconscious," *Gestalt Journal* 18, no. 1(Spring 1995):9-46.Warwick Fox, *Toward a Transpersonal Ecology:Developing New Foundations for Environmentalism*(Boston:Shambhala, 1990), shows how deep ecology (whose core idea of human rapport with nature developed from a base in phenomenology transfused by environmental ethics)easily lends itself to ecopsychological application.

72. Mitchell Thomashow, *Ecological Identity:Becoming a Reflective Environmentalist*(Cambridge:MIT Press, 1995), p.3;Yi-fu Tuan, *Topophilia:A Study of Environmental Perception,Attitudes,and Values* (1974; rpt.,with new preface, New York:Columbia University Press, 1990), pp. 4,93,and passim; Robert David Sack, *Homo Geographicus:A Framework for Action,Awareness,and Moral Concern*(Baltimore:Johns Hopkins University Press,1997),pp.24-25 and passim.

73.In particular,I would distinguish environmental (un) conscious (ness) from the question of affect,that is,from place affinity(to be discussed more fully in Chapter 2)or place aversion;and to allow for the likelihood,as Brown certainly presumes,as Tuan recognizes,and as others have argued,that affinity for artifice is as "natural" (i.e.,built into preconscious orientation)to humans as affinity for nature if not more so.On this point, see, for example, David Rothenberg, *Hand's End: Technology and the Limits of Nature* (Berkeley: University of California Press, 1993), and Bruce Mazlish, *The Fourth Discontinuity: The Co-Evolution of Humans and Machines*(New Haven: Yale University Press, 1993).The point is complicated, however, by the fact that nonhumans also have an affinity for *techne*: there is not as much difference between the worst of architects and the best of bees as Karl Marx supposed(*Capital*, *in Selected Writings*, ed.McLellan, p.456).

　　74.As Soper remarks of theories about the relation between humans and nonhumans, "We develop or respond to the theories in the light of the feelings we feel(or fail to feel) toward nature, and thus far it may be said that specific ontological commitments do not govern, even though they can exercise a considerable influence, upon ecological responses." *What Is Nature?*, p.176.

　　75.On this issue, see Barry Lopez, "Landscape and Narrative," *Crossing Open Ground* (1978; rpt., New York: Vintage, 1989), pp.61 – 71; and my discussion of" nonfictional aesthetics," *Environmental Imagination*, pp. 91–103, which attempts further to develop the implications of Lopez's essay.

第一章　有毒的话语

　　1.Ralph Waldo Emerson, *Nature*, *in Collected Works of Ralph Waldo Emerson*, vol. 1, ed.Robert E.Spiller et al. (Cambridge: Harvard University Press, 1971), p.8.

　　2.On ecocriticism's origins and first consolidation, a helpful introductory overview, critical anthology, and annotated bibliography are provided by*The Ecocriticism Reader*, ed. Cheryll Glotfelty and Harold Fromm (Athens: University of Georgia Press, 1996).See " The Ecocritical Insurgency," a commentary-conspectus for a special ecocriticism issue of *New Literary History*, 30(Summer 1999): 699–712, for my own assessment.

　　3.See, for example, Joni Adamson Clarke, "Toward an Ecology of Justice," *Reading the Earth: New Directions in the Study of Literature and the Environment*, ed. Michael P. Branch, Rochelle Johnson, Daniel Patterson, and Scott Slovic (Moscow, Idaho: University of Idaho Press, 1998), pp. 9–17; Michael Bennett and David Teauge, eds. , *The Nature of Cities: Ec-*

ocriticism and Urban Environments (Tucson: University of Arizona Press, 1999); Green Culture: Environmental Rhetoric in Contemporary America, ed.Carl G.Herndl and Stuart C.Brown (Madison: University of Wisconsin Press, 1996), particularly M. Jimmie Killingsworth and Jacqueline S. Palmer, "Millennial Ecology: The Apocalyptic Narrative from *Silent Spring* to Global Warming," pp. 21-45; Steven B. Katz and Carolyn R. Miller, "The Low-Level Radioactive Waste Siting Controversy in North Carolina," pp.111-140; and Craig Waddell, "Saving the Great Lakes," pp.141-165. The choice of environmental degradation as the theme for the 1999 ASLE (Association for the Study of Literature and Environment) convention is an auspicious sign.

4.For example, Fredric Jameson: " Pollution, although it's horrifying and dangerous, is maybe simply a spin-off of this new relationship to nature" (i.e., "the industrialization of agriculture and the transformation of peasants or farmers into agricultural workers"). "Interview" with Paik Nak-chung, *Global/Local Cultural Production and the Transnational Imaginary*, ed.Rob Wilson and Wimal Dissanayake (Durham: Duke University Press, 1996) ,pp.352-353.The reductive "simply" reflects the belief "that ecological politics tends to be bourgeois politics" (p.353—questionable in light of recent events, as I argue below.Two extended ecopolitical critiques from this basic perspective are Andrew Ross, *Strange Weather* (London: Verso, 1988) ,and *The Chicago Gangster Theory of Life* (London: Verso,1994).

5.See, for example, Verena Andermatt Conley, *Ecopolitics: The Environment in Post-structuralist Thought* (London: Routledge, 1997); Jhan Hochman, *Green Cultural Studies: Nature in Film, Novel, and Theory* (Moscow, Idaho: University of Idaho Press,1998); and the special issue of *Cultural Studies*, 8, no. 1 (January 1994), devoted, to environmental issues, particularly the introduction by guest editors Jody Berland and Jennifer Daryl Slack, " On Environmental Matters," pp.1-4, and Slack and Laurie Anne Whitt, "Communities, Environments and Cultural Studies," pp.5-31.

6.N.Katherine Hayles, "Constrained Constructivism: Locating Scientific Inquiry in the Theater of Representation," *Realism and Representation: Essays on the Problem of Realism in Relation to Sdence, Literature and Culture*, ed. George Levine (Madison: University of Wisconsin Press, 1993), pp. 27 - 43; " Searching for Common Ground," *Reinventing Nature? Responses to Postmodern Deconstruction*, ed.Michael Soulé and Gary Lease

(Washington, D. C.: Island Press, 1995), pp. 47 – 63; and "Simulated Nature and Natural Simulations: Rethinking the Relation Between the Beholder and the World," *Uncommon Ground: Toward Reinventing Nature*, ed. William Cronon(New York: Norton, 1995), pp. 409 – 425. Hayles seeks to coordinate scientific realism and social constructionism. For Hayles constrained constructivism "implies relativism" but "also indicates an active construction of a reality *that is meaningful to us* through the dynamic interplay between us and the world" (p.42). See also Slack and Whitt's attempt to define "a non-anthropocentric account of solidarity" by contextualizing community as local "material" environment (using "material" in the fullest possible sense). "Communities, Environments and Cultural Studies," p.19.

7. J. Donald Hughes, "Industrial Technology and Environmental Damage," in *Pan's Travail: Environmental Problems of the Ancient Greeks and Romans* (Baltimore: Johns Hopkins University Press, 1994), pp.112–129.

8. Ulrich Beck, *Risk Society: Towards a New Modernity*, trans. Mark A. Ritter(1986; London: Sage, 1992), pp. 51, 49, and 19–84 passim; cf. also Beck's collection of essays, *Ecological Enlightenment: Essays on the Politics of the Risk Society*, trans. Mark A. Ritter (1991; Atlantic Highlands, N. J.: Humanities Press, 1995), and "World Risk Society as Cosmopolitan Society?" *Theory, Culture and Society*, 13, no. 4 (1996): 1 – 32. Likewise, Kai Erikson, "A New Species of Trouble," *Communities at Risk: Collective Responses to Technological Hazards*, ed. Stephen Robert Couch and J. Stephen Kroll-Smith(New York: Peter Lang, 1991), argues that latter-day "toxic emergencies really are different" from all precursor threats in the kind of "dread" they induce, since "they have no [distinct] frame" (temporally or spatially), they are invisible, there is no secure sanctuary, and they surpass the capacity of science to specify physical, let alone emotional, risk (pp. 17–20). The difference in ideological valence between these two accounts is notable: Erikson's is a more or less politically neutral sociological overview, while Beck's is explicitly anti-industry, diagnosing toxic threat/fear as "the embodiment of the errors of a whole epoch of industrialism," "a kind of collective return of the repressed." "World Risk Society," p.24.

9. Love Canal was a lower-middle-class subdivision of Niagara Falls, New York, built on a former waste dump created by the Hooker Chemical Company, a subsidiary of Occidential Petroleum. Advocates for residents claimed that they had experienced abnormal rates of birth defects and environmentally induced illness. The most detailed among numerous case

studies, which places special emphasis on the discrepancy among different interest groups'accounts, is Allan Mazur, *A Hazardous Inquiry: The "Rashomon" Effect at Love Canal*(Cambridge: Harvard University Press, 1998), pp.19-118.

10.The significance of this for the history and historiography of U.S. environmentalism is assessed succinctly by Martin V.Melosi, "Equity, Ecoracism, and Environmental History," *Environmental History Review*, 19, no. 3(Fall 1995): 1-16, and in more detail by Robert Gottleib, *Forcing the Spring: The Transformation of the American Environmental Movement* (Washington, D. C.: Island Press, 1993), chapters 5-8 and Conclusion. Gottlieb provides an overview of grassroots antitoxics activism, stressing the demographic diversification of this movement relative to mainstream environmentalism.Dorceta Taylor, "Can the Environmental Movement Attract and Maintain the Support of Minorities?"in *Race and the Incidence of Environmental Hazards*, ed.Bunyan Bryant and Paul Mohai(Boulder: Westview Press, 1992), pp.28-54, argues in more specific terms that U.S.minorities are far more interested in environmental issues than has been supposed, but that their energy is being directed not toward environmental protection but toward fighting environmental degradation and discrimination. Not that the contrast between" mainstream" and" minority" or" disempowered" attitudes is clear-cut: environmental psychologist Peter H.Kahn, Jr., found little difference in attitudes toward nature between poor people in a black Houston neighborhood and groups studied elsewhere. *The Human Relationship with Nature: Development and Culture*(Cambridge: MIT Press, 1999), chapters 6 - 11. Samuel Hays, *Beauty, Health, and Permanence: Environmental Politics in the United States, 1955-1985*(Cambridge: Cambridge University Press, 1987), pp.266-272 and passim, diagnoses" equity in [environmental] amenities"like forests and seashores and" equity in pollution contol" as a widely shared concern for environmental quality of life issues that cuts across lines of social division even as actual inequities define and exacerbate those divisions. In global studies, as in U. S. studies, one finds contention between a " postmaterialist "-consensual thesis that environmental concern is increasing worldwide in proportion to standard of living(see Ronald Inglehart, *Culture Shift in Advanced Industrial Society* [Princeton: Princeton University Press, 1990], and " Public Support for Environmental Protection: Objective Problems and Subjective Values in 43 Societies, " *Political Science and Politics*, 28 [1995]: 57 - 71) and

insistence that the environmentalism of the have-nots is sharply different
from(and more urgent than) that of the haves(see Steven R. Brechin and
Willett Kempton, "Global Environmentalism: A Challenge to the Postmate-
rialism Thesis?" *Social Science Quarterly*, 75 [June 1994] : 245−269, and
Juan Martinez-Alier, "'Environmental Justice' (Local and Global), " *The
Cultures of Globalization*, ed. Fredric Jameson and Masao Miyoshi
[Durham: Duke University Press, 1998], pp.312−326). Where one comes
down seems driven partly by ideology, partly by methodology: the sociocul-
tural differences may loom greater if one focuses on patterns of organiza-
tional affiliation and activism than if one focuses on notional value prefer-
ences.

　　11. Mark Dowie, *Losing Ground: American Environmentalism at the
Close of the Twentieth Century* (Cambridge: MIT Press, 1995), p. 141.
Charles Lee, director of research for the Commission for Racial Justice for
the United Church of Christ, whose 1987 report put "environmental racism"
on the public agenda, states the case succinctly in "Toxic Waste and Race in
the United States, "in *Race and the Incidence of Environmental Hazards*, ed.
Bryant and Mohai, pp.10−27. The environmental racism diagnosis has not
gone entirely unchallenged: in a Boston area study, Eric J. Krieg found that
it held for the city but not the Route 128 suburbs, where the dependency of
a community's tax base on industry was the best predictor of toxification.
"The Two Faces of Toxic Waste: Trends in the Spread of Environmental
Hazards, " *Sociological Forum*, 13 (November 1998) : 3 − 20. The article
grants, however, that most U.S. studies have been quite consistent.

　　12. Richard Regan, " Environmental Equity: Risk and Race, " *The
Egg: An Eco-Justice Quarterly*, 13, no. 2(Spring 1993) : 7.

　　13. Andrew Szasz, *Ecopopulism: Toxic Waste and the Movement for En-
vironmental Justice*(Minneapolis: University of Minnesota Press, 1994), p.
97. Although the quoted statements are broadly applicable, *Ecopopulisrn*
sometimes fails to distinguish between suburban ecopopulist activism by
middle-class whites and the activism of communities of poor whites and/or
people of color, where the levels of initial domestic tranquility and naive
civic trust were by no means so high. Of the latter especially it could not be
claimed that before their environmental awakening " they pretty much
believed in a textbook image of government: they trusted that officials do
their jobs honestly and well" (ibid.). Andrew Hurley, *Environmental Ine-
qualities: Class, Race, and Industrial Pollution in Gary, Indiana, 1945−1980*

(Chapel Hill: University of North Carolina Press, 1995), is a splendid case study that differentiates more sensitively between the underlying political orientations and specific environmentalist priorities of Gary's middle-class whites, working-class whites, and African Americans.

14. Quoted in *Race, Poverty and the Environment*, 2, nos. 3 – 4 (Fall 1991/Winter 1992) : 32. Mark I. Wallace, "Environmental Justice, Neopreservationism, and Sustainable Spirituality," *The Ecological Community*, ed. Roger S. Gottleib (New York: Routledge, 1997), pp. 292 – 310, is a thoughtful attempt to imagine how environmental justice activism might be fortified by preservationist concerns.

15. By no means should this be taken as implying that environmental justice(EJ) advocates don't care for the earth. If EJ rhetoric sometimes sounds that way, the chief reason may be suspicion of the motives of protectionists and/or systemic bias of protectionist organizations. As African-American environmentalist Carl Anthony says, "People of color often view alarmist threats about the collapse of the ecosystem as the latest strategem by the elite to maintain control of political and economic discourse." Interview with Theodore Roszak, *Ecopsychology: Restoring the Earth, Healing the Mind*(San Francisco: Sierra Club, 1995), p. 265. An obvious example is third world resistance to species and wilderness protection in. the name of biodiversity(pragmatically justified to governments of the "North" for the possible medical benefits of unknown species, from which transnational pharmaceutical firms stand to profit most). The EJ position on earthcare seems rather to be that "there will be little nature without justice and little justice without nature," as Indian environmentalist Smithu Kothari puts it. "Social Movements, Ecology, and Justice," *Earthly Goods: Environmental Change and Social Justice*, ed. Fen Osier Hampson and Judith Reppy(Ithaca: Cornell University Press, 1996), p. 161.

16. Szasz, *Ecopopulism*, p. 145. Lee Clarke, "Political Ecology of Protest Groups," in *Communities at Risk*, ed. Crouch and Kroll-Smith, observes that "national media coverage is necessary, if not sufficient, before grass roots associations can gain enough power to become real forces as protest associations" (pp. 103–104) —a view that seems almost universally accepted. "Thoreau and Gandhi," chuckles Beck, "would have beamed with delight to see Greenpeace using the methods of the media age to stage world-wide civil resistance.", "World Risk Society as Cosmopolitan Society?" p. 23. Mazur, *A Hazardous Inquiry*, emphasizes the importance of inten-

sive media coverage for canonizing Love Canal as the quintessential "exemplar of the toxic waste dump" ("just as Three Mile Island became the paradigmatic nuclear accident") , though in fact Love Canal "was not the worst chemical dump known to the press at that time" (p.127).

17.See , for example , Roberto A.Sánchez , "Health and Environmental Risks of the Maquiladora in Mexicali ," *Natural Resources Journal*, 30 (Winter 1990) : 163-186 , and Mutombo Mpanya , "The Dumping of Toxic Waste in African Countries : A Case of Poverty and Racism ," in *Race and the Incidence of Environmental Hazards*, ed. Bryant and Mohai , pp. 204-214.

18.Henri Lefebvre , *The Production of Space*, trans.Donald Nicholson-Smith (1974 ; Oxford : Blackwell , 1991) , p.282.

19.In "Multinational Corporations and the Global Environment ," for example , Nazli Choucri finds no corporate paragons of environmentalist self-restraint but also no countries that could be (yet) called extreme "pollution havens "either , and identifies a series of checks on exploitative behavior that seem to be starting to take effect , such as a worldwide movement toward restrictive environmental legislation and " increased acceptance of the ' polluter pays principle ' ⋯ in international forums." *Global Accord*: *Environmental Challenges and International Responses*, ed. Choucri (Cambridge : MIT Press , 1993) , pp.205-253 (quotations , pp.211 , 249).

20.Willett Kempton , James S.Bolster , and Jennifer A.Hartley , *Environmental Values in American Culture* (Cambridge : MIT Press , 1995) , p. 259.The percentages of each group responding positively ranged from 77 to 97 percent. It is less clear how well environmental concern stacks up against other public priorities. A 1996 Wall Street Journal/NBC News survey of 2,000 U.S.citizens found , for example , that "Protecting the Environment "ranked 13th of 14 on the citizens "highest priority "list (at 26 percent) , against the top vote-getters of "Improving Public Education " and "Reducing Crime" (both 57 percent) , although 81 percent of respondents rated the "environmental movement" as having had a "positive impact" on "today's values , "versus only 13 percent dissent. *Wall Street Journal*, December 13 , 1996 , pp.R1 , R4.

21.See , for example , Ramachandra Guha , "Radical American Environmentalism and Wilderness Preservation : A Third World Critique ," *Environmental Ethics*, 11 (1989) : 71 - 83, and Guha and Juan Martinez-Alier , *Varieties of Environmentalism* (London : Earth-scan , 1997). The latter also suggests, however, at least to my mind, that a polarized differentiation between nature protectionist and social justice, ecocentric and anthropocentric, environmentalism makes more sense when contrasting the traditional thrust of big environmental nongovernmental organizations like the Wilderness Society and the World Wildlife Federation with populist environmentalism than it does as a diagnosis of the complexity of the environmentalist scene in nonwestern countries. For example, the strength of Gandhist antimodernism as an ingredient of mainstream environmental thought and the phenomenon of such land-based peasant activism as the Chipko movement render the anthropocentric-ecocentric distinction simplistic for characterizing Indian environmentalism(s), except to signal rejection of an ethic of concern only for nature preservation rather than people. (See *Varieties of Environmentalism*, chapter 8("Mahatma Gandhi and the Environmental Movement"), and Smitu Kothari and Pramod Parajuli, "No Nature Without Social Justice," *Global Ecology*, ed. Wolfgang Sachs(London: Zed, 1993), pp. 225-241.

22. Philip Fisher, "The Aesthetics of Fear," *Raritan*, 18 (Summer 1998): 72.

23. Cyrus Edson, "The Microbe as a Social Leveller," *North American Review*, 161(October 1895): 422, 425.

24. Nancy Tomes, *The Gospel of Germs: Men, Women, and the Microbe in American Life*(Cambridge: Harvard University Press, 1998).

25. Alan M. Kraut, *Silent Travelers: Germs, Genes, and the "Immigrant Menace"* (New York: Basic Books, 1994).

26. Benjamin A. Goldman, "What Is the Future of Environmental Justice?" *Antipode*, 28(1996): 128, advances this possibility in the course of arguing that "the struggle for environmental and economic justice will need to become profoundly more mainstream in order to succeed" (p.125).

27. Rachel Carson, *Silent Spring* (Boston: Houghton, 1962), pp.1, 3. The milestone status of this book and the controversy provoked by it in stimulating contemporary environmentalism and antitoxics agitation particularly are widely accepted(see, e.g., Gottleib, *Forcing the Spring*, pp.81ff, and Robert C. Paehlke, *Environmentalism and the Future of Progressive Politics* [New Haven: Yale University Press, 1989], p.21), even though the actual success of Carson's campaign against chemical pesticides is debatable(see Martin J. Walker, "The Unquiet Voice of *Silent Spring*: The Legacy of Rachel Carson," *The Ecologist*, 29 [August/September 1999]:

322-325) , and as noted below , toxic anxiety was invoked rather than in-vented by Carson.

28.Szasz , *Ecopopulism* , pp.43 , 44.

29.Lois Marie Gibbs , *Love Canal : My Story* , as told to Murray Levine (Albany : SUNY Press , i982) , pp.9 , 40.

30.See Michael R.Edelstein , *Contaminated Communities : The Social and Psychological Impacts of Residential Toxic Exposure* (Boulder : Westview Press , 1988) , pp.11-13 , 57-60 , 72.

31.Nathaniel Hawthorne , *Mosses from an Old Manse , in The Centenary Edition of the Works of Nathaniel Hawthorne* , ed. William Charvat et al. (Columbus : Ohio State University Press , 1974) , pp.91-128 , 186-206.

32.Catherine Beecher , *Harper's New Monthly Magazine* , 33 (1866) : 762-772.For the historical context , see Gain Townsend , " Airborne Toxins and the American House , 1865 - 1895 , " *Winterthur Portfolio* , 24 , no. 1 (Spring 1989) : 29-42 ; John Duffy , *The Sanatarians : A History of American Public Health* (Urbana : University of Illinois Press , 1990) , pp.93 - 134 ; Tomes , *The Gospel of Germs* , particularly chapter 2.

33. Leo Marx , *The Machine in the Garden : Technology and the Pastoral Meal in American Culture* (New York : Oxford University Press , 1964).

34.The cultural logic of the " rode awakening " topos in toxic discourse seems even more inevitable as one considers the range of other genres in which it figures : (certain forms of) autobiography , bildungsroman , and slave narrative , just to name three.

35.For suburbs , see , for example , Peter Rowe , *Making a Middle Land-scape* (Cambridge : MIT Press , 1991) ; for cities , James L.Machor , *Pastoral Cities : Urban Ideals and the Symbolic Landscape of America* (Madison : University of Wisconsin Press , 1987).Robert Fishman , *Urban Utopias in the Twentieth Century* (New York : Basic Books , 1977) , and Witold Rybczynski , *City Life : Urban Expectations in a New World* (New York : Scribner , 1995) , testify to the transnational force and durability of urban pastoral as a model for energizing urban design.

36.Mary Douglas , *Risk Acceptability According to the Social Sciences* (New York : Russell Sage Foundation , 1985) , p.29.

37.Edelstein , *Contaminated Communities* , p.55.

38.Kaye Kiker , " The Nation's Dumping Ground , " *The Egg* , l0 , no. 2 (Summer 1990) : 17.

39.Although pastoral aesthetics itself was for much of western history more anthropocentric than ecocentric, since the early modern era, as I have argued in*Environmental Imagination*(Cambridge: Harvard University Press, 1995), pp.31-82, it has developed the capacity to turn in the latter direction. The same may conceivably prove true of toxic discourse also. As Vera Norwood points out, running throughout Carson's work is a feminist-ecocentric implication that "human beings encounter the world most often as trespassers, alienated from both the organic home and the economic household." "The Nature of Knowing: Rachel Carson and the American Environment," Signs, 12(Summer 1987): 742.

40.Carson, *Silent Spring*, p.15.

41.Lily Lee, "Energy and Air Pollution Are Social Issues," *Race, Poverty and the Environment*, 22, no. 2 (Summer 1991): 1, 18; Celene Krauss, "Blue-Collar Women and Toxic-Waste Protests: The Process of Politicization," *Toxic Struggles: The Theory and Practice of Environmental Justice*, ed. Richard Hofrichter (Philadelphia: New Society, 1993), p.109; Robert W. Collin and William Harris, Sr., "Race and Waste in Two Virginia Communities," *Confronting Environmental Racism: Voices from the Grassroots*, ed. Robert D. Bullard(Boston: South End, 1993), p.100.

42. "Disasters," of which ecocatastrophe is one form, is one of the fifty genres identified in*Science Fiction A to Z: A Dictionary of the Great S. F. Themes*, ed. Isaac Asimov, Martin H. Greenberg, Charles G. Waugh (Boston: Houghton, 1982). Cynthia Deitering, in "The Postnatural Novel: Toxic Consciousness in Fiction of the 1980s," *Ecocriticism Reader*, pp. 196-203, a short analysis of selected toxic dystopian fiction, makes clear that sci-fi and representational realism are interpenetrating categories.

43.Quoted in Spencer R. Weart, *Nuclear Fear: A History of Images* (Cambridge: Harvard University Press, 1988), p. 215. Weart treats ecocatastrophical fear as an offshoot of nuclear fear. I am also indebted to Thomas Schaub's analysis of Carson as a self-conscious intervener in Cold War debates by turning right-wing tropes back on themselves. "Rachel Carson and the Cold War," American Studies Association Convention, November 3, 1996, Washington, D.C.

44.Carson, *Silent Spring*, p. 16. Cf. Ralph H. Lutts, "Chemical Fallout: Rachel Carson's *Silent Spring*, Radioactive Fallout, and the Environmental Movement," *Environmental Review*, 9(1985): 210-225.

45.For example, Riley E. Dunlap and Kent D. Van Liere, "The ' New

Environmental Paradigm'：A Proposed Measuring Instrument and Prelimi-
nary Results，"*Journal of Environmental Education*，9（1978）：10-19；John
McCormick，*Reclaiming Paradise*：*The Global Environmental Movement*
（Bloomington：Indiana University Press，1989），p.196.

46.The 1972 Club of Rome report prepared by Donella H.Meadows et
al.，*The Limits to Growth*（New York：Universe Books，1972），may be said
to have recanonized the theme of scarcity as a central premise of contem-
porary environmentalism.William Ophuls，*Ecology and the Politics of Scar-
city*（San Francisco：Freeman，1977），is one exemplary result，influential
in its own right.In *Beyond the Limits*（Post Mills，Vt.：Chelsea Green，
1992），Meadows and associates have qualified yet reaffirmed their
previous position.In diagnosing depletion anxiety as a rhetorical formation，
I would not go so far as Ross，in *The Chicago Gangster Theory of Life* and
subsequent conference papers，who debunks scarcity as an artifact of multi-
national corporatist manipulation.Although oligopolies do create maldistri-
bution of wealth and of poverty，the causes of depletion anxiety are more
complicated and the anxiety itself hardly without foundation.

47.Reproduced in David L.Lendt，*Ding*：*The Life of Jay Norwood Dar-
ling*（Ames，Iowa：Iowa State University Press，1989），unpaginated illustra-
tions between pp.54-55：1938 and 1947.

48.Richard Grove，*Green Imperialism*：*Colonial Expansion*，*Tropical Is-
land Edens and the Origins of Environmentalism*，*1600-1860*（Cambridge：
Cambridge University Press，1995），especially chapters 1，5，and 6.Still
remoter antecedents lie in both Christian apocalyptics（particularly the
Book of Revelation）and classical（particularly the close of Lucretius，*De
Rerum Naturae*）.

49.Hurley，*Environmental Inequalities*，p.140.

50.Beck，*Risk Society*，p.36.

51.Hurley，*Environmental Inequalities*，p.112.

52.Muir，in the*Outlook*（November 2，1907），quoted by Stephen Fox，
The American Conservation Movement：*John Muir and His Legacy*（Madison：
University of Wisconsin Press，1985），p.141，which then provides a concise
summary of issues，players，and events.For a more extended discussion，itself
influential in making this episode a canonical chapter in U.S.environmental
historiography，see Roderick Nash，*Wilderness and the American Mind*，3rd
ed.（New Haven：Yale University Press，1982），pp.161-181.

53.Gottleib，*Forcing the Spring*，p.65，is exceptional.

54. Victor Lewis, "Rachel Carson Remembered," *Race, Poverty and the Environment*, 2, no. x (Spring 1991): 5. The feminist implications of Carson's critique are developed especially in H. Patricia Hynes, *The Recurring Silent Spring* (New York: Pergamon, 1989), a study limited by its special interest in the issue of reproductive rights, yet incisive and significant in placing Carson's life and legacy in the context of women's achievement in science and victimage by patriarchally controlled technology.

55. Carson, *Silent Spring*, pp. 297, 178.

56. Lewis, "Rachel Carson Remembered," pp. 14, 5.

57. Elizabeth Martin, "Organizing for a Change," *Race, Poverty and the Environment*, 2, no. 1 (Spring 1991): 4.

58. Robert D. Bullard, *Dumping in Dixie: Race, Class, and Environmental Quality* (Boulder: Westview Press, 1994), pp. 45, 46.

59. Ibid., p. 65; Bullard, "Anatomy of Environmental Racism," *Toxic Struggles*, ed. Hofrichter, p. 30, elaborating on an article from the *San Francisco Examiner* describing Zip Code 99058 as "the 'dirtiest' in the state."

60. John A. Agnew, *Place and Politics: The Geographical Mediation of State and Society* (Boston: Allen & Unwin, 1987), p. 36. Not that there is no material referent to "place" at all: more on this and related matters in Chapter 2.

61. Carson, *Silent Spring*, pp. 174–175.

62. Lynn Lawson, *Staying Well in a Toxic World* (Chicago: Noble Press, 1993), pp. 82, 151.

63. Marla Cone, "Leaving a Generation Gasping for Breath," *Los Angeles Times*, October 27, 1996, p. A28.

64. Eric Homberger, *Scenes from the Life of a City: Corruption and Conscience in Old New York* (New Haven: Yale University Press, 1994), pp. 30, 13, quoting T. De Witt Talmadge, *The Masque Torn Off*. Christophe Den Tandt's chapter on "Naturalist Gothic" in *The Urban Sublime in American Literary Naturalism* (Urbana: University of Illinois Press, 1998), pp. 123–150, analyzes the conventions of the "descent into hell" (p. 125) in turn-of-the-twentieth-century urban writing and its Darwinist assumptions about social victimage and struggle.

65. Melville, "The Paradise of Bachelors and the Tartarus of Maids," *Piazza Tales and Other Prose Pieces, 1839–1860*, ed. Harrison Hayford et al. (Evanston: Northwestern University Press and Newberry Library, 1987), p. 324; Rebecca Harding Davis, "Life in the Iron-Mills," *Norton*

Anthology of American Literature, 5th ed., vol. 1, ed.Nina Baym et al.(New York: Norton, 1998), p.2535.

66.Down even to today, as in a six-part 1996 *New York Times* series on the plight of housing for the urban poor.Deborah Sontag, "For Poorest, Life' Trapped in a Cage,' " *New York Times*, October 6, 1996, p.45, cites Riis as a precedent and benchmark.

67. Alice Hamilton, *Exploring the Dangerous Trades*, ed. Barbara Sicherman (1943; rpt., Boston: Northeastern University Press, 1985), p.145.

68.Muriel Rukeyser, U. S. 1 (New York: Covici, Friede, 1938), pp. 9-72.

69.The fullest biographical study of Carson's career is Linda Lear, *Rachel Carson: Witness for Nature*(New York: Holt, 1997). Also helpful on her later years and *Silent Spring* is her publisher's memoir, Paul Brooks's *The House of Life: Rachel Carson at Work*(Boston: Houghton, 1972). For a chronicle of the controversy that the book provoked in the 1960s, see Frank Graham, Jr., *Since Silent Spring* (Boston: Houghton, 1970). Carson would have taken no pleasure in the fact that a significant reason why her indict-ment now seems "universal" is that human casualties from toxification by pesticides are now more a global(third world) problem than an American (first world) problem. Marquita K. Hill, *Understanding Environmental Pol-lution*(Cambridge: Cambridge University Press, 1997) , p.230.

70.Karl Kroeber, *Ecological Literary Criticism* (New York: Columbia University Press, 1994) , p. 32. On the other hand, toxic discourse fits Kroeber's characterization of "ecological literary criticism" as "sympathetic to the romantic premise that the imaginativeness essential to poetry is the primary human capability enabling us to interact in a responsible manner with our environment " (p. 21)—provided that one broadens out from poetry to include other forms of imaging and grants that imaging may be one, rather than the primary human capability that promotes reconnection with environment.

71. Derek Jarman, *Modern Nature: The Journals of Derek Jarman* (London: Century, 1991). Built around the anticipation of his imminent death from AIDS, Jarman's journals offer more poignant epiphanies in their scenes of human/(modern) nature encounter than does much traditional nature writing, partly because Jarman's expectations of what that encounter with physical nature ought to mean are less grandiose to begin with.

72. Alexander Wilson, *The Culture of Nature : North American Landscape from Disney to the " Exxon Valdez"* (Cambridge : Blackwell, 1992), pp. 203ff. See Introduction, pp. 5–6 and notes, for my reservations.

73. Victor Davis Hanson, *The Land Was Everything : Letters from an American Farmer* (New York : Scribner, 1999), accomplishes something of the same for the tradition of the agrarian essay (from Jefferson through Wendell Berry), as does Jane Smiley's *A Thousand Acres* (New York : Knopf, 1991) for the tradition of the agrarian novel (e.g., Willa Cather's *O Pioneers*!).

74. Williams's *Refuge : An Unnatural History of Family and Place* (New York : Vintage, 1991) is actually one of a number of recent works by various writers and artists about law-abiding, God-fearing Mormon villages in southern Utah ravaged by what looks to have been a long history of faulty planning, botched execution, public relations duplicity, bureaucratic intimidation, and government cover-up. See also John G. Fuller, *The Day We Bombed Utah* (New York : New American Library, 1984) ; Philip L. Fradkin, *Fall-out : An American Nuclear Tragedy* (Tucson : University of Arizona Press, 1989) ; and Carole Gallagher, *American Ground Zero : The Secret Nuclear War* (Cambridge : MIT Press, 1993). These books, all cited by Williams herself, are journalistic works (photojournalism in Gallagher's case) strongly judgmental toward the Atomic Energy Commission (AEC). For the other side, see Barton C. Hacker, *Elements of Controversy : The Atomic Energy Commission and Radiation Safety in Nuclear Weapons Testing 1947 – 1974* (Berkeley : University of California Press, 1994), a work commissioned by a Department of Energy (Nevada Operations) "prime contractor" (Reynolds Electrical and Engineering Company). Note that although Hacker absolves officials of conscious wrongdoing, he also concludes that the AEC's " carefully crafted press releases " " sometimes erred" and" rarely if ever revealed all" (p.278).

75. Although ecoradical-anarchist Abbey was no euphemizer, he passes over the legacy of toxification in his evocations of desert wilderness, as 8ueEllen Campbell points out in " Magpie, " *Writing the Environment : Ecocriticism and Literature*, ed. Richard Kerridge and Nell 8ammels (London : Zed, 1998), pp.13–26.

76. Edelstein, *Contaminated Communities*, p. 57. In " The Spirit of Rachel Carson, " *Audubon*, 94, no. 4 0uly-August 1992): 104–107, Williams pays homage to Carson's example of " passionate resistance " to

toxification and to *Silent Spring*'s prophetic standing as "sacred text" (p.107).

77.Henry D.Thoreau, *Walden*, ed.J.Lyndon Shanley(Princeton：Princeton University Press,1971), p.3.

78.Martha Nussbaum, *Poetic Justice：The Literary Imagination and Public Life*(Boston：Beacon Press,1995), pp.83,115.The legal case of reference here is *Bowers v.Hardwick*, in which the U.S.Supreme Court in i986 upheld a Georgia antisodomy law against the claim of privacy rights.

79.Szasz, *Ecopopulism*, p.46.Some of the attendant social, scientific, and legal problems are explored from a skeptical perspective in *Phantom Risk：Scientific Inference and the Law*, ed.Kenneth R.Foster, David E.Bernstein, and Peter W.Huber(Cambridge：MIT Press,1993).

80. David Bates, *Environmental Health Risks and Public Policy* (Seattle：University of Washington Press,1994), p.90.

81.Chauncy Starr, "Risk Management, Assessment, and Acceptability," *Risk Analysis*,5, no. 2(1985)：99(italics in the original).Such considerations move risk assessment critic Joe Thornton, in *Pandora's Poison：Chlorine, Health, and a New Environmental Strategy*(Cambridge：MIT Press, 2000), to contend that is procedures are so constrained by the myopia of testing discrete substances and so biased toward countenancing use when possible as opposed to preventing harm as to call for a radically different, democratically controlled regime that would whenever possible limit production to chemicals previously shown to be safe.

82.Gibbs, *Love Canal*, p.170, corroborated by Mazur, *A Hazardous Inquiry*, which tends to emphasize homeowner overreaction(particularly residents beyond the "first" or central ring) and the flaws in the "scientific" studies that purported to establish the likelihood of environmentally induced medical problems. Mazur does not deny the possibility of the latter, but he confines himself to the available epidemiological evidence.

83.Phil Brown and Edwin J.Mikkelsen, *No Safe Place：Toxic Waste, Leukemia, and Community Action* (Berkeley：University of California Press,1990), p. 30. Jonathan Harr's *A Civil Action* (New York：Vintage, 1995), a narrative reconstruction of the Woburn case, emphasizes the plaintiff's counsel's imminent fear of bankruptcy, judicial strictness, and tenuousness of the evidence as the reasons for the prosecution's acceptance of the out-of-court settlement rather than the confusion of the jury or the ordering of the new trial, which in Harr's account was nothing more than a public gesture orchestrated at the judge's request as part of the settlement arrangement. Whatever may have been the exact chain of events, Hart, like Brown and Mikkelsen, makes amply clear throughout his book the formidable technical and practical difficulties of gathering and interpreting the relevant evidence.

84. Williams, *Refuge*, p.286.

85. Gibbs, *Love Canal*, p.69.

86. Szasz, *Ecopotmlism*, pp.148, 149.

87. Paul Slovic, "Trust, Emotion, Sex, Politics, and Science: Surveying the Risk-Assessment Battlefield," *Environment, Ethics, and Behavior: The Psychology of Environmental Valuation and Degradation*, ed. Max Bazerman et al. (San Francisco: New Lexington Press, 1997), p.307; Chauncy Starr, "Risk Management, Assessment, and Acceptability," p.98. For further discussion of the significance of perceived as opposed to "real" risk, see Raphael G. Kasper, "Perceptions of Risk and Their Effects on Decision Making," and Paul Slovic, Baruch Fischhoff, and Sarah Lichtenstein, "Facts and Fears: Understanding Perceived Risk," both in *Societal Risk Assessment: How Safe is Safe Enough?*, ed. Richard C. Schwing and Walter A. Alberts, Jr. (New York: Plenum, 1980), pp.71–80, 181–214.

88. Charles Perrow, *Normal Accidents: Living with High-Risk Technologies* (New York: Basic, 1984), p.4. After a lengthy critique of the assumptions and practices of the discipline of risk assessment, Perrow concludes that " a technology that raises even unreasonable fears is to be avoided because unreasonable fears are nevertheless real fears. A technology that produces confusion, deception, uncertainty, and incomprehensible events (as the [Three Mile Island crisis] did) is to be avoided...A worker's death is not the only measure of dread; the absence of death is not the only criterion of social benefit" (p.323).

89. Niklas Luhmann, *Ecological Communication*, trans. John Bednarz, Jr. (Chicago: University of Chicago Press, 1989), p.II. Interestingly, in his persona as systems theorist, Luhmann himself seems to regard this prospect with complete equanimity.

90. John Kavadny, "Varieties of Risk Representation," *Journal of Social Philosophy*, 28 (Winter 1997): 123–143, provides a thoughtful appraisal of risk epistemology, distinguishing "risk analysis" from "risk perception" and "risk interpretation": "the three paradigms take us from a direct⋯ account of what risk is to an indirect account⋯ of the social con-

struction of risk, via an increasing emphasis on the processes of risk discourse" (p.137).In Kavadny's terms, acts of creative and rhetorical imagination(as well as critical reflection)expose by focusing on the dimensions of perception and interpretation the" epistemic pluralism" (p.138)that the normalizing discipline of risk analysis seeks to contain, even though its practitioners are themselves more aware than the general public of the climate of(scientific)uncertainty in which they operate.

91.Jane Addams, *Twenty Years at Hull-House, with Autobiographical Notes*, ed.James Hurt (1910; Urbana: University of Illinois Press, 1990), p.43.

92. Don DeLillo, *White Noise* (New York: Penguin, 1985), pp. 117, 114.

93. John Kavadny, " Information out of Place," *Oxymoron: Annual Thematic Anthology of the Arts and Sciences*, ed.Edward Binkowski (New York: Oxymoron Media, 1997), p. 100: a shrewd, thoughtful reading more respectful of the novel than my own. Other environmentally oriented readings of *White Noise* that ascribe to it greater self-consistency than I do are Richard Kerridge, " Small Rooms and the Ecosystem: Environmentalism and DeLillo's *White Noise* ," *Writing the Environment*, ed.Kerridge and Neil Sammels, pp. 182 – 195; and Dana Phillips, " Don DeLillo's Postmodern Pastoral," *Reading the Earth*, ed. Branch, Johnson, Patterson, and Slovic, pp.235–246.

94.Whether it be confirmation of DeLillo's peripheralization of toxic discourse or simply of precontemporary literary-critical inattention, none of the contributors to *New Essays on " white Noise* ," ed. Frank Lentricchia (Cambridge: Cambridge University Press, 1991), interest themselves much in the text's environmental discourse.

95.Sontag, *Illness as Metaphor and AIDS and Its Metaphors* (New York: Doubleday, 1990).Ironically, one of Sontag's targets is the assumption of environmental causation of illness (pp. 71 and passim), which she opposes both questionably as bad science and more cogently as a possible slippery slope toward the depersonalization of the sufferer into a symptom of cultural pathology(e.g., this or that despised social group as a" cancer" on society).Pressing in this direction, however, keeps her analysis from anticipating what is problematic about the opposite move to which protagonist-centered novels are generically susceptible: privileging individual suffering to the elision of contextual ground.

96.The strongest version of this argument is set forth in George Lakoff and Mark Johnson, *Metaphors We Live By* (Chicago: University of Chicago Press, 1980). Naomi Quinn argues more cautiously that " metaphors, far from constituting understanding, are ordinarily selected to fit a preexisting and culturally shared model," though " they may well help the reasoner to follow out entailments of the preexisting cultural model." " The Cultural Basis of Metaphor," *Beyond Metaphor: The Theory of Tropes in Anthropology*, ed. James W. Fernandez (Stanford: Stanford University Press, 1991), p.60.

97.Stevens, "The Man on the Dump" in *Collected Poems* (New York: Knopf, 1961), pp.201–203; Pynchon, *The Crying of Lot* 49 (Philadelphia: Lippincott, 1966).

98.DeLillo, *Underworld* (New York: Scribner, 1997), pp.286–287.

99.A.R. Ammons, *Garbage: A Poem* (New York: Norton, 1993), pp. 18, 35, 108, 75. On Ammons's responsiveness to environmental issues, see Jon Gertner, " A Walk with A.R. Ammons," *Audubon* (September-October 1996), pp.74–82.

100. For an ecocritical reading of this poem that emphasizes the comedic trope of recycling more strongly than I have done, see Leonard M. Scigaj, " ' The World Was the Beginning of the World' : Agency and Homology in A.R. Ammons's *Garbage*," *Reading the Earth*, ed. Branch, Johnson, Patterson, and Slovic, pp.247–258, and *Sustainable Poetry: Four American Ecopoets* (Lexington: University Press of Kentucky, 1999), pp.109–116.

101.For example, Waddell, who, in " Saving the Great Lakes," reports one of the commissioners of the International Joint Commission on water quality telling him that " to see the people directly, in front of you, that were directly affected, there was an *emotional* impact.., that had a *tremendous impact on me*" (p.154). Folk eloquence in the context of organization and argument must be credited with carrying power even in defeat, as when citizen opposition fended off a proposed Alberta-Pacific pulp mill at two levels of appeal before reversal by provincial government manipulation. Mary Richardson, Joan Sherman, and Michael Gismondi, *Winning Back the Words: Confronting Experts in an Environmental Public Hearing* (Toronto: Garamond Press, 1993).

102.John T. Omohundro, " From Oil Slick to Greasepaint: Theatre's Role in Community's Response to Pollution Events," *Communities at Risk*, ed. Couch and Kroll-Smith, pp.165–166.

103.Ammons,*Garbage*,pp.24,29.

第二章　住所的住所

1.George Lakoff and Mark Johnson,*Philosophy in the Flesh:The Embodied Mind and Its Challenge to Western Thought* (New York:Basic, 1999),p.566,summing up their synthesis of phenomenological philosophy and cognitive psychology.

2.Donna J.Haraway's "Cyborg Manifesto," in *Simians,Cyborgs,and Women:The Reinvention of Nature* (New York:Routledge, 1991), pp. 148-181,is a template for "Science,Technology,and Socialist-Feminism in the Late Twentieth Century" built on the premise of "three crucial boundary breakdowns" (p.151)—human/animal,organism/machine,and physical/nonphysical—which seem to offer prospect for reconstruction of a "postmodern collective and personal self' liberated from dominationist essentializing regimes,especially of gender.N.Katherine Hayles,*How We Became Posthuman:Virtual Bodies in Cybernetics,Literature,and Informatics* (Chicago:University of Chicago Press,1999),especially chapter 2 (pp. 25-49),provides a persuasive friendly amendment to Haraway by arguing for "embodiment" (as material world,as physical body,as embodying narrative) as a necessary and desirable even if not precisely specifiable limit to the dematerializing impetus of different forms of postmodern theory and technology that undercut traditional conceptions of identity and presence.

3.Hayles,*How We Became Posthuman*,p.35.

4.That Powers's fiction is no mere fiction is evidenced by Sandra Steingraber's concurrent*Living Downstream:An Ecologist Looks at Cancer and the Environment*(Reading,Mass.:Addison-Wesley,1997),a work at once scientific,ethnographic,and autobiographical with special reference to the high incidence of cancer in the small Illinois community of the author's girlhood,and her own battle with a form of cancer she suspects she contracted there. *Gain* and *Living Downstream* share with Terry Tempest Williams's *Refuge* the ecofeminist approach of emphasizing the female body as a primary site,indicator,and victim of environmental toxification.

5.At the novel's end the town's economy is gutted when the company spins off the division to Monsanto,which ironically moves the plant to a*maquiladora*.Richard Powers,*Gain*(New York:Farrar,Straus,1998),p.

354.Both the irony of this outcome and the never-had-a-chance quixoticism of the resistance effort seem telegraphed throughout the novel by the deliberately formulistic-symmetrical handling of the two plot strands.

6.Edward S.Casey, *The Fate of Place*：*A Philosophical History*(Berkeley：University of California Press, 1997), despite reading contemporary poststructuralism too wishfully(chapter i2), argues convincingly that theories of embodied, platially contexted knowing have rebounded from their discreditation by Enlightenment rationalism.

7.Anthony Giddens, *The Consequences of Modernity*(Stanford：Stanford University Press, 1990), pp.18-19.The most influential theoretical account of this transformation is Henri Lefebvre's *The Production of Space*, trans. Donald Nicholson-Smith(1974；Oxford：Blackwell, 1984), which provides a deeply disaffected grand narrative of human history as a process of"absolute space"increasingly desacralized by reappropriation as abstract space, culminating in industrial capitalism's intensified production of "a space in which reproducibility, repetition, and the reproduction of social relationships are deliberately given precedence over works, over natural reproduction, over nature itself and over natural time"(p.120).

8.William N. Parker, *Europe, America, and the Wider World*, vol. 2 (Cambridge：Cambridge University Press, 1991), p.88.

9.Edward Soja, *Postmodern Geographies*：*The Reassertion of Space in Critical Social Theory* (London：Verso, 1989), p.246.

10.Dolores Hayden, *The Power of Place*：*Urban Landscapes as Public History*(Cambridge：MIT Press, 1995), pp.103-104.

11.Mike Davis, *Ecology of Fear*：*Los Angeles and the Imagination of Disaster*(New Yorlc Metropolitan Books, 1998), pp.387-391.

12.Timothy Oakes, "Place and the Paradox of Modernity, "*Annals of the Association of American Geographers*, 87(1997)：509.

13.Linda Hogan, *Dwellings*(New York：Norton, 1995), p.94.

14. Peter J.Taylor neatly exposes the messiness by pointing to the blurry borders between two apparent opposites：the"nation-state' and the " home-household"(both "enabling place and dis-enabling space, " he argues). *Modernities*：*A Geohistorical Interpretation* (Minneapolis：University of Minnesota Press, 1999), pp.100-108.

15.Hayden, *The Power of Place*, p.15.

16.Erica Carter, James Donald, and Judith Squires, "Introduction, " *Space and Place*：*Theories of Identity and Location*, ed.Carter, Donald, and

Squires (London: Lawrence & Wishart, 1993) , p. xii. Geographer Robert Sack introduces a further distinction between " secondary" and " primary" place: "secondary"denoting the physical distribution and interaction of entities in a designated place, "primary"for"when place,and not only the things in it, is a force" that influences human behavior. *Homo Geographicus: A Framework for Action, Awareness, and Moral Concern* (Baltimore: Johns Hopkins University Press,1997) ,p.32."Place"in the sense I use it refers to Sack's"primary"place but his distinction is a helpful reminder that locality is a necessary but not sufficient condition for the creation of placeness.

17.Of course, "time"in the sense of epoch—"old times, ""a man of his time,"and so on—shows a similar elasticity.

18.Geographer Tim Cresswell observes: "while it is true that places are always socially constructed and that they are created in some image rather than in others, it is also true that every society and culture has places of some(socially constructed)kind.Any imagined or theorized future society will have places." *In Place/Out of Place: Geography, Ideology, and Transgression* (Minneapolis: University of Minnesota Press,1996) ,p.151.

19.John Agnew, *Place and Politics: The Geographical Mediation of State and Society* (Boston: Allen & Unwin,1987) ,p.28.

20.Cresswell, *In Place/Out of Place*, p.157.

21.Anssi Paasi, "The Institutionalization of Regions: A Theoretical Framework for Understanding the Emergence of Regions and the Constitution of Regional Identity," *Fennia*,164,no. 1(1986) :131.

22.Tim Hall, " (Re) Placing the City: Cultural Relocation and the City as Centre," *Imagining Cities: Scripts, Signs, Memory*, ed.Sallie Westwood and John Williams(London: Routledge,1997) ,p.208.

23.Graham Woodgate and Michael Re&lift, "From a ' Sociology of Nature' to Environmental Sociology: Beyond Social Construction," *Environmental Values*,7(February 1998) :3-24.

24.Henri Lefebvre's*The Production of Space* is the most seminal social constructionist statement.For a short critical analysis of the historical and conceptual rationale of the social constructionist formation,see John A.Agnew, "The Devaluation of Place in Social Science," *The Power of Place: Bringing Together Geographical and Social Imaginations*, ed. Aguew and James S.Duncan(Boston: Unwin Hyman, 1989) ,pp.9-29.Edward S.Casey, "How to Get from Space to Place in a Fairly Short Stretch of Time," *Senses* *of Place*,ed.Steven Feld and Keith FI.Basso(Santa Fe:School of American Research,1996),pp.13–51,is a thoughtful critique of social constructionism from a phenomenological perspective.

25.Edward S.Casey,*Getting Back into Place:Toward a Renewed Understanding of the Place-World* (Bloomington:Indiana University Press, 1993),p.313.

26.Leslie Silko,*Ceremony*(New York:Viking,1977),p.35.

27. Thoreau, "Walking," *Excursions* (Boston:Ticknor and Fields, 1863),p.169.

28. A. R. Ammons, "Corson's Inlet," *Collected Poems, 1951 – 1971* (New York:Norton,1972),p.151.

29.Keith H.Basso,*Wisdom Sits in Places:Landscape and Language among the Western Apache* (Albuquerque:University of New Mexico Press, 1996),p.79.I print only Basso's translation of the exchange,not the accompanying Western Apache text.

30.Joyce,*Portrait*(1916;rpt.,New York:Viking,1956),p.16.

31.Louise Chawla,"Childhood Place Attachments,"*Place Attachment*, ed.Irwin Altman and Setha M.Low(New York:Plenum,1992),p.66.

32. Walt Whitman, "There Was a Child Went Forth," *Leaves of Grass:Comprehensive Readers Edition*, ed. Harold Blodgett and Sculley Bradley(New York:New York University Press,1965),pp.364,366.

33.Yi-fu Tuan,*Topophilia:A Study of Environmental Perception,Attitudes,and Values* (1974;r! 0t., New York:Columbia University Press, 1990),p.38.

34.Homi K.Bhabha,"DissemiNation:Time,Narrative and the Margins of the Modern Nation," *The Location of Culture* (London:Routledge, 1994),pp.139–170.

35.Cf.Saskia Sassen,*The Global City:New York,London,Tokyo*(Princeton:Princeton University Press,1991).Not that such claims as that"top-level control and management of the [financial] industry [have] become concentrated in a few leading financial centers" (p.5) are hallucinations. (Powers's *Gain* provides a fictional rendition of this centralizing process.) Nor is"globalism" the only mode of nodal concentration eroding(local) place-centeredness,as so-called"central place studies" have made clear. Brian J.L.Berry, "Cities as Systems Within Systems of Cities,"*Papers and Proceedings of the Regional Science Association*,33(1964):147–163,is a classic statement.

36.Vandana Shiva,*Monocultures of the Mind*:*Perspectives on Biodiversity and Biotechnology*(London:Zed,1993),p.9.

37.See,for example,Roger Rouse's critique of received migration theory in"Mexican Migration and the Social Space of Postmodernism,"*Diaspora*,1(1991):9−12.

38.Sack,Homo*Geographicus*,p.9.

39.Ibid., p. 158. John C. Ryan and Alan Them Duming, *Stuff*: *The Secret Lives of Everyday Things* (Seattle: Northwest Environment Watch, 1997),is a readable down-to-earth guide to these interdependencies.As the authors suggest,there is scandal as well as fascination to this domestic-material drawdown of global resources.It is the mark of dependence of the bourgeois private sphere on the"omnivores,"as Gadgil and Guha call neo-colonial exploiters, who " draw resources from vast areas,.... and process them to provide many different services."Madhav Gadgil and Ramachandra Guha,*Ecology and Equity*:*The Use and Abuse of Nature in Contemporary India*(London:Routledge,1995),p.141.

40.Seymour Martin Lipset,*American Exceptionalism*:*A Double-Edged Sword*(New York:Norton,1996),p.17.

41.Casey,*The Fate of Place*,p.337.In other words,place is less like a (discrete) entity than like a(transient) process of event.

42.Allan Pred,"Place as Historically Contingent Process:Structuration and the Time-Geography of Becoming Places,"*Annals of the Association of American Geographers*,74(1984):279.

43.Kent Ryden,*Mapping the Invisible Landscape*(Iowa City:University of Iowa Press,1993),p.40.

44.Geoff Park,*Ngā Urora*:*The Groves of Life*(Wellington:Victoria University Press,1995),p.207.

45.Doreen Massey,*Space*,*Place*,*and Gender*(Minneapolis:University of Minnesota Press,1994),p.121.

46.See,for example,William Jordan III,Michael E.Gilpin,and John D.Aber,eds.,*Restoration Ecology*:*A Synthetic Approach to Ecological Research* (Cambridge: Cambridge University Press, 1987), and A. Dwight Baldwin,Jr.,Judith DeLuce,and Carl Pletsch,eds.,*Beyond Preservation*:*Restoring and Inventing Landscapes*(Minneapolis:University of Minnesota Press,1994).

47.Barbara Adam,*Timescapes of Modernity*:*The Environment and Invisible Hazards* (London: Routledge, 1998), pp. 56 and 163−209. Geoff

Park's Ngā Urora, a meditative travel narrative with running commentary on New Zealand's ecological degradation since colonization, accomplishes this in a more literary way for an entire country.

48. Aldo Leopold, *Round River: From the Journals of Aldo Leopold*, ed. Luna B. Leopold (1953; rpt., Minocqua, Wis.: North Word Press, 1991), p.237.

49. Alfred Lord Tennyson, "Ulysses," *Tennyson: A Selected Edition*, ed. Christopher Ricks (Berkeley: University of California Press, 1989), p. 142; George Gordon, Lord Byron, *Childe Harold's Pilgrimage III. lxxii*, *Byron's Poetry*, ed. Frank D. McConnell (New York: Norton, 1978), p.66.

50. Edith Cobb, *The Ecology of Imagination in Childhood* (New York: Columbia University Press, 1959); Gary Paul Nabhan and Stephen Trimble, *The Geography of Childhood* (Boston: Beacon Press, 1994).

51. *Walden* (1854), ed. J. Lyndon Shanley (Princeton: Princeton University Press, 1971), p.156.

52. William Wordsworth, *The Prelude* (1850), 12. 208, The Prelude: 1799, 1805, 1850, ed. Jonathan Wordsworth, M. H. Abrams, and Stephen Gill (New York: Norton, 1979), p.429.

53. Susan Slyomovics, "The Memory of Place: Rebuilding the Pre-1948 Palestinian Village," *Diaspora*, 3(1994): 157-168.

54. Hana Wirth-Nesher, *City Codes: Reading the Modern Urban Novel* (Cambridge: Cambridge University Press, 1996), pp.29-47.

55. The novel's critics differ on whether the text should be read as fundamentally sympathetic or critical toward Gandhian revolution: for example, Jha Rama, *Gandhian Thought: Indo-Anglian Novelists* (Delhi: Chanakya Publications, 1983), pp.88-111, takes the affirmative; Canadai Seshachari, "The Gandhian Dimension: Revolution and Tragedy in *Kanthapura*," *South Asian Review*, 5(1981): 82-87, takes the negative. Much less contestable are the structural parallels between the fictive storyteller's exilic recreation of her village and the novelist's diasporic recreation of this microcosm of Indian peasant society, as well as between the eclectic traditional/revolutionary culture of anticolonial resistance and the syncretism of the text's Indian English and hybridized genre(novel/legend). (See Frederick Buell's discussion of the novel in *National Culture and the New Global System* (Baltimore: Johns Hopkins University Press, 1994), pp. 74-83.

56. Anthony D. Smith, *The Ethnic Origins of Nations* (Oxford:

Blackwell, 1986), p.183.

57.Quoted in Glenn Bowman, "Tales of the Lost Land: Palestinian I-dentity and the Formation of Nationalist Consciousness," *Space and Place*: *Theories of Identity and Location*, ed.Carter, Donald, and Squires, p.88.

58.Slyomovics, "The Memory of Place," p.162, on the function of lu-minous detail in Ghassan Kanafani's novel '*A' id ilā Hayfa*(*Return to Hai-fa*).

59.The answer to the value question clearly seems"yes and no," al-though the negative has lately been given much greater emphasis.Clearly it is worrisome that"a global, information-processing society and the preva-lence of media-transmitted images" might be pushing us " closer to becoming continual tourists and collectors of internal landscapes" (Robert B.Riley, "Attachment to the Ordinary Landscape," *Place Attachment*, ed. Altman and Low, p.30), even if one discounts the paranoia of extreme statements like Jean Baudrillard's *The Gulf War Did Not Take Place*, trans. Paul Patton (1991; Bloomington: Indiana University Press, 1995), which insists that"coverage"of the war"is no more than a cover: its purpose is to produce consensus by flat encephalogram" (p.68).My middle-of-the-road appraisal is that since high-tech imaging is obviously here to stay(as Bau-drillard insists) and may be used in place-constructive as well as place-e-rasing ways, it behooves us to understand its place-constructive as well as its place-hallucinating possibilities.

60.Smith, *The Ethnic Origins of Nations*, p.28.

61.Alexander Wilson, *The Culture of Nature*: *North American Landscape from Disney to the"Exxon Valdez"* (Cambridge: Blackwell, 1992), p.12.

62.Thomas A.Birkland, *After Disaster*: *Agenda Setting, Public Policy, and Focusing Events* (Washington, D. C.: Georgetown University Press, 1997), p.99.

63.Stephen Graham, "The End of Geography or the Explosion of Place? Conceptualizing Space, Place and Information Technology," *Progress in Human Geography*, 22(June 1998): 171.

64.David M.Smith, "How Far Should We Care? On the Spatial Scope of Beneficence," *Progress in Human Geography*, 22(1998): 21.

65.Andrew Ross's amusing ethnography, *The Celebration Chronicles* (New York: Ballantine, 1999), p. 18, quotes Celebration advertising pitches catering to these fantasies: for example, " Remember that place? perhaps from your childhood.Or maybe just from stories.It held a magic all its own. The special magic of an American small town."

66. Frank Waters's popularized *Book of the Hopi* (New York : Viking, 1963), p. 35, translates *Túwanasavi* as "Center of the Universe," though "Center of the World" or "Earth Center" may be more indicative. See Attain Geertz, "A Reed Pierced the Sky : Hopi Cosmography on Third Mesa, Arizona," *Numen*, 31 (December 1984) : 224; Ekkehart Malotki, *Hopitutuwutski/Hopi Tales* (n. p. : Museum of Northern Arizona Press, 1978), p. 159.

67. Ramson Lomatewama, *Drifting Through Ancestor Dreams* (Flagstaff, Ariz. : North-land, 1994), pp. 24-25.

68. Paul Bowles, *Without Stopping* (New York : Putnam's, 1972), p. 125.

69. John Haines, "The Writer as Alaskan : Beginnings and Reflections," *Living Off the Country : Essays on Poetry and Place* (Ann Arbor : University of Michigan Press, 1981), p. 5.

70. Berry, "Poetry and Place," *Standing by Words* (San Francisco : North Point, 1983), p. 103.

71. Basso, *Wisdom Sits in Places*, p. 59.

72. David Abram, *The Spell of the Sensuous : Perception and Language in a More-Than-Human World* (New York : Pantheon, 1996), p. 182.

73. Vine Deloria, Jr., *God Is Red : A Native View of Religion*, rev. ed. (Golden, Colo. : North American Press, 1992), pp. 267-282 and passim.

74. Wallace Stegner, "Thoughts in a Dry Land," *Where the Bluebird Sings to the Lemonade Springs : Living and Writing in the West* (New York : Penguin, 1992), p. 55.

75. To this Berry might reply, with some justice, that it caricatures his position by failing to take into account the broader perspectives of his critique of transnational corporatism; his strong interest in very different place-based cultures, such as the old-order Amish; and his translocal religiocentrism.

76. For a concisely elegant presentation of this idea from a Marxist perspective, see Doreen Massey, "A Global Sense of Place," *Space, Place, and Gender*, pp. 146-156.

77. Freeman House, *Totem Salmon : Life Lessons from Another Species* (Beacon Press, 1999), p. 159.

78. Particularly instructive here are Wideman's careful attempts to accommodate without oversimplification interviewers´ desires that he situate himself as an African-American writer. See, for example, Wilfred D.

Samuels, " Going Home: A Conversation with John Edgar Wideman "
(1983), and James w. Coleman's interview of 1988, rpt. in *Conversations
with Wideman*, ed. Bonnie TuSmith (Jackson: University Press of
Mississippi, 1989), pp. 14–31, 62–80.

79. Wideman, " Preface " to *The Homewood Books* (Pittsburgh:
University of Pittsburgh Press, 1992), pp. viii–ix. All subsequent quotations
from the Homewood trilogy are taken from this edition and are indicated in
parentheses.

80. Samuels, " Going Home, " *Conversations*, pp. 15, 16.

81. Quotation from Melvin D. Williams, *On the Street Where I Lived*
(New York: Holt, 1983), p. 4, who calls the place an " urban desert " (pp.
8, 45). This study of a district within Homewood by a Pittsburgh-born Afri-
can-American anthropologist eight years Wideman's senior, full of empathy
and outrage for the neighborhood's plight, provides valuable documentary
background, as does the revised edition, *The Human Dilemma* (New York:
Harcourt, 1992). Speaking of Pittsburgh history of the period with reference
to Homewood, Roy Lubove, *Twentieth-Century Pittsburgh: Government, Bus-
iness, and Environmental Change*, vol. 2 (1969; rpt., Pittsburgh: University
of Pittsburgh Press, 1995), notes that " Pittsburgh in 1960 ranked worst a-
mong the 14 largest cities in the percentage of nonwhite-occupied housing
units that were classified as deteriorating or dilapidated " (p. 160).
Laurence Glasco, " Double Burden: The Black Experience in Pittsburgh, "
African Americans in Pennsylvania, ed. Joe William Trotter, Jr., and Eric
Ledell Smith (University Park, Pa.: Pennsylvania Historical and Museum
Commission and the Pennsylvania State University Press, 1997), pp.
411–430, documents the steadily diminishing work prospects of Pittsburgh's
black working-class population during the twentieth century, together with
the improving prospects of the black middle class, including " a minor
[sic] flowering of cultural life " exemplified by Wideman, playwright
August Wilson, and others (p. 430).

82. Franklin Toker, *Pittsburgh: An Urban Portrait* (University Park,
Pa.: Penn State University Press, 1986), p. 219.

83. Wideman told one interviewer that he worked from a trigenerational
notion of a " pioneer " generation (John French's) who " prevailed "; a lost
second generation (Carl's and his own father's) " who were wiped out be-
cause they didn't have the pioneers' struggle to survive "; and his own co-
hort, for whom " the future is open. " Kay Bonetti, " An Interview with John

Edgar Wideman"(1986),Conversations,pp.56-57.The trilogy itself is not quite so consistent.

84. Toker, *Pittsburgh*, pp. 217-218. Wideman (through Tommy) realizes this;hiding out on Bruston Hill he knows that"he could see it all [the whole city] from where he stood"even though haze covers all(p. 204).

85.The memory of briefly and vainly harboring the reallife Robby on the run(see pp.160-161 and *Brothers and Keepers* [New York:Vintage, 1984],pp.8-19),which seems to lie in back of the Bess-Tommy bond that forms in *Hiding Place*,is one of two autobiographical episodes that Wideman has acknowledged as important provocation for the trilogy—the other being the experience of his grandmother's funeral in 1973,where family"stories I'd been hearing all my life without understanding"(p.x) began to seem luminous(cf.pp.70-71,155-156).Wideman connects the two in the idea of Tommy's incarceration as the unjust comeuppance for the "crime"of the ancestress-runaway,Sybela Owens(pp.157,161).

86.Williams,*On the Street Where I Lived*,pp.14,44.Most of the members of John's family in the Homewood trilogy,however,correspond to Williams's (excessively pejorative) category of " spurious " black: low economic status,identifying with "mainstream" values,who "detest the noise,the dirt,and the decay around them,but they do not possess the resources to leave" (p.7).Notwithstanding that they share much in common (including a keen sense of irony),Wideman would presumably consider Williams's analysis too categorical and judgmental in its stratifications; Williams would presumably consider Wideman's analysis too sympathetic to exemplars of mid-die-class values(e.g.,in the treatment of mother Lizabeth and grandmother Freeda).

87.Williams,*On the Street Where I Lived*,p.42.

第三章 漫游者的进步:重新入住这座城市

1.For analytical overviews of bioregionalism, see Kirkpatrick Sale, *Dwellers in the Land:The Bioregional Vision*(San Francisco:Sierra Club, 1985); and particularly Bioregionalism, ed. Michael Vincent McGinnis (London:Routledge,1999),within which collection Doug Aberly,"Interpreting *Bioregionalism*:A Story from Many Voices,"pp.13-42,provides a fine starting point. A particularly thoughtful book-length expression of bioregional vision by a creative writer is Gary Snyder, *The Practice of the Wild* (San Francisco: North Point Press, 1990). Bioregionalism might be defined succinctly as an ethos and set of life practices directed toward a-chieving an ecologically sustainable coevolutionary symbiosis of human and nonhuman communities within a territory of limited magnitude whose borders may not be precisely specifiable but are conceived in terms of "natural" rather than jurisdictional units, often in terms of a watershed or constellation of watersheds. Bioregionalism seeks to make human community more self-consciously ecocentric than it has been in modern times but in such a way as to incorporate, not disallow, anthropocentric concerns.

2.The most widely circulated definition has been Peter Berg and Ray Dasmann's "learning to live-in-place in an area that has been disrupted and injured through past exploitation." "Reinhabiting California, " *The Ecologist*, 7(1977) :399.Another influential statement has been Gary Snyder, "Rein-habitation" (1977) , rpt.in *A Place in Space: Ethics, Aesthetics, and Water-sheds* (Washington: Counterpoint, 1995) , pp.183−191.

3.Wendell Berry, Clearing (New York: Harcourt, 1977) , p. 5; John Elder, *Reading the Mountains of Home* (Cambridge: Harvard University Press, 1998) , pp.25−26; Gary Snyder, *The Practice of the Wild*, pp.39−47.

4.Peter Berg, Beryl Magilavy, and Seth Zuckerman, *A Green City Program for the San Francisco Bay Area and Beyond* (San Francisco: Planet Drum Foundation, 1990) , pp.10, 17.

5.Peter Hall, *Cities of Tomorrow: An Intellectual History of Urban Planning and Design in the Twentieth Century* (Oxford: Blackwell, 1988) , pp.86−173, is a useful short account.

6.Sale, *Dwellers in the Iand*, pp.44−45.

7.This phase begins with Ian L.McHarg, *Design with Nature* (Garden City, N.Y.: Natural History Press, 1969) , which contains an introduction by Mumford. Other significant statements from the United States, United Kingdom, and Canada include Anne Whiston Spim, *The Granite Garden: Urban Nature and Human Design* (New York: Basic, 1984) ; David Nicholson-Lord, *The Greening of the Cities* (London: Routledge, 1987) ; Rutherford H. Platt, Rowan A.Rowntree, and Pamela C.Muick, eds. , *The Ecological City: Preserving and Restoring Urban Biodiversity* (Amherst: University of Massachusetts Press, 1994) ; and Michael Hough, *Cities and Natural Process* (New York: Routledge, 1995) .

8.Richard Lehan, *The City in Literature: An Intellectual and Cultural History*(*Berkeley: University of California Press*, 1998) , p.292.

9. Michael Vincent McGinnis, "Boundary Creatures and Bounded Spaces, "*Bioregionalism*, ed.McGinnis, p.75.

10. Frank Norris, *The Pit: A Story of Chicago* (New York: Collier, 1903) , p.243; cf.William Cronon, *Nature's Metropolis*(New York: Norton, 1991) , especially chapter 3, "Pricing the Future: Grain."

11.Robert Frost, "A Brook in the City," *The Poetry of Robert Frost* (New York: Holt, 1969) , p.231.

12.Anne Whiston Spirn, *The Language of Landscape* (New Haven: Yale University Press, 1998) , p.268.

13.Hough, *Cities and Natural Process*, pp.6 , 9.

14.John Gay, Trivia III. 101–110, *Poetry and Prose*, vol. 1 , ed. Vinton A.Dearing(Oxford: Clarendon Press, 1974) , p.163.

15.John H.Johnston, *The Poet and the City: A Study in Urban Perspectives*(Athens: University of Georgia Press, 1984) , p.75.

16.Louis Wirth's classic summation near the end of his "Urbanism as a Way of Life, "*American Journal of Sociology*, 44(July 1938) : 23.

17.In Priscilla Parkhurst Ferguson's usefull definition: *flânerie* is "a social state that offers the inestimable, and paradoxical, privilege of moving about the street without losing one's individuality." *Paris as Revolution: Writing the Nineteenth-Century City* (Berkeley: University of California Press, 1994) , p.80.As Elizabeth Wilson writes in "The Invisible *Flâneur*," *Postmodern Cities and Spaces*, ed. Sophie Watson and Katherine Gibson (Oxford: Blackwell, 1995) , the *flâneur*, "as a man who takes visual possession of the city," "has emerged in postmodern feminist discourse as the embodiment of the 'male gaze' " (p.65) . Yet, as we shall see, the *flâneur*-figure may modulate into one who is possessed by, as well as possessing, and although the figure is traditionally male, it need not inevitably be so. (See Virginia Woolf's Mrs.Dalloway, discussed later in this chapter, and, in Chapter 4, Theodore Dreiser's Carrie and, in part, the poetry of Gwendolyn Brooks.)

18. Contra Walter Benjamin's insistence that "the *flâneur* is the creation of Paris" (*Selected Writings*, vol. 2, ed. Michael W.Jennings et al. [Cambridge: Harvard University Press, 1999] , p. 263) , Dana Brand, *The Spectator and the City in Nineteenth-Century American Literature* (Cambridge: Cambridge University Press, 1991) , persuasively argues for the an-

tecedence of the English *flâneur* tradition and its influence on U. S. literature relative to French. As Brand sees it, the essayists "Addison and Steele create the flâneur, as Benjamin found him" (p.33) , with Gay a peripheral contributor. Gary Roberts traces the literature of British urban strolling back to the seventeenth century. " London Here and Now: Walking, Streets, and Urban Environments in English Poetry from Donne to Gay, " *The Nature of Cities: Ecocriticism and Urban Environments*, ed. Michael Bennett and David W.Teague(Tucson: University of Arizona Press, 1999) , PP. 33-54.

19.See especially Georg Simmel, " The Metropolis and Mental Life" (1903) , in *On Individuality and Social Forms*, ed.Donald N.Levine(Chicago: University of Chicago Press, 1971) , pp.324-339, and Walter Benjamin, *Charles Baudelaire: A Lyric Poet in the Era of High Capitalism*, trans. Harry Zohn(1973; rpt., London: Verso, 1983).

20.As Roger Gilbert makes clear in his Walks*in the World: Representation and Experience in Modern American Poetry*(Princeton: Princeton University Press, 1991).See also Jeffrey C.Robinson, *The Walk: Notes on a Romantic Image*(Norman: University of Oklahoma Press, 1989).

21.Blake, " London, " *The Poetry and Prose of William Blake*, ed. David V.Erdman(Garden City: Doubleday, 1965) , p.17; Wordsworth, *The Prelude*(1850) , 7. 626, 644-646, in *The Prelude: 1799, 1805, 1850*, ed. Jonathan Wordsworth, M.H.Abrams, and Stephen Gill(New York: Norton, 1979) , pp. 259, 261. As Jonathan Raban (among others) points out, Wordsworth's quintessential image of disoriented bafflement betokens a " green-horn" mentality (*Soft City* [London: Hamish Hamilton, 1974] , pp. 40 - 41) , to be contrasted with the depth of the speaker's emotions confronting rural poor like the leech gatherer of" Resolution and Independence" or " The Cumberland Beggar, " poems that catch hold of a single scene and meditate on it deeply.Book 7 of *The Prelude* by contrast" render [s] the confusion of his own hyperactive brain."

22.Thomas DeQuincey, " The Nation of London, " *Autobiographic Sketches*, in *Collected Writings*, vol. 1 , ed.David Masson(Edinburgh: Adam and Charles Black, 1889-1890) , p.181.

23.William B.Thesing, *The London Muse: Victorian Poetic Responses to the City*(Athens: University of Georgia Press, 1982) , pp.4-11.

24.William Blake, *Jerusalem: The Emanation of the Giant Albion*, ed. Morton D. Paley (Princeton: Princeton University Press, 1991) , p. 179,

Plate 31 (45). William Wordsworth, "Composed upon Westminster Bridge, September 3, 1902," *William Wordsworth: The Poems*, vol. 1, ed. John O. Hayden (New Haven: Yale University Press, 1981), P. 575.

25. See, for example, S. Xu and M. Madden, "Urban Ecosystems: A Holistic Approach to Urban Analysis," *Environment and Planning B*, 16 (1989): 187 – 200; and Abel Wolman, "The Metabolism of Cities," *Scientific American*, 213, no. 3 (September 1965): 178–190.

26. For example, Rodney R. White's survey, *Urban Environmental Management: Environmental Change and Urban Design* (Chichester: Wiley, 1994), cautions that although "the organic analogy of metabolism allows the planner and the citizen to think in system-wide terms over time," it "does not imply any commitment to organic analogues about the way in which a city might grow and then decline." Yet soon afterwards he begs exception for "a further analogy": that "urban systems sometimes produce a pathological condition, in that the built form and/or the inhabitants' experience decline, which may be fatal" (pp.47, 67). See Elizabeth Grosz, "Bodies-Cities," in her *Essays on the Politics of Bodies* (New York: Routledge, 1995), pp.103–110, for an astute critique of the usual terms of the metaphor.

27. Walt Whitman, *Leaves of Grass: Comprehensive Reader's Edition*, ed. Harold W. Blodgett and Sculley Bradley (New York: New York University Press, 1965), p.253, 11. 165–184; Dickens, *Dombey and Son*, chapter 16: "What the Waves Were Always Say-hag." Although Whitman developed strong reservations about what he took to be the unevenness and incoherence of Dombey as a whole, he enthusiastically reviewed volume i as "a sort of novel ha itself for it is the artistically complete life of one of Dickens' best drawn and most consistently sustained characters" (Paul) (*The Gathering of the Forces*, vol. 2, ed. Cleveland Rodgers and John Black [New York: Putnam, 1920], p. 296). All subsequent quotations from Whitman's poems are from the edition cited above and are indicated parenthetically ha the text, first by page and then by line(s).

28. It was also of course symptomatic of a shared Romanticist susceptibility to sentimental renderings of youthful prescience and a shared Victorian idealization of motherhood.

29. Lyn H. Lofland, *A World of Strangers* (New York: Basic, 1973), pp. 158–168.

30. Jane Jacobs, The Death and Life of Great American Cities (New

York: Vintage, 1961) , pp. 82, 35, 56; emphasis hers. William Chapman Sharpe, *Unreal Cities: Urban Figuration in Wordsworth, Baudelaire, Whitman, Eliot, and Williams* (Baltimore: Johns Hopkins University Press, 1990) , pp. 74 – 76, points out, correctly, that Whitman is more intent on dramatizing interpersonal connectedness as key to urban experience than that other great urban poet-*flâneur* of his day, Baudelaire.

31. Edward K. Spann, *The New Metropolis: New York City, 1840 – 1857* (New York: Columbia University Press, 1981) , p. 137. Edwin G. Burrows and Mike Wallace, *Gotham: A History of New York City to* 1898 (New York: Oxford University Press, 1999) , pp. 649 – 863, provides a readable, up-to-date narrative of the city's extreme contrasts during these years.

32. *I Sit and Look Out: Editorials from the Brooklyn Daily Times by Walt Whitman*, ed. Emory Holloway and Vernolian Schwarz (New York: Columbia University Press, 1932) , pp. 101 – 103; Whitman, *Collected Writings: The Journalism*, vol. 1, ed. Herbert Bergman et al. (New York: Peter Lang, 1998) , pp. 172, 291, 302, 308, 320, 330, 334, 411, 446, 448, 454; Thomas L. Brasher, *Whitman as Editor of the Brooklyn Daily Eagle* (Detroit: Wayne State University Press, 1970) , pp. 181 – 182.

33. *I Sit and Look Out*, p. 144.

34. Thomas Jefferson Whitman's daughter later gave Washington University a ＄72,764 endowment to set up a "Thomas Jefferson Whitman Engineering Library Fund." *Dear Brother Walt: The Letters of Thomas Jefferson Whitman*, ed. Dennis Berthold and Kenneth M. Price (Kent, Ohio: Kent State University Press, 1984) , p. xxxv.

35. In Algernon Charles Swinburne's *William Blake: A Critical Essay* (1868; rpt., New York: Benjamin Blom, 1967) , pp. 300 – 303. Ironically, Whitman disliked Blake's "willful 8: uncontrolled" style. *Notebooks and Unpublished Fragments*, vol. 4, ed. Edward F. Grier (New York: New York University Press, 1984) , pp. 1502–03. Whitman ironically never seems to have discussed Blake with his friend and would-be spouse Anne Gilchrist, completer of the milestone biography by her late husband that precipitated the Blake revival. In the long run Blake's only influence on Whitman would seem to have been Whitman's borrowing the design of his tomb from Blake's engraving of " Death's Door" for Robert Blair's poem The Grave (reproduced for Horace Scudder's " William Blake, Painter and Poet," *Scribner's Monthly*, 20 [1880] : 225).

36. M. H. Abrams, " Structure and Style in the Greater Romantic

Lyric," *From Sensibility to Romanticism*, ed. Frederick W. Hilles and Harold Bloom(New York:Oxford University Press,1965),pp.527-560,is the classic account of the genre.

37.Thoughtful previous discussions of" Brooklyn Ferry" as urban discourse,from all of which! have benefited even when in disagreement,include Wynn Thomas, *The Lunar Light of Whitman's Poetry* (Cambridge: Harvard University Press, 1987), pp. 92-116; Malcolm Andrews, " Walt Whitman and the American City," *The American City: Literary and Cultural Perspectives*,ed.Graham Clarke(London:Vision Press,1988),pp. 179-197;William Sharpe, *Unreal Cities*,pp.92-101;Sidney H.Bremmer, *Urban Intersections:Meetings of Life and Literature in United States Cities* (Urbana:University of Illinois Press,1992),pp.32-35;Dana Brand, *The Spectator and the City*,pp.170-178;and Philip Fisher,Still *the New World: American Literature in a Culture of Creative Destruction*(Cambridge:Harvard University Press,1999),pp.65-70.

38.Henry Evelyn Pierrepont, *Historical Sketch of the Fulton Ferry, and Its Associated Ferries* (Brooklyn:Eagle Job and Book Department for the Union Ferry Company of Brooklyn,1879),p.74(which reports 70,000 per day for the year 1854,two years before the poem was published).

39.*The Gathering of the Forces*,vol.2,pp.159-166;I Sit and Look Out,pp.138-140;Brasher,*Whitman as Editor*,pp.47-53.

40.Edward Winslow Martin,*The Secrets of the Great City*(Philadelphia: Jones,1868),pp.121-122.

41.Pierrepont,*Historical Sketch*,pp.75-76,reports that in November 1856,less than two months after publication of "Brooklyn Ferry,"the ferry directors,ha order to expedite boarding and cut down on cheating,discontinued the practice of selling tickets to bona fide commuters at a half-cent cheaper than the two-cent pay-as-you-went rate,and discontinued free passes to"clergymen,reporters and others"—for which they were roasted as fat-cat predators by the city press.Although Whitman might not have anticipated that this would happen,he must have witnessed instances of crowding and cheating,and he would have known that the business had been operating at a loss for some time.

42. For an opposite interpretation, see James L. Machor, *Pastoral Cities:Urban Meals and the Symbolic Landscape of America*(Madison:University of Wisconsin Press,1987),pp.179 and passim,which contends that Whitman should be considered an individual visionary rather than an

urban reformer.

43.Raban, *Soft City*, p.4.

44.Gay revisionist studies have rightly stressed the homoerotic overtones of these advances to the reader.It is even conceivable that such might have been the poem's most powerful biographical impetus. However that may be, what seems to me especially remarkable about "Brooklyn Ferry" is the amplitude of socioenvironmental vision that resulted from the inception point, whatever that may have been.

45.Walter Benjamin, "Some Motifs in Baudelaire," in *Charles Baudelaire*, p.151(quoting Simmel's "The Metropolis and Mental Life"); Nicholson-Lord, *The Greening of the Cities*, pp.193, 192.

46.Paul Boyer, *Urban Masses and Moral Order in America, 1820 – 1920*(Cambridge: Harvard University Press, 1978), chapter 4.

47.Fisher, *Still the New World*, pp.68-69.

48. Thomas, *Lunar Light of Whitman's Poetry*, p. 114. Thomas infers that lyric meditation would "appear to have ousted the objective world and appropriated its factuality" (p. 115). By contrast, Andrews, in " Walt Whitman and the American City," sees the foundry chimneys as a deliberately provocative act of reappropriating what had in Dickens and other British writers become a cliché of the baleful effects of industrialization (pp.183ff).My diagnosis draws on both discussions but takes a position somewhat different from either.

49.Roger Gilbert, *Walks in the World*, pp.45-48, begins his thoughtful comparison of Thoreau and Whitman with an observation along these lines.

50.On Olmsted's career, see especially Laura Wood Roper, *FLO: A Biography of Frederick Law Olmsted*(Baltimore: Johns Hopkins University Press, 1973), and Witold Rybczynski, *A Clearing in the Distance: Frederick Law Olmsted and America in the Nineteenth Century*(New York: Scribner, 1999).In drawing parallels between Olmsted and Whitman, I do not mean to imply close temperamental affinity.For one thing, Olmsted had a rigid, even military, disposition, giving precise directions, for example, to subordinates as to how they were to salute their superiors ("by raising a hand to the front of the cap, without bending the neck or body") and admonishing that superiors who neglected to return the salute should "be reported in a special report to the Superintendent." Olmsted, " Rules and Conditions of Service of the Central Park Keepers," *The Papers of Frederick Law Olmsted*, vol. 3, ed. Charles E. Beveridge and David Schuyler (Baltimore: Johns

Hopkins University Press,1983),p.220.

51.Frederick Law Olmsted, "Public Parks and the Enlargement of Towns," *Civilizing American Cities: A Selection of Frederick Law Olmsted's Writings on City Landscapes*,ed.S.B.Sutton(Cambridge:MIT Press,1970, pp.94,96.

52.For Whitman,see Number III(October 28,1849)of"Letters from a Travelling Bachelor,"rpt.in Joseph Jay Rubin,*The Historic Whitman*(University Park:Penn State University Press,1973),pp.318-323,and the poem"Give Me the Splendid Silent Sun"(1865).For Olmsted,a representative statement is"Observations on the Progress of Improvements in Street Plans,with Special Reference to the Parkway Proposed to be Laid Out in Brooklyn"(1868),*Civilizing American Cities*,pp.23-42.

53.Whitman,*Journalism*,vol.1,pp.414,424,431,433;"Brooklyn Parks,"(April 17,1858 editorial),*I Sit and Look Out*,pp.140-141.

54.See Whitman,*Journalism*,vol.1,pp.169-172,470.Whitman did not,so far as I know,comment on Olmsted's plan,but the attitude expressed by his journalism during the 1840s and 1850s seems more compatable with the rejected designs for Central Park,most of which stressed the"associational and educational purposes"of the park by making the Croton Reservoir"the centerpiece of the park and… placing a promenade along its high retaining walls."David Schuyler,*The New Urban Landscape: The Redefinition of City Form in Nineteenth-Century America*(Baltimore: Johns Hopkins University Press,1986),p.84.

55.See,for example,Nelson Manfred Blake,*Water for the Cities: A History of the Urban Water Supply Problem in the United States*(Syracuse: Syracuse University Press,1956),and Stanley K.Schultz and Clay McShane,"To Engineer the Metropolis:Sewers,Sanitation,and City Planning in Late Nineteenth-Century America,"*Journal of American History*,65 (1978):389-411.

56.Brand,*The Spectator and the City*,p.185.

57.James Joyce,*Ulysses*(1922),ed.Hans Walter Gabler et al. (London:Bodley Head,1986),p.133.

58.Michel de Certeau,*The Practice of Everyday Life*,trans.Stephen Rendall(Berkeley:University of California Press,1984),pp.93,98.

59.One could argue that Bloom is both ordinary and subversive.Vincent Cheng discusses the symptomatic example of his oscillation between orientalizing stereotypes and exceptional (subversive?) capacity for projecting himself into the subject position of racial others, for example, imagining how cannibals might digest missionaries. *Joyce, Race, and Empire* (Cambridge: Cambridge University Press, 1995) , pp. 175–184.

60. Thomas Moore, "The Meeting of the Waters," *Poetical Works of Thomas Moore*, ed. A. D. Godley (London: Oxford University Press, 1929) , p. 185.

61. Simmel, *On Individuality and Social Forms*, pp. 325, 327–328, 330–331, 337–338.

62. Ibid. , p. 324.

63. "A Painful Case," *Dubliners* (1919; New York: Modern Library, 1954) , p. 134.

64. Quoted in Frank Delaney, *James Joyce's Odyssey: A Guide to the Dublin of" Ulysses"* (New York: Holt, 1981) , p. m. Michael Long concisely summarizes Joyce's evolution from conventional modernist urban nausea to urban affirmation in "Eliot, Pound, Joyce: Unreal City?" *Unreal City: Urban Experience in Modern European Literature and Art*, ed. Edward Timms and David Kelley (Manchester: Manchester University Press, 1985) , pp. 144–157.

65. Joyce, *Ulysses*, p. 545.

66. For example, Sharpe, *Unreal Cities*, and Burton Pike, *The Image of the City in Modern Literature* (Princeton: Princeton University Press, 1981).

67. Simmel, *On Individuality and Social Forms*, p. 335.

68. Bloom illustrates what Tony Hiss calls "simultaneous perception" — a "sixth sense" that allows one to attend to multiple stimuli simultaneously, anticipate others' movements in public spaces, and relax the borders between one's personal body/space and that of others. *The Experience of Place* (New York: Random, 1990) , pp. 19–21 and passim.

69. Hana Wirth-Nesher, *City Codes: Reading the Modern Urban Novel* (Cambridge: Cambridge University Press, 1996) , p. 164.

70. Michael Seidel, *Epic Geography: James Joyce's " Ulysses"* (Princeton: Princeton University Press, 1976) , emphasizes the tour-de-forcical minuteness with which the narrative geography of the *Odyssey* is encoded in the landscape of Ulysses as its plot unfolds.

71. Virginia Woolf, *Mrs. Dalloway* (New York: Harcourt, 1925) , p. 12.

72. Henri Lefebvre, "Perspective or Prospective?" *Right to the City* (1968) , rpt. In *Writings on Cities*, trans, and ed. Eleonore Kofman and Eliz-

abeth Lebas(Cambridge: Blackwell, 1996), pp.172-173.

73. Susan M. Squier, *Virginia Woolf and London: The Sexual Politics of the City* (Chapel Hill: University of North Carolina Press, 1985), sees Clarissa's "empathetic union with her surroundings" (p.98) as a way of overcoming class barriers; Rachel Bowlby, treating other among Woolf's London writings in " Walking, Women and Writing: Virginia Woolf as *flâneuse*," New *Feminist Discourses*, ed. Isobel Armstrong (London: Routledge, 1992), pp.26-47, places primary emphasis on female appropriation of the traditionally "masculine identity" (p.29) of the *flâneur*.

74. This claim admittedly runs afoul of two strong, mutually discrepant readings of *Mrs. Dalloway* that stress agency—the feminist reading of Clarissa as "*flâneuse*" and a reading of the novel as a classist text: " Clarissa inhabits a city that, by virtue of her social class, can be experienced as a small town and can be appropriated for the sake of her aesthetic sensibility and spiritual needs." Wirth-Nesher, *City Codes*, p.188.

75. For this and other insights into Woolf's ecocultural phenomenology, see Louise Westling, " Virginia Woolf and the Flesh of the World," *New Literary History*, 30 (Autumn 1999): 855 - 876, and Carol H. Cantrell, " 'The Locus of Compossibility' : Virginia Woolf, Modernism, and Place," *ISLE*, 52(1998): 25-40.

76. Woolf, *Mrs. Dalloway*, pp.122-123.

77. James Donald, in a thoughtfully evenhanded reading of the novel, diagnoses Smith's " hysteria" and Mrs. Dalloway's " neurasthenia" as urban disorders, arising from the sense of " boundaries between self and environment, like those between past and present, or male and female, becom [ing] uncertain and unreliable." " This, Here, Now: Imagining the Modern City," *Imagining Cities: Scripts, Signs, Memory*, ed. Sallie Westwood and John Williams(London: Routledge, 1997), pp.193-194.

78. William Carlos Williams, *I Wanted to Write a Poem*, ed. Edith Heal (Boston: Beacon, 1958), p. 8. Stephen Tapscott, *American Beauty: William Carlos Williams and the Modernist Whitman* (New York: Columbia University Press, 1984), traces Williams's reserve to his friend Ezra Pound's youthful condescension toward Whitman(pp.21-28), as well as to other modernist appraisals. See also Williams's important " An Essay on ' Leaves of Grass,' " "*Leaves of Grass*" 1oo *Years After*, ed. Milton Hindus (Stanford: Stanford University Press, 1955), pp.22-31.

79. Williams resided in suburban Rutherford, but he thought of Pater-

son,where he worked,as"my city."

80. *The Collected Earlier Poems of William Carlos Williams* (New York:New Directions,1966) ,pp.3,459,204,389,393,300,309-310.

81.Michael Hough,*Cities and Natural Process*,pp.6,8.

82.Williams,*Collected Earlier Poems*,pp.96-97.

83.Nicholson-Lord,*The Greening of the Cities*,p.90,which cites Richard Mabey as the originator of the phrase.

84. Subsequent quotations are from Williams, Paterson, rev. ed. , ed. Christopher MacGowan(New York: New Directions, 1992). I concentrate on Books I-IV;Book V and the fragmentary notes for Book VI were a belated revisitation,albeit important as testimony to the inherent endlessness of Williams's project. MacGowan's notes, as well as Benjamin Sankey, *A Companion to William Carlos Williams's "Paterson"* (Berkeley: University of California Press, 1971) , and Joel Conarroe, William Carlos *Williams' "Paterson":Language and Landscape* (Philadelphia: University of Pennsylvania Press, 1970) , provide introductory commentaries.On Paterson as an attempt to textualize the city,see also William Sharpe," ' That Complex Atom': The City and Form in William Carlos Williams's *Paterson*," Poesis,6,no. 1(1985) :65-93.Briefly as to structure:Book I establishes the literal/historical/archetypal landscape, establishes Paterson as " the giant in whose apertures we cohabit, "linking city to persona and persona to citizenry("Who are these people⋯ among whom I see myself in the regularly ordered plateglass of his thoughts"[p.9])as well as to a range of historical figures.Books II and III loosely(re)process Paterson's physical, social,and historical landscapes from the standpoint of a stroll in the park (II)and a visit to the library(III) ,the latter's three sections each built around episodes of(respectively)tornado,fire,and flood that ravaged Paterson.Book IV focuses on a series of disintegrative forces:the lure of cosmopolitan metropolis personified by a wealthy lesbian New Yorker attempting to seduce a salty young workingclass woman from Paterson;radiation and capitalism seen as comparable forms of cancer;and the degradation and demise of the Passaic River as it flows from city into the sea.

85.Williams to Harvey Breit,1942,quoted in Paul Mariani,*William Carlos Williams:A New World Naked* (New York:McGraw-Hill, 1981) , p.459.

86.Tapscott, *American Beauty*, p. I7; Barry Ahearn, *William Carlos Williams and Alterity:The Early Poetry*(Cambridge:Cambridge University

Press, 1994), p. 160. For the Pound-Williams connection, see Michael André Bernstein, *The Tale of the Tribe: Ezra Pound and the Modern Verse Epic* (Princeton: Princeton University Press, 1980), pp. 191–224. Note that these scholars vary greatly in the emphasis they put on Williams's perceptual limitations.

87. Walter Scott Peterson, *An Approach to "Paterson"* (New Haven: Yale University Press, 1967), p. 165, cautions that we can't be positive that Paterson/Williams was the bitten one, but I follow Sankey, *Companion*, p. 153, on the evidence of the earlier encounter between P and Chichi (p. 27).

88. Richard Sennett, *The Conscience of the Eye: The Design and Social Life of Cities* (New York: Norton, 1990), p. 129; and *The Uses of Disorder: Personal Identity and City Life* (New York: Knopf, 1970), pp. 141, 149, 160.

89. Berry, "A Homage to Dr. Williams," *A Continuous Harmony* (San Diego: Harcourt, 1972), pp. 56, 57. When Williams himself speaks about the theory of place, he can sound quite like Berry, as when insisting that "far from being bound by" place, "only through it do we realize freedom... if we only make ourselves sufficiently aware of it" we shall "join with others in other places." Williams, "A Fatal Blunder," *Quarterly Review of Literature*, 2 (1944): 126. On Berry's interest in Williams, see Andrew J. Angyal, *Wendell Berry* (New York: Twayne, 1995), pp. 12, 40, and 52–53.

90. Gary Snyder, *The Practice of the Wild*, p. 27.

91. Dan Flores, "Place: Thinking about Bioregional History," *Bioregionalism*, ed. McGinnis, p. 44.

92. Tapscott, *American Beauty*, pp. 185–189, assembles the evidence of the Whitmanlan allusion, including a draft of the section in which it is made explicit. The whole near-death-followed-by-emergence sequence seems to engage both Whitman and T. S. Eliot in ways too complex to discuss fully here: for example, the pull of the erotics of death for Whitman while saving him from himself, and the substance but not the tone of Eliot's insight at the end of *The Waste Land* that impotent modernity is left with "fragments" to "shore" against its ruins.

93. Randall Jarrell, "Introduction," *Selected Poems by William Carlos Williams* (New York: New Directions, 1955), pp. xi–xii.

94. Nicholson-Lord, *The Greening of the Cities*, p. 94.

95. Robert L. Dorman, *Revolt of the Provinces: The Regionalist Movement in America*, 1920–1945 (Chapel Hill: University of North Carolina Press,

1993）,p.318.

96. George Zabriskie, "The Geography of *Paterson*," *Perspective*, 6 (1953)：211. It is instructive to compare Paterson with novelist John Updike's more conventional realist chronicle approach in *In the Beauty of the Lilies*(New York：Knopf,1996), whose initial sections follow the declining fortunes of a particular white middle-class family during the first three decades of the twentieth century.Lilies provides a more detailed account of the city's economic and demographic change, including loss of self-sufficiency, but its family-and-individual-character focus subordinates "place" to "individuals" notwithstanding its descriptive richness.

97. Cf. Sankey, *Companion*, pp. 42, 171–172, who points out that Phyllis is both P's would-be lover and counterpart.There may be an anti-Eliot sideswipe here too：Joel Conarroe calls Corydon "a blood sister" of the lonely neurotic woman in Book II of *The Waste Land*(*William Carlos Williams'"Paterson*," p.23), which also builds on stylized contrast between genteel and working-class women.

98.Benton MacKaye, *The New Exploration：A Philosophy of Regional Planning*(1928；rpt., Urbana：University of Illinois Press,1962), p.151; Lewis Mumford, "In Defense of the City, "in *Metropolitan Politics：A Reader*, ed.Michael N.Danielson(Boston：Little, Brown,1966), p.22.

99.John C.Thirwall, "William Carlos Williams'*Paterson*：The Search for the Redeeming Language—A Personal Epic in Five Parts, "*New Directions*,*17*(1961)：276–277.

100.See, for example, these essays on the rehabilitation of Chattanooga, Tennessee：Steve Lerner, "Brave New City?" *The Amicus Journal* (Spring 1995)：22–28；Ted Bernard and Jora Young, *The Ecology of Hope：Communities Collaborate for Sustainability*(Gabriola Island, B.C.：New Society Publishers,1997), pp.60–71.

101.Quoted in Sankey, *Companion*, p.180.

102.William R.Klink, "William Carlos Williams'*Paterson*：Literature and Urban History, " *Urban Affairs Quarterly*, 23 (December 1987)：179 and passim.

103.As William Sharpe writes of Book V, the originally unplanned resumption of*Paterson*, "the poet finally conceives of the poem as a process grounded not in failed myth but in recurrent beginnings." "That Complex Atom´：The City and Form in William Carlos Williams's *Paterson*, " p.85.

104.*The Collected Poems of Frank* O'Hara, ed.Donald Allen(Berkeley：

University of California Press,1995),pp.476-477.

105.Joy Harjo, "Anchorage," *She Had Some Horses* (New York: Thunder's Mouth Press,1983),pp.14-15.

106.In a 1989 retrospect,geologist and former Anchorage assembly-woman Lidia Selkregg was quoted as saying caustically of present-day officials and developers: "They want to think they are more powerful than God. Nature is nature." Paul Jenkins, "Has Alaska Learned from Its Quake?" *Los Angeles Times*,March 26,1989,Metro pt.2,p.1.

107.Gary Snyder,*Mountains and Rivers Without End*(Washington,D. C.:Counterpoint,1996),pp.62-63.

108.See,for example,Hough,*Cities and Natural Process*,pp.39-96; Spirn,*The Language of Landscape*,pp.185-188,213-214,267-272,and passim(on restoration of Mill Creek area).

109.John Edgar Wideman, *Philadelphia Fire* (New York: Vintage, 1990),pp.44-45.

110.Barry Cullingworth, *Planning in the USA: Policies, Issues, and Processes*(New York:Routledge,1997),p.233.

111.Wideman,*Philadelphia Fire*,p.82.

112.Sheri Hoem, "John Edgar Wideman: Connecting Truths" (1984 interview),rpt.in*Conversations with John Edgar Wideman*,ed.Bonnie Tu-Smith(Jackson:University Press of Mississippi,1998),p.35.

第四章　决定论话语

1.See,for example,Jared Diamond, *Guns, Germs, and Steel: The Fates of Human Societies*(New York:Norton,1997),which argues passionately for an environmental-determinist view of history(linking the rise and fall of civilizations to such ecological advantages as the availability of domesticable grains and animals)as an antidote to racism and civilizationalist complacency.See also Alfred W.Crosby, *Ecological Imperialism: The Biological Expansion of Europe,900—1900*(Cambridge:Cambridge University Press, 1986),and,for a quirky but intriguing defense of climate determinism by an intellectual from the"South,"Jayantanuka Bandyopahyaya,*Climate and World Order:An Inquiry into the Natural Cause of Underdevelopment*(Atlantic Highlands,N.J.:Humanities Press,1983).

2.For example,Edwin Chadwick's landmark *Report on the Sanitary*

Condition of the Labouring Population of Great Britain, ed. M. W. Flinn
(1842; Edinburgh: Edinburgh University Press, 1965), claimed on the
basis of extensive statistical compilations and eye-witness accounts that
disease could be attributed to"atmospheric impurities produced by decom-
posing animal and vegetable substances, by damp and filth, and close and
overcrowded dwellings," and " that where those circumstances are
removed"disease would abate to the vanishing point(p.422).Mary Poovey,
Making a Social Body: British Cultural Formation, 1830-1864(Chicago: U-
niversity of Chicago Press, 1995), pp. 36 - 37, 115 - 131, confirms the
influence of Chadwick's statisticalism on British public policy, though I take
a more positive view of his reformist zeal than she does. For statisticalism
in nineteenth-century American literature's social representations, see
Mark Seltzer, *Bodies and Machines*(London: Routledge, 1992), pp.82-84,
93-118, and passim.

3.Herbert Spencer, *Principles of Sociology*, vol. 1, 3rd.ed. (New York:
Appleton, 1895), pp.437-450.On the ideas and influence of Spencer and
his American popularizers, see Ronald E. Martin, *American Literature and
the Universe of Force*(Durham: Duke University Press, 1981), pp.32-95.

4.Robert M.Young, "Darwinism Is Social," *The Darwinian Heritage*,
ed. David Kohn (Princeton: Princeton University Press, 1985), pp.
609-638.

5.George Levine, *Darwin among the Novelists: Patterns of Science in
Victorian Fiction*(Chicago: University of Chicago Press, 1988), pp.21-55.

6.For Victorian writing, in addition to Levine, *Darwin among the Nov-
elists*, see especially Gillian Beer, *Darwin's Plots: Evolutionary Narrative in
Darwin, George Eliot and Nineteenth-Century Fiction*(London: Routledge,
1983), and James Krasner, *The Entangled Eye: Visual Perception and the
Representation of Nature in Post-Darwinian Narrative*(New York: Oxford
University Press, 1992).

7.See, for example, Alexander Welsh, *The City of Dickens* (Oxford:
Clarendon Press, 1971), chapter 2 and passim; and F. S. Schwarzbach,
Dickens and the City(London: Athlone Press, 1979).Dickens's ex-cathedra
commitment to urban writing began with his first career as parliamentary
reporter and culminated with the periodical he edited, *Household Words
(1850-1859)*, which includes many reformist pieces he wrote or coedited
(see *Charles Dickens' Uncollected Writings from " Household Words,"* 2
vols. , ed.Harry Stone [Bloomington: Indiana University Press, 1968]).

8.Georg Simmel, "The Metropolis and Mental Life" (1903) , in *On Individuality and Social Forms*, ed. Donald N. Levine (Chicago: University of Chicago Press, 1971) , pp.324–339.See also Robert E.Park's essay, influenced by Simmel, "The City: Suggestions for the Investigation of Human Behavior in the City Environment," *American Journal of Sociology*, 20 (1915) : 608–609 : "The small community often tolerates eccentricity.The city, on the contrary, rewards it."

9.Ralph Waldo Emerson, "Experience," in *Collected Works*, vol. 3, ed. Joseph Slater et al. (Cambridge: Harvard University Press, 1983) , p.31. The Emerson-Dickens analogy also shows Dickens's transitionalness, for it is often no more explicit in him than it is in Emerson that such temperamental hyperfocus is a distinctively urban trait; both writers draw on traditions of caricature that had been staples of satire since antiquity. Welsh, *The City of Dickens*, p.9.

10.F. S. Schwarzbach, "*Bleak House*: The Social Pathology of Urban Life," *Literature and Medicine*, 9 (1990) : 95, and his *Dickens and the City*, pp.125–127. For Dickens's interest in sanitary reform, see also his speeches of i85o and i85i before the London Metropolitan Sanitary Commission, of which he was a member: *Speeches of Charles Dickens*, ed. K J. Fielding (Atlantic Highlands, N. J.: Humanities Press, 1988) , pp. 104–109, 127–132.Dickens here follows the current "miasmatic" theory of contagious disease as originating from dirt and effluvia.

11.Dickens, *Little Dorrit* (1857; New York: Oxford University Press, 1953) , pp.28–29, 30, 31.Subsequent page references are given in parentheses.

12.See D. A. Miller, *Narrative and its Discontents: Problems of Closure in the Traditional Novel* (Princeton: Princeton University Press, 1981) , pp.42–43. As Douglass Hewitt writes, the plot "is not merely implausible; it is surely deliberately perfunctory." *The Approach to Fiction* (London: Longman's, 1972) , p.89.

13.J.Hillis Miller, *Charles Dickens: The World of HIS Novels* (1958; rpt., Bloomington: Indiana University Press, 1973) , p.101.

14.Hewitt, *The Approach to Fiction*, pp.113–121, forecloses too abruptly on the out-door-indoor contrast by claiming that such solace as Amy finds on the Iron Bridge is a mere fantasy arising from her association of this place with Clennam, at odds with the actual grimness of the scene—though admittedly it is rather pathetic that the bridge feels to Amy like a place of "natural"freedom.

15.Miller, *Charles Dickens*, p.295.

16.George Levine, *Darwin among the Novelists*, in a comparison that emphasizes Darwin's interest in Dickens's novels as well as their affinities with Darwinism, rightly concludes that for all the affinities between them Dickens "always struggled back toward the possibilities of essentialist thought and morality" (p.151).Levine sees *Little Dorrit* as more influenced by the model of thermodynamics (the threat of entropy, specifically) than by Darwinism (pp.153-176).

17.Amy Dorrit is, of course, also based on an essentialized type—the Wordsworthian sinless child, like Stowe's little Eva or Dickens's own little Paul and little Nell.But what is especially distinctive about her is the accompanying diagnosis of infantile innocence as a pathology wrought by circumstance.

18.Philip Collins, "Dickens and the City," in*Visions of the Modern City*, ed.William Sharpe and Leonard Wallock (New York: Columbia University Press, 1983), p.99.

19.Anthony Vidler, *The Architectural Uncanny: Essays in the Modern Unhomely* (Cambridge: MIT Press, 1992), pp.11, 200.

20.Chadwick, *Report*, p.94, quoting from a report on the towns of Durham, Barnard Castle, and Carlisle.

21.Charles F.Wingate, "The Unsanitary Homes of the Rich," *North American Review*, 137 (1883): 172-173; Nancy Tomes, *The Gospel of Germs: Men, Women, and the Microbe in American Life* (Cambridge: Harvard University Press, 1997), pp.68-77.

22.Catherine Beecher, *Letters to the People on Health and Happiness* (New York: Harper, 1855), p.92.

23.Henry David Thoreau, *Walden* (1854), ed. J. Lyndon Shanley (Princeton: Prince-ton University Press, 1971), p.84.Before winter came, however, Thoreau filled in the chinks.Thoreau's concern for his health (including sexual) comes out especially in *Walden* in his anxiety about diet ("Higher Laws"), though this is sublimated into a discourse of moral purity.See Christopher Sellers, "Thoreau's Body: Towards an Embodied Environmental History," *Environmental History*, 4 (October 1999): 486-514.

24.Gaston Bachelard, *The Poetics of Space*, trans.Maria Jolas (1958; Boston: Beacon Press, 1964), p.32.

25.To be sure, dream-like destabilization has its own social-mimetic function—underscoring the disorientation attendant on trying to process multitudinous, dispersed urban inputs: see Taylor Stoehr, *Dickens: The Dreamer's Stance* (Ithaca: Cornell University Press, 1965), pp.88–90.

26. I follow Lee Clark Mitchell's test of literary determinism, " a conception of men and women living as if no longer responsible for whatever they happen to do" (*Determined Fictions: American Literary Naturalism* [New York: Columbia University Press, 1989], p.31)—that is, not whether or not they are credited with forethought or exercising choice, but whether such forethought or choice as they may show seems overridden by circumstance.

27. Upton Sinclair, *The Jungle* (1906; rpt., New York: Harper's, 1946), pp.27–29, 72; Jack London, review of *The Jungle*, in *Novels and Social Writings*, ed. Donald Pizer(New York: Library of America, 1982), p.1145.

28. Zola, *Germinal* (1885), trans. L. W. Tancock (Baltimore: Penguin, 1954), p.136.

29. Jacob Riis, *How the Other Half Lives: Studies among the Tenements of New York*, ed. David Laviatin(1890; Boston: Bedford, 1996), pp.69, 70, 72, 79, 201, 235.

30. Wright's encapsulation in his retrospective, " How ' Bigger ' Was Born": " an indescribable city, huge, roaring, dirty, noisy, raw, stark, brutal; a city of extremes; torrid summers and sub-zero winters, white people and black people, the English language and strange tongues, foreign born and native born, scabby poverty and gaudy luxury, high idealism and hard cynicism!...A city which has become the pivot of the Eastern, Western, Northern, and Southern poles of the nation. But a city whose black smoke clouds shut out the sunshine for seven months of the year; a city in which, on a fine balmy May morning, one can sniff the stench of the stockyards; a city where people have grown so used to gangs and murders and graft that they have honestly forgotten that government can have a pretense of decency!" Richard Wright, *Early Works*, ed. Arnold Rampersad (New York: Library of America, 1984), pp.872–873.

31. *Native Son*, ibid., pp.447, 449, 456, 453.

32. Wright, " Ethnographic Aspects" and " Bibliography," ed. Michel Fabre, *New Letters*, 39(Fall 1972): 61–75.

33. For Wright's introduction, see St. Clair Drake and Horace R. Cayton, *Black Metropolis: A Study of Negro Life in a Northern City* (New

York：Harcourt，1945），pp.xvii-xxxiv.For analysis of Wright and Chicago sociology，see especially Carla Cappetti，"Sociology of an Existence：Richard Wright and the Chicago School，"MELUS，12，no.2，（1985）：25-43，and her *Writing Chicago：Modernism，Ethnography and the Novel* （New York：Columbia University Press，1993），pp.182-210；Werner Sollors，"Modernization as Adultery：Richard Wright，Zora Neale Hurston，and American Culture of the 1930s and 1940S，"*Hebrew University Studies in Literature and the Arts*，18（1990）：134-143，and his"Anthropological and Sociological Tendencies in American Literature of the 1930's and 1940'S：Richard Wright，Zora Neale Hurston，and American Culture，"*Looking Inward，Looking Outward：From the 1930s Through the* 1940s，ed.Steve Ickringill（Amsterdam：VU University Press，1990），pp.22-75.

34.Wright，*12 Million Black Voices*，in *The Richard Wright Reader*，ed.Ellen Wright and Michel Fabre（New York：Harper，1973），p.212；Wright，Native Son，pp.606，452，451.

35.Brooks，"Kitchenette Building，"*A Street in Bronzeville*，collected in Blacks（Chicago：Third World Press，1986），p.20.For Wright's reaction to this book，see Michel Fabre，*Richard Wright：Books and Writers*（Jackson，Miss.：University Press of Mississippi，1990），p.18."Bronzeville"was one of the nicknames of the South Side Chicago black community for their neighborhood.Drake and Cayton，*Black Metropolis*，pp.383-385.

36.Wright，"Introduction，"*Black Metropolis*，p.xx.As"men became atoms crowding great industrial cities，"Wright observes，"clocks replaced the sun as a symbolic measurement of time"（p.xxii）.

37.Sol]ors，"Modernization as Adultery，"pp.112-116，and"Anthropological and Sociological Tendencies，"pp.23-40.

38.*The Autobiography of Upton Sinclair*（New York：Harcourt，1962），pp.110-114，127.

39.As Sinclair's montage suggests，environmental determinism could figure in the literature of country as well as city life，as with the grimmer rural tales of Sarah Orne Jewett and Mary Wilkins Freeman.More on that below.

40.Michel Fabre，however，claims that the film's producer Pierre Chenal"insisted that Wright play the lead"and that"he consented"more"out of a desire to express everything that he had put in the novel，and from curiosity about his ability to do so，than from any ambition to shine as an actor."*The Unfinished Quest of Richard Wright*，trans.Isabel Barzun（New

York: William Morrow, 1973), p.338.

41. Wright, "How 'Bigger' Was Born," *Early Works*, pp. 867, 874, 866. In *Native Son* Bigger's attorney Max uses similar language to characterize Bigger as a "test symbol" isolated by "the complex forces of society," "like a germ stained for examination under the microscope" that provides the key to "our whole sick social organism" (p.804).

42. Seltzer, *Bodies and Machines*, pp.109, 105 (emphasis his).

43. Louis Wirth, "A Bibliography of the Urban Community," in Robert E.Park, Ernest W.Burgess, and Roderick D.McKenzie, *The City* (1925; rpt., Chicago: University of Chicago Press, 1967), pp.187–188. A significant link between Chicago socioecology and the green design tradition is the holistic personification of the city as organism, which is key to the thinking of such urban and regional planning theorists as Patrick Geddes, Ebenezer Howard, Benton MacKaye, and Lewis Mumford, who have influenced contemporary green design theory from Ian McHarg's *Design with Nature* (Garden City, N.Y.: Natural History Press, 1969) to the present.

44. The confusions and fallacies inherent in Chicago ecology's reliance on biological models were first critiqued by Milla Aïssa Alihan, *Social Ecology: A Critical Analysis* (New York: Columbia University Press, 1938). For more recent appraisals, see Brian J.L.Berry and John D.Kasarda, *Contemporary Urban Ecology* (New York: Macmillan, 1977), pp. 3 – x8, and Lester Kurtz, *Evaluating Chicago Sociology* (Chicago: University of Chicago Press, 1984), pp.17–29. As Alihan points out, the key architects of socioecological theory were the three primary coauthors of The City, but she rightly includes Wirth as accepting and elaborating their models. Two exemplary works read with interest by Wright were Wirth's *The Ghetto* (Chicago: University of Chicago, 1928) and his "Urbanism as a Way of Life," *American Journal of Sociology*, 44 (1938): 1–24. Ironically, the Chicago sociologists showed little interest in the Chicago life scientists' important work on population ecology. Greg Mitman, *The State of Nature: Ecology, Community, and American Social Thought*, 1900–1950 (Chicago: University of Chicago Press, 1992), pp.91–92.

45. William Wordsworth, "Lines Composed a Few Miles above Tintern Abbey," in *William Wordsworth: The Poems*, vol. 1, ed. John O. Hayden (New Haven: Yale University Press, 1981), p. 361; Ralph Waldo Emerson, *Nature, in Collected Works*, vol. 1, ed. Robert E. Spiller et al. (Cambridge: Harvard University Press, 1971), p.39.

46. AS Jonathan Bate observes in his reading of *Frankenstein* as a commentary on Rousseau, this wonderment is doomed to be disappointed because" it is Enlightenment man who invents the natural man." Bate, *Song of the Earth* (Cambridge: Harvard University Press, 2000), p.52.

47. The modern antecedents of this countryside-nation symbolism go back to medieval times, as Raymond Williams showed in *The Country and the City* (New York: Oxford University Press, 1973). For the ideology's nineteenth-century crystallization, see Elizabeth K. Helsinger, *Rural Scenes and National Representation: Britain, 1815-1850* (Princeton: Princeton University Press, 1997). For a thoughtful short critical discussion linking two instances rarely paired, see Jonathan Bate, " Culture and Environment: From Austen to Hardy," *New Literary History*, 30 (1999): 541 - 560, revised as chapter 1 of *Song of the Earth*. Martin J. Wiener, *English Culture and the Decline of the Industrial Spirit 1850-1980* (1981; rpt., New York: Penguin, 1992), pp.27-80, is helpful, albeit schematic, in his diagnosis of the ideology of English ruralism specifically as a recoil against the Industrial Revolution, entailing an attempt to shift England's iconic center of gravity from industrialized " North " to rural " South." See also Alun Howkins, " The Discovery of Rural England," *Englishness: Politics and Culture 1880 - 1920*, ed. Robert Colls and Philip Dodd (London: Croom Helm, 1986), pp.62-89.

48. See, for example, Perry Miller, " Nature and the National Ego," (1954), rpt. In Miller, *Errand into the Wilderness* (Cambridge: Harvard University Press, 1956), pp.204-216; Leo Marx, *The Machine and the Garden: Technology and the Pastoral Ideal in America* (New York: Oxford University Press, 1964); Roderick Nash, *Wilderness and the American Mind*, 3rd ed. (New Haven: Yale University Press, 1982); Myra Jehlen, *American Incarnation: The Individual, the Nation, and the Continent* (Cambridge: Harvard University Press, 1986); and Glen A. Love, " *Et in Arcadia Ego*: Pastoral Theory Meets Ecocriticism," *Western American Literature*, 27 (1992): 197-207, for a cluster of significant assessments that range across the spectrum from affirmation of(some version of) nature and/or wilderness as enabling national symbol to deconstruction of nature discourse as protective cover for expansionist ideology.

49. John Rennie Short, *Imagined Country: Environment, Culture and Society* (London: Routledge, 1991), p.35—in the course of a comparative study of landscapes held to be quintessential of Britain, Australia, and the

United States.

50. George Crabbe, *The Village* (1784) , Ⅱ . 2 , *The Poetical Works of George Crabbe* , ed. A. J. Carlyle and R. M Carlyle (London : Henry Froude for Oxford University Press, 1908) , p.38.

51. Ann Radcliffe, *The Mysteries of Udolpho*, ed. Bonamy Dobrée (1794 ; New York : Oxford University Press, 1966) , pp.224 , 226 – 227.

52. George Perkins Marsh, *Man and Nature* , ed. David Lowenthal (1864 ; Cambridge : Harvard University Press, 1965) , pp.226 , 188.

53. Ibid. , p.43. However, George Levine rightly notes that Darwinian "theory was easily assimilable to both an anthropocentric—indeed Euro-centric—view of nature and a teleology whose final cause was the fullest development of mankind." *Darwin among the Novelists* , p.27.

54. John Burroughs, "The Divine Soil," *Leaf and Tendril* (Boston : Houghton, 1908) , pp.231 , 233. Burroughs continued a reluctant materialist to the last, however (see "A Critical Glance into Darwin," *The Last Harvest* [Boston : Houghton, 1922] , pp. 172 – 200). Unsurprisingly, Burroughs responded most positively to the residue of teleological thinking in Darwin, especially in *The Descent of Man* (see Edward J. Renehan, Jr. , *John Burroughs : An American Naturalist* [Post Mills, Vt. : Chelsea Green, 1992] , p. 154).

55. Burroughs, "The Natural Providence," *Accepting the Universe* (Boston : Houghton, 1920) , pp.104 , 103.

56. Scott Slovic, "Epistemology and Politics in American Nature Writing : Embedded Rhetoric and Discrete Rhetoric," *Green Culture : Environmental Rhetoric in Contemporary America* , ed. Carl G. Herndl and Stuart C. Brown (Madison : University of Wisconsin Press, 1996) , pp. 82 – 110, provides a subtle, thoughtful discussion of nature writing's rhetorical strategies of implicit ethical and political self-positioning.

57. Mary Austin, *Land of Little Rain* (1903) , in *Stories from the Country of Lost Borders* , ed. Marjorie Pryse (New Brunswick : Rutgers University Press, 1987) , p.17.

58. Edwin Markham, "The Man with the Hoe" (1899) , in *American Poetry : The Nineteenth Century*, vol. 2 , ed. John Hollander (New York : Library of America, 1993) , p.496.

59. Thomas Hardy, "In a Wood" (1898) , in *The Complete Poems of Thomas Hardy*, ed. James Gibbon (New York : Macmillan, 1976) , pp. 64 – 65.

60.Thomas Hardy, *Tess of the d'Urbervilles* (1891) , ed. Scott Elledge (New York: Norton, 1965) , pp. 330, 133.

61. Ibid. , p. 9.

62. Beer, *Darwin's Plots*, p. 240.

63. Theodore Dreiser, *A Selection of Uncollected Prose*, ed. Donald Pizer(Detroit: Wayne State University Press, 1977) , pp. 89, 216–217, 247: statements from 1896, 1918–1919, and 1929, respectively. Haeckel promulgated a monistic "law of substance" that purported to rule out "the three central dogmas of Metaphysics—God, freedom, and immortality," "assigning mechanical causes to phenomena everywhere." *The Riddle of the Universe*, trans. Joseph McCabe(New York: Harper, 1900) , p. 232.

64. Dreiser, "A Counsel to Perfection," *Hey Rub-a-Dub-Dub: A Book of the Mystery and Wonder and Terror of Life* (New York: Boni and Liveright, 1920) , p. 119; *Uncollected Prose*, p. 288; and *A Book about Myself*(New York: Boni and Liveright, 1922) , pp. 457–458. Interestingly, Dreiser attached his theory of human futility to a Tocquevillian theory of American institutions as conducing to mass identity: "they are not after individuals; they are after types or schools of individuals, all to be very much Mike." "Life, Art, and America," *Hey Rub-a-Dub-Dub*, p. 260.

65. Encomium from 1955 interview, diagnosis from unpublished essay, "Personalism," quoted by Michel Fabre, *Richard Wright: Books and Writers*, pp. 40, 41. At the end of his life Wright declared that "I'd give all [the great novelists] for one book by Dreiser: he encompasses them all" (ibid. , p. 42).

66. Dreiser, *Uncollected Prose*, pp. 110, 141, 229.

67. Martin, *American Literature and the Universe of Force*, pp. 216–220.

68. Dreiser, *Dawn* (New York: Liveright, 1931) , pp. 158, 156; *A Book about Myself*, pp. 19, 393. The long passage quoted here, from *A Book about Myself*, exemplifies what Christophe Den Tandt calls Dreiser's "gesture of pseudo-totalization": pseudo, because the view it provides is a stylized melodramatization of unknowable forces. *The Urban Sublime in American Literary Naturalism* (Urbana: University of Illinois Press, 1998) , pp. 33–40.

69. Dreiser, *A Hoosier Holiday*, ed. Douglas Brinkley (1916; rpt. , Bloomington: Indiana University Press, 1997) , pp. 178, 66–68; *The Color of a Great City*(New York: Boni and Liveright, 1923) , pp. 199, 204.

70. Dreiser, *Sister Carrie* (1900) , ed. James L. W. West III et al. (Philadelphia: University of Pennsylvania Press, 1981) , pp.119, 157.

71. David E. E. Stone, *Sister Carrie: Theodore Dreiser's Sociological Tragedy* (New York: Twayne, 1992) , p. 80; cf. Richard Lehan, " *Sister Came: The City, the Self, and the Modes of Narrative Discourse,"* *New Essays on "Sister Carrie,"* ed. Donald Pizer (Cambridge: Cambridge University Press, 1991) , pp.65–85, and Philip Fisher, *Hard Facts: Setting and Form in the American Novel* (New York: Oxford University Press, 1985) , pp. 155–178.

72. Dreiser, *The Titan* (1914; rpt., New York: New American Library, 1965) , pp.155, 157.

73. In *The Genius* (1915; rpt., New York: Boni & Liveright, 1923) , the artist-protagonist's first glimpse of the very same Chicago River scene— " dirty, gloomy, but crowded with boats and lined with great warehouses, grain elevators, coal pockets"—fires his imagination with the thought that " here was something that could be done brilliantly in black—a spot of red or green for ship and bridge lights" (p.37).

74. *The Titan*, p.157. The mellowness of tone is somewhat at odds with Cowper-wood's mood of impatience at this moment but congruent with the novel's prevailing conception of him as aesthetically sensitive, sensual, observant.

75. Robinson Jeffers, "Their Beauty Has More Meaning," *Collected Poetry*, vol. 3, ed. Tim Hunt (Stanford: Stanford University Press, 1991) , p.119.

76. Quotation from Jeffers, " Sign-Post," *Collected Poetry*, vol. 2, p. 418. The question of Jeffers's theology is much discussed, with many arguing the case for his theism, the most cogent presentation being William Everson, "All Flesh Is Grass," *Robinson Jeffers: Dimensions of a Poet*, ed. Robert Brophy (New York: Fordham University Press, 1995) , pp.204–238. I would start by taking "Things are the God" quite literally, recognizing that this kind of expression intends that sheer materiality feel numinous. Patrick D. Murphy thoughtfully characterizes Jeffers as a proto-Gaian thinker who falls short chiefly in not being able to find a place for humankind within the natural order. "Robinson Jeffers, Gary Snyder, and the Problem of Civilization," *Robinson Jeffers and a Galaxy of Writers*, ed. William B. Thesing (Columbia: University of South Carolina Press, 1995) , pp.95–99.

77. Jeffers, " Inscription for a Gravestone " and " Roan Stallion,"

Collected Poetry, vol. 2, p.125; vol. 1, p.189.

78. Robert Zaller, *The Cliffs of Solitude: A Reading of Robinson Jeffers* (Cambridge: Cambridge University Press, 1983), p. 197; Jeffers, "Rock and Hawk" and "The Low Sky," *Collected Poetry*, vol. 2, pp.416, 111.

79. Jeffers, "Calm and Full the Ocean," *Collected Poetry*, vol. 3, p.124.

80. Czeslaw Milosz, *Visions from San Francisco Bay*, trans. Richard Lourie (New York: Farrar, Straus, 1982), p.92. Cf. Alan Soldofsky, "Nature and the Symbolic Order: The Dialogue Between Czeslaw Milosz and Robinson Jeffers," *Robinson Jeffers: Dimensions of a Poet*, ed. Brophy, pp. 177-203.

81. In his preface to *The Double-Axe and Other Poems* (New York: Random House, 1948), p. vii, Jeffers characterizes "inhumanism" as "a shifting of emphasis and significance from man to not-man; the rejection of human solipsism and recognition of the transhuman magnificence."

82. Jeffers, "The World's Wonders," *Collected Poetry*, vol. 3, p.371.

83. Jeffers, "Boats in a Fog," *Collected Poetry*, vol. 1, p.110.

84. Jeffers, "What Are Cities For?" and "The Place for No Story," *Collected Poetry*, vol. 2, pp.418, 157.

85. Jane Addams, *Twenty Years at Hull-House*, ed. James Hurt (1910; rpt., Urbana: University of Illinois Press, 1990), p.159.

86. Wendell Berry, "The Regional Motive," *A Continuous Harmony* (New York: Harcourt, 1972), p. 67. This is a gloss on his definition of healthy regionalism as "*Local life aware of itself.*"

87. Berry, "Writer and Region," *What Are People For?* (San Francisco: North Point, 1990), p.85.

88. On Chicago's South Side, see William Julius Wilson, *When Work Disappears* (New York: Vintage, 1996), pp. 51–86 and passim; for Berry country, see his *The Unsettling of America: Culture and Agriculture* (San Francisco: Sierra Club, 1977), especially chapters 1–6, 8.

89. Wendell Berry, "Stay Home," *Collected Poems, 1957–1982* (San Francisco: North Point, 1985), p.199.

90. Dickinson as quoted by Thomas Wentworth Higginson to Mary Elizabeth Channing Higginson (1870), *The Letters of Emily Dickinson*, vol. 2, ed. Thomas H. Johnson and Theodora Ward (Cambridge: Harvard University Press, 1958), p.474; Brooks as per 1967 interview with Paul M. Angle, incorporated in Brooks, *Report from Part One* (Detroit: Broadside

Press, 1972), p.136.

91. Hortense J. Spillers, "Gwendolyn the Terrible: Propositions on E-leven Poems," *Shakespeare's Sisters* (1979), rpt. in Maria K. Moorty and Gary Smith, eds., *A Life Distilled: Gwendolyn Brooks, Her Poetry and Fiction* (Urbana: University of Illinois Press, 1987), p.226.

92. 1969 interview with George Stavros, incorporated in *Report from Part One*, p.161.

93. In Berry's essays and poems, that is. His fiction focuses much more on the web of family and community relations. And the poems and essays always presuppose community, even when they do not foreground it.

94. Berry, "In This World," *Collected Poems, 1957–1982*, p.112.

95. See, for instance, "Beverly Hills, Chicago," "The Lovers of the Poor," and "To a Winter Squirrel," in Brooks's collected poems *Blacks* (Chicago: Third World Press, 1994), pp.128, 349, 437. All quotations are from this edition.

96. Gwendolyn Brooks, "The Sundays of Satin-Legs Smith," *Blacks*, p.45.

97. *Report from Part One*, p.170, from 1971 interview with Ida Lewis. The tradition in African-American writing, however, goes back to Dunbar, whose works Brooks read as a child. She remembered her mother telling her "You are going to be the lady Paul Laurence Dunbar" (ibid., p.56).

98. Dickinson, poem 675, *The Poems of Emily Dickinson*, vol. 2, ed. R. W. Franklin (Cambridge: Harvard University Press, 1998), p.653; Langston Hughes, *Collected Poems*, ed. Arnold Rampersad and David Roessel (New York: Knopf, 1994), p.42. "Troubled Woman" first appeared in *The Weary Blues*.

99. Brooks, *Report from Part One*, p.71.

100. A partial exception to the family values emphasis in Brooks is her treatment, in ibid., of midlife separation from her husband as a turning point in her unfolding life pilgrimage; but she more than makes up for this through the postreconciliation tributes to husband and marriage in *Report from Part Two* (Chicago: Third World Press, 1996).

101. Berry, "Elegy," *Collected Poems, 1957–1982*, p.234.

102. Berry, ibid. p.96; Brooks, *Blacks*, p.502.

103. The extent of that shift, however, has been somewhat exaggerated by Brooks's commentators. Kathryne V. Lindberg, "Whose Canon? Gwen-dolyn Brooks: Founder at the Center of the 'Margins,'" *Gendered Modern-*

isms: *American Women Poets and Their Readers*, ed. Margaret Dickie and Thomas Travisano(Philadelphia: University of Pennsylvania Press, 1996), rightly points out that her "1967 announcement of a different public role for herself as poet, along with her embrace of the evolving role of New Black, might have been impossible and surely would not have been very forceful if she had not threaded a consistent meditation on racial and artistic self-construction…through her work" (p.289).

104. Addams, *Twenty Years at Hull-House*, p.254.

105. *Blacks*, p.404, quoted from John Bartlow Martin, "The Strangest Place in Chicago," *Harper's*, 201 (December 1950) : 87, a lengthy ethnographic-historical report, illustrated by Ben Shahn, that portrays individual residents respectfully, noting positive signs of community(several women's clubs, child care center) as well as overcrowding and blight, though at bottom seeing Mecca inhabitants as "imprisoned here by the scarcity of dwellings for Negroes," their apartments arrayed "like tiers of cells in a prison cellblock" (pp.94,87).

106. George E. Kent, *A Life of Gwendolyn Brooks*(Lexington: University Press of Kentucky, 1990), p.42. Kenny J. Williams, "The World of Satin-Legs, Mrs. Sallie, and the Blackstone Rangers: The Restricted Chicago of Gwendolyn Brooks," *A Life Distilled*, ed. Moorty and Smith, p.60, notes the building's history, as does Martin.

107. Brooks, "A Song in the Front Yard," *Blacks*, p.28.

108. Quoted in Kent, *A Life of Gwendolyn Brooks*, pp. 125, 128 – 130, 155.

109. Kent, *A Life of Gwendolyn Brooks*, pp.212 – 213; *Life*, November 19, 1951.

110. Brooks, "In the Mecca," *Blacks*, p.407. Subsequent references to this text given in parentheses. The Mecca "faced the Van der Rohe-designed Illinois Institute of Technology," which had bought up the Mecca property as well. D. H. Mehlem, *Gwendolyn Brooks: Poetry and the Heroic Voice*(Lexington: University Press of Kentucky, 1987), p.160.

111. *Report from Part One*, p.69.

112. Gayl Jones, "Community and Voice: Gwendolyn Brooks's ' In the Mecca, ' " *A Life Distilled*, ed. Moorty and Smith, p.195.

113. Brooks, *Blacks*, p.438.

114. Berry, *Home Economics*(San Francisco: North Point, 1987), pp. 185 – 186; *The Unsettling of America*, p.4.

115. Berry, *Clearing* (New York: Harcourt, 1977) , p. 5. Further quotations from this text are given in parentheses.

116. Toni Morrison argues, in "City Limits, Village Values: Concepts of the Neighborhood in Black Fiction," *Literature and the Urban Experience*, ed. Michael Jay and Ann Chalmers Watts (New Brunswick: Rutgers University Press, 1981) , p. 43, that "the absence of the ancestor, who cannot thrive in the dungeon of the city" helps explain urban alienation in African-American writing. Morrison cites a number of narratives of returns to small countries and villages as counterexamples and collateral evidence. Brooks's poetry also stresses the problem of deficits of kinship, community, and local history, though it shows scant nostalgia for country roots. All this is not to suggest that Berry's ascription to his region of communitarianism and a meaningful sense of the deep past is uniform within rural writing; on the contrary, as noted above regarding Hardy, Markham, Wharton, O'Neill, and others, urban literature has no monopoly on such naturalist themes as environmentally stunted mental and social horizons and personal/family/social dysfunctionallity.

117. Kent, *A Life of Gwendolyn Brooks*, p. 226.

118. D. H. Mehlem, "Afterword" to Kent, *Life of Gwendolyn Brooks*, p. 263.

119. Berry, "The New Politics of Community," *The Ecologist*, 29 (March/April 1999) : 229–231, the centerpiece of which is a seventeen-point manifesto.

120. Item two of Berry's "New Politics" manifesto is "Always include local nature—the land, the water, the air, the native creatures-within the membership of the com-munity" (p. 230). This consideration has become more a part of African-American urban self-consciousness in the 1990s, at both the levels of popular culture and the intelligentsia, than it was for Brooks: see, for example, bell hooks, "Touching the Earth," *Sisters of the Yam* (Boston: South End Press, 1993) ; Peter H. Kahn, Jr.'s case studies of inner-city Houston families, *The Human Relationship with Nature: Development and Culture* (Cambridge: MIT Press, 1999) , pp. 95–127; and the rise of environmental justice movements in minority communities discussed in Chapter 1.

121. Jane Addams, "A Modern Lear," *The Social Thought of Jane Addams*, ed. Christopher Lasch (Indianapolis: Bobbs-Merrill, 1965) , pp. 108, 109, 114, 112.

122.Combining both lines of implication and giving them a further bi-ographical turn, Shannon Jackson astutely suggests that Addams's essay "made a telling rhetorical link between the lives of workers and the lives of white, middle-class daughters, suggesting that such kinds of cross-class and cross-gender identifications could occur...by virtue of a shared experi-ence under paternalism." Shannon Jackson, *Lines of Activity: Performance, Historiography, Hull-House Domesticity* (Ann Arbor: University of Michigan Press, 2000) , pp.80-81.

123.Addams argues that the self-restraint of Pullman's strikers goes to show that the code of "morals he had taught his men [sobriety, thrift, self-discipline] did not fail them in their hour of confusion." " A Modern Lear, " p.116.

124.Ibid. , p.122.

125.Ibid. , p.116.

第五章　现代化和自然界的诉求： 福克纳和利奥波德

1. William Faulkner, *Light in August* (1932; New York: Vintage, 1985) , pp.4-5.

2.Nollie W.Hickman, "Mississippi Forests, " *A History of Mississippi*, vol. 2, ed. Richard Aubrey McLemore (Hattiesburg: University and College Press of Mississippi, 1973) , pp.217, 224.

3.Thomas D.Clark, *The Greening of the South* (Lexington: University Press of Kentucky, 1984) , p.34.

4.Nollie Hickman, *Mississippi Harvest: Lumbering in the Longleaf Pine Belt, 1840-1915* (University, Miss.: University of Mississippi, 1962) , pp. 250-251.

5.Joseph Blotner, Faulkner' A Biography, vol. 1 (New York: Random House, 1974) , p.662.

6.Ilse Lind, "Faulkner and Nature, " *Faulkner Studies*, 1 (1980) :115.

7.Frederick L.Gwynn and Joseph Blotner, eds. , *Faulkner in the Uni-versity* (New York: Vintage, 1965) , p.199.

8.Faulkner, *The Marble Faun* and *A Green Bough* (New York: Random House, n.d.) , pp.28-29.

9.E.N.Lowe, " Notes on Forests and Forestry in Mississippi, " *Pro-*

ceedings of the Third Southern Forestry Congress (New Orleans: John J. Weihing, 1921), p.195.

10. Faulkner, "Raid," The Unvanquished(New York: Vintage, 1966), p.109.

11. Faulkner, "Nympholepsy," Uncollected Stories, ed. Joseph Blotner (New York: Vintage, 1980, p.334.

12. Malcolm Cowley, The Faulkner-Cowley File: Letters and Memories, 1944-1962(New York: Viking, 1966), p.111. John M. Barry, Rising Tide: The Great Mississippi Flood of 1927 and How It Changed America (New York: Simon & Schuster, 1997), is a readable history.

13. Faulkner mistakenly thought the flood simply to be "inherent in the geography and the climate." Gwynn and Blotner, eds., Faulkner in the University, p.176. Barry, Rising Tide, emphasizes how aggressive channelization and other forms of "reclamation," not to mention imprudent patterns of land settlement, had made the Mississippi more disaster-prone.

14. Faulkner to Robert K. Haas, 1 May 1941, in Blotner, Faulkner, vol. 2, p.1072.

15. Ibid., vol. 2, p.1080.

16. Cooper's frontiersman Natty Bumppo, the Leatherstocking, makes his debut as a septuagenarian in The Pioneers (1823), and only in the last of the five novels in which he appears (The Deerslayer [1842]) does Cooper portray him as a youth.

17. Hickman emphasizes that "logging with skidders brought complete destruction of young timber of unmarketable size…No trees or vegetation of any kind except coarse wire grass remained on the skidder-logged hill and ridges. For m/les and miles the landscape presented a picture of bare open land that graphically illustrated the work of destruction wrought by the economic activities of man." Mississippi Harvest, pp.165-166.

18. Frank E. Smith, The Yazoo River (New York: Rinehart, 1954), observes that the "Delta lumberjacks were largely Negroes," not only because they were a ready-to-hand labor pool but because "traditionally only black men could work in the swamp-lands amid the distractions of heat, mosquitoes, bugs and snakes." "Few camps," he adds, "were complete without crap games and moonshine whiskey under the supervision of the foreman" (p.210).

19. Faulkner, Go Down, Moses (New York: Random House, 1942), p.354.

20. Faulkner, ibid., p. 102. Daniel Hoffman, *Faulkner's Country Matters: Folklore and Fable in Yoknapatawpha* (Baton Rouge: Louisiana State University Press, 1989), p.130, also notes the parallel.

21. Consider comments to University of Virginia students that the evanescence of wilderness "to me is a sad and tragic thing.... providing you have the sort of background which a country boy like me had." Gwynn and Blotner, eds., *Faulkner in the University*, p.68. On Faulkner's idea of wilderness, and on his use of Ike McCaslin as an imperfect instrument for perceiving wilderness, I am also indebted to Daniel J. Philippon's unpublished paper, "Faulkner's ' The Bear' as Ecological Fable."

22. Faulkner, "Address to the Delta Council" (1952), *Essays, Spéeches, and Public Letters*, ed. James B. Meriwether (New York: Random House, 1965), p. 130. For the cultural context, see James C. Cobb, *The Most Southern Place on Earth: The Mississippi Delta and the Roots of Regional Identity* (New York: Oxford University Press, 1992), p.254.

23. David H. Evans, "Taking the Place of Nature: ' The Bear' and the Incarnation of America," *Faulkner and the Natural World*, ed. Donald M. Kartiganer and Ann J. Abadie (Jackson: University Press of Mississippi, 1999), pp.179–197, provides an insightful analysis of the formal separation of wilderness and settlement in "The Bear" as a wishful hallucination imposed by Ike, though I think the essay takes a good thing too far by denying ontological standing to Faulknerian "wilderness" except as ideological artifact.

24. Susan Snell, *Phil Stone of Oxford: A Vicarious Life* (Athens: University of Georgia Press, 1991), pp.51, 220, 236.

25. Blotner, *Faulkner*, vol. 1, pp.879, 885. Charles S. Aiken, " A Geographical Approach to William Faulkner's ' The Bear, ' " *Geographical Review*, 71 (October 1981) :446–459, meticulously reconstructs (with maps) the close relationships between the geography of the novel's fictive world and Stone's camp, as well as the camp farther up the Tallahatchie, closer to Jefferson/Oxford, which Faulkner had known as a child from his father's hunts. Faulkner's late-life (1954) essay, "Mississippi, "in *Essays, Speeches, and Public Lectures*, deliberately montages autobiography with fiction (" he had shared in the yearly ritual of Old Ben" [p.37]).

26. See, for example, Clark, *The Greening of the South*, especially chapters 7–8; Albert E. Cowdrey, *This Land, This South: An Environmental History*, rev. ed. (Lexington: University Press of Kentucky, 1996), pp.

149-166.

27. See, for example, Sherry H. Olson, *The Depletion Myth: A History of Railroad Use of Timber* (Cambridge: Harvard University Press, 1971) , and Douglas W. MacCleery, *American Forests: A History of Resiliency and Recovery* (Durham, N.C. : Forest History Society, 1994).

28. Hickman, " Mississippi Forests, " pp. 226, 227-229.

29. Clark, *The Greening of the South*, p. 24.

30. Thomas R. Dunlap, " Sport Hunting and Conservation, 1880 - 1920, " *Environmental Review*, 12 (1988) : 51. Dunlap's essay is cast, in good part, in the form of a helpfully discriminating critique of the merits and exaggerations of the most extended study, John F. Reiger's more wishfully pro-sportsman *American Sportsmen and the Origins of Conservation* (New York : Winchester Press, 1975).

31. H. L. Opie, " The Sportsman's Interest in the National Forests, " *Proceedings of the Eighth Southern Forestry Congress* (1926) , p. 74.

32. Reiger, *American Sportsmen and the Origins of Conservation*, pp. 21 and passim, though see Dunlap, pp. 56-57, on the elasticity of Reiger's criteria for what counts as " environmentalist " and/or " hunter. " This is not to suggest that all the credit for instilling an ethics of restraint in hunting should go to men. Far from it. American women writers, as might be expected, although less socially influential during premodernity tended to be more critical of sport hunting, and even when they engaged in it they tended to romanticize it less than did men (see Vera Norwood, *Made from This Earth: American Women and Nature* [Chapel Hill : University of North Carolina Press, 1993] , pp. 157-160, 219-229, and passim).

33. Wiley C. Prewitt, Jr. , " Return of the Big Woods: Hunting and Habitat in Yoknapatawpha, " *Faulkner and the Natural World*, ed. Kartiganer and Abadie, pp. 198 - 221, provides a thoughtful analysis of Faulkner's fiction in the context of popular hunting narratives, practices, and attitudes in the Deep South of his day. Prewitt also argues, arrestingly if not altogether conclusively, by reference to Ike's propitiation of the rattlesnake in Part 5 of " The Bear, " that Faulkner anticipates not (only) the death but also the partial rebound of wild places in the Deep South that latter-day environmentalist efforts have begun to bring about. For some examples of popular hunting narratives with a conservationist agenda contemporary with Faulkner, see Weldon Stone's 1938 story, " That Big Buffalo Bass " (the youthful fisherman wins the narrative's admiration by releasing the Moby

Dick of the Ozarks after catching him), in *The Field and Stream Reader* (Garden City, N.Y.: Doubleday, 1946), pp. 106 – 116; and Nash Buckingham, "The Comedy of Long Range Duck Shooting," in *Blood Lines: Tales of Shooting and Fishing* (New York: Derrydale Press, 1938), pp. 151 – 172, which contrasts old-time skill with the bad sportsmanship of greedy, protocol-insouciant hunters equipped with more modern high-powered weaponry: a faint anticipation of Norman Mailer's sardonic high-tech bear hunt in *Why Are We in Vietnam?*

34. Aldo Leopold, *A Sand County Almanac* (New York: Oxford University Press, 1949), p. 211. This "rights" stipulation is supplemented and to some extent qualified by a "community" stipulation: "A thing is right when it tends to preserve the integrity, stability, and beauty of the biotic community. It is wrong when it tends otherwise" (pp. 224–225).

35. Curt Meine, *Aldo Leopold: His Life and Work* (Madison: University of Wisconsin Press, 1988), p. 163. On this and several other points I am also indebted to Judith Bryant Wittenberg's comparative discussion of Faulkner and Leopold, "*Go Down, Moses* and the Discourse of Environmentalism," *New Essays on "Go Down, Moses,"* ed. Linda Wagner-Martin (Cambridge: Cambridge University Press, 1996), pp. 61 – 67, despite various divergences of focus and interpretation.

36. *Sand County Almanac*, p. 176.

37. Ibid., pp. 130 – 131. Sublimation-though not to the point of actually forgoing the literal hunt, which Leopold was not prepared to advocate either-was, of course, also inherent in older codes of sportsmanship, introduced to the United States from Britain in the 1830s (Dunlap, "Sport Hunting and Conservation," pp. 52 – 53), which stressed rituals of procedure and practices of restraint. Genealogically speaking, Leopold and Faulkner belong to a further stage or generation of sublimators.

38. Matt Cartmill, *A View to a Death in the Morning: Hunting and Nature Through History* (Cambridge: Harvard University Press, 1993), p. 242.

39. John M. MacKenzie, *The Empire of Nature: Hunting, Conservation and British Imperialism* (Manchester: Manchester University Press, 1988), characterizes imperial hunting, complete with such ancilla as public and private displays of trophies, game books, and paintings of hunting scenes, as a specifically nineteenth-century institution.

40. Leopold, *Sand County Almanac*, pp. 200–201. The original typescript of the book is in the Steenbock Archives, University of Wisconsin, together

with previous drafts and editorial correspondence, and annotated by Leopold's editors.

41.Robert L.Dorman, *Revolt of the Provinces: The Regionalist Movement in America, 1920-1945* (Chapel Hill: University of North Carolina Press, 1993) , p.316.

42.Dennis Ribbens, "The Making of A *Sand County Almanac*," in *Companion* to " A *Sand County Almanac*": *Interpretative and Critical Essays*, ed. J. Baird Callicott (Madison: University of Wisconsin Press, 1987) , pp.91-109.

43.Leopold, *Sand County Almanac*, pp.32-33,225.

44.Leopold, "The Ecological Conscience," *The River of the Mother of God and Other Essays*, ed.Susan L.Flader and J.Baird Callicott(Madison: University of Wisconsin Press, 1991) , p.345.

45.Cf.Scott Slovic's perceptive discussion of implicit ethical revisionism in other cases of what looks like romanticized nature writing: "Epistemology and Politics in American Nature Writing: Embedded Rhetoric and Discrete Rhetoric," *Green Culture: Environmental Rhetoric in Contemporary America*, ed.Carl G.Herndl and Stuart C.Brown(Madison: University of Wisconsin Press, 1996) , pp.82-110.

46.Cartmill, *A View to a Death in the Morning*, pp.161-188, is an excellent case study.Cartmill accepts the gun lobby's verdict that *Bambi* (the film) was probably the most influential work of antihunting propaganda ever made, although he rightly sees the film's design as more complex than that.See also Greg Mitman's discussion of *Bambi* in relation to Disney's entire career as a maker of nature films, *Reel Nature: America's Romance with Wildlife on Film*(Cambridge: Harvard University Press, 2000) , pp.109-131.

47.Leopold, *Game Management*(New York: Scribner's, 1933) , p.423.

48.This interconnection manifests itself with special force in Faulkner's 1954 essay, "Mississippi," *Essays, Speeches, and Public Letters*, pp.11-43.

49.See, for example, Albert E.Cowdrey, *This Land, This South*, p.199.

50.Again, this is by no means to say that Leopold lacked a sense of irony, of self-reflexivity, and of awareness of the mixed motives and changing agendas of human beings toward nature, including himself.See, for example, H. Lewis Ulman, " ' Thinking like a Mountain ': Persona, Ethos, and Judgment in American Nature Writing," *Green Culture: Environmental Rhetoric in Contemporary America*, ed. Herndl and Brown, pp. 46-81, and my discussion in *The Environmental Imagination*(Cambridge:

Harvard University Press, 1995), pp.171–174.

51. Faulkner, *Go Down, Moses*, pp.315, 316.

52. Aiken, "A Geographical Approach to William Faulkner's 'The Bear,'" pp.450–451.

53. In Faulkner's fictive account, the aboriginal offense (in both senses of the word) is the first real estate transaction, involving sale of land to whites by Sam Fathers's father, Ikkemotubbe (who, ominously, during a sojourn in New Orleans had accepted a Gallic name for himself that gets Anglicized as "Doom"). Faulkner telescopes more than a century of native-settler contact into this one symbolic moment on the verge of Indian removal west, but his fantasy is eerily congruent with historian Richard White's finding: "they were never conquered. Instead, through the market they were made dependent and dispossessed." White, *The Roots of Dependency: Subsistence, Environment, and Social Change among the Choctaws, Pawnees, and Navajos* (Lincoln: University of Nebraska Press, 1983), p. 146. White refers to the Choctaws, whereas Ikkemotubbe is nominally Chickasaw; but in practice Faulkner tended to mix and hybridize the two histories. Lewis M. Dabney, *The Indians of Yoknapatawpha: A Study in Literature and History* (Baton Rouge: Louisiana State University Press, 1974).

54. Leopold, *Sand County Almanac*, pp.41–44.

55. Peter Nicolaisen, "'The Dark Land Talking the Voiceless Speech': Faulkner and 'Native Soil,'" *Mississippi Quarterly*, 45 (Summer 1992): 253–276, offers a thoughtful meditation on Faulkner's ambivalence toward property (to which he adds the topic of literary property, p.263), and is valuable also for its strong distinctions between Faulkner's mystique of land and the romanticization of land in German National Socialism.

56. Leopold, "Foreword," *Companion to "Sand County Almanac,"* p. 287. His explanation in "The Ecological Conscience" was simply that "I bought it because I wanted a place to plant pines." *River of the Mother of God*, p.343.

57. Floyd C. Watkins, "Habet: Faulkner and the Ownership of Property," *Faulkner: Fifty Years after "The Marble Faun,"* ed. George H. Wolfe (University: University of Alabama Press, 1976), pp. 123–137, thoughtfully discusses some of these points. As Watkins points out, although Faulkner seems to idealize primordium he is careful in *Go Down, Moses* to desentimentalize not just settlement culture but also the Chickasaw dispensation

before it: it too was founded on greed, slavery, and land profit. See also Daniel Hoffman, *Faulkner's Country Matters*, p.138.

58. Leopold, "The Ecological Conscience," *River of the Mother of God*, p.343, soon after emphasizing that one of the reasons for buying his chosen place "was that it adjoined the only remaining stand of mature pines in the County."

59. See, for example, Leopold, *River of the Mother of God*, pp.62 – 67 ("Wild Lifers vs. Game Farmers"), 156 – 163 ("Game Methods: The A-merican Way"), and 164 – 168 ("Game and Wild Life Conservation"); quotation from p.167.

60. Leopold, *Sand County Almanac*, pp.181, 173, 174, 176.

61. Ibid., pp.129 – 133; "The Farmer as a Conservationist," *River of the Mother of God*, p.263.

62. Paul Shepard and Barry Sanders, *The Sacred Paw: The Bear in Nature, Myth, and Literature* (New York: Viking, 1985), pp.171 – 175 (on Faulkner's "The Bear") and passim. The authors suggest, interestingly, that Boon Hogganbeck, the character who actually killed the bear, might have been based on a historic nineteenth-century bear-tamer, Carl Hagenbeck, one of whose bears was named Ben Franklin; but the most provocative part of their discussion is a pairing of the novella to Beowulf as a mythic repre-sentation of cultural transition with a bear-man as central figure.

63. Leopold, *Sand County Almanac*, pp.112, 110. For a cultural history of the extinction years, see Jennifer Price, *Flight Maps: Adventures with Nature in Modern America* (New York: Basic, 1999), pp.1–55.

第六章　作为资源和图标的全球生态系统:想象海洋和鲸鱼

1. See Benedict Anderson, *Imagined Communities* (London: Verso, 1983), for the definition; for two such critiques, see Homi Bhabha, "Dis-semiNation," *Nation and Narration* (London: Routledge, 1990), especially pp.291 – 297, 308 – 311, and Arjun Appaduri, "Disjuncture and Difference in the Global Economy," *Public Culture*, 2, no. 2 (Spring 1990): 1 – 24.

2. Samuel P. Huntington, *The Clash of Civilizations and the Remaking of World Order* (New York: Simon & Schuster, 1996).

3. Fredric Jameson, "Notes on Globalization as a Philosophical

Issue ," The Cultures of Globalization, ed. Jameson and Masao Miyoshi (Durham:Duke University Press, 1998) , pp. 54 – 77, and Joseph Nye, *Bound to Lead: The Changing Nature of American Power* (New York: Basic, 1990) , exemplify saturnine versus hopeful perspectives. That Jameson's field is cultural theory and Nye's international politics is doubt-less relevant to the contrast.Samir Amin,*Eurocentrism*,trans.Russell Moore (New York: Monthly Press, 1989) , sketches the rise of Eurocentrism against the background of pre-Renaissance " tributary " antecedents; Frederick Buell,*National Culture and the New Global System*(Baltimore: Johns Hopkins University Press,1994) ,offers a valuable history and anat-omy of global theories.Amin's analysis emphasizes Eurocentric order;Buell emphasizes ways that order has permitted and even produced local differ-ence.

4.The most seminal discussions for paradigms one, three, four, and six,respectively,are Ulrich Beck,*Risk Society:Towards a New Modernity*, trans.Mark Ritter(1986;New York:Sage,1992) ;James Lovelock,*Gaia:A New Look at Life on Earth*(1979;rpt.with new preface,New York:Oxford University Press,1987) ;Thomas Berry,*The Dream of the Earth*(San Fran-cisco:Sierra Club,1988) ; and Maarten A.Hajer, *The Politics of Environ-mental Discourse:Ecological Modernization and Their Policy Process*(Ox-ford:Clarendon Press,1995).On paradigm two,Juan Martinez-Alier is ex-emplary for scope of vision;see,for example, " The Environmentalism of the Poor," in *Varieties of Environmentalism: Essays North and South*, written jointly by Ramachandra Guha and Martinez-Alier(London: Earth-scan,1997) ,pp.3–21.On paradigm five,two especially significant works are Carolyn Merchant's historical diagnosis,*The Death of Nature: Women*, *Ecology,and the Scientific Revolution*(San Francisco: Harper, 1980) , and Val Plumwood's philosophical analysis, *Feminism and the Mastery of Nature*(London:Routledge,1993).

5.David Harvey,*Justice,Nature and the Geography of Difference*(Ox-ford:Blackwell,1997) ,p.378.

6.Herman Daly,*Beyond Growth:The Economics of Sustainable Devel-opment*(Boston:Beacon Press,1996) ,p.9.

7.Kenny Bruno, "Monsanto's Failing PR Strategy," *The Ecologist*,28 (September/October 1998) :287–293,is a typical exposé.

8.For information about and current draft of the Earth Charter, in process under the leadership of Steven Rockefeller of Middlebury College since 1997, see*www.earth-charter.org/draft///fnottxt//*.

9. Lynton Keith Caldwell, *International Environmental Policy: From the Twentieth to the Twenty-First Century* (Durham: Duke University Press, 1996), p.3.

10. Karen Liftin, *Ozone Discourses* (New York: Columbia University Press, 1994), p.115, quoting Mustafa Tolba, the executive director of the United Nations Environment Programme (UNEP), which formulated the accords. Richard Elliot Benedick, *Ozone Diplomacy: New Directions in Safeguarding the Planet* (Cambridge: Harvard University Press, 1991), which agrees with this judgment, stresses the importance of the impetus created by the 1997 U.S. Clean Air Act in establishing the standard of "reasonable expectation" rather than indubitable scientific proof of environmental endangerment (pp.23–24). No less significantly for present purposes, in the course of emphasizing also the historic nature of the collaboration between political, corporate, and scientific communities both analyses stress the importance of heightened public imagination and concern arising from the unexpected discovery of the ozone hole over the Antarctic. The timing, Liftin observes, "could not have been much better for it to have had a major political impact" (p.101). Sharon Beder, "Corporate Hijacking of the Greenhouse Debate," *The Ecologist*, 29 (March/April 1999): 199–122, angrily denounces the subsequent backsliding.

11. Garrett Hardin, "The Tragedy of the Commons," *Science*, 162 (December 1968): 1243–1248, is the seminal formulation of this idea: It is in the interest of individuals to abuse the common territories that the group's interest is to maintain. Bonnie J. McCay and James M. Acheson, "Human Ecology and the Commons," provide a concise appraisal of the influence of this thesis and the major criticisms to which it has been subjected (e.g., its reduction of alternative solutions to privatization of property rights versus imposition of external authority). See *The Question of the Commons: The Culture and Ecology of Communal Resources* (Tucson: University of Arizona Press, 1987), ed. McCay and Acheson, pp.1–34, which also serves as an introduction to a series of case studies, several of which discuss specific regional or national schemes for managing marine resources. I do not enter minutely into these debates here; my discussion starts from the premise that Hardin's paradox must be taken seriously, but my emphasis is on "management" at the level of cultural discourse (e.g., revisionary hunting narrative, interspecies solidarity), which Hardin does not take up.

12.Homer, *Iliad* XVIII. 604-605, trans.Richmond Lattimore(Chicago: University of Chicago Press, 1964), p.391.

13.Sigmund Freud, *Civilization and Its Discontents*(1930), trans, and ed.James Strachey (New York: Norton, 1961), p. 11; Herman Melville, *Moby-Dick*(1851), ed.Harrison Hayford and Hershel Parker(New York: Norton, 1967), p.13.All subsequent quotations from this edition will be indicated in parentheses, as will items quoted from its various appendices.

14.Conrad, *The Mirror of the Sea*(1901; Garden City, N.J.: Doubleday, 1925), p.101.

15.Carson, *The Sea Around Us* (New York: Oxford University Press, 1950), pp. 3, 216; Carson to Dorothy Freeman, quoted in Linda Lear, *Rachel Carson: Witness for Nature*(New York: Holt, 1997), p.310; Carson, "Preface to the Second Edition of *The Sea Around Us*" (1961), in *Lost Woods: The Discovered Writing of Rachel Carson*, ed.Linda Lear (Boston: Beacon, 1998), pp.106-109.

16.Carson, *Silent Spring*(Cambridge: Houghton, 1962), p.42.

17.Ibid., pp. 140, 150, both from the chapter entitled " Rivers of Death"; see, for example, Edward Hyams, "People and Pests," *New Statesman*, February 15, 1963, p.244; Loren Eiseley, "Using a Plague to Fight a Plague," *Saturday Review*, September 29, 1962, p.18.

18.Simon, for example, muses on the innocence of Carson's era(obviously thinking of *The Sea Around Us*) compared to what already seemed familiar to the 1980s: " symbolically, an all-wise, all-protective Neptune still guarded the health of ocean in the minds of distinguished scientists and of ordinary people in the 1950s.Each of us had the security of knowing that ocean was there, intact, as it always had been and always would be." *Neptune's Revenge: The Ocean of Tomorrow* (New York: Franklin Watts, 1984), p.9.

19.Caldwell, *International Environmental Policy*, pp.228, 231.

20.Andrew Metrick and Martin L.Weitzman, "Patterns of Behavior in Endangered Species Protection," *Land Economics*, 71(1996) : 1-15.

21. For example, John Tuxill, " Death in the Family Tree," *World Watch*, m, no. 5(September/October 1997) : 13-21, on primate endangerment; and Will Nixon, "The Species Only a Mother Could Love," *Amicus Journal*, 21, no. 2(Summer 1999) : 28-32, attempting to promote concern for the plight of freshwater mussels.

22.For example, Susan Crystal, "Rockets in Paradise," *Amicus Jour-*

nal,20,no. 3(Fall 1998):33;Meghan Houlihan, "Will the Stellers Survive?" *Greenpeace Magazine*,4,no. 1(Spring 1999):20.

23.Alison Anderson,*Media*,*Culture and the Environment*(New Brunswick:Rutgers University Press, 1997), pp. 137 – 169, especially pp. 149-150.

24. Emmanuel Levinas, *Otherwise Than Being or Beyond Essence*, trans.Alphonso Lingis(1974;Dordrecht:Kluwer,1991),p.91.

25.As Winner puts it in the title essay of *The Whale and the Reactor:A Search for Limits in an Age of High Technology* (Chicago:University of Chicago Press,1986), "Here were two tangible symbols of the power of nature and of human artifice:one an enormous creature swimming gracefully in a timeless ecosystem,the other a gigantic piece of apparatus linked by sheer determination to the complicated mechanisms of the technological society" (p.168).

26. Gary Snyder, "Mother Earth:Her Whales," *No Nature* (New York:Pantheon,1992),p.236.

27.John Lilly,"A Feeling of Weirdness,"*Mind in the Waters*,ed.Joan McIntyre (San Francisco: Sierra Club Books, 1974), pp. 71-77 (on mimicry);Norman Myers, "Sharing the Earth with Whales,"*The Last Extinction*,2d ed., ed. Les Kaufman and Kenneth Mallory(Cambridge:MIT Press,1993),p.192(on whale"culture").Jim Nollman,*The Charged Border:Where Whales and Humans Meet* (New York:Holt,1999),provides an interesting though often tendentious account of the experiences of a specialist in interspecies communication through music.

28. Roger Payne, *Among Whales* (New York: Dell, 1995), pp. 168-211.

29.Sterling Bunnell,"The Evolution of Cetacean Intelligence,"*Mind in the Waters*,ed.McIntyre,p.58.

30.See*Mind in the Waters*, p. 145, for an 1850 anecdote;ibid., pp. 170-185,for orcas' response to flute music(Paul Spond, "The Whale Show");and Payne,*Among Whales*,pp.235 and passim,on cetacean sociability more generally.Payne muses on the similarity between"the songs of whales and our own songs"(p.166).

31.Patti H.Clayton strongly stresses this point(together with several others noted above)in her case study of the 1988 rescue,at a cost of more than one million dollars,of three gray whales trapped in Arctic ice:a venture to which even President Ronald Reagan, of antienvironmentalist fame,lent his support.*Connection on the Ice*：*Environmental Ethics in Theory and Practice*（Philadelphia：Temple University Press, 1998）, pp. 79 – 80, 141–142,and passim.

32.Victor B.Scheffer, *The Year of the Whale*（New York：Scribner's, 1969）,p.229.

33.Peter Singer, "The Ethics of Whaling,"unpublished 1978 paper quoted in Sydney Frost, *The Whaling Question*（San Francisco：Friends of the Earth,1979）,pp.183–184.

34.See,for example,Eugene C.Hargrove,ed., *The Animal Rights/Environmental Ethics Debate*：*The Environmental Perspective*（Albany：State University of New York Press,1992）.

35.Elmo Paul Hohman, *The American Whaleman*：*A Study of Life and Labor in the Whaling Industry*（New York：Longmans,1928）,p.6.

36.Russell Reising and Peter J.Kvidera,in"Fast Fish and Raw Fish：*Moby-Dick*,Japan,and Melville's Thematics of Geography,"*New England Quarterly*,70（1997）：285–305,make this point cogently in the course of demonstrating the links between contemporary U. S. – Japan policy, the novel's various Japan and east Pacific references,and Ishmael's prophecy that"if that double-bolted land,Japan,is ever to become hospitable,it is the whale-ship alone to whom the credit will be due；for already she is on the threshold"（p. 100）. Reising and Kvidera's skeptical reading of Ishmael's thirst for the unknown and receptivity to new experience is in keeping with the skeptical diagnosis of naturalist travel narrative as part of the armature of imperial expansion advanced by,for example,Mary Louise Pratt（*Imperial Eyes*：*Travel Writing and Transculturation*［New York：Routledge,1992］,pp.15–68）,and Myra Jehlen（"Traveling in America," *Cambridge History of American Literature*, ed. Sacvan Bercovitch［Cambridge：Cambridge University Press,1994］,pp.126–139）.

37.Melville,for one,was considerably deprovincialized by his sojourn in the Marquesas and his other contacts with nonwesterners.For thoughtful discussions of how Melville partially saw past,partially within,the received cultural stereotypes of his day, see T.Walter Herbert,Jr.,*Marquesan Encounters*：*Melville and the Meaning of Civilization*（Cambridge：Harvard University Press, 1980）, and Leonard Cassuto, *The Inhuman Race*：*The Racial Grotesque in American Literature and Culture*（New York：Columbia University Press, 1997）, pp. 168–203. Christopher Herbert, *Culture and Anomie*：*Ethnographic Imagination in the Nineteenth Century*（Chicago：University of Chicago Press, 1991), pp. 150–203, ingeniously argues that even Polynesian missionaries (whom Melville satirized) tended to become incipient cultural relativists in spite of themselves.

38.See, for example, Clifford W. Ashley, *The Yankee Whaler* (1926; rpt., New York: Dover, 1966), p.106: "There could be no truer picture of whaling or finer story of the sea than Herman Melville's ' Moby Dick ' "; and Roger Payne, *Among Whales*, p.324: "Alongside the profundity of his observations the fact that so many of Melville's perceptions about whales were wrong is entirely irrelevant."

39.A conspicuous exception is Elizabeth Schultz, "Melville's Environmental Vision in *Moby-Dick*," *ISLE*, 7 (2000): 97–113. Building partly on Robert Zoellner's earlier reflections on Ishmael's discourse of kinship between whales and humans, in his *The Salt-Sea Mastodon: A Reading of "Moby-Dick"* (Berkeley: University of California Press, 1973), Schultz argues persuasively that *Moby-Dick* is energized by a concern for the nonhuman creatures that, however, by no means romanticizes nature. Although I think Schultz overstates the novel's concern for species extermination (see note 42 below), as my own analysis will make clear, I fully concur with her finding that the novel's critique of whaling is linked to its theme of human-nonhuman kinship.

40.Payne, *Among Whales*, p.325.

41. "Huntsmen of the Sea," *Harper's New Monthly Magazine*, 49 (1874): 654; J.Ross Browne, *Etchings of a Whaling Cruise* (New York: Harper, 1850), pp. 297–298; Francis Allyn Olmsted, *Incidents of a Whaling Voyage* (1841; rpt., Rutland, Vt.: Turtle, 1969), p.58; Henry T. Cheever, *The Whale and His Captors* (New York: Harper, 1850), p.114; Eliza A. Williams, "Journal of a Whaling Voyage... Commencing September 7th, 1858," *One Whaling Family* (Boston: Houghton, 1964), p.138.

42.Chapter 105 ("Does the Whale's Magnitude Diminish? —Will He Perish?") notes that "the more recondite Nantucketers" wonder whether the whale population is about to go the way of the bison (pp.382–383).A decade later, George Perkins Marsh agreed that "the ' hugest of living creatures'...has now almost wholly disappeared from many favorite fishing grounds, and in others is greatly diminished in numbers." *Man and Nature*, ed.David Lowenthal (1864; Cambridge: Harvard University Press, 1965), p.100. American whaling voyages in the 1840s and 1850s seem to have been much longer on average than in the decade following the War of

1812(42 versus 29 months：Hohman, *The American Whaleman*, p.84).But the novel's inference that the whale population had become warier and more evasive rather than depleted(pp.383-384)is reaffirmed by the most authoritative historical study of the subject：Lance E.Davis, Robert E.Gall-man, and Karin Gleiter, *In Pursuit of Leviathan*：*Technology*, *Institutions*, *Productivity*, *and Profits in American Whaling*, *1816-1906*(Chicago：University of Chicago Press,1997), pp.131-149.

43.This is not to say that degradation of the worker was the whole story of whaling, either historically or in Melville's estimation.In particular, as the novel hints throughout, the New England whaling industry, despite its risks and privations, supplied during the antebellum period a more egalitarian space of entrepreneurship for nonwhites, albeit diminishingly, than other fields of endeavor. For a short treatment, see Jeffrey Bolster, *Black Jacks*(Cambridge：Harvard University Press,1997).Even though Captain Bildad lied when he told Queequeg that his wage would be"more than ever was given a harpooner yet out of Nantucket"(p.84), even though"racial attitudes" aboard whalers " closely approximated those found ashore " (Briton Cooper Busch, "*Whaling Will Never Do for Me*"：*American Whalemen in the Nineteenth Century* [Lexington：University Press of Kentucky, 1994], p.35), few other lines of employment would have remunerated an uneducated nonwhite so well.For this and much more on the(qualified) multiculturalization of Nantucket and New Bedford whaling in the 1840s and 1850s, I am indebted to Jia-rui Chong's splendid Harvard University honors thesis, " ' Federated Along One Keel' ：Race, Ethnicity, and the Alternative Spaces of Whaling Ships,1830-1860"(1999).

44. Browne, *Etchings of a Whaling Cruise*, pp. 135, 214. Melville's review of Browne(*Literary World*, March 6,1847)comments approvingly on Browne's deromanticization of whaling(rpt.*in Moby-Dick*, pp.532-535).

45.Busch, "*Whaling Will Never Do for Me*," especially chapters 2 ("Crime and Punishment")and 6("Desertion").

46.Samuel Otter, *Melville's Anatomies*(Berkeley：University of California Press,1999), pp.132-155.

47.On these points, see especially Harriet Ritvo, *The Platypus and the Mermaid*；*and Other Figments of the Classifying Imagination*(Cambridge：Harvard University Press,1997), pp.48-49, which includes a brief review of cetacean controversies.

48. Melville to Sophia Hawthorne, 8 January 1852, in *Moby-Dick*,

p.568.

49.Olmsted, *Incidents of a Whaling Voyage*, p.141.

50. For example, Ishmael's dismissal of " some book naturalists-Olafsen and Povelsen-declaring the Sperm Whale not only to be a consternation to every other creature in the sea, but also to be so incredibly ferocious as continually to be athirst for human blood" (p.157).

51.J. N. Reynolds, "Mocha Dick," *Knickerbocker* (May 1839), rpt. in Moby-Dick, p.575.

52.Curt Meine, *Aldo Leopold: His Life and Work*(Madison: University of Wisconsin Press, 1988), pp.348 – 349, 358, 372, makes clear that Leopold was well informed about the Dust Bowl crisis(for an environmental history, see Donald Worster, *Dust Bowl: The Southern Plains in the* 1930s [New York: Oxford University Press, 1979]). Leopold mentions the Dust Bowl disaster in *Sand County Almanac*, (New York: Oxford University Press, 1949), p.131, and he also alludes to it in the 1935 essay in which he may have used the term" land ethic" for the first time, " Land Pathology, " commenting tartly on the myopia of" rural" education's preoccupation " with the transplantation of machinery and city culture to the rural community, latterly in the face of economic conditions so adverse as to evict the occupants of submarginal soils." *The River of the Mother of God and Other Essays*, ed. Susan L. Flader and J. Baird Callicott(Madison: University of Wisconsin Press, 1991), p.214.

53.Ralph Waldo Emerson, "Forbearance," *Poems*, *Complete Works of Ralph Waldo Emerson*, vol. 9, ed. Edward Waldo Emerson (Boston: Houghton, 1903 – 1904), p.83.

54. "By permission of the gentlemen the Board of Health, "broadside, American Antiquarian Society (Boston: Columbian Museum [Benjamin True, 1808]).

55.Ritvo, *The Platypus and the Mermaid*, pp.120 – 187, and Christoph Irmscher, *The Poetics of Natural History: From John Bartram to William James* (New Brunswick: Rutgers University Press, 1999), pp.122 – 146.

56.Susan G. Davis, *Spectacular Nature: Corporate Culture and the Sea World Experience* (Berkeley: University of California Press, 1997), p. 9. Davis takes note of the connection between modern theme parks and older modes of public amusement, pp.20 – 21, 32 – 35.

57. Robinson Jeffers, "Orca," *The Collected Poetry of Robinson Jeffers*, vol. 3, ed. Tim Hunt(Stanford: Stanford University Press, 1991),

p.206.

58.Erich Hoyt, *Orca: The Whale Called Killer* (Camden East, Ontario: Camden House, 1984), p.19.

59.Davis, *Spectacular Nature*, p.216.

60.Payne, *Among Whales*, p.223.

61.Ibid., pp. 277, 296. Payne appends a final warning that " whalers cannot be trusted" and that moratoria and/or designation of large areas like the Antarctic as sanctuaries are the only viable regulatory approaches (pp. 300 – 301). Elizabeth R. DeSombre, " Distorting Global Governance: Membership, Voting, and the IWC," presents a more scholarly and evenhanded analysis of the politicking on both sides of the protection issue (in Robert Freidheim, ed., *Towards a Sustainable Whaling Regime* [Seattle: University of Washington Press, 2000]), which concludes, somewhat like Payne, that the IWC is patently unsatisfactory but without it matters might likely be worse.

62.Caldwell, *International Environmental Policy*, p.239.

63.James C.McKinley, Jr., " A Tiny Sparrow Is Cast as a Test of Will to Restore the Everglades," *New York Times*, June 5, 1999, sec. A, pp. 1, 19.

64.Collodi's " pesce-cane" (shark) is regularly translated into English in a too literal way as " dogfish, " despite the sacrifice of the sinister symbolic connotations that " shark" bears in both languages. However, as Nicolas J.Perella notes in his translation of *The Adventures of Pinocchio* (Berkeley: University of California Press, 1986), Collodi's beast has " more of the whale than the shark about him" (p.22). A precedent in Italian literature, possibly known to Collodi, was the whale in Ariosto's *Cinque Canti*. See Allan Gilbert, " The Sea-Monster in Ariosto's ' Cinque Canti ' and in ' Pinocchio, " *Italica*, 33(December 1956): 260–263.

65.One symptom of an endangered genre: Scottish ship doctor R. B. Robertson's admission toward the end of his personal chronicle of Antarctic voyaging, *Of Whales and Men* (New York: Knopf, 1954), p.251, that " there was a common feeling among both scientists and whalemen that, though whaling was great fun and certainly the most dramatic way of tapping the vast food reserves of the ocean, it was really a wasteful and unnecessarily laborious way of doing so." The taste for popular history of bygone whaling adventures and disaster continues unabated, however; see, for example, G. A. Mawer, *Ahab's Trade: The Saga of South Sea Whaling* (St. Leonard's,

New South Wales：Allen& Unwin，1999），and Nat Philbrick，*In the Heart of the Sea：The Tragedy of the Whaleship "Essex"*（New York：Viking，2000）.

66.Robert Siegel，*White Whale*（San Francisco：HarperCollins，1991）.

67.Barry Lopez，"Renegotiating the Contracts，"*Parabola*（1983），rpt. in Thomas Lyon，ed.，*This Incomperable Lande*（Boston：Houghton，1989），p.381.For a more skeptical analysis of Indian respect for animals and the natural environment generally，see Shepard Krech III，*The Ecological Indian：Myth and History*（New York：Norton，1999）.

68.Barry Lopez，*Crossing Open Ground*（New York：Vintage，1988），pp.117-146.

69.Barry Lopez，*Arctic Dreams：Imagination and Desire in a Northern Landscape*（New York：Scribner's，1986），pp.128,127.

70.Apropos Levinas's theory of the face versus*Moby-Dick*'s insistence that the sperm whale has no face，it is striking that the camera work in the *Free Willy* films does its best to compensate with affecting shots of Willy's eyes and particularly his mouth：that is，Willy likes to grin and have his tongue stroked.

71.The subsequent"freeing" of Keiko，the whale that played Willy，to a floating sea pen in a remote Icelandic cove became headline news.Marc Ramirez and Christine Clarridge，"Keiko Goes Home，"*Seattle Times*，September 10,1998,p.Al.

第七章　兽类与人类的苦难：非人类中心主义伦理学与生态正义

1.Jeremy Bentham，*An Introduction to the Principles of Morals and Legislation*（1780,1789；Oxford：Clarendon Press,1907），p.311n.

2.Charles Darwin，*The Descent of Man，and Selection in Relation to Sex*，vol.I（1871；rpt.，Princeton：Princeton University Press，1981），pp.100-101.

3.Lawrence Johnson，*A Morally Deep World：An Essay on Moral Significance and Environmental Ethics*（Cambridge：Cambridge University Press,1991），pp.97-147.Bioethicist Mary Anne Warren，*Moral Status：Obligations to Persons and Other Living Things*（Oxford：Clarendon Press，1997），offers a perspicuous overview of alternative positions（pp.1-147）， proposing a "multi-criterial analysis of moral status" as a path to resolution (pp.148−177).

4.For example, in a provocative, much-cited critique of animal liberation advocacy, J.Baird Callicott, "Animal Liberation: A Triangular Affair," *Environmental Ethics*, 2(1980) :311−338, claimed Leopold's land ethic as authority for the position that account-ability is preeminently to the ecosystem, not to the creature. The most influential animal liberationist, Peter Singer, enlists Bentham's passage as authority for what Warren calls a "sentience-only" criterion of moral accountability that privileges (certain) creatures rather than the ecosystem. *Animal Liberation*, rev.ed. (1975; New York: Avon, 1990), pp.7−9.

5.Two among many examples (the first with an ecocentric tilt, the second anthropocentric) are Holmes Rolston III, "Feeding People Versus Saving Nature?" *The Ecological Community*, ed. Roger S. Gottlieb (New York: Routledge, 1997), pp.208−225, and Joseph Sterba, "From Anthropocentrism to Nonanthropocentrism," *Justice for Here and Now* (Cambridge: Cambridge University Press, 1998), pp.125−150. Sterba is willing to concede that "actions that meet nonbasic or luxury needs of humans are prohibited when they aggress against the basic needs of animals and plants" (p.129); Rolston insists on the tight of the poor "to a more equitable distribution of the good of the Earth that we, the wealthy, think we absolutely own," but denies their right to free use of nature(p.223).

6.Patti H.Clayton, *Connection on the Ice: Environmental Ethics in Theory and Practice*. (Philadelphia: Temple University Press, 1998), p.85: apropos publicity surrounding the expensive 1988 rescue of three gray whales trapped in Arctic ice.

7.Here and below I deliberately lump together the discrepant positions of animal liberation, respect-for-life arguments founded on claims for the moral worth of other nonhuman entities as well, and ecosystem-first ethics like Callicott's(note 4), for it seems to me that the most fundamental distinction between types of environmental-ethical positions is whether or not they decisively privilege the human interest above the nonhuman, however the moral worth of the other-than-human be defined.

8.Darwin, *The Descent of Man*, vol. 1, pp.42, 78. For further discussion of "Darwin's Anthropomorphism," with special reference to his *The Expression of Emotions in Man and Animals*(1872), see Eileen Crist, *Images of Animals: Anthropomorphism and Animal Mind* (Philadelphia: Temple University Press,1999),pp.11–50.

9."The Fuegians rank amongst the lowest barbarians"yet contact with them on the*Beagle* persuaded Darwin of"how similar their minds were to ours." *The Descent of Man*,vol. 1,pp.34,232.

10.Immanuel Kant,*Groundwork of the Metaphysics of Morals*(1785), in *Practical Philosophy*,trans,and ed.Mary J.McGregor(Cambridge:Cambridge University Press,1996),p.87;and *Lectures on Ethics* (ca. 1775– 1784),trans. Peter Heath,ed. Heath and J. B. Schneewind (Cambridge: Cambridge University Press,1997),p.212. On the other hand,although Kant's ethics rests on a sharp distinction between"a kingdom of ends" where moral action is possible because freedom of choice is possible versus the"kingdom of nature"where action proceeds from instinct(*Groundwork*, p.87),he emphasizes also that"rational being"and"human"are not coextensive(e.g.,humans can behave like animals [*Lectures on Ethics*,p.147 and passim])and that"we have duties to animals"(to treat them with consideration),although not because of anything we owe to them but because of what we owe ourselves:"A person who already displays such cruelty to animals is also no less hardened towards men"(Ibid.,p.212).See, however,Holyn Wilson,"Kant and Ecofeminism,"*Ecofeminism:Women*, *Culture*,*Nature*,ed. Karen J. Warren (Bloomington:Indiana University Press,1997),pp.390–411,for a vigorous defense of Kant against charges of speciesism and sexism.

11.*In Beasts of the Modern Imagination:Darwin*,*Nietzsche*,*Kafka*, *Ernst*,*and Lawrence*(Baltimore:Johns Hopkins University Press,1985), Margot Norris pursues this configuration within the high modernist canon.

12.Devi describes the novella as"an abstract of my entire tribal experience,"not confining itself"to the customs of one tribe alone"but designed to"communicate the agony of the tribals,of marginalized people all over the world,"including the United States:"Everywhere it is the same story.""The Author in Conversation,"*Imaginary Maps*,ed.and trans. Gayatri Spivak(New York:Routledge,1995),pp.xx–xxi,xi.In India,however,tribals constitute a much higher fraction of the national population than do aborigines in the United States and even Canada:about 7 percent as opposed to 1 percent and 4 percent,respectively,according to a 1993 report. Alan Thein Durning,"Supporting Indigenous Peoples,"*State of the World 1993:A Worldwatch Institute Report on Progress Toward a Sustainable Society*(New York:Norton,1993),p.83.

13.Devi,"Pterodactyl,"p.122.

14.Madhav Gadgil and Ramachandra Guha,*Ecology and Equity: The Use and Abuse of Nature in Contemporary India* (London: Routledge, 1995), pp.3 and passim, contrast "ecosystem people" with "omnivores" (affluent, metropolitan-based entrepreneurs and consumers), whose exploitation turns ecosystem people into the "ecological refugees" of tent cities and urban slums.

15.Devi, "Pterodactyl," p. 195. It is crucial that the title image is never precisely described nor even explicitly identified with the pterodactyl of paleontology.Rather, "pterodactyl" is a fallback term devised by the outsiders as a way of making the figure halfway intelligible.

16. Barbara Gowdy, *The White Bone* (New York: Holt, 1999), pp. 13-14, 202.

17.Thomas Nagel, "What Is It Like to Be a Bat?" *Philosophical Review*, 83(October 1974) :435-450, which actually invokes the bat example as a stalking horse for the problem of other (human) minds, has been a provocation for phenomenologists and cognitive ethologists alike: for example, Donald Griffin, *Animal Minds* (Chicago: University of Chicago Press, 1992), pp. 236 - 260; Ralph R. Acampora, " Bodily Being and Animal World: Toward a Somatology of Cross-Species Community," *Animal Others: On Ethics, Ontology, and Animal Life*, ed.H.Peter Steeves(Albany: State University of New York Press, 1999), pp.117 - 131; and Daniel C. Dennett, "Animal Consciousness: What Matters and Why," *Humans and Other Animals*, ed. Arien Mack (Columbus: Ohio State University Press, 1999), pp.281-300. Gowdy lists her chief sources (which do not include Nagel but only elephant studies) in White Bone at pp. 329 - 330. Another sort of precedent for Gowdy is her previous fictional experiments in imagining radically different forms of human being; for example, her short story collection, *We So Seldom Look on Love* (Toronto: Somerville House, 1992), depicts the life-worlds of a blind gift whose vision is surgically restored, a two-headed man, and a young woman with duplicate genitals and legs.

18.E.M.Forster,*A Passage to India* (1924; rpt., New York: Harcourt, 1952), pp.31-32.

19.Ibid., p.280.

20.Onno Oerlemans, " Romanticism and the Materiality of Nature," manuscript, pp.89-90.Oerlemans calls special attention to "The Marten," "The Fox," "The Badger," and "The Hedgehog." I am grateful to Professor

Oerlemans for allowing me to quote from his ground breaking study here and below.

21. *Samuel Taylor Coleridge*, ed. H. J. Jackson (Oxford: Oxford University Press, 1985), p.10.

22. Oerlemans, "Romanticism and the Materiality of Nature," p.94.

23. M. H. Abrams, "Coleridge and the Romantic Vision of the World," *The Correspondent Breeze* (New York: Norton, 1984), pp. 216 – 224. Karl Kroeber, *Ecological Literary Criticism: Romantic Imaging and the Biology of Mind* (New York: Columbia University Press, 1994), in the course of a more explicitly ecocritical reading of Romantic nature representation, points out that in certain instances, like "The Nightingale," although not typically, Coleridge's sense of cosmic ecology seems to derive more immediately from " interactive dialogue between man and [physical] nature" than from spiritual in-tuition(p.75).

24. Leonard Lutwack, *Birds in Literature*(Gainesville: University Press of Florida, 1994), pp.177–181, usefully discusses the poem in the context of the genre of" killing the sacred bird."

25. Linda Hogan, *Power*(New York: Norton, 1998), p.125.

26. Karen J. Warren, "The Power and the Promise of Ecological Feminism," *Ecological Feminist Philosophies*, ed. Warren (Bloomington: Indiana University Press, 1996), pp.27–28.

27. It is important to add that what Stacy Alaimo says of nature representation in Linda Hogan's poetry is also true of *Power*: although Hogan's work" evokes profound connections with nature, it [also] strives to affirm nature's differences, in part by refusing to engulf it within human projections." Alaimo, " ' Skin Dreaming' : The Bodily Transfigurations of Fielding Burke, Octavia Butler, and Linda Hogan," *Ecofeminist Literary Criticism: Theory, Interpretation, Pedagogy*, ed. Greta Gaard and Patrick D. Murphy (Urbana: University of Illinois Press, 1998), p.130.

第八章　流域美学

1. "Wir müssen daher die heutige Vorstelling yon Natur, sofern wit überhaupt noch eine solche haben, beiseite lassen, wenn da von Strom und Gewässer die Rede ist." Heidegger, *Holderlins Hymnen " Germanien" und "Der Rhein"* (1934 – 1935; Frankfurt am Main: Klostermann, 1980),

p.196.

2.Joseph Conrad, *Heart of Darkness*, 3rd ed., ed. Robert Kimbrough (1899; New York: Norton, 1988), p.9.

3.Gaston Bachelard, *Water and Dreams: An Essay on the Imagination of Matter*, trans. Edith R. Farrell (1942; Dallas: Dallas Institute of Humanities and Culture, 1983), p.133, declares that fresh water " offers itself as a natural symbol of purity" (p.133). Water obviously has other common symbolic connotations as well: life, time, and flux, among others. My own understanding of the concept of" natural symbol"itself, as will soon become apparent, derives from but is not identical to that of Mary Douglas, *Natural Symbols: Explorations in Cosmology* (1970; rpt. with new introduction, London: Routledge, 1996), for whom the concept implies specifically a transformation of first by second nature: symbols so culturally embedded as to seem" natural." In my rendering first nature is transformed but not on that account left behind.

4.Michael Drayton, *The Poly-Olbion: A Chorographicall Description of Great Britain* 2. 283(Manchester: Spenser Society, 1889–1890).

5.John Denham, *Cooper's Hill*, version 1, 11. 165–166, 186–198, in Brendan O Hehir, *Expans'd Hieroglyphicks: A Critical Edition of Sir John Denham's Cooper's Hill*(Berkeley: University of California Press, 1969), pp. 84, 85–86. However, Wyman H. Herendeen, *From Landscape to Literature: The River and the Myth of Geography* (Pittsburgh: Duquesne University Press, 1986), identifies the English apogee of river-nation troping especially with the age and figure of Spenser(pp.257–262) and finds in Denham's frustrated royalism of *Cooper's Hill* a privatistic swerve away from national image-building(pp.331–332).

6.William Wordsworth, *The Prelude: 1799, 1805, 1850*, ed. Jonathan Wordsworth, M.H. Abrams, and Stephen Gill(New York: Norton, 1979), pp.1, 42–43. Although Wordsworth made some significant revisions in this passage from edition to edition, the phrases I have quoted, and the rhetorical formula, remained unchanged.

7.Chinua Achebe, " An Image of Africa: Racism in Conrad's *Heart of Darkness*," *Massachusetts Review*, 18(1977): 782–794; revised for inclusion together with other post-colonially oriented essays(two concurring, one dissenting) in *Heart of Darkness*, ed. Kimbrough, pp.251–262.

8.As early as the thirteenth century" are recorded instances of Crown and City endeavoring to restrict the use of the river as a sewer and rubbish dump";but the sanitation crisis came in the 1800s,after the population of London passed the one million mark;cholera epidemics,disappearance of anadromous fish,stinking effluvia.As elsewhere,the first results of modernization of water-sewer infrastructure were greatly increased water consumption and conversion from inadequate private cesspools to public sewers that drained into the Thames and its tributaries.Not until the twentieth century were effective wastewater treatment systems implemented;the great sanitary innovation of the 1880s and 1890s was the commissioning of vessels to dump city sludge in the open ocean. John Doxat, *The Living Thames: The Restoration of a Great Tidal River* (London:Hutchinson Benham,1977) ,p. 32 and pp.31-37 passim.For the connection between Victorian discourses of Africa and of urban reform, see Deborah Epstein Nord, " The Social Explorer as Anthropologist:Victorian Travellers among the Urban Poor," *Visions of the Modern City*,ed.William Sharpe and Leonard Wallock(New York:Columbia University,1983) ,pp.118-130.

9.Jonathan Bate,*Romantic Ecology:Wordsworth and the Environmental Tradition*(London:Routledge,1991) ,p.21.

10. James J. Parsons, " On ' Bioregionalism ' and ' Watershed Consciousness, ' "*The Professional Geographer*,37 (1985) :2;Christopher McGrory Klyza, " Bioregional Possibilities in Vermont," *Bioregionalism*, ed. Michael Vincent McGinnis (London: Routledge: 1999) , p. 89. An early manifestation of watershed as a defining image/concept for con-temporary bioregionalism is the feature on"Watershed Consciousness" in *CoEvolution Quarterly*, no. 12(Winter 1976) :pp.4-45.

11.The title concept of*Imagined Communities* was given currency by anthropologist Benedict Anderson's use of it as the core definition of" nations" in his book of that title (London: Verso, 1983) ; but the concept works equally well for bioregionalism.Ironically,it can be no less useful in accounting for resistance to bioregional thinking by the defenders of a juridictional grid,once the grid has become"naturalized"through custom,institutionalization,and so forth.

12.H. B. Johnson, *Order upon the Land: The U. S. Rectangular Land Survey and the Upper Mississippi Country*,quoted in Curt Meine, "Inherit the Grid," *Placing Nature*, ed.Joan Iverson Nassauer(Washington, D.C.: Island Press, 1997) , p.50, an essay that-without focusing on watersheds especially-resourcefully discusses both the grid-boundedness of lay perception and life-practice and suggests several ways of seeing"ecologically" through or past the grid.

13.E. C. Pielou, *Fresh Water* (Chicago: University of Chicago Press, 1998) , p.84.

14.John Opie, *Ogallala: Water for a Dry Land A Historical Study in the Possibilities for American Sustainable Agriculture* (Lincoln: University of Nebraska Press, 1993). Aquifers do, however, feed surface flow.

15.See especially Donald Worster, *Rivers of Empire: Water, Aridity, and the Growth of the American West* (New York: Pantheon, 1985) , pp. 138,332, and passim.

16.John Wesley Powell, "Institutions for the Arid Lands," *Century*, 40(May 1890) :114.

17.Philip G. Terrie, *Forever Wild: Environmental Aesthetics and the Adirondack Forest Preserve* (Philadelphia: Temple University Press, 1985) , pp.95-97 and passim, which thoughtfully appraises the mixture of utilitarian and aesthetic motives underlying the long history of the evolution of the Adirondack idea.

18.Gary Snyder, "Coming into the Watershed," *A Place in Space* (Washington, D.C. : Counterpoint, 1995) , pp.229-230.

19. John Cronin and Robert Kennedy, Jr. , *The Riverkeepers: Two Activists Fight to Reclaim Our Environment as a Basic Human Right* (New York: Scribner's, 1997) .

20.See Owen D. Owens's autobiographical/case study narrative of the campaign to protect West Valley Creek in southeastern Pennsylvania, *Living Waters: How to Save Your Local Stream* (New Brunswick: Rutgers University Press, 1993) , which acknowledges the influence of English riverkeeper Frank Sawyer's *Keeper of the Stream* (London: Allan Unwin, 1985) , p.148, whereas Cronin and Kennedy treat the U.S. Riverkeepers movement as a native-grown affair.

21.*American Rivers*, 26(Fall 1998) :5,10-11.

22.Kathleen Dean Moore, *Riverwalking: Reflections on Moving Water* (New York: Harcourt, 1995) , p.64.

23.Derek Walcott, "Medusa Face," *Critical Essays on Ted Hughes*, ed. Leonard M. Scigaj(New York: G. K. Hall, 1992) , p.43.

24.Ted Hughes, *River* (London: Faber 8: Faber, 1983) , p.86.

25.Leonard Scigaj, *Ted Hughes* (Boston: G. K. Hall, 1991) , p. 134. Terry Gilford argues that Hughes's passion for angling is more inconsistent with his supposed ecocentrism than Scigaj assumes; but he agrees that

Hughes has attained"a complex vision of nature that has gone beyond that of other contemporary poets." *Green Voices*: *Understanding Contemporary Nature Poetry*(Manchester: Manchester University Press,1995),p.136.

26.Luna Leopold,*A View of the River*(Cambridge: Harvard University Press,1994),p.223.

27.Ted Levin,*Blood Brook*:*A Naturalist's Home Ground*(Post Mills, Vt.: Chelsea Green,1992),p.21.

28.The first book I have found in any language that uses the device of making a waterway its central protagonist far antedates these: Élisée Reclus's charming *Histoire d'un Ruisseau* (1869). But its stream is a generic compound of different specific waterways and cultural traditions of water symbolism,organized partly in terms of source to outflow,partly in terms of topic(e.g.,floods,waterfall,boating,islands).

29.Thoreau's predominantly pastoral agenda caused him,however,to shy away from confronting the full array of early-industrial environmental issues arising from the burgeoning factory towns in the Merrimack Valley. See Theodore Steinberg, *Nature Incorporated*: *Industrialization and the Waters of New England*(Cambridge: Cambridge University Press,1991), pp.1-9.

30.Vernon Young, "Mary Austin and the Earth Performance,"*Southwest Review*,35(1950):163；Austin,*Land of Little Rain*(1903),in *Stories from the Country of Lost Borders*, ed. Marjorie Pryse (New Brunswick: Rutgers University Press,1987),p.39.

31.*Land of Little Rain*, pp.113-130.Significantly,the book starts by calling the territory by one of its Indian names,"the Country of Lost Borders,"but later includes two chapters on"Water Borders,"one botanical and the other propertarian in emphasis.

32.Mary Austin to Sinclair Lewis,28 February 1931,*Literary America 1903-1934*:*The Mary Austin Letters*,ed.T.M.Pearce(Westport: Greenwood, 1979),p.142.Ironically,in an essay published the next year,"Regionalism in American Fiction,"Austin emphasized Lewis's propensity for portraying American life in generic rather than regionspecific terms.*Beyond Borders*: *The Selected Essays of Mary Austin*,ed.Reuben J.Ellis(Carbondale: University of Southern Illinois Press,1996),pp.132-133.

33.For the Austins' role in the Owens Valley controversy(which for Mary Austin involved a second round in the 1920s when Los Angeles put a further,seemingly fatal,drain on valley resources),see William L.Kahrl,

Water and Power: The Conflict over Los Angeles' Water Supply in the Owens Valley (Berkeley: University of California Press, 1981), pp. 104–108, and passim, and Abraham Hoffman, *Vision or Villainy: Origins of the Owens Valley-Los Angeles Water Controversy* (College Station: Texas A & M Press, 1981), pp. 99–103, and passim. Austin's peripheral involvement on behalf of Arizona in Colorado water rights debates of the late 1920s is noted in Worster, *Rivers of Empire*, pp. 209–210, and more fully evident from unpublished correspondence and newspaper clippings in the Mary Austin papers, Huntington Library, Pasadena, California.

34. Hoffman, *Vision or Villany*, p. 175, overstates the case when he claims that *The Ford* "provided roman à clef characterizations" of the key players in the Owens Valley water war. Kahrl, *Water and Power*, who discusses it together with two lesser novels about the case (pp. 322–324), is closer to the mark in seeing *The Ford* as a strongly stylized synthesis of elements of both the Owens Valley and Hetch Hetchy controversies.

35. Mary Austin, *The Ford* (1917; rpt., Berkeley: University of California Press, 1997), p. 92.

36. *The Ford*, p. 199. The uneasily both/and character of this speech (wanting both land development and earth-friendliness) might seem to be open to the same charge of sleazy temporizing that has been leveled in the 1990s against the motto of "sustainable development" as a protective cover for transnational corporatism(see Maartin A. Hajer, *The Politics of Environmental Discourse: Ecological Modernization and the Policy Process* [Oxford: Oxford University Press, 1995]). But on this point if not on other points (e.g., what Anne really thinks of her husband-to-be, Frank Rickart) the novel makes clear that she is sincere as well as wily; and in the world of Austin's fiction, if not in the extratextual world of history, this vision is sustained as the most responsible workable model of environmental citizenship.

37. Esther Lanigan Stineman, *Mary Austin: Song of a Maverick* (New Haven: Yale University Press, 1989), p. 47.

38. For example, in Austin's *A Woman of Genius* (New York: Doubleday, 1912) the feminist imagination clearly predominates; in *Land of Little Rain* it is a subsidiary but shaping aspect of the environmental imagination; in her autobiography *Earth Horizon* (Boston: Houghton, 1932) the emphases sometimes coordinate, sometimes alternate.

39. What Vera Norwood says of *Land of Little Rain* basically holds for

The Ford: its criticism of "the arrogant development of arid landscapes" is linked with the identification of one's "own nature with the natural round" felt by Austin and other women writers Norwood discusses. *Made from This Earth*: *American Women and Nature* (Chapel Hill: University of North Carolina Press, 1993), p.51.

40. From an interview with Harry Salpeter, "Mary Austin, Pioneer," *New York World*, February 23, 1930, Austin papers, Huntington Library, Box 126.

41. See also *Land of Little Rain*, p.123.

42. See especially Austin's remarkable neoprimitivist manifesto *The American Rhythm* (New York: Harcourt, 1923), which argues that poetics in the United States must take the form of an earth-responsive free-verse expression of which Native chantways provide a prototype and Whitmanian poetics are at best a crude approximation.

43. *The Ford*, p.294. Nor did this assumption of Indian evanescence entirely disappear; as Leah Dilworth points out in an astute analysis of *The American Rhythm* and Austin's other honorific comments on American Indian culture, her calls for a "new modern American literature" sometimes begin "to sound like literary eugenics" in their emphasis on "how these Native American literary origins could become the *inherited* legacy of modern non-Indian American writers." *Imagining Indians in the Southwest*: *Persistent Visions of a Primitive Past* (Washington, D.C.: Smithsonian Institution Press, 1996), p.187.

44. This is not to say that Berry disdains cultures other than his own or that he is uncritical of Appalachian Euroculture's bigotry (he has written a whole book about the shame of racism in the region). But his local loyalties and his praised Amish community seem strongly cultural-particularistic as well as place-specific.

45. Snyder, "Coming into the Watershed," p.234. In a collection of essays that reprints Snyder's, Japanese-American bioregionalist Carole Koda extends Snyder's cultural inclusivism by calling for a "diversity beyond multiculturalism" that honors different traditions while subsuming identity politics through a shared devotion to the ecology of place. "Dancing in the Borderland: Finding Our Common Ground in North America," in Snyder, Koda, and Wendell Berry, *Three on Community* (Boise, Idaho: Limberlost, 1996), pp.63–64.

46. Percival Everett, *Watershed* (Minneapolis: Graywolf, 1996), p.152.

47. The late nineteenth-century regionalist perspective is by no means, however, historically "innocent." In particular, the degree to which it might be conceived as complicit in nationalist and/or imperialist ideologies has been a subject of intense discussion during the past decade. See Sandra Zagarell, "Troubling Regionalism: Rural Life and the Cosmopolitan Eye in Jewett's*Deephaven*," *American Literary History*, 10 (1998): 639 – 663, for a thoughtful recent state-of-the-field reflection.

48. Gregory McNamee, *Gila: The Life and Death of an American River* (New York: Orion, 1994), p.9.

49. Marjory Stoneman Douglas, *The Everglades: River of Grass* (1947; rpt. with two afterwords, Sarasota, Fla.: Pineapple Press, 1997), especially chapters 12–18.

50. William Howarth, "Imagined Territory: The Writing of Wetlands," *New Literary History*, 30 (Summer 1999): 509 – 540, is a wide-ranging meditation on the history and uses of wetlands as cultural symbol in relation to wetlands ´ perceived ecological importance. Howarth rightly points out that long before the Wetlands Act of 1973 certain individual nature writers (like John Bartram and Henry Thoreau) had been drawn to swamplands out of aesthetic attraction as well as from scientific interest. The attitudinal shift in U.S. culture more broadly from negatively regarded "swamp" to positively esteemed "wetland" is a late twentieth-century phenomenon, however.

51. For example, Earth Island Institute's Carl Anthony's definition of "wetland" as "a swamp that white people care about." Interview with Theodore Roszak, *Ecopsychology: Restoring the Earth, Healing the Mind*, ed. Roszak, Mary E. Gomes, Allen D. Kramer (San Francisco: Sierra Club, 1995), p.275.

52. Douglas, *The Everglades*, pp. 297 – 299, 364 – 373, 376. Despite a certain amount of exoticization (though nowhere near the level of the sentimental-cartoonish sketches of nubile women and diapered warriors contributed by illustrator Robert Fink), Douglas's portrait of Indians is remarkable for its respectful recognition of their resourceful strategies of economic adaptation and political maneuvering. She is emphatically not a simple primitivist with respect either to nature or to aboriginal culture.

53. Joseph C. Gallegos, "Acequia Tales: Stories from a Chicano Centennial Farm," *Chicano Culture, Ecology, Politics*, ed. Devon G. Peña (Tucson: University of Arizona Press, 1998), p. 237. Gallegos explains that

"*this*" *la llorona* (weeping woman) is one who supposedly drowned her children(pp.247–248). (More obliquely, the figure may descend from the figure of Cortez's native interpreter and mistress, La Malinche.) José A. Rivera,*Acequia Culture: Water, Land, and Community in the Southwest* (Albuquerque: University of New Mexico Press, 1998), is a well-documented history of the institutional arrangements. It argues that Hispanic settler culture was influenced by a preexisting"water ethic"derived from community-based conservation laws and practices in medieval Spain (pp. 29 – 30). Stanley Crawford, *Mayordomo: Chronicle of an Acequia in Northern New Mexico* (Albuquerque: University of New Mexico Press, 1988), and William deBuys and Alex Harris, River of Traps (Albuquerque: University of New Mexico Press, 1990), provide entertaining autobiographical narratives of Anglos attempting to master the sometimes arcane environmental and social intricacies of acequia culture.

54. Edward Abbey, *Desert Solitaire* (1968; New York: Ballantine, 1981), p.200.

55. Ellen Meloy, *Raven's Exile: A Season on the Green River* (New York: Holt, 1994), p.65.

56. *The Organic Machine* is the title of Richard White's book on"The Remaking of the Columbia River" (its subtitle) into a working river through engineering and (at another level) simulation technology (New York: Hill & Wang, 1995), such that the river has long since become"not just water flowing through its original bed"but"a partial human creation"; ergo, "natural"and"cultural"can no longer be disentangled: "What is real is the mixture" (pp.110, 111). The most influential position statement by a revisionist environmental historian about"wilderness,"conventionally understood, as cultural hallucination is William Cronon, "The Trouble with Wilderness; or, Getting Back to the Wrong Nature,"*Uncommon Ground: Toward Reinventing Nature*, ed. Cronon (New York: Norton, 1995), pp. 69–90.

57. Ralph Waldo Emerson,*Nature*,in *Collected Works of Ralph Waldo Emerson*, vol.z, ed.Robert E.Spiller et al. (Cambridge: Harvard University Press, 1971), p.7.

58. Meloy,*Raven's Exile*, p.182. Abbey's Desert Solitaire, by contrast, does not mix outback and urban landscapes in this manner.

59. Levin,*Blood Brook*, pp.185, 195.

60. James M.Symons, *Drinking Water* (College Station: Texas A & M

Press,1995),p.54.

61.All histories of modern infrastructure comment on the enormous jump in per capita consumption with the shift from outdoor wells and privies to indoor plumbing;in nineteenth-century Boston,for example,by a factor of eight.Alice Outwater,*Water:A Natural History* (New York:Basic, 1996),p.i4x.When supply systems are not maintained,the problem is aggravated;Sandra Postel claims,for example,that"more than half the urban water supply simply disappears in Cairo,Jakarta,Lagos,Lima,and Mexico City."*Last Oasis*(New York:Norton,1997),p.159.

62.According to U.S.environmental historian John Opie,agriculture in the western states"consumes over 80 percent of the nation's fresh water supplies,probably half of which is wasted"(*Ogallala*,p.299).Postel,*Last Oasis*,chapters 3－5,and Robin Clarke,*Water:The International Crisis* (Cambridge:MIT Press,1992),chapters 4 and 8,draw similar conclusions on a global scale,citing chronic inefficiencies of large dams and irrigation schemes (siltation, evaporation, salinization, declining productivity per acre)as well as overpumping of nonrenewable groundwater.

63.According to Jean-Pierre Goubert,*The Conquest of Water*,trans. Andrew Wilson(Princeton:Princeton University Press,1989),in French cities between 1760 and 1900"the overall estimation of'needs'evolved… from a few litres to several hundred litres per inhabitant per day"(p.52). Peter Rogers,*America's Water:Federal Roles and Responsibilities*(Cambridge:MIT Press, 1993),reports that U. S. per capita consumption declined between 1965 and 1990,though average domestic use nationwide remained well above 200 liters(pp.35-36).

64.Klyza,"Bioregional Possibilities in Vermont,"*Bioregionalism*,ed. McGinnis,pp.92-94.

65.Ian L.McHarg,*Design with Nature*(Garden City, N.Y.:Natural History Press,1969),p.184.

66.McHarg,"The Place of Nature in the City of Man,"*To Heal the Earth:Selected Writings of Ian L.McHarg*,ed.McHarg and Frederick R. steiner(Washington,D.C.:Island Press,1998),p.35.McHarg's watershed conservationism draws on a twentieth-century tradition of regional planning that goes back to the mentor of his own mentor (Lewis Mumford);see Patrick Geddes,*Cities in Evolution*,rev.ed.(1915;London:Williams & Norgate,1949),pp.51-52,and Geddes,"The Valley Plan of Civilization,"*Survey*,54(June 1,1925):288-290,322-325.

67.James Joyce, *Finnegans Wake* (New York: Viking, 1939) , p.619.
The book grandiosely mythicizes its landscape, of course, transfiguring
Liffey into Anna Livia Plurabelle, Howth Castle and Environs into Hum-
phrey Chimpden Earwicker. But so too has"watershed"become a bioregion-
alist mythos at a more material level.

索　引

Note: Instances of proper names appearing in endnotes are generally indexed only when the subject of remark as well as citation.

责任编辑:洪　琼

图书在版编目(CIP)数据

为濒危的世界写作:美国及其他地区的文学、文化和环境/
　〔美〕布伊尔 著;岳友熙 译. -北京:人民出版社,2015.5
(当代西方学术经典译丛·哲学)
ISBN 978－7－01－014735－2

Ⅰ.①为…　Ⅱ.①布…②岳…　Ⅲ.①文学研究-世界
　Ⅳ.①I106

中国版本图书馆 CIP 数据核字(2015)第 068217 号

原书名:Writing for an endangered world:literature,culture,and environ-
ment in the U.S. and beyond

原作者:Lawrence Buell

原出版社:Belknap Press,2001

著作权合同登记:01-2011-7216

为濒危的世界写作

WEI BINWEI DE SHIJIE XIEZUO

——美国及其他地区的文学、文化和环境

〔美〕劳伦斯·布伊尔 著　岳友熙 译

人民出版社 出版发行

(100706　北京市东城区隆福寺街 99 号)

北京市大兴县新魏印刷厂印刷　新华书店经销

2015 年 5 月第 1 版　2015 年 5 月北京第 1 次印刷
开本:710 毫米×1000 毫米 1/16　印张:28
字数:300 千字　印数:0,001-1,500 册

ISBN 978－7－01－014735－2　定价:69.00 元

邮购地址 100706　北京市东城区隆福寺街 99 号
人民东方图书销售中心　电话 (010)65250042　65289539